Blumenbar

Foto: Nihat Odabasi

Das Buch

»Städte aus Frauen« erzählt von der Einsamkeit erfolgreicher Singlefrauen genauso wie von den Lebensträumen eines Mädchens aus einfachen Verhältnissen oder den Sehnsüchten einer ehemaligen Revolutionärin. Eines der existenziellen Themen, das die unterschiedlichsten Frauen und Schauplätze miteinander verbindet, ist das Eindringen der Vergangenheit in die Gegenwart; auch der Tod setzt sich im Leben fort. Westeuropäische und orientalisch geprägte Lebensvorstellungen treffen aufeinander, und am Ende kreuzen sich die Wege der Frauen am Busbahnhof von Istanbul.

Der Autor

MURATHAN MUNGAN, 1955 geboren, wuchs in Mardin im Osten der Türkei auf und lebt in Istanbul, wo er wie ein Popstar verehrt wird. Sein Werk umfasst Theaterstücke, Essays, Gedichte und Romane. Sein 2008 bei Blumenbar erschienener Roman »Tschador« wurde von der Kritik hochgelobt. »Städte aus Frauen« stand 2009 auf Platz eins der türkischen Bestsellerliste.

Der Übersetzer

GERHARD MEIER, geboren 1957, studierte in München Romanistik. Seit 1986 lebt er in Südfrankreich, wo er als Übersetzer aus dem Französischen (Amin Malouf, Jules Verne, Jacques Atali) und Türkischen (Hasan Ali Toptas, Murat Uyurkulak, Orhan Pamuk) tätig ist.

Murathan Mungan

Städte aus Frauen

Aus dem Türkischen von
Gerhard Meier

Blumenbar Verlag

Das Café *Ömer Çavuş* an der Uferpromenade

Es lag nicht an der Brise, die vom Meer her wehte, und auch nicht an der schlaflosen Nacht; was sie beim Gehen ein wenig taumeln ließ, war vielmehr eine Leichtigkeit, ein Schwindel im Kopf, wie sie nun merkte. Ihr drehte sich der Kopf vor lauter Freiheit. Einer Freiheit, die mit unbändiger Fröhlichkeit einherging, mit unerklärlicher, beschwingender Freude, die ihren Schritten Rhythmus verlieh. Sie war von nie gekanntem Selbstvertrauen erfüllt, von Vitalität. Sie musste schmunzeln. Es würde sich etwas tun in ihrem Leben. Am Freitag – weil es ein Glückstag war – würden sie kommen und um ihre Hand anhalten. Noch in diesem Jahr würde sie heiraten.

Und dennoch fühlte sie sich irgendwie erschöpft, als sie die Uferpromenade entlangging. Es war eine angenehme, entspannende Müdigkeit. Nurhayat hatte bei ihrer Tante übernachtet. Die ganze Nacht über hatten sie plappernd und knabbernd über ihrem Stickzeug gesessen und ferngesehen, bis sie kaum mehr aus den Augen schauen konnten. Früh am Morgen wollte die Tante ihren Vater im Krankenhaus besuchen, und Nurhayat war gleich mit aufgestanden. Anstatt sofort nach Hause zu gehen, hatte sie Lust gehabt, ein wenig allein herumzugehen und die Stadt auszukosten. Was sie bisher höchstens einmal heimlich gemacht hatte, darauf glaubte sie jetzt ein Anrecht zu haben.

Zu dieser frühen Stunde wirkte Izmir fremdartig auf sie.

Als würde ihr da ein Gesicht der Stadt zuteil, das sich später am Tag verberge. Der Tag war frisch um diese Zeit, und die Stadt war frisch, und was Nurhayat verführte, muss diese Frische gewesen sein, die sich mit einem Gefühl von Aufbruch vermischte. Seit sie von der Schule abgegangen war, hatte sie die Stadt nicht mehr so früh am Morgen gesehen. So wie Nurhayat ihre Eltern liebte, so liebte sie auch Izmir. Und zwar in jeglichem Zustand. Nun aber kam ihr klar zu Bewusstsein, dass sie dieses frische Izmir, das sie jetzt zum ersten Mal sah, am allermeisten liebte. Wohlvertrautes erschien ihr in diesem jungfräulichen Licht wie neu. Gegen keinen Ort auf der Welt hätte sie Izmir eintauschen wollen.

Sie ging auf der betonierten Promenade durch den am Strand angelegten Park, über den es oft hieß, er würde das Ufer und eigentlich ganz Izmir verunstalten. Vereinzelt saßen Menschen auf den Bänken und überließen sich der Sonne, die vom Ende des Winters kündete und wärmte, ohne zu stechen. Der sanft von Karşıyaka herüberwehende Wind ließ Nurhayat spüren, wie lebendig dieser Morgen war, wie lebendig die Stadt und sie selbst. Jogger waren unterwegs, verliebte jugendliche Pärchen, Leute führten ihren Hund spazieren, während andere mit einem Sesamkringel in der Hand vor der Arbeit einfach noch den Morgen genossen. Selbst als Nurhayat einen heruntergekommenen Mann mit blutunterlaufenen Augen erblickte, der ganz offensichtlich die Nacht im Freien verbracht hatte und nun traurig vor sich hin sann, vermochte dies den Glanz dieses Morgens nicht zu trüben.

Sie ging auf die Anlegestelle Alsancak zu und versuchte, ihr zerzaustes Haar zu bändigen. Dabei kam sie sich vor wie eine erwachsene, attraktive Frau.

Wenn sie bei ihrer Tante übernachtete, wurde sie in der Regel auch von ihr nach Hause begleitet. Allein war sie fast nie unterwegs und kannte kaum das Vergnügen, sich unbeschwert und unüberwacht treiben zu lassen. Mal war einer ihrer Brüder dabei, mal die Schwägerin, eine Kusine oder die Eltern, und sie hatte wenig Gelegenheit gehabt, mit Gleichaltrigen einfach nur herumzuhängen. Das Schneideratelier, in dem sie arbeitete, war nur einen Steinwurf von ihrem Viertel entfernt. Das allein reichte schon aus, um sie in eine kleine Welt zu sperren.

Ihre wie von selbst immer fester werdenden Schritte flößten ihr Selbstvertrauen ein, das die Seele weitete und neue Gedanken zuließ.

Am Freitag also würde man um ihre Hand anhalten. Schon jetzt hatte sie das Gefühl, zu Hause allmählich als Frau gesehen zu werden. Sogar ihre Schwägerin, die sich sonst immer resolut bei ihr unterhakte und sie pünktlich daheim ablieferte, hatte diesmal keine Bedenken gehabt, sie alleine nach Hause zu schicken. Es war ja nicht so, dass ihre Familie ihr besonders zusetzte. Aber bestimmte Dinge waren nun mal, wie sie waren. Ihre Eltern knüpften an das Überkommene an und ließen sich auf die neuen Sitten nicht recht ein. Und sagten zu ihren Kindern immer das Gleiche: »Ihr könnt hingehen, wo ihr wollt – solange nur ein Erwachsener dabei ist!«

Ihre Mutter fragte manchmal: »Hast du dir das auch gut überlegt? Du bist noch so jung. Eine Ehe ist kein Kinderspiel. Du kannst nicht nach drei Tagen wieder deine Sachen packen und zu deinen Eltern zurück. Ich meine ja nur, dass die Sache keine Eile hat.« Dann sah sie versonnen in eine unbekannte Ferne.

Es war nicht so recht klar, ob ihre Mutter zauderte, weil

sie auf eine bessere Partie hoffte – oder ob ein anderer Grund dahintersteckte. Nurhayat hatte sich mit ihrem Salih ein paar Mal mit Wissen der Eltern getroffen und einige Male auch heimlich. Gleich auf Anhieb hatte sie den Jungen gemocht. Er hatte etwas Beschützendes an sich und war bestimmt nicht von der Art, Frau und Kind in Not geraten zu lassen. Und er brachte einen auch oft zum Lachen. Er hatte schöne Augen und einen tiefen Blick. Sein Gesicht war noch etwas pickelig, aber das würde sich schon geben. Er mochte die gleichen Lieder und Sänger wie Nurhayat, und ihr Herz schlug auch für den gleichen Fußballverein. Seinen Wehrdienst hatte er schon hinter sich und arbeitete inzwischen in der Werkstatt seines Vaters. Nach der Hochzeit würden sie nicht bei seinen Eltern wohnen, sondern einen eigenen Hausstand gründen. Vor allem aber verlieh es ihr Selbstbewusstsein, dass Salih sie noch mehr liebte als sie ihn. Schon als kleines Mädchen hatte sie von der Ehe ganz bestimmte Vorstellungen gehabt, und der Gedanke, dass sie sowieso einmal heiraten würde, hatte ihr darüber hinweggeholfen, so früh von der Schule zu müssen. Sie wollte daran glauben, dass Salih ihr Schicksal war, und wenn sie alle Argumente aneinanderreihte, kam sie zu dem Schluss, dass die Befürchtungen ihrer Mutter grundlos waren.

An der Anlegestelle sah sie viele Leute auf der Kaimauer und auf Bänken sitzen. Ihr fiel eine Gruppe junger Männer auf, die Koffer und Bündel verschiedener Größen vor sich stehen hatten und trotz ihrer Zivilkleidung an den geschorenen Köpfen als Soldaten zu erkennen waren. Manche saßen auf Bänken herum, andere spazierten zu zweit oder zu dritt am Ufer auf und ab und genossen den strahlenden Sonnenschein.

Nurhayat wurde von einer gewissen Unruhe erfasst, wie jedes Mal, wenn irgendwo Männer beisammen standen. Wenn sie an solchen Gruppen vorbeiging, mochten die Männer selbst vielleicht gar nichts sagen, doch ihre Blicke sprachen für sich. Und gerade wenn drei oder vier junge Kerle sich in ihrem Auftritt als Gruppe besonders sicher fühlten, bekamen diese Blicke etwas unverhohlen Musterndes und Unbarmherziges, vor dem Nurhayat zurückschreckte.

Diese Befangenheit hatte aber nicht nur mit der Erziehung zu tun, sondern Nurhayat war von Natur aus schüchtern. Sie hatte es nicht gern, wenn die Welt ihr zu nahe trat, und wollte nirgends auffallen. Auch Salih war in etwa so. Nurhayat hatte bemerkt, dass er fast nur klein karierte Hemden in gedeckten Farben und möglichst dezente Hosen trug. Er rieb sich auch nicht andauernd Gel in die Haare wie viele seiner Altersgenossen. Lediglich auf eine saubere und gepflegte Erscheinung kam es ihm an. Wahrscheinlich war das eine der Eigenschaften, auf die Nurhayat bei einem Mann Wert legte: Sie hatte stets jemanden heiraten wollen, der mit seiner Art zu ihrer Schüchternheit passte.

Als sie auf die Soldaten zuging, merkte sie plötzlich, dass sie nicht so befangen war wie sonst. Ihr war, als wollte sie sich etwas beweisen. Es regte sich eine Entschlossenheit in ihr, die sie an sich nicht kannte. Ob es wohl damit zu tun hatte, dass sie sich bald verloben würde? Sie stand schließlich kurz vor ihrer Hochzeit. Die Welt konnte ihr gewissermaßen nichts mehr anhaben. Und ihr neu gewonnenes Selbstvertrauen wollte sie anscheinend gleich ausleben, denn anstatt wie sonst einen Umweg zu machen, beschloss sie, direkt durch die Gruppe hindurchzugehen. Sie war noch nie besonders scharf darauf gewesen, sich irgendwo durchzusetzen.

Nun aber entdeckte sie, freudig erstaunt, eine gewisse Macht in sich und wollte sich diese auch gleich zunutze machen.

Als sie sich der Gruppe näherte, spürte sie die Blicke auf sich ruhen, doch sie ließ sich dadurch nicht aus dem Konzept bringen; hatten die jungen Männer doch etwas geradezu Kindliches an sich. Ja, sie wirkten wie harmlose, nur etwas vorlaute Kinder. Aus dem Getöse, das in letzter Zeit des Öfteren im Viertel geherrscht hatte, schloss sie, die jungen Männer seien wohl zum Wehrdienst verabschiedet worden. Oder aber es waren Soldaten, die nach den Feiertagen wieder zurück in ihre Kasernen mussten. Letzteres mochte wohl eher zutreffen, da sie alle den gleichen Haarschnitt trugen. Sie warteten auf den ersten Stadtdampfer.

Zwei, die sich miteinander unterhielten, kamen gemächlichen Schrittes auf Nurhayat zu, und als ihr einer der beiden ins Gesicht sah, durchglühte sie plötzlich etwas. Wie ein aufflammendes Herdfeuer war das, ein kurzes inneres Lodern. Dem wohlgeformten Kopf des Jungen stand das militärisch Geschorene sogar gut. Er hatte dunkelblonde Haare und ein gebräuntes Gesicht. Die Sonne ließ sogar seine Haarwurzeln erglänzen. Als Nurhayat an ihm vorbei war, sah sie diskret zur Seite und erblickte noch den hellen Flaum in seinem Nacken. Sogleich wurde ihr ganz anders. Der Junge hatte etwas Schelmisches im Blick gehabt, als seien sie miteinander vertraut. Nurhayat dachte schon, er würde gleich stehen bleiben und mit ihr sprechen wie mit einer alten Bekannten. Er hatte so etwas Nahes, Angenehmes, gänzlich Unerwartetes. Er hatte sie angesehen, als würde er beim Militär auf einen Brief von ihr warten. Als hätten sie schon eine Liebesgeschichte hinter sich, die nach seinem Wehrdienst mit der gleichen Leidenschaft weitergehen würde. Als hätte er etwas versprochen. Ihr, sich selbst und dem Leben. Aus ganzem Herzen. Nurhayat merkte plötzlich, dass sie sich da in etwas hineinsteigerte. Sie waren aneinander vorbeigegangen, und nun verspürte sie den heftigen Zwang, sich nach ihm umzudrehen, und wusste doch zugleich, dass das für ein Mädchen ein Ding der Unmöglichkeit war, weil es nach einer glatten Aufforderung ausgesehen hätte, und daher sah sie starr geradeaus, als wäre ihr Hals in Beton gegossen. Da fiel ihr rechter Hand das nächstgelegene der Cafés auf, die in der Häuserzeile am Ufer jeweils im Erdgeschoss residierten: Es hieß *Ömer Çavuş*. Falls sie nun abbog und geradewegs auf das Café zuging, musste sie doch in den Blickwinkel des Jungen geraten, der hier auf- und abging. Sie wandte sich also dorthin. Und hatte sich auch nicht vertan: Sie merkte nämlich, dass der Junge sich umdrehte und ihr mit dem gleichen strahlenden Blick hinterhersah. Ihr Herz pochte noch schneller. Am liebsten wäre es ihr gewesen, er wäre ihr nachgegangen, um sie anzusprechen. Da ertönte das Tuten des Dampfers, und die geschorenen Köpfe begannen sich zu versammeln. Der Junge ging zu einer Bank und unterhielt sich mit ein paar dort sitzenden Kameraden. Er nahm einen der Koffer in die Hand, setzte ihn dann wieder ab. Aus seiner unentschlossenen Haltung ließ sich nicht ablesen, worauf er aus war.

Die meisten der vor dem Café aufgestellten Tische waren noch frei. Lediglich ein paar morgenlustige Rentner saßen da und übernächtigte Schüler mit hochgezogenen Schultern, die Hände in die Taschen vergraben. Nurhayat setzte sich an einen der vorderen Tische, um den anderen den Rücken zuzukehren, und sah zum Meer hin. Als sie so ganz allein einen

Tee bestellte, kam sie sich wieder wie eine erwachsene Frau vor.

»Wir machen gerade erst frischen Tee«, sagte der Wirt. »Können Sie noch ein bisschen warten?«

»Ja, natürlich.«

Der Junge stand mitten unter seinen Kameraden und scherzte mit ihnen herum, als habe er Nurhayat schon vergessen. Ihre Begegnung von vorhin schien aus seinem Leben bereits gelöscht. Nurhayat spürte ein Sehnen in sich aufsteigen, gerade so, als sei sie von einem geliebten Menschen vergessen worden. Der Junge hatte doch wirklich etwas Kindliches an sich. Sie stellte sich vor, dass er bestimmt gutherzig war, freundlich und ohne Hintergedanken. Es gab ihr einen Stich, als sie daran dachte, dass niemand gekommen war, um sich von ihm zu verabschieden. Ihr stand vor Augen, wie er beim Militär in einer fernen Stadt in langer, kalter Winternacht mit geschultertem Gewehr Wache stand und mit dampfendem Atem zu den Sternen hinaufblickte, oder wie er tagelang auf einen Brief von ihr wartete und sich nach der sorglosen Zivilzeit in Izmir zurücksehnte. Basmane, Bornova, Kemeraltı: Jedes dieser Viertel von Izmir würde ihm wie ein Paradies vorkommen. Obwohl bereits beide Brüder Nurhayats ihren Wehrdienst abgeleistet hatten, waren ihr diese fürsorglichen Anwandlungen ganz neu. Mit diesem Rekruten, dem sie da von ihrem Cafétisch aus blutenden Herzens Lebewohl sagte, obwohl sie nicht einmal seinen Namen wusste und auch gar nicht sicher war, ob sie ihn woanders überhaupt wiedererkannt hätte, verband sie plötzlich etwas ganz Starkes. Stark wie eine Erinnerung. Als ginge der junge Mann davon und hinterließe zwischen ihnen etwas Unausgelebtes. Als ließe er eine Geschichte zurück, ein Leben,

Nurhayat. Da hatte sie nichts weiter vorgehabt, als ein wenig an der Uferpromenade spazieren zu gehen, und nun saß sie in einem Kaffeehaus und spähte mit allmählich verhangenen, so fernen Augen und doch ganz innigen Gefühlen zu einem Menschen hin, von dessen Existenz sie bis vor einer Stunde noch nichts gewusst hatte. Und sie war nicht in der Lage zu beurteilen, ob das, was sie da so betrübte, tatsächlich jener junge Mann war.

Die Rekruten standen nun in kleinen Grüppchen direkt vor der Anlegestelle. Der besagte junge Mann war in der Menge schon gar nicht mehr auszumachen. Nurhayat seufzte tief. Wer weiß, ob sie ihn jemals wiedersähe. Und wenn ja, ob sie ihn erkennen würde. Warum war er ihr nicht nachgegangen? Warum hatte er nicht versucht, mit ihr ins Gespräch zu kommen? Etwa, um nicht jemanden zurückzulassen? Vielleicht war er ja auch verlobt. Er hatte nicht einmal Zeit, sich ein wenig zu vergnügen. Mit einem Mal überkam Nurhayat eine Schlaffheit, als hätte sich, kaum war der Junge aus ihrem Blickfeld entschwunden, in ihrem Leben etwas Verwickeltes plötzlich aufgelöst, nicht ohne eine bittere Spur zu hinterlassen, und vor allem eine Geschichte, die zwar noch nicht einmal richtig begonnen hatte, deren Fehlen sie aber zu spüren bekommen würde …

Was genau meinte ihre Mutter, wenn sie immer fragte: »Hast du dir das gut überlegt? Bist du dir ganz sicher? Wenn nicht, dann bring lieber niemand in Schwierigkeiten. Es eilt ja nicht, du bist noch keine achtzehn! Eine alte Jungfer bist du noch lange nicht!«

Diese Worte ihrer Mutter hallten in ihr nach. Nurhayat ahnte, dass dahinter eine Erfahrung steckte, die sie selber noch nicht hatte. Für das, was sie empfand, fehlten ihr vielleicht die Worte. Was hieß denn *sicher sein*? Wann konnte man das als Frau schon? Wann wusste man, ob der Zeitpunkt der richtige war?

Da saß sie an ihrem Tisch, und es beschlich sie das Gefühl, dass alles noch einmal zu überdenken war. Am heiligen Freitag würde man um ihre Hand anhalten, und sie war sich nicht mehr sicher, ob sie diese Ehe überhaupt wollte.

Der Dampfer nahm alle Wartenden auf und legte ab. Nurhayat blieb mit einer bis dahin unbekannten Empfindung zurück, mit einem schmerzlichen Gefühl der Freiheit. Sie war von der Einsamkeit berührt worden und steckte plötzlich in einer völlig fremden Geschichte. Sie versuchte zu verdrängen, dass es bis Freitag nur noch wenige Tage waren, sog die frische Luft ein, sah zum Himmel empor und bestellte noch eine Tasse Tee.

Judasbäume in der Hitze von Adana

Aus ähnlichen Gründen
Uzan Tercan und
Olcay Akkent gewidmet

Mit dem Buch, für das sie sich nun endlich entschieden hatte, kam sie gerade zurück ins Schlafzimmer, als das Telefon klingelte. Auf einem mit weinroter Seide überzogenen und in regelmäßigen Abständen mit matten Metallknöpfen beschlagenen Puff lag schon seit dem Vorabend, weit geöffnet, ihr Koffer. Sie befürchtete beim Packen ständig, etwas zu vergessen, und tatsächlich passierte ihr das immer wieder, selbst wenn sie nur für drei Tage verreiste. Daran änderte auch nichts, dass sie in letzter Zeit immer öfter packen musste; es wollte sich dennoch bei ihr keine hilfreiche Routine einstellen, mal ganz abgesehen von dem Täschchen, in dem sie Dinge wie Zahnseide, Tagescreme, Nagelfeile und Wattestäbchen parat hatte, ohne erst einmal alles aufs Bett schütten zu müssen. Ihre neueste Errungenschaft war eine hübsche Pillendose aus grellbuntem, durchsichtigem Plastik, in der sie Vitaminpräparate und diverse Medikamente aufbewahrte, um gegen plötzlich auftretende Kopf- oder Magenschmerzen gewappnet zu sein. Das beruhigende Gefühl, jene Mittelchen wohlverwahrt in ihrer kleinen schwarzen Handtasche zu wissen, schien auf etwaige Schmerzen geradezu eine aufschiebende Wirkung zu haben. Die zahlreichen Erfahrungen, die sie schon gemacht hatte, konnten aber nicht verhindern, dass sie am Vorabend jeder Reise von neuem in Ratlosigkeit gestürzt wurde. Sie konnte noch so viele Wecker stellen, die Vorstellung, sie würde ihr Flugzeug verpassen, raubte ihr dennoch immer wieder den Schlaf, und regelmäßig musste sie lange am Flughafen warten, weil sie sicherheitshalber viel zu früh losgefahren war. Sie gehörte zu den Menschen, denen das Leben als von Widrigkeiten bestimmt galt, und in dem Bestreben, stets auf sämtliche Eventualitäten gefasst zu sein, arbeitete sie sich nach Terminplan durch den Tag. War erst einmal alles erledigt, dann sollte das eigentliche Leben beginnen, doch irgendwie kam es dazu nie.

Sie ärgerte sich über das unerwartete Schrillen des Telefons, das sie in der Diele wieder umkehren ließ, denn nun würde sie aus dem Konzept kommen und garantiert etwas vergessen, weil ihr auf der Liste, die sie im Kopf hatte, irgendeine Zeile verrutschte. Überhaupt galt ihr als ausgemacht, dass solche Unterbrechungen einzig und allein dazu da waren, dass sie irgendetwas übersah. Und ein Koffer, der die ganze Nacht über offen stand wie eine dunkle Höhle, erleichterte einem das Packen in keiner Weise, sondern stellte durch seine bloße Existenz einen Quell der Unruhe dar. Außerdem war sie nicht sicher, ob sie das richtige Buch gewählt hatte. Vielleicht war es langweilig? Aber ein zweites wollte sie auch nicht mitnehmen. Manchmal kam sie von einer Reise zurück, ohne auch nur das erste von zwei mitgeschleppten Büchern aufgeschlagen zu haben. Sie wollte nichts Überflüssiges mehr herumtragen. Nicht nur auf Reisen, ganz allgemein im Leben … Die Entschlossenheit, mit der sie sich bemühte, ihr Alltagsleben zu organisieren, sich die Zeit richtig einzuteilen, die richtigen Entscheidungen zu treffen und überhaupt ihr Leben in den Griff zu bekommen, trug durchaus ihre Früchte, aber sie war auch mit viel Anstrengung verbunden, und auf andere wirkte sie nicht selten enervierend. So hatte sie es mit ihrer Art im Berufsleben ziemlich weit gebracht, aber privat einige Verluste einstecken müssen. Sie hatte sich schließlich von ihrem Mann getrennt und sich danach schwer getan, wieder eine ernsthafte Beziehung einzugehen.

Mit gemischten Gefühlen hob sie den Hörer ab. Und mitten in ihre angespannte Gemütsverfassung hinein musste sie sich anhören: »Na, erkennst du mich?« Es war die indolente Stimme einer Frau, die sich langweilte und über alle Zeit der Welt verfügte. Einer Frau, der nach ausführlicher Konversation war, nach endlosen Beschreibungen und uferloser Redundanz. Emine wiederum war so gar nicht für Überraschungen zu haben. Am liebsten hätte sie gleich wieder aufgelegt, aber sie wusste aus Erfahrung, dass das keine Lösung war. Die Welt war voller Menschen, bei denen sich alles um die eigene Zeit, die eigenen Gefühle, die eigene Lebenslage drehte, und solche Leute verändern zu wollen, war verlorene Liebesmüh.

Um innere Beherrschung und zugleich Distanz bemüht, sagte sie daher: »Sie müssen schon entschuldigen, aber ich komme nicht darauf, wer Sie sind. Außerdem treffe ich gerade Reisevorbereitungen und habe nicht viel Zeit.« Das war in einem Ton gesprochen, der die Höflichkeit wahrte, aber dem Gegenüber dennoch seine Grenzen aufzeigte. Die Frau am anderen Ende merkte, dass Emine keineswegs gewillt war, sich auf ein Ratespielchen einzulassen, und schlug nun einen Ton an, aus dem Verständnis für kofferpackende Menschen sprach.

Es war Güler.

Nach so langer Zeit wieder einmal.

Die beiden waren sich sehr nahe gewesen, aber dann war das Leben dazwischengekommen. Im Trubel des Alltags hatten sie sich immer mehr aus den Augen verloren, sodass ihre Beziehung nur noch sehr locker war. Wenn Frauen, um nicht auf einen Mann angewiesen zu sein, sich um wirtschaftliche Unabhängigkeit und berufliches Vorwärtskommen bemühten, wurden sie oft genug nicht nur von der Männerwelt alleingelassen, sondern auch von ihren Freundinnen, die ihnen in dem Kampf, den sie führten, keine Unterstützung waren.

Emine spürte, dass sie auf Güler einen geheimen Groll hegte. Dieser ließ sich nicht an einem konkreten Anlass festmachen, sondern speiste sich eher aus gewissen Enttäuschungen, die sich im Lauf der Zeit angesammelt hatten, aus einer Entfremdung, die sich ganz einfach durch die verschiedenen Lebenswege eingeschlichen hatte. Als Emine noch verheiratet gewesen war, hatten die beiden sich öfter gesehen. Nach der Scheidung jedoch hatten sich sowohl Güler als auch deren Mann aus Emines Leben zurückgezogen. Emine hatte darüber nicht lange nachgedacht, aber es mochte wohl sein, dass das, woran sie einander erinnerten, sie eher voneinander entfernte. Wenn im eigenen Umfeld ein Paar sich scheiden lässt, wird einem ja eher bewusst, dass es einen auch einmal selbst treffen kann. Vielleicht hatte es also mit so etwas zu tun.

Ihre Geschäftsreise sollte nur ein paar Tage dauern. Nichts Besonderes also, lediglich eine der Routinefahrten, von denen ihr Leben seit einer Weile gekennzeichnet war. Sie hatte offensichtlich keine Lust, sich näher darüber auszulassen und formulierte nur ein paar knappe Sätze.

Als Güler jedoch erfuhr, dass die Reise nach Adana gehen sollte, war sie auf einmal ganz aufgeregt.

»Da wohnt doch Gülsüm! Die musst du unbedingt besuchen. Du weißt doch, wie sehr sie dich mag. Und falls irgendwas sein sollte …«

»Wieso? Ich fahre doch nur kurz für die Firma hin.« Jener Satz ging ihr seit jeher auf die Nerven. »Falls irgendwas sein sollte …« Bekam etwa ein Mann so was zu hören? Da fragte niemand, was sein sollte! Ist ja ein Mann!

»Schon gut«, sagte Güler. »Aber man weiß ja nie. Schließlich bist du fremd dort. Und Gülsum würde sich wirklich freuen. Jedes Mal, wenn wir telefonieren, fragt sie nach dir. Ich ruf sie gleich an, sie soll dich aufsuchen, damit ihr wenigstens einen Tee miteinander trinkt. Wo bist du denn untergebracht?«

»Im Hotel Seyran.«

»Ach weißt du, wenn du nicht im Hotel wohnen willst …«

Emine unterbrach sie sogleich: »Ich kenne das Hotel schon und fühle mich dort wohl.«

Sie war sich nicht recht sicher, ob sie Gülsüm überhaupt sehen wollte. Was vergangen war, sollte auch vergangen bleiben. Diese Auffassung ließ sie als treulos gelten, sodass ihr Freundeskreis gehörig geschrumpft war. Aber die Menschen entwickelten sich nun mal nicht auf gleiche Art und in die gleiche Richtung. Vergangene Gemeinsamkeiten reichten oft nicht aus, um gegenwärtige Freundschaften lebendig zu erhalten, aber die Leute sahen das nicht ein und wollten nur immer, das alles so blieb, wie es einmal war. Als ob das Leben wahrhaftiger und die Welt überzeugender wäre, wenn alles andauerte, ohne sich je zu ändern.

Andererseits verspürte Emine im Gespräch mit Güler eine gewisse Sehnsucht. Nicht nach Güler selbst, nach ihrer Freundschaft und den zusammen verbrachten Tagen, sondern nach etwas Unbestimmtem, das mit jener Zeit zu tun hatte. Es war nichts, das man genauer hätte definieren können, nur ein Gefühl. Sie sehnte sich nach dem leichtsinnig-fröhlichen Zustand, in dem man sich viele noch vor einem liegende, schöne lange Tage ausmalt und dem Leben ein unbedarftes Urvertrauen entgegenbringt: Sie sehnte sich nach der Jugend. Nach den Tagen, in denen man schnell weinte und wieder lachte. Es war eine flüchtige Erinnerung an warme Sommernächte, in denen man in Popelineblusen und verrückten offenen Schuhen herumlaufen konnte und sich über neue Platten und Filme unterhielt, während aus den Fenstern Schlager klangen und man einfach wahnsinnig glücklich war. Irgendwie musste die Welt noch ganz gewesen sein, nicht so zerstückelt wie jetzt. Emine wusste nun, wonach sie sich sehnte: nach jenem Herzklopfen von damals, das sie schon so lange nicht mehr überkommen hatte. Nur als junges Mädchen hatte sie es gespürt, und nun war es längst vergessen.

Güler war ihre Freundin aus jener Zeit. Emine kam es so vor, als sei sie von jener Zeit betrogen worden. Und als stecke hinter diesem Betrug nicht zuletzt auch Güler.

Bevor sie auflegte, sagte sie noch: »Gut, sag Gülsüm, sie soll mich anrufen.« Sie fühlte sich aber bemüßigt, gleich noch hinterherzuschicken: »Ich habe zwar viel zu tun, aber dann sehen wir uns wenigstens kurz.«

»Wann bist du wieder zurück?«, fragte Güler.

»Ich ruf dich an«, erwiderte Emine. Was weniger nach einem Versprechen klang als vielmehr wie ein Versuch, sie abzuwimmeln.

Zur Bekräftigung versuchte es Güler noch mit einem Appell an gemeinsame Erinnerungen: »Du weißt doch, wie sie dich als Kind schon mochte. Versuch dich bitte mit ihr zu treffen!«

Als Emine sich wieder mit ihrem Koffer beschäftigte, musste sie unwillkürlich an Gülsüm zurückdenken. Ihr kam ein pubertätsgeplagtes, exaltiertes junges Mädchen in den Sinn, das immer aus großen runden Augen schaute und sich, auf ein Beistelltischchen gestützt, kein Wörtchen entgehen ließ, wenn Emine und Güler plaudernd und in Zeitschriften blätternd auf der Couch saßen. Ihre Kleider waren ihr immer zu groß oder zu klein, passten ihr grundsätzlich nicht, was ihre Familie damit begründete, dass sie eben so plötzlich in die Höhe schoss, obwohl das Mädchen doch ganz offensichtlich die Kleider ihrer großen Schwester auftrug. Für die Übergangszeit, bis ihre Körperformen sich gefestigt hatten, wollte man kein Geld für neue Kleider ausgeben und behalf sich innerhalb der Familie mit abgelegten Sachen. In kleinbürgerlichen Kreisen, in denen man sparen musste, gehörte das zu den grundlegenden Überlebensstrategien, und von keinem wäre man deshalb schief angeschaut worden. Über solche Dinge sah man geflissentlich hinweg.

Viel später hatte Emine dann erfahren, Gülsüm habe geheiratet. Zur Zeit der Hochzeit musste Emine gerade im Ausland gewesen sein. Nach ihrer gescheiterten Ehe hatte sie das Bedürfnis gehabt, für eine Weile zu verschwinden. Ihr war nach Luftveränderung gewesen und nach Menschen, die sie nicht kannten und ihr keine Erklärungen abverlangten. Zwischen Gülsüm und ihrer Familie mussten damals unschöne Dinge vorgefallen sein. Ihr war nicht besonders haften geblieben, was da so alles an ihr Ohr gedrungen war. An Klagen über den Schwiegersohn konnte sie sich erinnern; er entstamme einer neureichen Familie aus Adana. Sie glaubte, Wörter wie *ehemaliger Pächter*, *Baumwollweberei* und *Egreniermaschine* gehört zu haben. Auf jeden Fall musste etwas Besonderes geschehen sein, das dann zu einem langen Zerwürfnis zwischen Gülsüm und ihrer Schwester geführt hatte. Emine waren nur vage Gerüchte in Erinnerung. Über lange Zeit hinweg gab es anscheinend zwischen Gülsüm und ihrer Familie keinen Kontakt. Und da die ansonsten so plauderfreudige Güler darüber kein Wort verloren hatte, musste die Sache ziemlich ernst gewesen sein. Inzwischen jedoch war sie offensichtlich beigelegt.

Emine versuchte sich an dem Gedanken zu erwärmen, wie sie früher immer zusammen gelacht und gescherzt hatten.

Es ging nicht. Etwas in ihr war zu Stein geworden.

2

Am nächsten Tag begann es schon am späten Vormittag unerträglich heiß zu werden.

Als Emine nach ihrem Termin erschöpft ins Hotel zurückkam, ersah sie aus den hinterlegten Nachrichten, dass Gülsüm alle halbe Stunde angerufen hatte.

Die Kühle des Zimmers tat Emine gut, und der Tee, den sie dann trank, wirkte wie Medizin. Jetzt aufs Bett legen und lesen … Durch das Panoramafenster sah man direkt auf den Swimmingpool des Hotels hinab, an dem sich links und rechts einige Gäste sonnten. Der blaue Mosaikboden des Pools nahm sich in der gleißenden Sonne von Adana aus wie auf einem Bild von David Hockney. Ein beruhigender Anblick. Ans Fenster gelehnt, überlegte Emine, ob sie zum Pool hinuntergehen und sich dafür belohnen sollte, dass sie ihren Badeanzug nicht vergessen hatte, oder ob es nicht doch besser war, nach dem Duschen in aller Ruhe zu lesen. Da kam wieder ein Anruf. Ihre Besprechung war zwar anstrengend gewesen, aber besser verlaufen als erwartet. Sie fühlte sich dankbar und wollte daher nicht ungnädig sein.

So bat sie Gülsüm, sie doch im Hotel abzuholen.

Als sie nach dem Duschen und Umziehen in die Hotellobby hinunterging, sah sie Gülsüm schon von Weitem an, dass die Gelassenheit, mit der sie da in ihrem Sessel saß, nur zur Schau gestellt war. Das Mädchen machte einen unruhigen Eindruck, wie eine entfernte Verwandte, die sich nicht sicher ist, ob sie in den Augen der Familie bestehen wird. Allein schon die demonstrative Freude, mit der sie aufsprang und auf Emine zueilte, sobald sie ihrer ansichtig wurde, sagte alles. In dem Mädchen, das auf sie zukam, schienen Emine die vergangenen Jahre auf. Sie empfand auf einmal Zuneigung für das Mädchen und spürte einen Stich, der ihr durchs Herz ging. Einen Stich, wie nur die Zeit ihn versetzen kann, einzig und allein die Zeit.

Für ihr Alter und für die Hitze von Adana war Gülsüm zu stark geschminkt. Sie musste frisch vom Friseur kommen. Ihre relativ kurzen Haare waren eigenartig toupiert, hatten außerdem Strähnchen und waren unter dem Ohrläppchen so aufgedreht, dass man sich unwillkürlich an die Sechzigerjahre erinnert fühlte. Es fehlte nur noch ein Schönheitsfleck auf der Wange. Sie trug ein blassblaues Leinenkostüm, das sie viel zu ernst wirken ließ. Die Bluse darunter erinnerte Emine an das Swimmingpool-Blau. Unter dem Rüschchenkragen lugte eine dünne goldene Halskette hervor, mit einem türkisfarbenen Medaillon daran, das für so viel Bemühung um farbliche Abstimmung geradezu Beifall zu erheischen schien. Die ganze Erscheinung strahlte etwas Ältliches aus, als sei Gülsüm mit den Jahren nicht eine Frau ihrer eigenen, sondern vielmehr jener Zeit geworden, in der sie selbst noch ein Kind war. Mit dem schicken Kostüm wollte sie vielleicht zu Emine aufschließen, von der sie ja wusste, dass sie in der Geschäftswelt eine gehobene Position einnahm. Ganz offensichtlich gehörte Gülsüm zu den Frauen, die nicht nur viel fernsehen, sondern auch glauben, was sie dort sehen. Emine trug ein einfaches ärmelloses, weit geschnittenes Kleid aus indischer Seide, bei dem der Saum mit Spitzen besetzt war. An den Füßen hatte sie jene Ledersandalen mit dem Riemen um das Fußgelenk, die sie bei anderen Frauen überhaupt nicht schätzte. Dagegen hörte man Gülsüms hochhackige Schuhe durch die Lobby klacken, als sollte damit ihr Auftritt noch einmal besonders unterstrichen werden. Emine, der sich jedes Detail mit fotografischer Präzision aufdrängte, hatte spätestens da keine Lust mehr auf das Treffen. Es war ein Fehler gewesen, sich darauf einzulassen, aber jetzt war es zu spät. Ihre Gefühle bezogen sich nicht einmal auf Gülsüm, sondern waren eher dem Überdruss geschuldet, immer wieder das Leben mitansehen, kommentieren und zerpflücken zu müssen.

Bevor sie beschlossen, was sie unternehmen sollten, setzten sie sich in die Lobby, tranken Eistee und erzählten sich dies und jenes. Emine ließ sich keine Einzelheit entgehen, etwa, dass Gülsüm nicht die kleinste Gesprächspause ertrug. Ein Schweigen schien ihr gleichbedeutend mit Einsamkeit zu sein, und ständiges Reden hielt sie offensichtlich für Kommunikation. Ihrem eifrigen gastgeberischen Bemühen war abzulesen, dass sie weniger auf ein paar gemeinsam verbrachte angenehme Stunden als vielmehr darauf aus war, so schnell wie möglich zu zeigen, wozu sie es in ihrem neuen Leben in Adana gebracht hatte.

Wegen der Klimaanlage hatten sie die Außentemperaturen so gut wie vergessen, doch als sie vor das Hotel traten, brachte sich die Hitze von Adana gnadenlos in Erinnerung. Für Emine war der Tag gelaufen. Als hätte sie einen Gastauftritt im Film eines fremden Regisseurs, ging sie hinter Gülsüm die Stufen hinunter.

Aus einem vor dem Hotel wartenden Mercedes neuester Bauart sprang ein Chauffeur heraus und hielt den beiden beflissen die Türen auf. Er war zwar nicht uniformiert, verhielt sich aber so. Sein weißes Hemd war bis oben hin zugeknöpft, und er trug eine dunkle Krawatte dazu; als einzige Auflockerung hatten die kurzen Ärmel zu gelten.

Gülsüm stieg mit unbeteiligter Miene ein, als sei es für sie etwas Selbstverständliches, in einem nagelneuen Mercedes chauffiert zu werden, während Emine doch bestimmt recht staunen würde. Diese hingegen hatte schon oft mit Frauen zu tun gehabt, die, aus kleinen Verhältnissen stammend, über ihre Männer zu Geld und Komfort gelangt waren und kannte deren immergleiche Verhaltensmuster zur Genüge. Im Laufe ihrer Karriere hatte sie immer wieder mit Neureichen zusammenarbeiten müssen und deren unerträgliche Familien kennengelernt. Jene Momente, wie auch den jetzigen, erlebte sie als Besudelung, und kaum einmal vermochte sie eine solche Begegnung zu einem guten Ende zu bringen.

Gülsüm kam nun allmählich in Fahrt. Ihre anfängliche Schüchternheit hatte sie überwunden. Ohne es gegenüber Emine an Achtung fehlen zu lassen, sprach sie nun mit sicherer Stimme und ungezwungener Gestik. Sie war jetzt auf ihrem eigenen Terrain und dachte wohl, alles Weitere werde ablaufen wie geplant. Ihre Show hatte begonnen.

Gülsüm gehörte zu den Frauen, die gar nicht richtig zuhören, wenn man ihnen antwortet, sondern lieber gleich weiterfragen. Ein Bruchstück einer Antwort war ihr schon genug, und der Rest interessierte sie nicht, sodass sie gleich zum nächsten Thema überging. Außerdem stellte sie ihre Fragen so, dass die zu erwartenden Antworten für sie selbst und ihr Leben eine Bestätigung darstellten. Emine merkte schnell, dass kein wirklicher Dialog zwischen ihnen stattfand. So nutzte sie einfach die Erfahrung, die sie aus Geschäftsbesprechungen hatte, und ließ das Ganze über sich ergehen.

»Glaub mir, Istanbul fehlt mir kein bisschen. Was es dort gibt, haben wir hier inzwischen auch alles. Adana hat sich ganz schön entwickelt und ist nicht mehr so wie früher. Es ist mehr oder weniger wie die europäischen Städte. Wir merken es ja immer wieder in Europa: Die ersten paar Tage ist noch alles ganz aufregend, aber irgendwann sehnt man sich wieder nach daheim, nach seinem Haus und seinen Lebensgewohnheiten. Heimat ist eben doch Heimat! Aber dass ich aus Istanbul weg bin, darüber bin ich gottfroh. Jeder fragt mich immer: ›Hast du denn gar keine Sehnsucht?‹ Ja, wonach denn? Nach dem Verkehr und dem ganzen Chaos?«

»Fährst du denn nie hin?«, fragte Emine.

Das fasste Gülsüm sogleich als Vorwurf auf, dass Emine sich nie bei ihr meldete. »Das nächste Mal ruf ich gleich als Erstes dich an, ganz bestimmt! Ich komme schon hin und wieder, aber meistens im Herbst oder Winter, wenn mein Mann geschäftlich dort ist. Und dann noch in den Ferien der

Kinder. Aber dieser Regen, der Schmutz, der graue Himmel, die ständigen Staus, das ganze Tohuwabohu.« Solche Wörter flocht sie gerne ein. »Hier habe ich wenigstens meine Ruhe. Und es ist alles ganz nah beieinander. An die Hitze gewöhnt man sich übrigens schnell, nicht, dass du meinst! Und es ist wenigstens eine trockene Hitze, nicht so wie in Istanbul, wo einem die Feuchtigkeit in die Knochen kriecht!«

Gülsüm hatte im besten Döner-Restaurant von ganz Adana einen Tisch reserviert. Und damit Emine keine falschen Schlüsse zog, beeilte sie sich gleich hinzuzufügen: »Du weißt ja, dass Adana für seinen Döner berühmt ist. Du darfst hier nicht weg, ohne einmal davon gekostet zu haben. Außerdem ist es ein schickes Lokal, in dem die bessere Gesellschaft verkehrt.«

Zu erfahren, dass Emine seit Jahren vegetarisch lebte und weder weißes noch rotes Fleisch zu sich nahm, war ein ziemlicher Schlag für Gülsüm, die nicht gerade flexibel war, sondern – anstatt ihr Programm umzuwerfen – lieber noch einmal ihr Glück versuchte, ob ihr Gegenüber nicht umzustimmen sei, sodass sie also Emine eindringlich ansah. Als das nicht fruchtete, biss sie sich auf die Lippen und sagte mehrmals hintereinander: »Geht also nicht.« Dann schlug sie vor, sie könnten in ein nettes Café oder eine Konditorei gehen, und betonte auch gleich, es sei überall klimatisiert. Um die Stimmung etwas aufzulockern, zeigte Emine auf ihr Kleid und sagte: »Diese Größe kann ich nur tragen, weil ich mich von Konditoreien immer fernhalte.« Ihr war klar, dass sie letzten Endes ohnehin in Gülsüms Haus gehen würden, weil dieses vorgezeigt werden musste. Sie sagte also, sie sei nicht gern unter Leuten und würde am liebsten an einem ruhigen Fleckchen sitzen. Während sie so redeten, kamen sie wieder auf längst schon Gesagtes zu sprechen, als hätte die Unterhaltung in der Hotellobby gar nicht stattgefunden. Gülsüm war von dem Gefühl geplagt, ihrem Gast nicht genug zu bieten. Als wollte sie noch einen letzten Versuch machen, sagte sie: »Da wäre noch ein Plätzchen außerhalb der Stadt, Subaşı heißt es, da sitzt man schön kühl unter den Bäumen am Wasser …«, aber Emine wusste ja, worauf es hinauslaufen würde, und sagte mit einer Bestimmtheit, die keine Widerrede mehr aufkommen ließ: »Am besten gehen wir zu dir nach Hause.« So versuchte sie die Sache abzukürzen.

»Na ja, es ist daheim schon ein bisschen was vorbereitet, ein kleiner Aperitif, das habe ich so angeordnet, bevor ich aus dem Haus bin«, sagte Gülsüm, um eine verlegene Miene bemüht. Es fiel Emine nicht schwer, diesen Satz zu übersetzen: Es würde ein vollständiges Essen geben. Sie schmunzelte.

Nun fing Gülsüm von den Möbeln und der ganzen Einrichtung an, aber nicht, um sich damit zu brüsten, sondern eher, um ein wenig vorzubauen, falls Emine an dem Haus etwas auszusetzen hätte.

»Wir haben immer in schönen Vierteln gewohnt. Das ist jetzt in Adana unser drittes Haus, und die beiden ersten waren ja auch ganz nett, aber das ist was Besonderes. Eine ruhige Gegend, in einer völlig neuen Siedlung, alles gute Leute. Mit dem Umzug hat es gedauert. Wir wollten ja gleich alles nach eigenem Geschmack gestalten. Es hat nicht auf Anhieb geklappt, und ein paar Sachen sind nur Verlegenheitslösungen. Ob du's glaubst oder nicht, was es in Istanbul an Möbeln gibt, das findest du auch hier. Wir haben uns eine italienische Sitzgarnitur gekauft und dann in Istanbul für meine Eltern nach der gleichen gesucht und sie nicht einmal gefunden. Unsere Küche, man darf's ja kaum sagen, ist bis aufs letzte Schräubchen aus Deutschland. Und die ganzen Istanbuler Luxusläden wie Vakko oder Beymen, die haben inzwischen alle eine Filiale hier; du kriegst hier, was du willst. Wie gesagt, es fehlt uns an rein gar nichts hier. Und die Filme kommen jetzt auch zur gleichen Zeit raus wie in Istanbul. Ganz früher hat es ein Jahr gedauert, und als wir hierher gezogen sind, waren auch noch ein paar Wochen Unterschied, aber jetzt sehen wir alles am gleichen Tag wie in Beyoğlu.«

Als sie an der Haustür läuteten, öffnete ihnen ein abgebrüht wirkendes Dienstmädchen. Sie bat die beiden übertrieben höflich herein, als sei Emine ein seit Ewigkeiten erwarteter Gast und auch die Hausherrin schon monatelang nicht mehr daheim gewesen.

Im Wohnzimmer sahen sie als Erstes einen reich gedeckten Tisch, über den Gülsüm sogleich prüfend ihre Blicke schweifen ließ. Zufrieden sagte sie dann: »Fühl dich wie zu Hause hier. Wie wär's mit einer kühlen Limo?« Ohne eine Antwort abzuwarten, rief sie nach dem Mädchen: »Nazike!«

Danach führte sie Emine im Haus herum. Schließlich konnte sie ihre Neugier nicht mehr bezwingen und fragte etwas aufdringlich und in kindlichem Ton: »Na, sag schon, wie gefällt's dir im Haus deiner kleinen Gülsüm?« Das Kindliche in der Stimme sollte wohl für den Fall vorbeugen, dass Emine jene Anrede zu anbiedernd vorkäme. Im Innersten war Gülsüm sich wohl bewusst, dass sie für Emine nichts weiter war als die seit Langem nicht mehr gesehene Schwester einer Freundin.

Sie erzählte, zwischen Adana und Mersin, etwas näher an Mersin, besäßen sie auch noch ein Sommerhaus am Meer.

Dort seien gerade ihr Mann und die Kinder, und sie selbst würde am Sonntag hinfahren. Zuerst hätten sie an etwas in Bodrum oder Marmaris gedacht, aber ihr Mann könne wegen seiner Arbeit nicht lange weg von Adana. Manchmal führen sie zur Abwechslung auch mal in die Gegend von Antalya. »Die haben ja sehr schöne Hotels dort, da lohnt es sich gar nicht, sich selber was zu kaufen.«

Auf einen Schlag Detail um Detail mitzubekommen, wie Gülsüm durch das Leben in der Provinz vor der Zeit gealtert war, ermattete Emine. Es war, als würde man *Madame Bovary* wieder lesen, aber noch genau wissen, worum es geht, was der Reihe nach passiert und wie die Sache endet. Es war doch ermüdend, wenn sich so gar nichts änderte. Als wären die vielen Romane und Erzählungen zu dem Thema nie geschrieben, nie gelesen worden, die vielen Filme nie gesehen! Wie sollte man da nicht ins Zweifeln kommen, ob die Kunst für das Leben je hilfreich sein kann?

Dann holte Gülsüm Fotoalben hervor: der Mann, die Kinder, Geburtstage, Urlaube, Auslandsreisen … Angesichts von Emines teilnahmsloser Miene zogen die Albumseiten allmählich immer schneller vorbei. Gülsüm beklagte sich, weil Emine so wenig aß. »Was hat es eigentlich mit dem Vegetariersein auf sich?«, erkundigte sie sich, um ein Thema bemüht. Und fragte dann doch gleich wieder: »Und das Haus gefällt dir wirklich?« Als Emine zum wiederholten Male gähnen musste, sprang Gülsüm plötzlich auf, als sei ihr eine großartige Idee gekommen. »Pass auf, ich lass dich jetzt ein paar Minuten allein. Ich hoffe, du langweilst dich nicht, aber du wirst sehen, das Warten lohnt sich. Wenn du willst, kann Nazike dir schon mal einen Abendwhisky servieren, mit zwei Eiswürfeln drin; daran habe ich mich nämlich wahnsinnig gewöhnt, spätestens jeden zweiten Abend brauche ich so einen.« Sie kicherte schelmisch. Nach ein paar Schritten wandte sie sich noch einmal um. »Wir bitten die Herrschaften nur um einen kleinen Augenblick Geduld!« Und hüpfte davon.

Auf das breite Sofa gerekelt, sah Emine zum Fenster hinaus und genoss die plötzliche Stille. Auf einmal spürte sie ihre ganze Müdigkeit. Sie nahm sich vor, bald nach Gülsüms Rückkehr aufzubrechen und ins Hotel zu fahren. Solange sie nur allein war, fühlte sie sich in jedem Hotelzimmer zu Hause. Überhaupt waren allein sein und zu Hause sein für sie schon lange eins. »Hat der Mensch sich erst mal ans Alleinsein gewöhnt, dann heiratet er nicht mehr so leicht«, hatte ihre Tante Sevim gesagt, als Emine gerade frisch geschieden war. »Wer vom Pferd gefallen ist, den muss man gleich wieder draufsetzen, also schau, dass du bald wieder heiratest«, hatte sie lachend hinzugefügt und damit eigentlich schon erklärt, warum sie selbst seit Jahren allein lebte. Sogar das Zimmer im Hotel Seyhan erschien Emine in jenem Moment vielversprechender als jede Ehe. Mit in der Ferne verlorenem Blick horchte sie in sich hinein. Von Gülsüm war nichts mehr zu hören, seit sie in ihrem Schlafzimmer verschwunden war. Wenn Emine sich schon zu sorgen begann, tauchte jeweils Nazike auf und sagte: »Die gnädige Frau kommt gleich«, und verschwand wieder. Als sie ihr Sprüchlein zum vierten Mal aufsagte, zeigte ihr Strahlen an, dass es diesmal stimmte, sodass die schon verzagende Emine aufatmen konnte.

Nazike eilte zu der imposanten Stereoanlage, die wie in einem Festsaal zwischen zwei großen Säulen platziert war, holte mit sicherem Griff eine CD aus dem Regal und nahm ein paar Einstellungen vor; ganz offensichtlich kannte sie sich aus. Dann hallte reichlich laut orientalische Musik durch den Raum. Es erklang eine hohe Flöte, gefolgt von Kastagnetten, Tamburins und Trommeln, und dann stand plötzlich, in schillerndem Tanzgewand, Gülsüm im Wohnzimmer. Sie hatte die Hände über dem Kopf und hielt damit den Schleier, der Schultern und Brust bedeckte. Die Musik wurde schneller, und Gülsüm begann sich zu drehen, warf die Beine nach links und rechts, ließ den Schleier in der Luft kreisen und ihre sämtlichen Körperpartien erzittern, reckte und streckte sich und tat überhaupt alles, was eine Tänzerin zu bieten hat, und zwar in dem offensichtlichen Selbstbewusstsein, es auch mit professionellen Tänzerinnen aufnehmen zu können. Wie jene sah sie auch ständig an sich herunter und übertrieb es mit jeder Bewegung, um sich vermehrten Beifall zu sichern. Der Überschwang, mit dem sie den Hals nach beiden Seiten riss, die Arme hob und den Oberkörper zurückwarf oder den Bauch einzog und wieder vorschnellen ließ, verlieh ihrer Darstellung etwas Beklemmendes. Ihr kräuselig-klimperndes Tänzerinnengewand war alles andere als ein billiges Imitat, sondern hatte unübersehbar eine Menge Geld gekostet. Die Pailletten, die sie auf Gesicht, Dekolleté, Armen und Bauch trug, glänzten nun, da Gülsüm schwitzte, erst recht. Als Gülsüm schließlich schweißgebadet ihren Tanz mit einer Grußbewegung beendete, dachte Emine, versteinert dasitzend, beim Anblick der frenetisch klatschenden Nazike, dass wohl nun auch sie zu applaudieren hatte.

3

»Als wir nach Adana zogen, gab es hier viele Bars und Nachtlokale. Es mangelt ja nicht an Wohlhabenden in der Gegend, sodass alle möglichen Tänzerinnen und Animiermädchen aus Istanbul und Izmir hier ihr Glück versuchten. Wer gut verdiente, kehrte später nach Istanbul oder Izmir zurück, die anderen hat es in Städte wie Antep oder Kilis verschlagen. Viele Männer waren aus jenen Etablissements gar nicht mehr herauszubringen, und so manche Frau ist dadurch um Ehemann und Heim gekommen. Es hieß immer, die Männer suchten bei diesen Frauen, was sie zu Hause nicht bekommen konnten. Um meinen eigenen Mann im Haus zu halten, verlegte ich mich also darauf, ihm abends eigenhändig eine Rakitafel zuzubereiten, mit allem, was er am liebsten isst, und dann ließ ich mir ein Tanzgewand nähen und legte einen richtigen Bauchtanz hin. Na ja, ist jetzt auch schon wieder eine Weile her.«

Sie hielt inne und blickte Emine ins Gesicht, ohne selbst so recht zu wissen, was sie ihr anzusehen versuchte. »War nicht von mir, die Idee, nicht, dass du meinst; ich habe den Tipp von anderen Frauen bekommen.« Als sie lächelte, glänzten ein paar der Pailletten, die von ihrer Show übrig geblieben waren.

»Und, hat es wenigstens geholfen?«, hätte Emine am liebsten gefragt, doch wäre ihr das zu vertraulich vorgekommen.

Gülsüm bestand dann darauf, dass sie sich noch ein wenig auf den Balkon hinaussetzten. Sie trug nun ein bequemes Hängekleid mit einem Blüten- und Blättermuster, und Emine sagte, das erinnere sie an Bilder von Henri Rousseau, worauf Gülsüm lächelte, als habe sie ein Lob vernommen. Unerwarteterweise war noch vor dem Abend eine leichte Brise aufgekommen und hatte die Atmosphäre etwas aufgefrischt. Die Frauen hatten je einen Whisky mit zwei Eiswürfeln vor sich stehen. Emine machte viel Aufhebens um einen noch zu schreibenden Bericht, der ihre baldige Rückkehr ins Hotel erfordere. Zum Abendessen könne sie daher nicht bleiben. Ein leichtes Sandwich sei ideal. Und ein heller Whisky, wenn möglich. »Ein Cutty Sark wäre nicht schlecht. Aber kein Knabberzeug dazu, nur weiße Kichererbsen.«

Erst als Gülsüm allmählich der Gesprächsstoff ausging, merkte sie, dass Emine kaum etwas von sich selbst erzählte. Allerdings hatte Gülsüm sie auch gar nichts gefragt. Ihr fiel wieder ein, dass Emine auch früher schon so schweigsam gewesen war. Ihre Mutter hatte damals gesagt: »Sie weiß alles über jeden, aber von sich selber gibt sie nichts preis.« Sie gehörte zu den Menschen, die sich nur sparsam offenbaren, und hatte seit jeher alles mit sich selber ausgemacht. Nach dem Grund für ihre Scheidung gefragt, gab sie etwa immer nur die Standardantwort: »Wir haben uns nicht mehr verstanden.« Mehr war über ihre Ehe nicht aus ihr herauszubekommen.

»Bist du mit deiner Arbeit zufrieden?«, fragte Gülsüm. »Ja.« – »Hast du es weit gebracht?« – »Na ja, so weit man es als Frau eben bringen kann.« – »Bist du noch in der gleichen Wohnung?« – »Ich bin nach Ortaköy umgezogen.« – »In eine Eigentumswohnung?« – »Ja.« – »Ist die schön?« – »Ja.« – »Und wie groß?« – »Ziemlich, groß genug für mich jedenfalls.« – »Hast du nicht mal daran gedacht, wieder zu heiraten?« – »Nein.«

Als durch die einsilbigen Antworten das Gespräch allmählich einem Verhör glich, verstummte Gülsüm. Sie kam sich plötzlich ungeliebt vor.

Emine wiederum fiel auf, dass Gülsüm, die sich schon bald ein zweites Glas einschenkte, immer trübsinniger wurde. Es nahm sich aus wie pubertärer Weltschmerz; wenn man gar nicht merkt, wie wehmütig man eigentlich ist. Sie schwenkte ihr Glas und sah den Eiswürfeln beim Schmelzen zu.

Plötzlich hob sie den Kopf. »Ich hätte eher gedacht, du wohnst in Etiler oder Ulus, mehr so in einem schicken Viertel.«

Emine erwiderte schmunzelnd: »Da musst du mich mit jemandem verwechseln.«

Auch Gülsüm musste lachen. »Na schön, aber warum dann ausgerechnet Ortaköy?«

Emine überlegte kurz und sagte dann: »Vielleicht wegen der Judasbäume.«

»Wie meinst du das?«

»Die blühenden Judasbäume am anderen Bosporusufer sieht man am besten von Ortaköy aus. Meine ganze Kindheit über habe ich es drüben rosa blühen sehen. Und als Erwachsene habe ich dann gemerkt, dass ich das nicht mehr entbehren kann.«

Emine sah, dass Gülsüm zum ersten Mal richtig aufhorchte. Ganz wach saß sie da, verfiel aber gleich in eine Art Trance, als suchte sie etwas tief in sich drinnen. »Stimmt, die Judasbäume …« Es war nicht klar, ob sie das zu Emine oder zu sich selbst sagte. »Wann haben die noch mal geblüht?« Auch das war vielleicht nicht eine Frage, sondern eher ein hilflos in den Raum geworfener Satz. Ein wenig stammelnd war er gesprochen, als suchte sie nach den richtigen Worten, unter ständigem Blinzeln, als würde ihr dadurch wieder alles einfallen. »Mein Gott, wie lang habe ich schon keine Judasbäume mehr gesehen!« Ein tiefer Seufzer entfuhr ihr dabei. »Als hätte ich nie gewusst, wie es da drüben immer blühte … Weil wir auch immer im Winter nach Istanbul fahren. Immer in dem verdammten Winter! Wie lange habe ich die Judasbäume schon vergessen!« In ihrer Stimme knirschten Schuldgefühl und Reue wie Glasscherben. »Weißt du, als ich klein war, wohnte meine Großmutter in Arnavutköy, und jedes Mal wenn ich sie besuchte, ließ sie mich auswendig lernen, wann drüben am anderen Ufer welche Pflanze blüht, ich weiß es noch so gut! Ich musste immer vorlesen, was hinten auf dem Kalenderblatt stand, und sie nickte dazu.« Gülsüm merkte gar nicht, wir ihr die Augen feucht wurden.

»Es gibt zwei Dinge, die man als Istanbuler wissen muss, sagte meine Großmutter immer: Wann was blüht, und wann man welchen Fisch isst. Wer da nicht Bescheid weiß, ist kein echter Istanbuler. Ach ja, und die Winde sind noch wichtig: der Lodos, der Poyraz, der Karayel, der Keşişleme … Ich mochte meine Großmutter sehr. Sie hatte vor dem Fenster eine große Couch stehen, mit riesigen, ganz straffen Kissen darauf, und auf die gelehnt sahen wir hinüber zu den Anhöhen von Üsküdar und Beylerbeyi. Wir schauten den Schiffen zu. Vielleicht weil sie so viel Kaffee trank, sagten die Leute über sie immer: Ihre Stimme ist wie schaumiger Kaffee. Mir kam es auch so vor. Sie mochte meinen Vater nicht und sah auf seine ganze Familie herab, und wenn sie sagte: Jetzt zähl mir doch mal auf, mein Mädchen, in welcher Reihenfolge es da drüben blüht, dann schäumte es in ihrer Stimme wirklich.«

Dann fragte Gülsüm, diesmal anscheinend tatsächlich an Emine gewandt: »Was hat gleich noch mal zuerst geblüht? Waren die Judasbäume im Juni dran? Nein, das muss eher gewesen sein; jeder meint immer Juni, aber es ist schon früher, es muss vor den Glyzinien sein. Nicht zu glauben, dass ich das alles vergessen habe … Da waren noch die Lindenbäume, und ja, das Geißblatt. Und die Hortensien, wo die Blüten so fingerartig in die Luft deuten. Und was war da noch, ach ja, die Mimosen! Und der Flieder! Aber die Reihenfolge habe ich vergessen.« Wie um sicherzugehen, zählte sie alles noch einmal auf, und es war ganz klar, dass es in dem Moment nichts Wichtigeres für sie gab, als sich an die Blütezeiten dieser Pflanzen zu erinnern. »Weißt du, wie lange ich schon keine Judasbäume mehr gesehen habe, Emine, weißt du das eigentlich?« Zum ersten Mal klang das »Emine« wieder vertraut. »Judasbäume, Judasbäume«, wiederholte Gülsüm. Sie versank in kurzes Schweigen, und als hätte sie plötzlich einen Schlüsselsatz gefunden, rief sie dann freudig aus: »Jetzt habe ich es wieder! Zuerst blühen die Mimosen, und zu allerletzt die Linden.« Ihr schossen die Tränen in die Augen, als sie schließlich alles aufzählte: »Der Reihe nach blühen Mimosen, Judasbäume, Glyzinien, Flieder, Geißblatt, Rosen, Hortensien und Linden.« Jetzt machte sich ein Lächeln auf ihrem Gesicht breit, und wie eine Grundschülerin sagte sie noch lauter auf: »Der Reihe nach blühen Mimosen, Judasbäume, Glyzinien, Flieder, Geißblatt, Rosen, Hortensien und Linden.« Unmittelbar darauf wurde sie wie ein Kind am ganzen Körper von einem Weinen geschüttelt. Die Pailletten in ihrem Gesicht glänzten nun von den Tränen und verliehen dem Ganzen noch eine zusätzliche Dramatik, als sei das alles eine von langer Hand geplante Inszenierung.

Emine stand auf und trat hinter Gülsüm, fasste ihre Schultern, versuchte ihr die Haare zu streicheln; aufs Trösten hatte sie sich noch nie gut verstanden. Wenn sie mit den Jahren innerlich nicht so erstarrt wäre, hätte sie nun gemeinsam mit Gülsüm zum von der Adana-Hitze geröteten Steppenhorizont blicken und sich darauf einlassen können, dass dort plötzlich ganz wundersam Judasbäume aufblühten. Es gab aber Stellen ihres Wesens, die ihr nicht mehr zugänglich waren und sich im Lauf der Jahre ohne ihr Wissen verhärtet hatten. So wusste sie zwar, dass dies ein trauriger, ja dramatischer Moment war, doch empfinden konnte sie nicht besonders viel. Was in einem zerbrach und fortgenommen wurde, war bei jedem anders. So viele Lektionen hatte Emine im Lauf der Zeit gelernt – und stand nun doch mit leeren Händen da. Eins aber wusste sie: Immer wenn die Judasbäume blühten, würde sie nun an Gülsüm denken.

Der Trabzon-Armreif

»Nicht abschneiden, bevor die Ärztin kommt«, hatten die Polizisten gesagt. So hing die Tote immer noch an ihrem Strick. Die Ärztin war sehr früh am Morgen aus dem Schlaf geklingelt worden. Die fest zugezogenen dicken Vorhänge ließen kein Fitzelchen Licht herein, sodass die Uhrzeit nur schwer zu bestimmen war. Die Sache musste aber wichtig sein, denn die Stimme des Anrufers hatte aufgeregter geklungen als in solchen Fällen üblich.

Sie wusch sich schnell das Gesicht und legte dann einen ihrer hellen Lidschatten auf. Andere Schminke benutzte sie seit Jahren nicht. Mochte noch so Dringendes warten, versäumte sie es doch nie, ihre breiten, leicht gewölbten und schon seit der Kindheit etwas herabhängenden Lider mit der geliebten wolkigen Färbung zu versehen. Ohne Lidschatten kamen ihre Augen, ihre Blicke ihr nackt vor. Indem sie mit Schminke ihre Augen verbarg, versuchte sie die Nacktheit ihrer Blicke vor der Welt und zugleich sich selbst vor den Augen der anderen zu verstecken. Ihr erster Freund sagte immer zu ihr: »Du schaust so. Irgendwie zu viel.« Als sie ihn doch einmal besorgt fragte, was er denn damit meine, rang der junge Mann erst um Worte und sagte schließlich: »Man fühlt sich ganz nackt, wenn du einen anschaust.« So entdeckte sie zum ersten Mal die Macht ihrer großen dunklen Pupillen, die einen unter den herabhängenden Lidern hervor ansahen, als ob sie die Welt durchbohren wollten. Warum schon ihre Mutter immer gesagt hatte: »Glotz doch nicht so«, wurde durch die Worte ihres Freundes erst richtig klar – und übrigens auch, warum dieser sie später verließ … Ihre Blicke hatten etwas an sich, das anderen Leuten, und insbesondere Männern, Angst machte. Es waren Augen, die zu intensiv sahen. Ein Staatsanwalt sagte einmal zu ihr: »Jammerschade, dass Sie nicht Staatsanwältin geworden sind. Wenn Sie jemanden anschauen, wird er ganz hilflos und bringt keine Lüge mehr heraus.«

So wird alles in allem erklärlich, wozu sie über ihre Augen die Jalousien des hellen Lidschattens herabließ.

An manchen Morgen sieht man sich im Spiegel anders, mit den Augen eines Fremden. Es musste dies einer jener Morgen gewesen sein.

Das Haus, das sie suchen, ist in einer Gasse inMaşatlık, einem ärmlichen Viertel fernab vom Trabzoner Zentrum. Vor einem zweistöckigen klobigen Haus stehen für die Tageszeit ungewöhnlich viele Menschen herum. Das also muss es sein.

Von den Gesichtern der Menschen sind eher Neugier und Verstimmung über das lange Warten abzulesen als Schmerz oder Trauer.

Das Flüstern und Tuscheln ist noch nicht verstummt; hier und da Aufgeschnapptes wird, mit Kommentaren angereichert, weitererzählt, und man wird auch nicht müde, Neuankömmlingen alles wieder von vorne zu berichten. Die auf dem gegenüberliegenden Gehsteig Wartenden dürfen sich wegen der größeren Entfernung zum Tatort lauter über die Sache auslassen.

Es hängt sich ja nicht alle Tage jemand auf. Die Menschen mögen sich noch so betroffen geben, Tatsache ist, dass ein solcher Vorfall in ihren grauen Alltag einen Hauch von Abenteuer bringt. Nicht, dass sie grausam wären gegenüber dem Mädchen, das sich da aufgehängt hat, aber so versuchen sie sich eben für ihr eintöniges Leben schadlos zu halten.

Sie weiß, dass ihr dunkles Kostüm ihr die unanzweifelbare Überlegenheit einer männlichen Uniform verleiht. Als sie aus dem Auto steigt, ahnen die Leute, dass es sich bei der Frau im Kostüm um die »Frau Doktor« handelt, die schon den ganzen Morgen erwartet wird. Als das Auto um die Ecke gebogen war, hatten die Polizisten bereits gesagt: »Aha, da kommt die Gerichtsmedizin.« In der Art, wie die Frau jetzt auf sie zukommt, liegt etwas, das ihnen vertraut ist. Das ist keine von den hierherversetzten zarten Großstadtpflanzen. Das ist eine Frau mit Durchsetzungskraft.

»Ich bin auch gerade erst gekommen«, sagt der Staatsanwalt. Wie immer kaut er beim Rauchen auf seiner Zigarette herum. Und trägt im Gesicht den ewig gleichen Ausdruck von jemandem, der seine Arbeit seit Langem satt hat.

Die Polizisten und der Staatsanwalt behandeln die Ärztin vom ersten Augenblick an nicht einfach mit der Achtung, wie man sie allgemein einer Frau entgegenbringt, sondern sehen sofort die Chefin in ihr. Den Leuten entgeht das nicht. Sie haben da eine Persönlichkeit vor sich, der man ohne Weiteres gehorcht. Das verfehlt auch nicht seine Wirkung auf die direkt vor der Tür Stehenden, die sofort still beiseite treten und den Weg freimachen. Als ob die Frau, wenn sie nur wollte, augenblicklich wissen könnte, warum das Mädchen sich aufgehängt hat, unterwerfen sie sich unverzüglich ihrer Erscheinung.

An ihrer großen Nase ist ihr anzusehen, dass sie selbst

aus der Gegend, selbst eine Lasin ist; das mag mit hineinspielen.

Den nervösen Familienmitgliedern an der Türschwelle ist sichtlich daran gelegen, so bald wie möglich die Beerdigung stattfinden zu lassen. Dass die Todesart ihrer Angehörigen wie ein böses Omen noch buchstäblich in der Luft hängt, setzt ihnen gehörig zu. Sie genieren sich, weil das Mädchen nicht an irgendetwas gestorben ist, sondern sich umgebracht hat, und weil es eine Menge Fragen hinterlassen hat, eine dunkle, mysteriöse Geschichte; und schließlich verstehen sie nicht, wie man sich überhaupt umbringen kann. Zusammen mit dem Mädchen hoffen sie wohl auch, alle Fragen und Nöte zu begraben. Sie stehen an der Tür und wollen rasch dieser unheilvollen Situation entkommen.

Abgesehen von einer älteren Frau, die auf einer der Stufen vor der Türschwelle sitzt, die Hände im Schoß, das Gesicht vom tränennassen Kopftuch verborgen, sieht man niemanden weinen.

Sie gehen die knarrende Holztreppe in den ersten Stock hinauf. Das ganze Haus riecht nach Armut und Hoffnungslosigkeit.

Die ungemachten, wohl noch schlafwarmen Bettlager auf dem Boden, ein zerknautschtes Kopfkissen, aus dem die Baumwollfüllung heraussteht, verschossene Kleider, denen man die Flicken schon von Weitem ansieht, und eine in die Ecke geworfene gestreifte Schlafanzughose machen das Bild der Armseligkeit komplett.

Routiniert legt die Ärztin ihre Handschuhe an und zieht sich die Maske über. Da die Maske den Großteil ihres Gesichts verbirgt, wirken ihre Augen riesig, und ihr Blick ist noch eindringlicher als sonst. Die ihr so vertrauten Handgriffe machen auf die Umstehenden den Eindruck einer Beschwörungszeremonie.

Jemand deutet auf ein Zimmer weiter hinten. Als die Holztür mit dem losen Schloss knarrend aufgeht, sieht man das von der Decke hängende Mädchen. Ein schmächtiges junges Ding, fast ein Kind noch. Als würde das staubige, matte Licht, das zum Fenster hereindringt, nun offenbaren, was die Nacht noch verborgen hatte, wenden alle die Augen von der Leiche ab und sehen zum Fenster hin. Gleich neben der Toten fällt ein alter Gebetsteppich auf; dass ein Eckchen davon umgeschlagen ist, weist darauf hin, dass darauf noch einmal gebetet worden war.

»Sie hat am Morgen gebetet und sich dann aufgehängt.«

Sevgi wendet sich zu der rauen Stimme um, die sie direkt hinter sich vernommen hat. Es ist die Frau, die vor der Haustür geweint hatte, und ihre Worte waren fast entschuldigend gesprochen. Mit eingezogenen Schultern und vor dem Bauch gefalteten Händen steht sie da, als wolle sie das tote Mädchen nicht mit fremden Leuten allein lassen. Ihre faltigen Hände verraten das Alter, das sich aus ihrem verhüllten Gesicht nicht ablesen lässt. Jemand fordert sie zum Gehen auf. »Die Frau Doktor macht jetzt ihre Untersuchung.«

Sevgi überlegt, wie diese Worte auf die alte Frau wohl wirken; dass der Begriff »Untersuchung« eigentlich Hoffnung birgt, tut ihr in der Seele weh.

Das Gesicht des Mädchens kündet nicht vom Tod. Als wäre jenem kein Widerstand geleistet worden, nicht einmal instinktiv. Das Mädchen hat sich aufgehängt wie ein Stück Wäsche. Dem Strick und dem Tod ganz und gar ergeben. Als habe sie nicht einmal gezuckt, als sie ihr Leben aushauchte, sondern nur still und gleichmütig gewartet, dass der Tod komme und sie hole. Das grünliche Gesicht, das tiefviolette Mal um den dunkel werdenden Hals und alle anderen unmittelbaren Anzeichen sind Sevgi bekannt genug, um keine weiteren Untersuchungen mehr nötig zu machen. Am liebsten würde sie in ihrem Bericht ganz einfach vermerken: *Todesursache: Verzweiflung*.

Dass bei Jugendlichen Verzweiflung leicht zum Tod führen kann, weiß sie zur Genüge. In ihrem noch nicht allzu langen Berufsleben hat sie schon viele junge Menschen vom Strick geschnitten, aus Badewannen geholt, neben Messern und Nadeln liegen sehen. Wenn man jung ist, ist der Tod so möglich wie die Liebe. Sie weiß das.

Der anbrechende Tag sendet nun kräftigeres Licht herein, und als am rechten Handgelenk des Mädchens etwas glitzert, fällt Sevgi zuerst der Armreif auf, der fast herunterrutscht, eine fein ziselierte Goldarbeit. Sie beugt sich neugierig vor, als ob eine Bekannte ihr den Arm entgegenhielte: Es ist ein Trabzon-Armreif! Der goldene Armreif, wie er für die Gegend so typisch ist. Was das zu bedeuten hat, weiß sie vor allem von ihrer Mutter: Es bedeutet Zukunft, bedeutet Hoffnung, Leben. Der inmitten all dieser Armut aufleuchtende Armreif scheint dem Tod des Mädchens plötzlich eine andere Bedeutung zu geben. In Sevgi brodelt es. Ihr ist, als würde eine Tür aufspringen, direkt in ihre Vergangenheit hinein. Sie starrt auf das hypnotisierende Glitzern des Armreifs, als schaute sie in einen Brunnen, der sich plötzlich in ihr auftut. Es gibt Augenblicke, die sich ganz von alleine strecken. So geschieht es nun. Der Augenblick, in dem sie sich befindet, erstreckt sich über ihr ganzes Leben.

2

Ihr klingt noch ganz lebendig in den Ohren, was ihre Mutter schon zu ihr sagte, als sie noch ganz klein war: »Lern nur ja irgendein Handwerk, Kind. Ein Handwerk ist wie ein goldener Armreif.«

Sie sagte das immer, als sei es der Schlüssel zum Leben. Unbedingt sollte ihre Tochter ein Handwerk erlernen. Wobei ihr natürlich unter *Handwerk* etwas nicht sehr Anspruchsvolles vorschwebte, irgendeine typische weibliche Beschäftigung. Nie im Leben hätte sie sich vorstellen können, ihre Tochter würde einmal Ärztin werden, und noch dazu eine, die in der Gerichtsmedizin Leichen aufschneidet, ohne mit der Wimper zu zucken.

Als Sevgi wie verzaubert den Trabzon-Armreif bestaunt, der sich am dünnen Handgelenk der Leiche gerade noch halten kann, geht es ihr plötzlich durch und durch: Ihr ist, als könnte gut und gerne sie selbst an der Stelle des Mädchens hängen. Und wenn nicht sie selbst, dann ihre Mutter. Auf dem Damebrett, auf dem mit den dunklen Steinen des Schicksals gespielt wurde, konnte ein einziger Stein verschoben werden und damit alles verändern und sie oder ihre Mutter hinwegführen in ein gänzlich anderes Leben.

Als sie die Leiche von der Decke nehmen lässt, ist ihr schon bewusst, dass sie sich an alles erinnern wird, was sie im Leben, das voller Tücke ist, schon glücklich überstanden hat, und dass der Schrecken, der tief in ihr drinnen stets auf der Lauer liegt, sich gleich wieder melden wird. Für Sevgi war das Leben an sich etwas Zweifelhaftes, höchst Unzuverlässiges, und jederzeit konnte alles Mögliche passieren. Es kam ihr oft genug so vor, als ob sie das Leben nicht wie jeder andere lebte, sondern wie ein gewissensgeplagter Mensch, der immer damit rechnet, dass ihm gleich etwas zustößt. Das böse Schicksal, dem sie schon so oft entgangen war, erschien ihr am Handgelenk einer Toten in Gestalt eines Armreifs, der sie mit seinem unheilvollen Glänzen daran erinnerte, dass nach des Zufalls dunklem Gesetz auch bereits überstanden Geglaubtes jederzeit schreckliche Wiederkehr feiern konnte und dem Leben einfach nicht zu trauen war.

Sevgis Eltern hatten keine weiteren Kinder mehr bekommen, und während sie sich die Schuld daran über die Jahre hinweg gegenseitig zuschoben, erhofften sie sich alles, was man von einem Sohn und einer Tochter gemeinhin erwartet, einzig und allein von Sevgi. Wenn diese später versuchte, sich Schritt für Schritt in ihre Vergangenheit zurückzutasten und das, was sie dabei zu Tage förderte, mit ihrem Erwachsenenverstand abzuwägen, verlor ihr Leben immer mehr an Glaubwürdigkeit. Seltsamerweise gewann sie erst wieder ein Stück Selbstvertrauen, als sie die Krimis von Patricia Cornwell für sich entdeckte, in denen eine Gerichtsmedizinerin im Mittelpunkt steht, denn ausgerechnet dadurch vermochte sie an die Echtheit ihrer eigenen Existenz zu glauben.

Sie sollte immer von der Schule genommen und zum Arbeiten geschickt werden, doch war sie Jahr für Jahr Klassenbeste und brachte brillante Zeugnisse nach Hause. Während ihrer gesamten Schul- und Studienzeit kam sie in den Genuss jeglicher Zuschüsse und Stipendien, die Kindern aus armen Verhältnissen gewährt wurden; sie hatte nie das Gefühl, etwas zu entbehren. Auch gehörte sie nicht zu jenen, die mit der Zeit aus ihrer Armut eine Art Hybris beziehen, die sie den anderen und dem Leben entgegenhalten. Schon in der Grundschule bekam sie mit, wie wohlhabende Eltern ihre faulen Sprösslinge schimpften und ihnen die trotz ihrer Herkunft reüssierende Sevgi als Vorbild vor die Nase hielten. Mit jenen Kindern wollte sie aber gar nicht rivalisieren. So fleißig sie auch lernte, wusste sie sich doch immer abseits zu halten und sich mit dem zu begnügen, was ihr so zufiel. Wie Feuchtigkeit spürte sie das Gefühl der Armut bis in die Knochen, und von jener Befangenheit konnte sie sich niemals lösen. Nach all den Jahren geschah es immer noch, dass sie mitten in der Nacht aufstand und im Wohnzimmer mit um Bestätigung ringenden Augen die Sesselgarnitur anstarrte, den Esstisch, das Büffet, den Fernseher, die Stereoanlage, den Lesesessel mit dem großen Puff davor, und sich sagen musste: »Das gehört alles mir!« Dann saß sie in der Stille der Nacht so lange da, bis sie sich von ihrer Existenz wieder hinreichend überzeugt hatte und beruhigt ins Bett schlurfen konnte.

Mit der ganzen lasischen Eigensinnigkeit, die ihr von ihrer Familie, ihren Vorfahren überkommen war, lernte Sevgi so fleißig, wie sie nur konnte, als wollte sie damit beweisen, dass sie zu einem Studium fähig war und auch eines absolvieren würde. Ihr Vater schien es fast zu bedauern, dass seine Tochter einen höheren Beruf ergreifen wollte. Überhaupt wäre es beiden Eltern wohl lieber gewesen, sie wäre nie richtig erwachsen geworden. Sie fürchteten sich. Vor dem, was noch werden sollte. Am besten, das Mädchen kam so schnell wie möglich unter die Haube. Die Eltern wünschten sich für ihre Tochter einen guten Ehemann aus ähnlich bescheidenen Verhältnissen, sodass ein angenehmer Schwiegersohn an die Stelle des Sohnes treten konnte, den Gott ihnen nicht geschenkt hatte. Natürlich sollte ihre Tochter aufsteigen, aber eben nicht so weit, dass sie unerreichbar wurde. Sie wollten zu ihrer Tochter nicht aufschauen müssen. Die Tochter sollte sie ruhig noch brauchen. In dem Istanbul, in dem sie nach so langer Zeit noch fremdelten, sollte ihre Tochter nicht ganz von ihnen fortgenommen werden. Immer wenn sie in Istanbul verzagten, redeten sie davon, wieder in die Heimat zurückzukehren. Sie hatten jung geheiratet und waren sogleich weggezogen, doch ihre ganze Hoffnung lag darin, eines Tages wieder nach Trabzon zurückzukehren. Stets war ihr Trachten, den Verwandten dort zu zeigen, dass sie in der Fremde nicht verloren waren. Sie träumten von einem Stück Land in Trabzon oder einem kleinen Laden. Ihr ganzes Leben war auf die Verwandten ausgerichtet, deren Blicke sie in Istanbul fortwährend auf sich spürten.

Als Sevgi sich nach Trabzon versetzen ließ, waren die beiden schon nicht mehr am Leben. Das für Trabzon und das Schwarze Meer so typische dunkle Grün hatte nun die Eltern zu ersetzen. All die Jahre über hatten sie ihr von diesem Grün erzählt. Umgeben von dem Grün war sie nun im Schoße ihrer Eltern und merkte allmählich, dass sie das den beiden wohl insgeheim versprochen hatte.

Vor ihr schäbiges Haus in Istanbul hatte einmal jemand ein altes Geschichtsmagazin gelegt, aus dem sie recht ungelenk ein Bild von Mahmut Cûda mit dem Titel *Aus Trabzon* ausgeschnitten und an die Küchenwand geklebt hatten, wo es dann jahrelang in seiner ganzen Fremdheit Sevgi angesehen und ihr zu verstehen gegeben hatte, dass sie die von ihren Eltern empfundene Sehnsucht niemals würde selber spüren können … Erst nach dem Tod der Eltern und ihrer Versetzung nach Trabzon begann sie diese Sehnsucht zu begreifen.

Als sie lernte, das Leben am Tod zu überprüfen, fand

sie zu mehr innerem Gleichgewicht. Blut, Eiter, Sekrete, Schweiß, Urin. Der Mensch. Das Leben. Die Zeit.

Als sie den Begriff *Wasserhärtegrad* kennenlernte, war er ihr seltsamerweise wie eine Maßeinheit erschienen, die auch auf das Leben anzuwenden sei; und auf der Schulbank war ihr dann gekommen, dass die für das Leben geeignetste Maßeinheit der Tod sein müsse. Ihr war durchaus klar, dass diese völlig persönliche Assoziation auf andere reichlich sonderbar, ja erschreckend wirken musste. Nur ein so verwirrter Mensch wie Sevgi konnte sich so etwas ausdenken. Als ob sie das Leben nicht zu fürchten hätte, wenn sie den Tod nicht fürchtete. Dass sie tatsächlich so räsonierte, merkte sie in ihrem ersten gerichtsmedizinischen Kurs, an dem sie schon im zweiten Studienjahr teilnahm. In ihren Augen kam das Leben erst dann zur Ruhe, wenn es die besänftigende Wirkung der Totenstarre kennenlernte. Jegliche Erschütterung legte sich, die Hetze des Alltags klang ab. Die Augen ruhten. Die Welt wurde genommen, wie sie war. »Das Leben lässt sich nicht vom eigenen Material überzeugen. Nur das Material des Todes überzeugt das Leben«, dachte sie schließlich. Als sie lernte, sich auf das Wissen vom Tod zu stützen, dehnte die Zeit sich aus, nahm alles in sich auf, wurde endlos, wurde zur Seelentrösterin.

Sie begriff nun, warum die Menschen im Orient früher mit den Toten Seite an Seite lebten und ihre Friedhöfe mitten in den Wohnvierteln anlegten. Sie ließen nicht zu, dass die Toten sich zu sehr entfernten. Auch der Tod war eine Art Leben.

Im gerichtsmedizinischen Kurs hatte die Dozentin in der ersten Vorlesung die Hände vorgestreckt und dann mit unverhohlener Lüsternheit in der Stimme gesagt: »Jetzt kommt mein absolutes Lieblingsgeräusch.« Als würde sie einem Wäschestoff zu Leibe rücken, hatte sie dann einer Leiche die Gehirnhaut aufgeschnitten. Dabei war von ihren fleischigen Lippen vampirroter Lippenstift auf die zu langen Vorderzähne geraten. Mit ihrer seltsamen Kleidung, ihrer Frisur und ihrem Make-up wirkte sie ohnehin wie eine Komparsin aus einem billigen Horrorfilm. In einer Vorführung hatte sie mit der Geste eines Illusionisten, der ein Kartenspiel mischt, einer Leiche die beiden Lungenflügel entnommen, sie in ihren Händen rasch hin und her gleiten lassen und dann wie bei einem lustigen Ratespiel gefragt: »Welcher ist jetzt der rechte und welcher der linke?« Geschockt hatte Sevgi daher im ersten Unterricht nicht das Berühren oder Aufschneiden von Leichen, sondern die Lust, mit der jene Dozentin auch später noch derlei Perversitäten zelebrierte; ihr war damals aufgegangen, dass Frauen unter Umständen genauso brutal sein konnten wie Männer. Später dachte sie, dass jene Dozentin mit der Herrschaft, die sie über den Tod erlangt hatte, auch Macht über ihre Studenten und über das Leben zu gewinnen suchte. Diese Frau zu verstehen, hieß für Sevgi, einen Aspekt des Lebens zu begreifen. Selbstbehauptung und Selbsterhaltung hatten ihre eigenen Regeln, von denen manche bekannt und andere geheim waren.

Es waren seither viele Jahre vergangen. So viele, dass alles an Glaubhaftigkeit eingebüßt hatte. Sie dachte zurück. »Die Grundschule reicht«, hatte es geheißen. Doch sie reichte nicht. »Die Mittelschule reicht.« Wieder nicht. »Die Oberschule reicht.« Auch sie nicht. Schon als Halbwüchsige übernahm sie jeden Sommer Ferienjobs und versuchte sich an unzähligen Tätigkeiten, war Babysitterin, Verkäuferin, Textilarbeiterin und noch vieles andere mehr. Als die Eltern erfuhren, dass ihre Tochter zum Medizinstudium zugelassen war und einmal Ärztin sein würde, freuten sie sich gar nicht richtig. Was aus ihrer Tochter wurde, entsprach nicht ihren eigenen bescheidenen Wünschen, und sie sahen dies mit zwiespältigen Gefühlen. Während das ganze Viertel Sevgis Studium voller Wohlwollen sah, legten die Eltern ihr zu Anfang eher Steine in den Weg. Zwar schätzten sie es natürlich, mit einer Ärztin als Tochter gegenüber Krankheit und Tod in ein neues Verhältnis zu treten, doch es störte sie, dass Sevgi ein ganz anderes Leben führen würde, mit dem sie nicht mithalten konnten. Sie fürchteten, von Sevgi nicht mehr geliebt zu werden. Dies war tatsächlich bis zu ihrem Lebensende ihre größte Angst: dass Sevgi auf sie herabsehen und sich etwa schämen würde, sie ihren Freunden und Bekannten vorzustellen. Als Kind hatte sie von ihrer Mutter unzählige Male den Spruch von dem Küken gehört, das ausschlüpft und dann gleich über die Eierschale meckert. Die Eltern starben schließlich in der Vorstellung, von ihren Verwandten noch immer als Verschollene angesehen zu werden.

Als die alte Frau nach dem Armreif des Mädchens gefragt wurde, sagte sie: »Den hat sie sonst nie getragen. Er war immer in der Truhe mit ihrer Aussteuer. Manchmal hat sie ihn herausgenommen, kurz übers Handgelenk gestreift und wieder an seinen Platz zurückgelegt. Sie war mit dem Tod verlobt, und zur Hochzeit mit ihm hat sie den Armreif angelegt. Das arme Ding ist unglücklich geboren. Ihre Mutter hat sie nie kennengelernt, und der Vater war ein Taugenichts. Aufgewachsen ist sie bei einem Onkel. Dieses Andenken an ihre Tante war ihr einziges Vermögen auf dieser Welt. So arm sie war, ist ihr nie in den Sinn gekommen, es zu verkaufen.«

Wenn man die Frau gelassen hätte, hätte sie noch lange weitererzählt.

Sevgi nahm den Trabzon-Armreif vorsichtig ab, und als übergebe sie ein von Generation zu Generation vermitteltes heiliges Erbe, legte sie ihn in die faltigen Hände der Frau, die das unglückliche Mädchen anscheinend wirklich geliebt hatte.

Als sie schnellen Schrittes die knarrende Holztreppe hinunterstieg, tat sie das in dem Bewusstsein, nicht nur eine Tote zurückzulassen, sondern auch ein Leben, das durch ein winziges Schicksalszucken auch das ihre hätte sein können. Sie fasste sich an den Hals, als spürte sie dort einen Strick, und fuhr an einem unsichtbaren Mal entlang.

Der tabakfarbene Kapuzenmantel mit dem weißen Pelzkragen

Als der Wagen auf dem Kiesweg vor der Haustür hielt, stand Esme gerade in der Küche und spülte voller Hingabe eines ihrer handgeblasenen Leonardo-Gläser mit den daumengroßen Einbuchtungen und den unförmigen Wölbungen. Da merkte sie, dass sie sich vom Geräusch des fließenden Wassers hatte einlullen lassen. Aber das allein war es nicht; sie hatte sich vielmehr mit einem seltsamen, bilderlosen Gleichmut in innerste Abgeschiedenheit zurückgezogen und genoss eine dumpfe Ruhe. Der Frau, die ihr manchmal im Haushalt zur Hand ging, waren von diesen dünnwandigen Gläsern beim Abwasch schon mehrere zu Bruch gegangen, sodass Esme sie nun lieber selber spülte; doch da sie schon ewig an ein und demselben Glas herumrieb, musste neben dem Wasser noch etwas anderes dahinfließen, etwas aus ihrem Innern.

Als sie den Wagen hörte, blickte sie auf und sah zum Fenster hinaus. Sie waren also da.

Vor dem breiten Fenster, das auf den Weg und den Garten hinausging, hingen ein gekräuselter Vorhang und eine Tüllgardine, die bis zur Arbeitsplatte reichten. Auf dem etwas rauen Vorhang waren große beige und hellgraue Karos sowie horizontale und vertikale hellrosa Streifen, die man erst aus der Nähe sah. Die bei Sonne wie ein Weizenfeld leuchtende Tüllgardine, die bunten Blumentöpfchen auf dem hölzernen Fensterbrett, daneben die Sammlung mit kleinen Tierfiguren, das alles strahlte Harmonie aus und vermittelte Esme insgesamt das Gefühl, sie habe eine Seite aus einem Wohnmagazin vor sich. Es war dies ihr kleines Glück, das sie mit viel Aufwand und Liebe hatte entstehen lassen. Durch das sich ergebende Bild, zu dem in ihrer Vorstellung auch die nach draußen schauende Esme gehörte, bekam ihr Selbstbewusstsein noch einmal einen Schub. Alles war so, wie es sein sollte. Sie ruhte in sich und führte ein gefestigtes Leben. Alles geschah gewissermaßen nur dafür. Um in diesen vertrauten, schicken Rahmen zu passen. Sie trocknete sich die Hände, und mit dem Stolz und dem Selbstvertrauen der erfolgreichen Frau, die ihre Jungmädchenträume wahr gemacht hat, genoss sie den in Szene gesetzten Augenblick, in dem sie die Hauptrolle spielte.

In dem Wagen draußen waren zwei Silhouetten zu sehen. Hinter der von einer Wolke überschatteten Autoscheibe waren sie kaum zu erkennen, und bald schon würden sie wegfahren. Das ganze Wochenende würde Esme mit sich allein sein, die Beine hochlegen und es sich gut gehen lassen. Wie üblich hatte sie eine intensive, anstrengende Woche hinter sich. Aus dem Obergeschoss war ein geschäftiges Hin und Her zu hören; ihre Tochter hatte also gesehen, dass die beiden gekommen waren, und packte schnell die letzten Sachen zusammen. Schon seit einigen Jahren verbrachte Irem mit den beiden jedes Wochenende. Oft fuhren sie gemeinsam mit dem Auto nach Istanbul. Wenn Esme – wie in letzter Zeit immer öfter – auf Auslandsreisen war, blieb Irem auch in der Woche bei den beiden. Letztendlich war dies ein Arrangement, das beide Seiten zufrieden stellte. Das Wetter war ziemlich kühl geworden. Hatte sie Irem gesagt, sie solle sich einen warmen Pullover mitnehmen? Zwar dachte sie oft, Irem sei schon eine richtige kleine Erwachsene, doch entpuppte sich das als vorschnelles Urteil, wenn sie wieder mit ansehen musste, wie ihre Tochter nicht auf die nächstliegenden Dinge kam. Sie war eben doch noch ein Kind.

Die beiden im Auto stiegen aus.

Zuerst seine Frau. Sie trug eine hellrosa Hose, die an ihren langen, schlanken Beinen wie Leggins anlag und ihr bis knapp über die Knöchel reichte, und eine weite, schneeweiße Jacke mit breitem Plüschkragen und auffälligen Hornknöpfen an den Ärmeln. Sie sah darin wieder einmal ausgenommen schick aus. Wenn es Esme auch schwer fiel, so musste sie doch zugeben, dass diese Frau es grundsätzlich schaffte, elegant und attraktiv zu wirken. Esme hätte nicht eines ihrer Kleidungsstücke tragen können, aber dieser Frau stand einfach alles!

Ihr dichtes und lockiges, schulterlanges Haar war ziemlich wild hochgekämmt und stellenweise mit kleinen rosa Schleifchen zusammengebunden, was reichlich schrill wirkte. An den Füßen hatte sie weiße High Heels mit Knöchelriemen, und geschminkt war sie dunkler denn je; das Granatrot an ihren vollen Lippen war schon von Weitem zu sehen. Mit einer Sonnenbrille im Sixties-Look und bunten Modeschmuckarmreifen wurde die Erscheinung abgerundet. So, wie sie gestylt war, würden sie wohl nicht erst nach Hause fahren, sondern gleich irgendwohin. Dass sie immer aussah wie einer Modezeitschrift entsprungen, sich gar nicht darum kümmerte, wie deplatziert ihre Aufmachung oft wirkte, und überhaupt so ungeniert auftrat, als ob sie nicht in Bursa, sondern in Paris wohnte, hatte gleich von Anfang an nicht seine Wirkung auf Irem verfehlt. Esme hatte das alles zuerst als Anbiederung an ihre Tochter gewertet, doch mit der Zeit kam sie dahinter, dass bei der Frau keinerlei Hintergedanken im Spiel waren, und angesichts derartiger Aufrichtigkeit und Echtheit musste Esme passen. Jene Frau war tatsächlich solch ein Mensch. Genau so, wie sie aussah. Das Wort *cool* war anscheinend für sie erfunden worden. Wie so manche Geschiedene begriff Esme allerdings nicht, was Engin an einer Frau finden konnte, die so ganz anders war als sie selbst.

Dann stieg Engin aus dem Auto.

Als er hinter dem Wagen hervorkam, stockte Esme der Atem. Engin trug den tabakbraunen Kapuzenmantel mit dem weißen Pelzkragen, den Esme ihm in ihrem Verlobungsjahr zum Geburtstag geschenkt hatte und den sie so lange nicht gesehen hatte, dass nun, bei dem plötzlichen Anblick, alles, was sie über die Jahre hinweg verdrängt und vergessen, aus dem Gedächtnis verbannt hatte, mit einem Mal wie ein hochgehievtes Schiffswrack wieder an die Oberfläche rauschte.

Esme erstarrte am Spülbecken. Sie bekam nicht einmal mit, dass auf einmal Irem neben ihr stand und »Die sind da!« sagte.

»Mama! Die sind da, hörst du nicht?«

»Kommen sie denn nicht herein? Frag doch mal …«

»Ich glaub nicht, wir sind schon spät dran.«

Sie wollte plötzlich diesen Mantel aus der Nähe sehen. Nicht Engin, aber diesen tabakfarbenen Kapuzenmantel mit dem Pelzkragen wollte sie berühren. Die Jahre berühren.

»Hast du meinen Weißwein ins Eisfach getan?«, fragte sie ihre Tochter. Ziemlich schroff rutschte ihr das heraus. Dem unversehens so groben Ton war anzumerken, dass es ihr nicht um die Antwort ging, sondern um einen Vorwand zum Schimpfen.

»Hab ich, Mama. Zwei Flaschen.«

»Und der Korkenzieher ist hoffentlich nicht wieder sonst irgendwo. Ich will nicht eine Stunde suchen müssen.«

Irem ging zur Schublade, nahm den Korkenzieher heraus, hielt ihn ihrer Mutter vor die Augen und legte ihn zurück. Dann machte sie die Schublade wieder zu. Verwundert sah sie die Mutter an und suchte nach einem Grund für deren plötzliche Aufwallung. Sie war aber nicht auf Streit aus, denn gleich würde sie ja weg sein, da sollte nicht im letzten Moment etwas dazwischenkommen. Esme versuchte ihr Gesicht vor den forschenden Augen ihrer Tochter zu verbergen. Da klingelte es.

Irem wollte öffnen, aber Esme kam ihr zuvor. Sie musste diesen Mantel aus der Nähe sehen, und wenn es ihr noch so wehtun würde. Engin zog gerne uralte Sachen an und warf nicht so leicht etwas weg. Als sie nach der Hochzeit in ihre neue Wohnung zogen, hatte er sogar Hosen dabei, die er zuletzt mit dreizehn im Internat getragen hatte. Darüber hatten sie sehr gelacht. Überhaupt lachten sie viel damals. Diesen Mantel aber hatte Esme schon lange vergessen. Nun erinnerte er sie an ihre schönsten Zeiten. Es gab viele Fotos von Engin, auf denen er diesen Mantel trug. Und auf den meisten davon waren sie zusammen. Sie hatte schon ewig lange keines der Fotoalben auch nur aufgeschlagen. Für die Vergangenheit hatte sie nicht einen Augenblick zu vergeuden. Und der Vergangenheit schien dieser Mantel ja auch anzugehören.

Was konnte es zu bedeuten haben, dass Engin ihn nach so langer Zeit wieder trug? War es allein damit zu erklären, dass er eben alte Sachen am liebsten anzog, so viel neues Zeug er sich auch kaufen mochte? Vielleicht verband er mit dem Mantel gar nichts Besonderes mehr und hatte ihn einfach nur schnell übergezogen und die Erinnerungen daran abgeschüttelt wie Staub. Tja, mehr war an der Sache wohl nicht dran. Während der Mantel für Esme immer noch ein Sinnbild vergangenen Glücks war, hatte er für Engin seine Symbolkraft eingebüßt und war zum bloßen Kleidungsstück geworden. Das kränkte Esme irgendwie. Tief in sich spürte sie einen Groll und wusste doch nicht, auf was oder wen nun genau. Engin hätte doch wissen müssen, dass ihr das wehtun würde, aber bewusst hatte er es bestimmt nicht getan, denn grausam war er nie gewesen. Er war wohl lediglich gedankenlos. Ganz einfach aus seinem Glück heraus.

Als sie die Tür öffnete, empfing Engin sie mit seinem üblichen Jungenlächeln. Ihr hingegen zwang der Mantel einen Gesichtsausdruck auf, der Engin von früher her bekannt sein musste. Sie wandte schnell die Augen ab; er sollte ihren beleidigten Blick nicht zu Gesicht bekommen. Sie sah auf die hölzernen Mantelknöpfe, die sie Engin früher so gerne zugeknöpft hatte. Bei der Begrüßung strich sie mit der linken Hand verstohlen über den Mantel, ganz kurz nur. Sie wusste, dass der Mann in dem Mantel nun mit einer anderen Frau verheiratet war, und selbst wenn ein Mantel imstande war, Erinnerungen aus den Tiefen der Zeit zu holen, so konnte er doch nicht verlorene Jahre wiederbringen oder Vergangenes ändern.

Tülin stand mit gekreuzten Armen in gewohnt dezenter Weise hinter Engin und nickte Esme lächelnd zu. Wieder einmal merkte Esme, wie gut die beiden zusammenpassten. Diesmal schmerzte sie das. Längst überwunden geglaubte Eifersucht stieg in ihr hoch. Sie dachte, dass die beiden ein

Leben führten, das man ihr gestohlen hatte. Zum ersten Mal nach langer Zeit dachte sie das.

Trotz Esmes Aufforderung kamen die beiden nur in den Flur, aber nicht ins Wohnzimmer, und Irem stand ja auch schon fertig da. Jetzt erst merkte Engin, dass mit Esme etwas los war. Irgendeine kleine Veränderung, die er nicht hätte benennen können und wohl auch gleich wieder vergessen würde, sobald er aus der Tür war. Er hatte Esme immer vorgeworfen, ihre Gefühle mit der Verschlagenheit eines Samurai zu verbergen. Nun aber schien etwas unvermittelt aus ihrem ganzen Wesen herauszudrängen. Später im Auto würde er vielleicht seine Tochter fragen: »Sag mal, hat deine Mutter was? War sie nicht komisch vorhin?« Und Irem würde antworten: »Sie arbeitet wahnsinnig viel und kommt nie vor zehn nach Hause«, und dann würde sie auf den CD-Player deuten und sagen: »Tülin, spielst du bitte mal das sechste Stück, das mag ich ganz besonders«, und sie würden das sechste Lied hören. Tülin hatte Irem schon am ersten Tag gebeten, sie mit dem Vornamen anzusprechen, und so waren sie eben füreinander Tülin und Irem. Engin war froh, dass die beiden sich anfreundeten, und als er merkte, dass seine Tochter mit Tülin sogar besser auskam als mit ihrer Mutter, passte ihm das erst recht.

Als sie zur Tür hinausgingen und Irem hinter den beiden zum Auto hüpfte, versetzte dies Esme erneut einen Stich. Die drei wirkten wie Jugendliche, die es nicht erwarten konnten, von den Eltern wegzukommen und sich zu amüsieren. Esme fiel wieder ein, wie sie selbst als junges Mädchen von Freundinnen abgeholt wurde und fröhlich davongesprungen war. Wie schnell war sie doch zu der alten Frau geworden, die man unbekümmert zurücklässt!

Nachdem sie die Tür hinter ihnen geschlossen hatte, musste sie sich kurz mit dem Rücken dagegenlehnen, wie um Atem zu holen, doch sie kam sich gleich so klischeehaft vor wie in einem amerikanischen Schwarz-Weiß-Film. Allmählich war es so, dass sie tun konnte, was sie wollte, und doch immer nur ans Altern und ans Dahinschwinden dachte.

2

Als sie tief durchgeatmet hatte, ging sie ins Wohnzimmer und sah dort wie eine Fremde mit geradezu toten Blicken umher; auch hier war fast alles so peinlich genau arrangiert, dass sie sich wie auf einem Magazinfoto wähnen durfte, aber so ruhig und sicher wie zuvor kam sie sich nicht mehr vor. Alles hatte an Farbe und Leuchtkraft eingebüßt. Die Stühle im Arne-Jacobsen-Stil, das Philippe-Starck-Besteck in der beleuchteten Vitrine, die Alev-Ebuzziya-Schalen, die signierten Bilder von Erol Akyavaş und Ömer Uluç an den Wänden, überhaupt alles, was bisher dazu beigetragen hatte, dass sie sich selbstsicher und erfolgreich fühlte, erschien ihr nun fern und fremd, wie seit Urzeiten unter Lava begraben. Sie wollte hoffen, dieser Eindruck, der ihr so zu schaffen machte, sei nur ein trügerischer und entsprechend schnell zu überwinden. Sie musste sich nur erst einmal beruhigen. Zumindest bei ihrer Arbeit, bei der sie ziemliche Verantwortung trug, war sie geübt darin, nicht gleich in Pessimismus zu verfallen. Sie wurde sogar gerühmt dafür, was für eine Geduld und Kaltblütigkeit sie beim Bewältigen von Krisensituationen an den Tag legte, und war auch selber stolz darauf.

Sie holte den Wein aus dem Eisfach. Die eine Flasche stellte sie in den Kühlschrank, die andere öffnete sie. Als sie den Korkenzieher aus der Schublade nahm, fiel ihr wieder ein, wie sehr sie Irem zuvor Unrecht getan hatte; sie schämte sich dafür, denn gewöhnlich ließ sie sich nichts anmerken, selbst wenn es in ihr kochte. Sie öffnete den Barschrank mit den Flügeln aus satiniertem Glas und nahm eines der in Paris erstandenen hochstieligen Gläser heraus. In ihren Augen machte ein solches Glas das Weintrinken zum liturgischen Erlebnis und brachte nicht nur den Wein darin zum Strahlen, sondern auch den Augenblick selbst. Bisher war es ihr zwar nicht eingefallen, schon so früh am Tag mit dem Trinken zu beginnen, doch jetzt verspürte sie ein heftiges Bedürfnis danach.

Sie ging die zwei Stufen zum Wohnzimmer hinunter, das auf den Balkon und den Garten hinausführte. Bei der breiten sandfarbenen Couch in L-Form klopfte sie erst die Kissen wieder auf, setzte sich dann bequem hin und horchte auf die Stille des Hauses, aus der sie innere Ruhe zu beziehen gedachte. Es war aber diesmal eine erschreckende, hinterhältige, ja tote Stille, und also nicht gerade angetan, ihr zu helfen. Auch draußen war nichts zu hören. Sie blickte auf den Garten hinaus, doch mit anzusehen, wie auf die teerfarbene Abdeckung des Swimmingpools Blätter herabtrudelten, machte die Melancholie, die sich hartnäckig in ihr einzunisten suchte, nur noch schlimmer. Als sie vor wenigen Jahren aus Bursa, wo sie im feinen Stadtteil Çekirge eine große Wohnung gehabt hatte, in diese Villa in Bademli gezogen war, hatte sie sich vor allem von der Ruhe hier viel versprochen. Bademli war ein Dorf auf dem Weg nach Mudanya, doch seit dem Bau der neuen Straße nach Mudanya gab es hier keinen Durchgangsverkehr mehr, sodass Wohlhabende aus Bursa sich hier Villen errichten ließen und das Dorf allmählich den Charakter eines geborgenen Ferienortes der besseren Kategorie angenommen hatte. In der ersten Zeit hatte Esme sich dort gefühlt wie in einer Datscha aus einer Erzählung Tschechows. Bis ins Stadtzentrum war es mit dem Auto eine halbe Stunde. Sie wusste, dass sie morgens früher aufstehen musste als alle anderen. Um zu verhindern, dass Esme sich nach einer anderen Arbeit umsah, hatte ihr Chef sie langfristig an die Firma gebunden und ihr dafür die Villa zum Geschenk gemacht. Schon bald aber war das Dorf von den geschmacklosen Protzvillen neureicher Bauherren und von reizlosen Genossenschaftsbauten umzingelt. Man konnte nicht davonlaufen, nirgendwohin. Stets wurde man eingeholt.

In ihrer Kindheit gab es in der Küche einen Klapptisch mit dünnen, zerbrechlich aussehenden Beinen. Wenn Esme von der Schule heimkam, wurde zum Mittagessen dieser Tisch aufgeklappt und mit einem Wachstuch bedeckt, und nach dem Essen wurde er wieder zusammengeklappt. Was sie an diesem verinnerlichten Bild eigentlich so wehmütig machte, war ihr selbst fremd geblieben; das Warum und Weshalb bleibt meist in den Tiefen der Vergangenheit verborgen; einzig und allein aber wusste sie, dass das heimtückische Leiden an einer kargen Kindheit einen nicht so leicht losließ.

Ihr Zuhause war ihr immer dann am liebsten, wenn sie allein war. Ganz allein. Sogar als sie noch mit Engin und Irem zusammenlebte, war heimisches Glück für sie gleichbedeutend mit den Momenten, in denen sie allein zu Hause war. Es war dies eine Art schuldiger Genuss, eine besondere Spielart des Egoismus. Doch ging ihr eben nichts über die innere Ruhe, die sie empfand, wenn alles an dem Platz war, an den es gehörte. Die Gegenwart eines anderen Menschen machte diese Ordnung zwangsläufig zunichte. Wenn sie damals Engin vorhielt, nie etwas aufzuräumen, entgegnete der: »Du willst ja kein Haus, sondern eine Dekorlandschaft! Wir können doch nicht zu leben aufhören, nur damit nichts durcheinander kommt!«

Sie griff sich ein paar Erdnüsse aus der Schale, die auf dem Beistelltischchen stand. Es war eine hauchdünne Keramikschale in Form einer genau in der Mitte durchschnittenen Birne; sie hatte sie vor ein paar Jahren aus Kopenhagen mitgebracht. Die Orte, an denen sie gewesen war, verband sie immer mit dort gekauften Gegenständen. Jeder von diesen erinnerte sie daran, dass sie existierte, lebte. Wie alle verzauberten Dinge, an denen sich ihre Fantasie entzündete und ein Feuerwerk der Assoziationen abbrannte, brachten diese Gegenstände bestimmte Tage wieder zum Leben und riefen tiefe Wehmut in ihr hervor. Beim Anblick eines Gegenstandes hatte sie sofort die entsprechende Stadt vor Augen, die Geschäfte, in denen sie eingekauft hatte, das Regal, aus dem sie den Gegenstand genommen hatte, und das alles mit einer Lebendigkeit, als geschehe es im Jetzt, und dann verspürte sie immer eine Sehnsucht, die sie sich nicht zu erklären wusste. Ein existenzielles Glück. Das Gefühl, Herr über seine Erinnerungen zu sein. Was sie an Dingen besaß, das besaß sie an Erinnerungen.

Wie sie aber mit den Gefühlen fertig werden sollte, die beim Anblick von Engins Mantel so mächtig über sie hereingebrochen waren, das wusste sie nicht. Für diese wer weiß wie lange schon in ihr gärenden Verwirrungen, die sie noch gar nicht einzuordnen vermochte, musste es eine Erklärung geben, die sie hoffentlich nicht allzu teuer zu stehen kam.

Und noch bevor sie sich von dieser Couch wieder erhob, hoffte sie, diese Erklärung zu finden.

Zurückzublicken und in der Vergangenheit herumzuwühlen war etwas, womit sie nicht viel anfangen konnte. Die Vergangenheit erschien ihr seit jeher als etwas Totes, nichts weiter als Zeitverschwendung. Nun aber war offenbar ein Blick in die Vergangenheit genau das, was sie brauchte. Die Finger, die einst so gerne jene Holzknöpfe zugemacht hatten, deuteten fortwährend in die Vergangenheit. Dort musste etwas Wichtiges zu holen sein. Dass überwunden Geglaubtes tatsächlich überwunden war, erschien ihr plötzlich nicht mehr so sicher.

Gewohnheitsmäßig suchte sie nach einem Verantwortlichen, einem Schuldigen, aber damit kam sie nicht recht voran; am wichtigsten war ihr, nicht selber die Schuldige zu sein. So wie sie auf der Couch saß, ein Bein untergeschlagen und das Kinn auf das andere Knie gestützt, wirkte sie wie eine der hilflosen Frauen, die nicht mehr wissen, gegen wen sie ihre Wut eigentlich richten sollen. Die üblichen Klischees, die einem dabei halfen, einen Schuldigen auszumachen, standen ihr nicht zu Gebote. Ihr begann zu dämmern, dass sie gewisse unscheinbare, aber doch wichtige Dinge verpasst hatte, weil sie ihr Leben an geradezu betriebswirtschaftlichen Gesichtspunkten ausgerichtet hatte.

Dabei hatte die Ehe mit Engin begonnen wie ein Traum. Es hatte sich alles so gestaltet, wie sie es sich immer vorgestellt hatte. Engin war ein pflegeleichter Mann. Wenn Esme später sagte, »Mein erstes Kind war nicht Irem, sondern Engin«, dann meinte sie gewissermaßen das. Wie so manche Frau war Esme dominant genug, um ihrem Mann sowohl Gattin als auch Mutter sein zu wollen. Alles, was den Haushalt betraf, entschied Esme, meist auch, ohne Engin überhaupt zu fragen. Engin hatte keine Leidenschaften, keinen besonderen Ehrgeiz. Er vollführte keinen Wettkampf mit dem Leben. Seine Innenwelt war einfach gestrickt und verursachte den Mitmenschen keine Probleme. Er nahm alles, wie es kam, und konnte sich an jeder Überraschung erfreuen. So lebte er in den Tag hinein, wusste sich zu bescheiden und fand an allem eine positive Seite. Er war also in allem das Gegenteil von Esme. Die nämlich kam mit Engins eklatantem Mangel an beruflichem Ehrgeiz nicht zurecht und fand, dass ihr Mann in dieser Hinsicht nicht zu ihr passte. Was ihr zu Hause so an ihm gefiel, regte sie außer Haus auf. Zu Hause sollte er sein, wie sie ihn haben wollte, und außer Haus so, wie sie selbst war.

Der Gedanke, nach Bursa zu ziehen, war ihnen nicht etwa während eines Skiurlaubs am Uludağ-Berg gekommen. Als sie eines Abends sagte, »Du Engin, ich habe aus Bursa ein tolles Angebot bekommen«, gab sie ihrem Anliegen zwar den Anschein einer Frage, sprach aber dennoch wie jemand, der seinen Entschluss längst gefasst hatte.

Sie hatten gerade fertig gegessen und machten noch eine Flasche Wein auf. Auf diesen günstigen Moment hatte Esme den ganzen Tag gewartet. »Das ist ein Job, wie ihn in der Türkei kaum mal eine Frau kriegt, wenn sie nicht die Tochter vom Chef ist. Davon habe ich jahrelang geträumt. Was meinst du, was sollen wir machen, Engin?«

Engin war kein Dummkopf und wusste sehr wohl, dass die Würfel schon gefallen waren. »Na ja, in Bursa geht es mit der Industrie steil bergauf, in manchen Branchen können sie schon mit Istanbul mithalten. Da ist auch für mich was drin.«

Ohne viel Aufhebens zogen sie also nach Bursa um. Engin tat auch gar nicht so, als ob er damit ein großes Opfer brächte. Er sagte, er handle einfach wie jeder Mann, dem Glück und Erfolg seiner Frau irgendwie wichtig seien. Und völlig ab vom Schuss sei Bursa schließlich auch nicht. »Mit dem Auto sind es fünf Stunden bis Istanbul, und von Yalova aus kann man mit der Fähre hin. Ist halt nur eine ziemliche Fahrerei zu den Spielen von Galatasaray!«

So sagten sie nacheinander alle Sätze auf, mit denen ihr Umfeld und sie selbst zu überzeugen waren. Engin konnte schließlich problemlos seine Arbeit nach Bursa verlegen.

Im ersten Winter wolle Esme ihrem Mann zum Geburtstag bereits einen der bunten Motivpullover schenken, die in melodramatischen Filmen aus den Siebzigerjahren die Helden trugen, wenn Szenen am verschneiten Uludağ gedreht wurden, aber dann ließ sie diesen etwas teuren Scherz doch bleiben. Allein den Gedanken schon fanden die beiden jedoch amüsant.

Nachdem Esme ein paar Monate in ihrer Firma gearbeitet hatte, wurde sie zu einer speziellen Fortbildung für ein halbes Jahr nach Kanada geschickt. Das führte zur ersten ernsthaften Auseinandersetzung zwischen den beiden. Engin warf Esme vor, sie habe schon vorher über diese Fortbildung Bescheid gewusst und vorgegeben, diese habe sich erst nach ihrem Umzug nach Bursa ergeben. Er habe keinen einzigen Freund in Bursa und werde nun von seiner Frau in einer Stadt allein gelassen, in die er nur ihretwegen gezogen sei.

Dass sich in diesem halben Jahr etwas Entscheidendes verändert hatte, merkten die beiden erst nach Esmes Rückkehr. Sie hatten nämlich jeder für sich entdeckt, dass sie auch ohne den anderen leben konnten. Erheblich beschleunigt wurde dieses Auseinanderdriften, als Engin Tülin kennenlernte.

Wie stets hatte Engin sich eigentlich anständig verhalten. Er hatte sich in Tülin verliebt, aber da er sich seiner Gefühle nicht ganz sicher war, hatte er sich bemüht, die Sache erst einmal mit sich selbst auszumachen, und auch keinen Versuch unternommen, seine Frau zu betrügen. »Ich wollte mir erst mal sicher sein. Es konnte ja eine vorübergehende Verliebtheit sein, weil es mich so blitzartig gepackt hat, eine Verknalltheit vielleicht, die mich erst überwältigt, aber über die ich dann hinwegkomme, und deshalb wollte ich nicht damit herausplatzen und dir unnötig wehtun und unsere Ehe aufs Spiel setzen. Du musst mich verstehen, ich wollte einfach nichts unternehmen, was ich später bereuen würde. Ich habe also gewartet, bis ich mir sicher war, und das bin ich jetzt, Esme: Ich liebe Tülin, und ich möchte sie heiraten. Du merkst ja selber, dass unsere Ehe eigentlich schon vorbei ist. Ich glaube aber, wir können Freunde bleiben. Und mir liegt vor allem daran, dass Irem möglichst wenig darunter leidet. Mit deiner Erlaubnis möchte ich also, dass wir uns trennen.« Mit Bedacht hatte er »trennen« gesagt, nicht »scheiden lassen«.

Sie hatte ihn daraufhin so lange angeschwiegen, dass er sie beunruhigt mehrfach bei ihrem Namen rief. Für Esme war die Sache ein harter Schlag. Ein sehr harter. Wenn sie sich auch nach außen nichts anmerken ließ, erlebte sie die Trennung doch als eine bittere Niederlage; andererseits wollte sie niemandem Steine in den Weg legen. Dass sie ihren Mann liebte, hatte sie bis dahin immer dann gemerkt, wenn sie eifersüchtig war, und auch diesmal war es so. Und da sie am Ausmaß ihrer Eifersucht die Größe ihrer Liebe ablas, meinte sie Engin noch immer zu lieben.

»Wenn du unserer Trennung zustimmst, dann möchte ich sie deiner Familie persönlich mitteilen«, hatte Engin gesagt und am Abend darauf tatsächlich bei Esmes Eltern angerufen und mit den Worten »Ich habe bei euch um die Hand eurer Tochter angehalten, nun möchte ich euch bitten, mir die Erlaubnis zu unserer Trennung zu geben« eine lange Erklärung eingeleitet. Ganz offensichtlich litt er selbst unter der Situation, aber er konnte eben nicht anders. Er hatte sich wie ein Schuljunge schwer verliebt und versuchte nun einen Ausweg zu finden, ohne jemandem wehzutun. Trotz all ihrer Wut konnte Esme nicht umhin, Engin wieder einmal zu bewundern; für die Umsicht, mit der er zu Werke ging, und für die Achtung, die er allen Beteiligten und auch seinem eigenen Erleben entgegenbrachte. Sie wollte nicht, dass ihre Ehe zu Ende ging, aber Engin hatte ja recht, eigentlich war sie das schon. Betrübt war Esme vor allem darüber, dass nicht sie selbst, sondern Engin das ausgesprochen hatte, denn dadurch fühlte sie sich in ihrem Stolz gekränkt. Auch nach ihrer Trennung versäumte Engin nicht, Esme so lange zur Seite zu stehen, wie sie dies erlaubte, genauso wie er seine Vaterpflichten nicht vernachlässigte. Als Freund war er wirklich einzigartig. Nur als Ehepaar hatten sie es nicht geschafft.

Nachdem Esme Tülin lange Zeit sehr argwöhnisch und überkritisch beobachtet hatte, um sie bei irgendeinem Fauxpas zu ertappen, musste sie schließlich anerkennen, dass Engins neue Frau eigentlich ein angenehmer, guter Mensch war. Sie hatte mit niemandem Probleme, weil sie nicht zu den Frauen gehörte, die ihrer Umgebung ständig irgendetwas beweisen müssen. Sie schien immer guten Mutes zu sein. In mancher Hinsicht glich sie Engin, nur dass sie aufgrund ihrer weiblichen Defensivinstinkte etwas distanzierter und auch ein klein wenig umsichtiger war als er.

Sie waren ein glückliches Paar, passten zueinander und verstanden sich gut; vor allem aber war Irem, wenn sie mit den beiden zusammen war, richtiggehend fröhlich. Am meisten gefiel Irem an Tülin, dass sie den gleichen Musikgeschmack hatte wie sie. Begeistert hörten die beiden Musik von Gruppen wie Prodigy, bei deren bloßer Erwähnung sich Esme schon die Haare sträubten. Außerdem verhielt sich Tülin Irem gegenüber weder als ältere Schwester noch als anbiedernde Erwachsene und punktete bei ihr allein schon dadurch. Jene richtige Familie, die Esme hätte haben wollen, hatten somit die drei gegründet, und für Esme war darin kein Platz.

Kurz gesagt fiel niemandem in der Geschichte der Part des Bösewichts zu, und gerade das machte Esme so zu schaffen. Sie wusste nicht, auf wen sie wütend sein sollte, und konnte den Frust über das Verlorene, der beständig in ihr anwuchs, auf keine Weise abreagieren.

Da hatte sie also nicht das Weibchen werden wollen, das den ganzen Tag zu Hause herumhockt und auf den Ehemann wartet, und fand sich irgendwann in der Rolle der Geschäftsfrau wieder, die immer zu spät nach Hause kam und sich deswegen fortwährend bei Mann und Kind zu entschuldigen hatte. So hatte sie das nicht gewollt, und doch war es so gekommen.

Plötzlich war ihr danach, Irems Stimme zu hören.

Das war es, was ihr am ehesten aus dem Strudel dieser Stille heraushelfen konnte. Sie rief sie von ihrem Handy aus an. Es dauerte lange, bis Irem abhob. Im Hintergrund hörte man Stimmengewirr und Musik. Esme stellte sich vor, wie

Engin dort in seinem tabakbraunen Kapuzenmantel mit dem weißen Pelzkragen dasaß. Nichts als Einbildung! Warum sollte er ihn anbehalten haben?

Irem begriff nicht recht, wozu ihre Mutter sie anrief, höchstens wohl als Versöhnungsversuch, wegen ihrer Ruppigkeit zuvor. Es war deutlich, dass sie so schnell wie möglich auflegen und zurück in ihre Feierlaune wollte. Esme machte es auch kurz. »Amüsierst du dich?«, fragte sie. »Amüsier dich für mich mit!« Der Groll in ihrem Herzen übertrug sich nicht auf ihre Stimme. Ihre Tochter war da draußen im Leben, an einem lauten, fröhlichen Ort; sie selbst hingegen saß an einem Freitagabend allein und unglücklich mit einem Glas Wein in der Hand da und wusste nicht, wie sie ein elend langes Wochenende herumbringen sollte. Was sie sich vorgenommen hatte, erschien ihr plötzlich sinnlos und leer. Es war nichts geworden. Irgendetwas war nichts geworden. Sie hatte sich so bemüht, beruflich etwas aus sich zu machen, auf eigenen Füßen zu stehen und immer weiter vorwärts zu kommen, und hatte dabei irgendetwas verpasst.

Eine Weile schwankte sie, ob sie sich nur frisch machen oder gleich duschen sollte, oder sich umziehen und spazieren gehen. Ihr war ganz heiß geworden. Sie stand auf und ging zum Kühlschrank, um sich kaltes Wasser zu holen. Sie nahm eines der Leonardo-Gläser, die sie zum Trocknen abgestellt hatte, wog es eine Weile sinnierend in der Hand und warf es dann mit voller Wucht an die Wand. Beim Anblick des zerspringenden Glases und der Scherben, die überall auf den Küchenfliesen herumflogen, brach sie plötzlich wie ein Kind in ein lautes, schluchzendes Weinen aus.

Dann merkte sie verstimmt, dass sie nun schon wieder so

filmreif dastand wie schon zuvor an der Tür. »Was soll ich nur machen? Was?«

Samsun-Zigaretten, Tabakballen, Tamaron

Manche Dinge sieht man erst, wenn sich das Licht ändert. Als sie am zweiten Tag gegen Abend unten in der Küche beim Bohnenputzen zusammensaßen und vom hinteren Fenster her, wo die Holzläden offen standen, Licht auf den Tisch fiel, wurde Şengül zum ersten Mal seit ihrer Ankunft wieder bewusst, dass Songül und sie Schwestern waren, und ihre Augen begannen zu glänzen. Als Songül, ganz in ihre Arbeit vertieft, die Augen ihrer Schwester auf sich ruhen spürte, sah sie auf, und die beiden blickten sich an. An Songüls Erstaunen war abzulesen, dass ihre Schwester sich mit ihren Blicken wohl allzu sehr verraten hatte. Songül wusste diesen Überschwang nicht recht zu deuten, setzte aber ein Lächeln auf. In Erinnerung an alte Tage lächelten sie sich an.

»Die Bohnen sind noch recht frisch«, sagte Şengül.

»Die sind vom unteren Garten«, erwiderte Songül mit einem Anflug von Stolz. »Die Setzlinge habe ich dieses Jahr gepflanzt.«

»Die fallen ja fast von selber auseinander.«

»Die langen breche ich nicht öfter als zwei Mal, und die kurzen lasse ich ganz. An grünen Bohnen muss ja was Knackiges dran sein. Die Zwiebeln schneide ich in ganz dünne Scheiben, so wie für einen Hirtensalat, und die Tomaten lasse ich lange schmoren. Du wirst staunen heute Abend! Meinem Schwiegervater schmeckt das ganz besonders.«

Sie schien sich weniger ihrer Kochkünste rühmen zu

wollen, als sie so lange von den Bohnen erzählte, sondern es ging ihr wohl darum, die plötzliche Vertrautheit, die da entstanden war, nicht gleich wieder verpuffen zu lassen. Bei ihrem Bemühen, zueinander zu finden, hatten sie es seit dem Vortag nur immer wieder zu zarten Ansätzen von Erfolg gebracht, die zu hegen und zu pflegen waren, und nun waren sie zum ersten Mal ganz bei sich, und das genossen sie; sollten sie verstummen und wieder in ihre Gedanken versinken, so würde der Zauber gleich verfliegen.

Während Şengül die Bohnen unter fließendem Wasser wusch und sie dann in ein Zinksieb legte, versuchte sie ihre Schwester mit anderen Augen zu sehen. Aus der gerade erhaschten Vertrautheit heraus fragte sie so beifällig wie möglich: »Bist du eigentlich glücklich?« Aus irgendeinem Grund legt man bei dieser Frage meistens den Kopf leicht schräg. So auch Şengül.

Songül sah drein, als wollte sie fragen, ob denn irgendetwas das Gegenteil vermuten ließe. Dann wandte sie sich wieder ihrer Arbeit zu und sagte ohne weiteres Nachdenken: »Ja, klar.« Es klang ganz natürlich. »Ich habe aus freien Stücken den Mann geheiratet, den ich liebe. Seine Familie mag mich, und von Ankara hatte ich sowieso die Nase voll. Was will ich also mehr?«

»Na ja, wir wohnen eben so weit weg voneinander. Ich will, dass du glücklich bist, Songül. Versteh mich nicht falsch, ich frage nur, damit ich Gewissheit habe.«

Şengül hatte schon lange Schwierigkeiten, sich und die anderen noch als wirkliche Familie zu begreifen. Ihrer Schwester gegenüber hatte sie ein Schuldgefühl entwickelt, das sie aber nicht offenbaren wollte; und überhaupt wusste sie einfach nicht, wie sie sich verhalten sollte.

Manche Geschichten wirken am stärksten, wenn sie im Ganzen erzählt oder gehört werden; andere wiederum entfalten gerade dadurch, dass sie Stück für Stück ans Licht des Tages kommen, eine fast übernatürliche Wirkung, die bis an die Grundfragen menschlicher Existenz rührt.

Was Songül etappenweise von ihrer Schwiegermutter erzählte, war so eine Geschichte. Manchmal kann ein Toter, den man nie kennengelernt hat, sich plötzlich im Leben eines Menschen einnisten. Gleichsam von einem unbewussten Schicksal geleitet, war Şengül hierher gekommen, um die Geschichte jener Frau zu hören.

Dem Zinksieb war anzusehen, wie alt es schon war. Şengül warf einen liebevollen Blick darauf, wie auf so ziemlich alles, was sie an ihre Kindheit erinnerte. Es schwang in diesem Blick wohl auch ein wenig Mitleid mit, mitleidiges Erinnern an ihre Kindheit nämlich, die ihr, versinnbildlicht durch derlei Dinge, wieder erstand. Jedes Mal, wenn sie in die Türkei kam, vermeinte sie wieder etwas von dem Land vergessen zu haben, und bisweilen ließ sie das in Panik geraten. Ihr Gedächtnis schien in der Ferne heimtückische Löschaktionen vorzunehmen und sie auf Nimmerwiedersehen ihrer Vergangenheit und ihrer Wurzeln zu entfremden. Sie fürchtete sich davor, sich irgendwann einmal überhaupt nicht mehr an ihre Kindheit zu erinnern und ganz und gar dem Vergessen anheimzufallen.

Als Songül merkte, wie versonnen ihre Schwester an dem Sieb herumdrehte, sagte sie: »Das stammt von meiner Schwiegermutter. Ich habe es ganz unten in einem Schrank entdeckt und wieder in Gebrauch genommen.« Ohne sich umzudrehen, machte sie eine umfassende Handbewegung und sagte: »Du siehst ja, wie viele Schränke in diesem Haus sind. Das ist in fast allen Häusern so, die früher Griechen gehört haben. Einen Ordnungssinn hatten die!« Das hörte sich an, als ob durch Songül jene Ordnung vergangener Prachttage zu neuem Leben erweckt würde.

Schon in ihrem Brief hatte Songül die »alten steinernen Griechenhäuser« erwähnt, doch Şengül hatte dem nicht weiter Beachtung geschenkt. Als Songül bei der Herfahrt mit dem Auto schon von Weitem auf das Haus gedeutet hatte, war ihre Schwester gleich schwer beeindruckt gewesen. Es war ein mächtiges Steinhaus mit einem großen Garten rundherum. Der stille Bau, der seine eigene Geschichte zu haben schien, war ihr bei dem bedeckten Himmel gleich noch düsterer vorgekommen. Er erinnerte sie an die geheimnisumwitterten Landhäuser aus Romanen, in denen die Leute sich mit dem, was sie voreinander verbergen, gegenseitig das Leben schwermachen. Dort sieht es immer aus, als würde es gleich zu regnen anfangen, und die Tage ziehen gleichförmig und leer vorbei.

Ihre Mutter sagte manchmal zu ihr: »Wenn ich gewusst hätte, dass du einen Roman nicht vom echten Leben unterscheiden kannst, dann hätte ich früher nicht immer gesagt: ›Jetzt nimm doch mal ein Buch in die Hand, Mädchen!‹«

Wenn ein Roman sich nicht mit dem Leben verwechseln ließ, wozu sollte sie ihn dann überhaupt lesen?

Obwohl bei ihrer Mutter sowohl der Jahresurlaub als auch das Kontingent plausibler Krankschreibungen schon ausgeschöpft waren, hatte sie angesichts der in letzter Minute eingetroffenen Einladung notgedrungen Scherereien mit ihrem Arbeitgeber in Kauf genommen und war mit dem erstbesten Flugzeug noch rechtzeitig zur Hochzeit ihrer Tochter gekommen. Erst hatte sie ja gar nicht hinfahren wollen, weil sie beleidigt war. Man hatte es nämlich nicht für nötig befunden, sie um ihre Meinung zu fragen, sondern sie vor vollendete Tatsachen gestellt. Die Zustimmung des Vaters war ihnen genug gewesen. Da heiratete also ihre Tochter und zog zu ihren Schwiegereltern nach Samsun, und nicht einmal in die Stadt selbst, sondern irgendwohin außerhalb, zwischen Samsun und Bafra, wo links und rechts nichts als Tabakfelder lagen. Sie hätten ja ein Auto und könnten im Nu überallhin fahren. Erst hatte die Mutter schon gedacht, Songül habe sich nur deshalb in eine so frühe Ehe gestürzt, um ihre Mutter damit zu bestrafen, doch bei der Hochzeit war ihr klar geworden, dass dem nicht so war. Songül schien den jungen Mann wirklich zu lieben. Gut also, dass sie zu der Hochzeit doch gekommen war. Sie kannte sich schließlich: Wäre sie schmollend zu Hause geblieben, hätte sie das hinterher bitter bereut. Nach der Hochzeit hatte sie allerdings gleich zurück nach Deutschland fliegen müssen. So hatte sie sich die Hochzeit ihrer Tochter früher nicht vorgestellt, aber wann war in ihrem Leben schon etwas nach Wunsch verlaufen?

Obwohl sie das Thema schon mal angesprochen hatten und es anscheinend kein Problem damit gab, fragte Şengül noch einmal nach: »Du bist mir doch nicht böse, dass ich nicht auf deiner Hochzeit war?«

»Ach woher!«

»Wie gesagt, da waren meine Abschlussprüfungen, und mit so etwas nehmen sie es in Deutschland genau. Und wer in meinem Alter noch an die Uni will, der hat es doppelt schwer.«

»Was soll denn das? Du bist doch nicht alt!«

»Aber ganz so leicht tue ich mich nicht mehr mit dem

Lernen. Ich muss eben fleißiger sein als die anderen. Bis ich schon mal das Deutsche in meinen Kopf hineingebracht hatte …«

Songül sah auf die Fältchen am Mundwinkel ihrer Schwester und dachte, wie stolz sie doch auf sie war; am liebsten hätte sie ihr das auch gesagt, wie man es immer in den Fernsehserien hörte, aber sie hatte Angst, es würde gekünstelt klingen.

Unter dem Topf mit der Weizengrütze, den Auberginenwürfeln, den dünnen Paprikascheiben und den Schalotten schaltete sie das Feuer herunter, rührte noch einmal tüchtig um und legte dann zwischen Topf und Deckel Zeitungspapier, um das Ganze richtig ziehen zu lassen. Das waren alles Dinge, die Şengül an ihre Kindheit erinnerten. Was sie selbst vergessen hatte, ließ ihre Schwester fortleben.

Songül zeigte auf die Bohnen und sagte: »Jetzt kommen die da noch aufs Feuer, und dann setzen wir uns raus und trinken unseren Abendtee!«

Sie schien einfach alles so zu machen, wie es sich in einem Haus auf dem Land gehörte.

Es fehlte nur noch ein bellender Hund, um das Bild vollständig zu machen, doch als bald darauf Songüls Mann nach Hause kam und die Hunde anschlugen, war auch das perfekt.

Als draußen vor der Tür die Abendsonne durch die Laube schien und alle Farben leuchten ließ, sah Şengül ihre Schwester noch einmal mit neuen Augen. Als Songül von ihrem Stuhl aufstand, um ihren Mann zu begrüßen, glich ihr Gesicht plötzlich einem dunklen Gemälde. Man las darin die völlige Ergebenheit einer Frau, die ihren Mann vorbehaltlos liebt. Die Betonung schien aber nicht auf der Liebe zu liegen, sondern auf der Ergebenheit, und einer recht altbacken wirkenden noch dazu. Wenn man bedachte, wie flüchtig sich die beiden erst kannten, konnte sich eine solche Ergebenheit kaum schon entwickelt haben. Mit einem Mal war es Şengül, als sei sich ihre Schwester über ihre eigenen Gefühle nicht im Klaren und mache sich etwas vor. Es war nicht Liebe, was sie da empfand, und sie wusste es nicht einmal.

Das versetzte Şengül einen Stich.

2

Zum Abendessen sitzen sie im Obergeschoss. Beide Flügel der Balkontür stehen offen, und es kommen die Laute und die Düfte der Nacht herein.

»Hüseyin hieß schon mein Bruder, aber der ist mit drei Monaten gestorben, und als ich dann geboren bin, haben sie mich so genannt. So was kommt eben vor hier.«

Şengül löffelt ihre Suppe und bemüht sich, aufmerksam zuzuhören und immer ein freundliches Gesicht zu machen. Sie möchte einen möglichst guten Eindruck hinterlassen und nur ja keinen Schnitzer begehen, damit nach ihrer Abreise nicht ihre Schwester darunter zu leiden hat. Dadurch ist sie noch vorsichtiger und zaghafter als sonst. In Deutschland ist sie schon seit jeher gewohnt, sich als Frau und als Türkin unauffällig zu geben. Den Deutschen gegenüber ist sie stets bemüht, nur ja alles zu vermeiden, was man den Türken schlecht auslegen könnte, und gegenüber den Türken in ihrem Umfeld ist sie immer sehr auf ihre Ehre bedacht, wo sie doch zusammen mit der Mutter ohne männlichen Schutz lebt. So hatte sie die ganze Jugend über damit zu tun, nirgends aufzufallen und anzuecken! Reflexartig ist sie dazu bereit, immer nachzugeben, sich auf andere einzustellen und zu tun, was von ihr erwartet wird. So lauscht sie nun mit erwartungsvoller Miene auf das, was Hüseyin ihr erzählt, den sie nur mit Müh und Not mit »Schwager« anreden kann, wie es eigentlich erforderlich ist.

Hüseyin gehört zu den Männern, die einen beim Reden kaum anschauen. Meist sieht er vor sich hin und dreht in den Händen eine Streichholzschachtel oder ein zusammengeknülltes Stück Papier herum. Şengül macht das nervös. Wenn ihre Blicke sich doch einmal kreuzen, sieht sie in seinen Pupillen ein winzig kleines stählernes Glänzen, das ihr Angst einflößt. Nicht jemand Bestimmten sieht er so an, sondern die ganze Welt. Er gehört offensichtlich zu den Männern, die eine Last mit sich herumtragen.

Er spricht über die Misshelligkeiten des Lebens und sagt dann auf einmal: »Mit dreizehn habe ich meine Mutter verloren, das war auch nicht leicht.«

Songül räumt scheppernd das Geschirr ab, als wollte sie das Gespräch damit übertönen, und Hüseyin bricht unvermittelt ab. Seine Lippen sind zusammengekniffen, als habe er seine Worte damit abgeschnitten. Er zündet sich wieder eine Zigarette an. Das Rauchen macht Hüseyin hässlich, er kaut schmallippig an der Zigarette herum, wie um sich damit abzureagieren. Den eingesogenen Rauch lässt er nur in ganz kleinen Stößen wieder heraus.

Hüseyins Vater Eşref, bei dem Songül nie weiß, wie sie ihn anreden soll, trägt in seinem Gesicht Schmerz und Düsterkeit zur Schau, aber nebeneinander, als ob beides nichts miteinander zu tun hätte. Er spricht für gewöhnlich wenig und sitzt auch jetzt nur da, als genügte schon seine bloße Anwesenheit, und mit Augen, die nicht verraten, ob er nun zuhört oder nicht, mustert er seine Umgebung. Sein Selbstbewusstsein wirkt unerschütterlich, es scheint zu sagen: Wo ich bin, fasst die Welt wieder Tritt. Jeder seiner Züge ist dem Leben abgewandt. Ein Gesicht, das jedermann gram erscheint, als habe es nie gelacht, wolle auch gar nicht lachen und könne es nicht einmal, selbst wenn es denn wollte. Ein unheimlicher, verhärteter Mann. Bei dem man nie weiß, was wirklich in ihm vorgeht. Seine Blicke sind nicht befehlend, sondern teilnahmslos, als erwarteten sie Gehorsam, ohne diesen einzufordern. Er sieht drein, als sei er es gewohnt, zu bekommen, worauf er Anspruch hat, als müsse es ganz einfach so sein und sei auch anders gar nicht vorstellbar. Şengül fragt sich, was sie an dem Gesicht und diesen Blicken so fasziniert.

»War im Cacık nicht zu viel Knoblauch?«, fragt Songül und erwartet Komplimente für ihre Kochkünste. Şengül nützt wortreich die Gelegenheit, um damit zu überspielen, wie wenig die anderen reden. Übertrieben stellt sie dar, wie sehr sie die im Kupfertopf geschmorte Hausmannskost vermisst. Sie weiß, dass sich Männer wohlfühlen, wenn sie von unbedarften Weibchen umgeben sind.

»Als ich in Ankara beim Militär war, habe ich einen Menschen verloren und einen gewonnen«, sagt Hüseyin. »Ich habe meinen Bruder verloren, und ich habe Songül kennengelernt.« Auf dem Markt von Mamak hätten sie sich zum ersten Mal gesehen, in der Nähe der Kaserne. »Na hör mal, was hattest du denn in Mamak zu suchen?«, tadelt Şengül ihre Schwester im Scherz, um die Stimmung etwas aufzulockern. Als Songül mit ihrem kindlichen Lächeln den Blick senkt, merkt Şengül erst, wie schön ihre Schwester erröten kann, und wie lange sie das nicht mehr gesehen hat.

Hüseyins Bruder sei bei einem Streit auf offener Straße ums Leben gekommen. »Er konnte nun mal kein Unrecht ertragen«, sagt Hüseyin und lässt sich dann in den höchsten Tönen darüber aus, wie tapfer und unerschrocken sein Bruder doch gewesen sei, was Songül mit eifrigem Nicken quittiert, als habe sie den Verstorbenen gekannt und halte jede der Aussagen über ihn für zutreffend.

Als Hüseyins Vater herzhaft gähnt, ohne auch nur die Hand vor den Mund zu halten, ist das Thema beendet.

Şengül ist es schon am Vortag aufgefallen: Songül spricht von ihrem Schwiegervater mit so distanzierter Ehrerbietung, dass man nicht zu sagen wüsste, ob sie ihn nun eigentlich mag oder nicht. Wem versucht sie einzureden, dass alles in Ordnung ist: ihrer Schwester oder sich selbst? Şengül könnte mit diesem Mann niemals warm werden, geschweige denn ihn wirklich mögen, und als sie versucht, sich in dieser Hinsicht mit ihrer Schwester zu vergleichen, merkt sie, dass das ihre Vorstellungskraft übersteigt. Mit der Zeit ist die Schwester ihr fremd geworden.

Songüls Schwiegervater ist vielleicht kein schlechter Mensch, doch gehört er zu den Männern, in deren Gegenwart man sich unwohl fühlt und immer fürchtet, einen Fehler zu machen und dafür ausgeschimpft zu werden. Şengül muss an die Frauen denken, die ihr ganzes Leben der Aufgabe widmen, einen Mann glücklich zu machen, der durch nichts zufrieden zu stellen ist. All diese fruchtlosen Mühen. Sie hat etliche trotzige Frauen kennengelernt, die diese Mission geradezu als Prüfung dafür ansahen, ob sie als Frauen etwas taugten oder nicht. Es tut Şengül weh, daran zu denken. Stets hat sie darum gekämpft, dass ihr eigenes Schicksal einmal nicht dem jener Frauen gleicht, doch kann sie sich des Gedankens nicht erwehren, dass ihr Schicksal eigentlich gar nichts gleicht. Sie wird von einem wehmütigen Gefühl beschlichen, ohne so recht zu wissen, wem es gilt.

Auf Şengüls Frage sagt Hüseyin: »Nein, mein Vater raucht nicht. Bei uns in der Familie war meine Mutter die Raucherin. Sie rauchte Samsun-Zigaretten, mehr als zwei Schachteln am Tag.«

Dabei verhärten sich bei ihm Blick und Stimme, und schon verstummt er auch wieder. Şengül entgeht das nicht. Sofort schreitet wieder Songül ein, um den Unmut im Gesicht ihrer Schwester zu vertreiben. »Ich habe vorhin den Fernseher nicht angemacht, damit wir reden können, aber wenn ihr wollt, kann ich ihn jetzt einschalten«, sagt sie. Şengül erwartet, dass der Schwiegervater sofort darauf eingeht, doch reagiert der Mann gar nicht. Er scheint seiner Umwelt keinerlei Interesse mehr entgegenzubringen; aber womit beschäftigt er sich innerlich?

Als falle ihm nachträglich noch etwas ein, sagt Hüseyin: »Sah aber gut aus.«

»Wie bitte?«, fragt Şengül.

»Bei meiner Mutter. Es sah gut aus, wenn sie eine Zigarette in der Hand hielt. Das ist bei Frauen nicht immer so.«

Der Vater wendet sich seinem Sohn zu und sieht ihn an. Sein Gesicht bleibt ausdruckslos, als wolle er damit sagen, das Thema sei zu beenden.

Als Şengül den Schwiegervater zum ersten Mal sah, dachte sie noch, das sei nun eben einer dieser traditionellen schweigsamen Väter, die sich so gut darauf verstehen, ihre Gefühle zu verbergen. Aber dieser hier hat vielleicht gar keine Gefühle, die er verbergen müsste. Ob er wohl schon immer so war? Oder ist er erst mit der Zeit so geworden?

Şengül weiß nicht, ob ihr das jemand sagen kann. Sie versucht sich vorzustellen, ob er wenigstens Songül als Schwiegertochter etwas abzugewinnen vermag. Aber abgesehen von ein paar Floskeln, wie die Konvention sie eben gebietet, gibt der Mann nichts von sich, aus dem zu schließen wäre, ob Songül ihm etwas bedeutet oder nicht. Wahrscheinlich ist sie ihm einfach jemand, der in diesem Haus lebt, eine Schwiegertochter, die tut, was sie zu tun hat. An Stelle von Songül hätte es auch eine andere sein können, aber zufällig ist es eben sie. Für ihn macht das keinen Unterschied. Wenigstens dann, wenn so verschlossene Männer ihre Jagdhunde tätscheln, kann man sich noch vorstellen, dass sich doch irgendetwas in ihnen regt; aber bei ihm ist auch das nicht der Fall. Ein Hund ist ihm einfach nur, na ja, ein Hund.

Hüseyin sagt, am Sonntag werde er wieder einen Besuch machen. Begierig auf ein neues Gesprächsthema fragt Şengül: »Was für einen Besuch denn?«, doch Songül ist sogleich wieder um Ablenkung bestrebt.

Hüseyin aber fährt unbeirrt fort: »Mein Bruder ist im Gefängnis.« Als Songül daraufhin das Gesicht verzieht, begreift Şengül, dass sie sich nicht geirrt hat. Da Songül nicht davor zurückschreckt, selbst ihre Schwester als Fremde zu behandeln, scheint sie wild entschlossen zu sein, in ihrer Familie über alles ihre schützende Hand zu legen.

Şengül tippt als Erstes darauf, dass jemand aus der Familie sich an den Studentenunruhen beteiligt hat, und fragt: »Ist er Student?«

Hastig antwortet Songül: »Nein, er hat sich da von Freunden zu etwas überreden lassen und dann aus Versehen auf jemanden eingestochen, die Welt ist ja voll schlechter Menschen, er ist provoziert worden, und aufbrausend, wie er ist, wollte er sich das nicht gefallen lassen und hat blindlings zum Messer gegriffen. Die haben ihm ganz schön was eingebrockt, die verfluchten Mistkerle!«

Hüseyin nickt zufrieden zu den Worten seiner Frau, als habe genau das und nichts anderes gesagt werden müssen. Die Schnipsel seiner Papierserviette bröseln auf den Tisch herab.

»Hat er ihn denn erstochen?«, fragt Songül.

»Nein, nur verletzt, und die haben ihre Anzeige sogar zurückgezogen, aber es war eben ein Strafprozess, da lässt der Staatsanwalt nicht locker.«

Da sagt Hüseyin, als dürfe ein wichtiges Detail nicht unerwähnt bleiben: »Und weil es schon der zweite Fall war, hat ihn der Richter besonders hart bestraft.« Es durchzuckt ihn, und als habe er den Richter gerade vor sich, stößt er mit stählernem Blick ein leises »Der Schweinehund!« heraus.

Songül empfindet wohl, dass ihr Mann zu weit gegangen ist, denn eine Weile sieht sie nur noch auf den Obstteller vor sich. Die Art, wie Songül mit der Situation umgeht, befremdet ihre Schwester.

Şengül ist nun nicht darauf erpicht, sich nach jenem zweiten Fall zu erkundigen. Jener Bruder im Gefängnis scheint eher ungeraten zu sein.

Eşref sitzt wie unbeteiligt da und isst die Apfelschnitze, die seine Schwiegertochter ihm zurechtschneidet, und es ist nicht einmal klar, ob er dem Gespräch überhaupt folgt. Manchmal blickt er zum Fenster hinaus und will damit wohl eher seine innere Leere betäuben als tatsächlich draußen etwas sehen.

Songül bestreut ihre eigenen Apfelschnitte mit Zimt, so wie sie es als Kind schon machte. Das rührt Şengül wieder.

Es erschreckt sie aber, wie ihre Schwester sich in alles klaglos einfügt. Sie hat das Gefühl, sie gar nicht mehr zu kennen. Womöglich hat sie Songül nie wirklich gekannt. Man braucht sich nicht einzubilden, man kenne einen Menschen allein schon deshalb, weil es der Bruder oder die Schwester ist, und gerade bei Menschen, die man zu kennen glaubt, weil einem ein paar ihrer Wesenszüge vertraut sind, ist man vor Überraschungen nicht gefeit. Songül fällt ein, dass sie zu diesem Thema etwas gelesen hat und lässt die Erinnerung daran wie zur Beruhigung auf sich einwirken. Dann aber merkt sie, wie sehr sie in Grübeleien versinkt, und gähnt verdrossen. Im ganzen Raum macht sich Verstimmung breit.

Durch die offene Balkontür weht der Wind herein und bläht die Vorhänge mit dem großen Blumenmuster auf, aller Wahrscheinlichkeit nach eine Neuanschaffung nach der Hochzeit.

»Will jemand Wassermelone?«, fragt Songül. »Ich habe sie schon geschnitten und ins Kühlfach gelegt.« Sie hat jetzt etwas Fröhliches in der Stimme. »Die Melonenzeit ist bald vorbei, das sind die letzten.«

Sie sagt das, als bedeuteten Melonen grundsätzlich Freude, und als liefe ihr schon das Wasser im Mund zusammen.

Den Rest des Abends sprechen sie über Şengül und über Deutschland. Der Schwiegervater hört wieder nicht richtig zu; nur einmal fragt er Şengül, warum sie nicht verheiratet ist. »Na ja, ich studiere«, sagte Şengül. »Ein Studium ist gar nicht so leicht dort, und noch dazu habe ich spät angefangen, weil ich zuerst in einer Fabrik arbeiten musste, um Geld zu verdienen, als unsere Eltern sich getrennt haben …«

Sie sieht über Songüls Gesicht eine Wolke ziehen und besinnt sich sogleich. »Ich wollte meine Mutter nicht allein lassen. Man hat es ja nicht leicht im Ausland.« Im weiteren Verlauf ihrer Erzählung bemüht sie sich um Aussagen, von denen sie annimmt, dass Eşref sie als Vater gerne hört.

Dann zieht sich Eşref, der immer früh ins Bett geht, in sein Zimmer zurück. Sobald er nicht mehr da ist, entspannt sich die Atmosphäre. Songül kocht noch einmal Kaffee, wehrt beschwörend ab, als ihre Schwester beim Abräumen helfen will, und lässt Şengül keinen einzigen Handgriff tun. »Du bist doch mein Gast hier.«

Als sie einmal unter sich sind, sagt Songül, als ahnte sie schon, was ihrer Schwester durch den Kopf geht: »Ich weiß schon, mein Schwiegervater macht so einen harten Eindruck, aber darauf darfst du nichts geben. In Wahrheit hat er ein Herz aus Gold.« Şengül weiß, dass sich mit diesem Satz wie aus einem Schmalzfilm niemand so leicht betören lässt, aber vor allem hat sie das Gefühl, dass ihre Schwester sich selbst etwas vormacht. Was weiß sie schon über diesen Mann, den sie so mit so viel Schmelz in der Stimme »mein Schwiegervater« nennt? Sie kennt ihn doch kaum. Sie hat sich lediglich zu etwas durchgerungen. Aber wozu genau?

Seit Eşref schlafen gegangen ist, fühlt Şengül sich etwas wohler und widmet nun ihre ganze Aufmerksamkeit Hüseyin. Der macht sich so richtig breit am Tisch, um auch den Platz seines Vaters auszufüllen, an den er in seiner Schwerfälligkeit und Bräsigkeit auch immer mehr erinnert. Er scheint schon mehr als bereit zu sein, einmal an dessen Stelle zu treten.

Stolz fragt er: »Weißt du eigentlich, dass Orhan Gencebay aus Samsun ist?« Dann steht er auf und legt eine Kassette des Sängers ein. Es ist ein Mixtape mit seinen Lieblingsliedern. Ein altes Gencebay-Lied tönt durch den Raum: »Wer liebt, kann nicht glücklich sein, hieß es, das wollt ich nicht glauben, du bist nicht glücklich nun, ach, wär ich nie fort von dir.«

»Weißt du, was meine Mutter immer sagte?«, fragt Hüseyin Şengül. »Dass der Mann eine Stimme wie Tabak hat. Und das ist wirklich so, hör nur genau hin.«

Şengül gefällt dieser Vergleich.

Als Hüseyin seine Mutter erwähnt, hat er zum ersten Mal etwas Weiches in der Stimme, als würde da wirklich etwas von Herzen kommen. Sinnend schaut er vor sich hin, aber das ist schnell wieder vorbei. Er reißt sich zusammen und fängt sogleich wieder an, an einer leeren Streichholzschachtel herumzuzupfen. Dann greift er zur Zigarettenschachtel, merkt aber, dass er im Aschenbecher noch eine Zigarette brennen hat. Mit übertriebenem Vergnügen an seiner Schusseligkeit versucht er die zwiespältigen Gefühle zu verscheuchen, die ihn gerade übermannt haben.

Ein anderes Lied setzt ein: »Ich täusch mich nicht, mein Freund, auch du gehörst zu uns …«

Da sieht Şengül eine Gelegenheit zum Einhaken, um ihrem Schwager etwas näher zu kommen. »Weißt du eigentlich, dass das das einzige Lied von Orhan Gencebay ist, das auch Müslüm Gürses gesungen hat?«, fragt sie. Wie erwartet, leuchtet Hüseyins Gesicht auf. »Schau an, schau an, Schwägerin! Und ob ich das weiß! Aber das einzige ist es nicht. Er hat auch ›Gewissensqual‹ gesungen.« Er murmelt die Eingangsstrophe des Liedes: »Was mich quält, bist nicht du, es ist nur mein Gewissen …« Er fügt hinzu: »Und weißt du, was Orhan Gencebay mal gesagt hat? ›Es hören alle mich, aber ich höre Müslüm Gürses.‹« Şengül tut so, als müsse man das wissen und sich darüber freuen. Da merkt sie erst, dass Hüseyin zum ersten Mal »Schwägerin« zu ihr gesagt hat, und sie muss schmunzeln. Er hat also jetzt nicht mehr das Gefühl, dass die in Deutschland studierende Schwägerin auf ihn herabsieht.

In einem fremden Bett zu schlafen irritiert Şengül immer ein wenig, aber diesmal liegt es nicht nur daran, dass sie nicht einschlafen kann.

Sie begreift nicht, warum Songül geheiratet hat, und meint, dass ihre Schwester das schon bald bereuen werde. Sie ist erst zwei Tage da und sieht doch schon, dass in diesem Haus das Unglück wie ein schwarzer Rauchball in der Luft liegt und jedermann die Kehle zuschnürt.

Songül aber tut so, als würde sie hier bis an ihr Lebensende in märchenhaftem Glück dahinleben. Dass sie in ihren Mann verliebt ist, sieht man an der grenzenlosen Ergebenheit und Bewunderung, mit der sie auf alles reagiert, was ihr Mann sagt und tut. Dieser sieht ja auch ganz manierlich aus, und weder seiner Frau noch Şengül gegenüber lässt er es an Achtung fehlen, aber so leicht lässt Şengül sich nicht überzeugen. Mit geradezu weiblichem Instinkt fühlt sie, dass da irgendwo eine Gefahr lauert, die nur noch nicht offen zutage getreten ist.

Als sie merkt, dass sie am liebsten so schnell wie möglich wieder nach Deutschland zurückfahren würde, schämt sie sich regelrecht. Schon jetzt hat sie Schuldgefühle, als ob sie davonlaufen und ihre Schwester hilflos und unglücklich zurücklassen würde. Dabei hatte sie diese Gefühle doch schon einmal empfunden. Als damals Şengül mit ihrer Mutter nach Deutschland ging, wollte Songül hier bei ihrem Vater bleiben. Das war jedoch ihre eigene Wahl. Doch lässt sich damit alles erklären? Das weiß sie jetzt nicht mehr.

»Wie oft habe ich zu ihr gesagt: ›Komm doch nach Deutschland‹, aber sie hat immer geantwortet: ›Ich lasse Papa nicht allein.‹ Sie hat mir immer Vorwürfe gemacht und in mir nicht anderes gesehen als die herzlose Mutter, die sich nach Deutschland davonmacht und ihren Mann und ihre Tochter zurücklässt. So viele Briefe habe ich ihr geschrieben, und x-mal bei ihr angerufen. Wie es um ihren Vater stand, war ja klar. Hätte er sich darauf eingelassen, nach Deutschland zu kommen, hätten wir uns vielleicht gar nicht getrennt. Ich habe ihn gar nicht verlassen, ich bin lediglich aus der Türkei weggegangen. Und er eben nicht. Drei Jahre später hat er dann gesagt: ›Dann lassen wir uns wenigstens scheiden.‹ Ich wollte nicht, dass der Vorschlag von mir kommt, schließlich ist er ein Mann und hat seinen Stolz. Aber am Ende stand ich doch als die Böse da. Rasch waren wir geschieden. Erst wollte er, dass Şengül bei ihm bleibt. Aber was sollte ich machen, Şengül wollte nun mal nicht. Sie ist nicht auf den Kopf gefallen und hat gesehen, dass es da, wo wir in Ankara wohnten, keine Zukunft für sie gab. Ihrem Vater ging es ja auch nicht um Şengül selbst, er sah in ihr lediglich die größere Hilfe im Haushalt, deshalb wollte er sie bei sich behalten. Sie hat sich aber gesträubt, weil sie die Nase voll hatte von den schlammigen Wegen, der Eiseskälte im Winter und den zwei Zimmerchen, die wir bewohnten. Sollte sie etwa da ihr ganzes Leben verbringen? Ich hätte ja am liebsten beide Kinder mit mir genommen, aber das ging eben nicht. Wäre er als Mann des Hauses doch auch mitgekommen! Aber er fürchtete sich. Er fürchtete sich vor meiner Furchtlosigkeit. Und vor seiner eigenen Zaghaftigkeit. Şengül sagte, ich arbeite dort, und dann studiere ich. Und genau das hat sie gemacht, das tüchtige Ding. Zu ihrem Vater habe ich immer wieder gesagt, jetzt schick mir doch die andere auch, lass sie raus aus ihrem Elend dort. ›Wenn sie gehen will, dann soll sie gehen, zurückhalten tue ich sie nicht.‹ Das stimmte auch. Songül wollte nicht zu mir, sie war mir böse. Sie hat mir nie verziehen, das weiß ich, nur nach außen hin, aber tief im Innern nicht. Sie wollte, dass ich mich in mein Schicksal füge, mich ihrem Vater treu ergeben im Haushalt aufreibe und in dem eiskalten Ankara verrotte. Hauptsache, unsere Familie bleibt zusammen. Unsere Verwandten haben ja auch über mich gelästert: ›Sie hat auf eine Schwägerin gehört und ihre Familie zerstört, um nach Deutschland abzuhauen.‹ Abzuhauen? Habe ich etwa jemals die Verbindung zu meinen Leuten gekappt? Geärgert haben die sich doch nicht, weil ich weg bin, sondern weil ich es dort zu etwas gebracht habe. Die dachten doch alle, das würde ich niemals schaffen. Sie meinten, ich würde mir im Ausland eine blutige Nase holen und irgendwann reumütig zurückkehren. Aber ich habe einfach Tag und Nacht nur gearbeitet. Mir war die Sprache fremd, war das Land fremd, war alles fremd, doch ich habe gearbeitet und mich durchgesetzt. So habe ich wenigstens Şengül zu einem besseren Leben verholfen. Ist das etwa nichts? Und Songül wollte eben nicht zu mir, was hätte ich da machen sollen?

Aber als sie heiratete, da hätte sie mich doch vorher wenigstens fragen können, bin ich etwa nicht ihre Mutter, aber nein, erst nur ein hastiges Telefongespräch und dann eine Einladungskarte, wie sie an jeden Hergelaufenen verschickt wird. Wie eine Fremde hat sie mich behandelt! Und da soll ich dann nicht beleidigt sein? Ich weiß schon, ich bin nicht ihre Traummutter, aber ihre Mutter bin ich trotzdem! Wenn sie mal selber Mutter ist, dann wird sie mich verstehen, aber trotzdem will ich kein böses Wort über sie verlieren, soll sie ruhig glücklich werden, wenn sie es so gewollt hat; sie hat sich verliebt, also soll sie meinetwegen heiraten und glücklich werden; und der Junge sieht ja auch gar nicht schlecht aus, ein wenig griesgrämig zwar, aber das gibt sich vielleicht mit der Zeit. Bei der Aussteuer soll es ihr an nichts fehlen, ich habe mich ja nicht umsonst all die Jahre fern der Heimat abgerackert. Sagt es mir nur, wenn sie noch etwas braucht, ich bin schon so oft mit drei, vier vollen Koffern in die Türkei geflogen, sollte ich mich da etwa bei der Hochzeit meiner Tochter zurückhalten? Und was noch fehlt, das schicke ich mit Şengül. Hauptsache, meine Songül muss nicht den Kopf hängen lassen!«

Şengül wischt sich mit dem Handrücken die Tränen aus den schlaflosen Augen.

Warum ist nur alles so gekommen?

3

An dem sandigen Weg, der vom Garten aufs freie Feld hinausführte, stand Hüseyin und sah mit sehnsuchtsvollem Blick in die untergehende Sonne, als ob er auf jemanden wartete.

Der Tag hatte sich zur Ruhe begeben, und es lag etwas Weiches, Friedvolles in der Luft.

Wie aus weiter Ferne blickte Hüseyin ins Land, wie sich selbst entfremdet. Vor lauter Schauen merkte er gar nicht, dass Şengül zu ihm getreten war.

»Kommt da noch jemand?«, fragte sie.

Hüseyin erwachte aus seiner Versunkenheit.

»Nein, wieso? Wie kommst du darauf?«

»Na, weil du so schaust, als ob du auf jemanden wartest.«

In Şengüls Gesicht lag etwas Beruhigendes, ganz zu dieser Tageszeit Passendes, das Hüseyin gut tat.

»Früher«, setzte er an, brach aber sogleich ab, als wollte er gar nicht weiterreden.

»Ja? Früher?«, sagte Şengül mit komplizenhaft weicher Stimme.

»Früher haben wir hier immer auf meine Mutter gewartet. Sie ging immer früh aus dem Haus, in ihr Dorf, und kam erst abends zurück. Manchmal blieb sie auch über Nacht dort, dann holte mein Vater sie wieder.«

»Und warum tat sie das?«

»Aus Kummer. Sie redete nie viel, starrte nur vor sich hin und seufzte.«

»Und was machte sie jeden Tag in ihrem Dorf?«

»Sie ging zu ihrer Mutter, holte die Matratze hervor, auf der sie als Kind geschlafen hatte, setzte sich darauf und sah dann stundenlang an die Wand oder ins Herdfeuer.«

Eine Weile schwiegen sie. Şengül stellte keine Fragen mehr, denn mittlerweile wusste sie, dass Hüseyin beim Erzählen manchmal ins Stocken geriet, aber dann doch von selber weiterredete.

Şengül vermochte nicht genau zu benennen, aus welchem Antrieb heraus Hüseyin sich ihr gegenüber manchmal so öffnete. Dabei war die Antwort ganz einfach: Dies war eben seine Art, Freundschaft zu schließen. Sie wusste zwar nicht, womit sie dieses Vertrauen so schnell erobert hatte, aber Hüseyin hatte sie nun mal zu einer Kameradin erkoren. Einen Anteil daran hatten vielleicht die alten Lieder, die sie am zweiten Abend gemeinsam gehört hatten; so wie ja oft solche Beziehungen aufgrund von Details zustande kommen, denen einer der Beteiligten überhaupt keine Beachtung geschenkt hatte.

»Meine Mutter hatte ein unstetes Wesen. Sie hielt es zu Hause nicht aus und ging jeden Tag in ihr Dorf, zu ihrem Vater. An allem war wohl ihre Mutter schuld. Meine Mutter war als ganz junges Mädchen mit meinem Vater verheiratet worden und daraufhin in Trübseligkeit verfallen. Meine Großmutter soll damals Kräuter zusammengebraut, Zaubersprüche geschrieben und allerlei böse Magie betrieben haben, um meine Mutter an ihren Mann und dessen Haus zu binden, aber stattdessen wurde meine Mutter an ihr Vaterhaus gebunden. Und so fühlte sich meine Mutter mit keiner Faser ihres Herzens hierher gehörig und machte sich Tag für Tag auf den Weg in ihr Dorf und ließ uns hungrig hier zurück. Ihr Herz war stets voller Kummer. Manchmal hockte sie sich auch auf einen Baum oder trieb sich in den Tabakfeldern herum. Und wir drei Kinder jammerten ihr hinterher. An allem ist die Familie meiner Mutter schuld!«

»Wer hat euch das erzählt?«

»Jeder.«

»Wer weiß, was sie für einen Kummer hatte.«

Hüseyins Gesicht verhärtete sich mit einem Mal. Hatten seine Züge gerade noch mit den sanften Abendtönen harmoniert, legte er nun mit einem Ruck wieder seinen Panzer an. Was Şengül gesagt hatte, passte ihm anscheinend nicht.

Ganz offensichtlich ertrug er es nicht, wenn über seine Mutter, die er innerlich verurteilt hatte, auch nur ein Satz geäußert wurde, der an seiner eigenen Version irgendeinen Zweifel aufkommen ließ.

Da kam Songül hinzu.

»Na, was habt ihr da zu bereden?«

Songül freute sich zwar, dass ihre Schwester und ihr Mann gut miteinander auskamen, aber dass die beiden sich auch in ihrer Abwesenheit unterhielten, war ihr doch nicht so recht.

Nun blickte nicht mehr Hüseyin in die Ferne, sondern Şengül. Es ging ihr nach, was Hüseyin ihr erzählt hatte. Irgendwie wäre es ihr lieb gewesen, wenn zu dieser Abendstunde eine Frau ihren schwarzen Rock über den sandigen Weg geschleift hätte.

Sie seufzte unwillkürlich und sagte dann eher zu sich selbst: »So ein schöner Abend!«

Bei diesem Satz wurden alle drei vom gleichen Gefühl durchströmt. Sie sahen über die nackte Landschaft hinweg zum Horizont und merkten gar nicht, wie sie von der Melancholie dieses Anblicks umfangen und seufzend Teil des Abends wurden. Sie verschmolzen mit den Farben des Abendhimmels und waren doch jeder für sich allein, waren Schwester, Ehemann, Ehefrau. Bis Songül wie damals als Kind mit rauer Stimme sagte: »Gehen wir doch rein. Wollt ihr gar nicht zu Abend essen heute?«

Als sie durch die Tür gingen, ertappte sich Şengül dabei, wie sie ausrechnete, wie viele Tage sie noch bleiben würde. Nicht das Haus an sich, aber jener Anblick draußen hatte etwas Starkes, das einen langsam in den Erdboden hinabzog. Etwas Bekümmerndes, das ihr in dem Augenblick nicht ganz klar war … Sie sehnte sich plötzlich nach dem Straßenlärm der Großstadt.

Am Wochenende konnte sie wegen des Vollmonds wie üblich nicht schlafen. Mit gläsernen Augen an die Decke zu starren bringt einen dem Schlaf nicht näher! Das Mondlicht, das schier die Vorhänge zu entzünden schien, rief sie hinaus ins Freie, in die Natur. »Erst gehe ich auf die Toilette und dann ein bisschen vor die Tür, unter der Laube frische Luft schnappen«, sagte sie sich. In der Nacht den Insekten zu lauschen, hatte etwas Bezauberndes. Sie schlüpfte in ihren Morgenmantel und zog den Gürtel zu. Auf Zehenspitzen schlich sie durch den breiten Gang, in dem eine alte Wanduhr tickte, und als sie unten im Erdgeschoss anlangte, sah sie die Haustür offen stehen; erst nach einer Weile merkte sie, dass rechts von der Tür, an die dort gestapelten Tabakballen gelehnt, Hüseyin auf dem Boden kauerte. Er starrte auf die Glut seiner Zigarette, an der er heftig sog. Mit gesenktem Kopf saß er da, die Ellbogen auf die Knie gestützt, im Schein des hereinfallenden Mondlichts.

Şengül war stehen geblieben und wollte gerade »Hüseyin« rufen, da hörte sie Hüseyin unvermittelt sagen: »Da, wo du jetzt stehst, habe ich eines Nachts auch mal gestanden.« Er hob nicht einmal den Kopf dabei. Seine Stimme klang alkoholisiert. »Genau wie du war ich zur Toilette hinuntergegangen. Und meine Mutter saß damals genauso an die Tabakballen gelehnt da wie ich jetzt und rauchte. Sie geisterte damals schon seit einer Weile nachts herum. Ich bekam es mit der Angst zu tun. Ja, allen Ernstes. Sie war mit der Zeit so sonderbar geworden. Ohne es uns gegenseitig einzugestehen, fürchteten wir, sie könnte uns einmal etwas antun. Sie saß mir im Weg. ›Steh auf, Mama, ich muss auf die Toilette‹, sagte ich. ›Dann geh doch vorbei‹, antwortete sie. Ich blieb aber stehen. ›Na los, geh vorbei‹, wiederholte sie, aber ich zögerte immer noch. Da begriff sie. ›Hast du etwa Angst? Vor mir? Vor deiner eigenen Mutter? Du bist doch mein Sohn, Hüseyin. Ich habe nur Kummer mit mir selbst.‹ Ich habe diese Nacht nie vergessen. Die Tür stand genauso offen wie heute, und es schien der gleiche Mond. Der Steinflur war hell erleuchtet. Das Gesicht meiner Mutter war mir ganz fremd. Selbst als sie sagte, ›Du bist doch mein Sohn‹, war mir ihre Stimme bekannt, doch sie selbst mir fremd.«

»Wie ist deine Mutter denn gestorben?«, fragte Şengül. Schon seit Tagen wollte sie das wissen.

Bitter lächelnd zuckte Hüseyin die Schultern, aber das wirkte wie angelernt, nicht spontan.

»Du weißt vermutlich nicht, was Tamaron ist, oder?«

Şengül schüttelte nur den Kopf, auch wenn das im Halbdunkel nicht gut zu sehen war.

»Es ist ein Pflanzenschutzmittel gegen Insekten, die sich über den Tabak hermachen. Ein paar Monate nach dem, was ich dir gerade erzählt habe, schreckten wir eines Morgens aus dem Schlaf, weil die Stimme meines Vaters donnerte wie ein Kanonenschuss. ›Tu's nicht, tu's nicht!‹, rief er immer wieder. Er war unten im Erdgeschoss und rief nur immer das eine: ›Tu's nicht!‹ Es war mehr ein Heulen als ein Schreien. Meine Mutter aber hatte schon getan, was sie nicht sollte. Sie hatte Tamaron getrunken. Als wir die Treppe herunter waren, lag sie mit weit aufgerissenen Augen und Schaum vor dem Mund auf dem Boden und wand sich vor Schmerzen. Sie sah uns kommen und blickte jeden von uns einzeln an, mit glasigen Augen. Mein Vater versuchte sie zum Brechen zu bringen, steckte ihr den Finger in den Mund, drückte ihr auf den Bauch, aber meine Mutter starb vor unseren Augen, sich windend und schaumspuckend. Sie hat uns in jener Nacht verlassen. Ich war damals erst dreizehn.«

»Wie alt bist du jetzt?«

»Dreiundzwanzig, aber was soll das schon heißen, ich bin seit damals nicht älter geworden.«

Da setzte sich Şengül neben Hüseyin, wenn auch in gewissem Abstand. Sie verspürte Mitleid. Mit allen an dieser Geschichte Beteiligten. Sie versuchte sich die Frau vorzustellen. Es kam ein schemenhaftes Wesen dabei heraus, ganz in Schwarz gekleidet. Ein langer, über den Boden schleifender Rock. Ihr fiel nun auf, dass im ganzen Haus kein Foto der Mutter zu sehen war. Weder an der Wand noch auf dem Büfett oder in den Fotoalben, die man ihr gezeigt hatte.

»Manchmal komme ich nachts hier runter, lehne mich an die Tabakballen und rauche.«

»Du hast deiner Mutter wohl nicht verziehen, Hüseyin?«

Erst jetzt wandte Hüseyin den Kopf und blickte Şengül an. Und zwar so, als wollte er mehr sehen, als er tatsächlich sah. »Was für eine Frage! Natürlich habe ich ihr nicht verziehen. Hättest du ihr etwa verziehen? Niemand würde das! Sie hat uns schließlich verlassen. Und ich war erst dreizehn.«

»Wenn du ihr verzeihst, kannst du vielleicht älter werden«, sagte Şengül in einem sehr sanften Ton, der echte Hilfsbereitschaft verriet.

Jene Geschichte war ja an und für sich schon traurig genug, doch zu den Menschen, mit denen sie deswegen Mitleid empfand, zählte sie nun auch ihre Schwester. Ein Mann, der seiner Mutter nicht verzieh, konnte auch seine Frau nicht richtig lieben. Zwischen Hüseyin und Songül würden immer diese Tabakballen stehen.

Als Şengül zur Haustür hinausging, saß Hüseyin noch immer an der gleichen Stelle und zog so heftig an seiner Zigarette, als würde er daran herumkauen.

Şengül ging bis zu der Stelle, wo der Sandweg begann. Sie dachte an jene unbekannte Frau, von der sie nicht einmal wusste, wie sie ausgesehen hatte. Im Mondschein betrachtete sie lange den Weg.

Am Morgen räumte Şengül nach dem Frühstück in der Laube das Geschirr in die Küche und spielte mit den Hunden, die um sie herumwuselten. Hüseyin hatte bereits gründlich sein Auto gewaschen.

Eşref hackte Holz. Von irgendwoher zog der Geruch nach verbranntem Holz durch die Luft und reizte die Kehlen ein wenig. »Abends wird es allmählich ganz schön kühl, und man weiß nie, wann der heimtückische Schwarzmeerwind losbläst«, hatte Eşref schon vor ein paar Tagen gesagt und angefangen, für den Holzofen vorzusorgen. Das Hacken machte ihm sichtlich Spaß. Wenn er unter dem Vordach einen Klotz nach dem anderen hervorholte und auf den Hackstock legte, wirkte er plötzlich viel jünger als sonst.

Als Şengül ins Haus ging, sah sie, wie Songül aus einem Schrank ein mittelgroßes Holzscheit herausholte. Selbst von Weitem waren darauf Spuren getrockneten Blutes auszumachen. Songül sah Hüseyin liebevoll fragend an, als wollte sie sagen: »Soll das nicht lieber auch zum Brennholz hinaus?«

»Leg das an seinen Platz zurück!«, rief Hüseyin da scharf. So kompromisslose Töne vernahm Şengül von ihm zum ersten Mal.

»Was plagt dich denn so an diesem Scheit, dass du es immer wieder hervorholst?«

»Aber Schatz …«

»Immer wenn du einen Blödsinn anfängst, bin ich dein Schatz, und sonst immer nur Hüseyin! Hör auf damit! Sag jetzt gar nichts mehr! Nennst du das etwa den Küchenschrank aufräumen? Wenn es nach dir ginge, würdest du alles wegwerfen, was schon vor dir im Haus war. Aber du kannst nicht unseren ganzen Lebensschrank aufräumen!«

Songül kam sich ertappt vor. Sie ließ den Rüffel über sich ergehen und linste dabei zu ihrer Schwester. Dann sagte sie mit erstickter Stimme: »Aber an dem Scheit ist doch überall getrocknetes Blut!«

»Darum rede ich ja vom Lebensschrank, und darum bleibt das Holz auch da drin!«

Als ob von Songül nichts mehr zu erwarten sei, wandte Hüseyin sich Şengül zu.

»Zur Beerdigung meiner Mutter sind auch meine Großeltern und meine Onkel und Tanten gekommen. Sie haben gerufen, ›Ihr habt unsere Tochter umgebracht‹, und sind auf uns losgegangen. Mitten bei der Beerdigung ist es zu einer Prügelei gekommen. Damals lebte mein älterer Bruder noch, der hat mit diesem Scheit auf meine Onkel eingeschlagen. Wir haben sie bis auf die Straße hinausgejagt. Auf den Friedhof haben wir sie auch nicht gelassen, sondern meine Mutter allein eingegraben. Und das da ist eben dieses Scheit von damals! Inzwischen ist meine Mutter tot, mein Bruder tot, meine Großmutter und auch die Onkel, denen wir damals die Köpfe blutig geschlagen haben, und nichts als dieses Scheit ist übrig geblieben. Und das will deine Schwester verbrennen, seit sie in diesem Haus ist.«

Şengül fühlte den Vorwurf auch auf sich bezogen, zumal Hüseyin nicht »Songül« sagte, sondern »deine Schwester«.

Obwohl sie in- und auswendig wusste, was in solchen Situationen zu sagen war, um die Gemüter zu beruhigen, verharrte sie stumm. Vielleicht musste ja auch gar nichts gesagt werden.

Mit energischen Schritten stapfte Hüseyin in den ersten Stock hinauf. Songül ließ sich auf einen der Küchenstühle fallen.

Şengül stammelte etwas in der Art von »Mach dir nichts draus, so was kommt schon mal vor. Das ist eben ein Erinnerungsstück für ihn, lass ihm das ruhig«, aber ihr Hals war so trocken, dass sie die Worte kaum herausbrachte. Songül war vor allem betrübt, weil ihre Schwester Zeuge dieser Szene gewesen war, und da Şengül das wusste, versuchte sie das Thema herunterzuspielen.

»Komm, gehen wir vor die Tür«, sagte sie.

»Da waren wir doch gerade. Aber geh du ruhig hinaus, ich habe hier noch zu tun.«

Da merkte Şengül, dass sie eigentlich, seit sie gekommen war, die meiste Zeit vor der Tür verbracht hatten. Ins Haus zog es sie nicht hinein. Um sich von der unschönen Szene abzulenken, ging sie zu Eşref. Bald darauf kam auch Hüseyin.

»Was ist denn los?«, fragte Eşref. »Man hat dich ja bis hierher gehört!«

»Ach nichts«, erwiderte Hüseyin und zog die Nase hoch, wie jedes Mal, wenn er etwas übergehen wollte. Eşref hielt die Axt auf Schulterhöhe und wartete auf eine Erklärung. Missmutig quälte Hüseyin sich ein »Na ja, bei der Beerdigung damals …« ab, doch Eşref hörte gar nicht weiter zu und sagte nur: »Merkst du eigentlich, dass du viel öfter von deiner Mutter redest, seit du verheiratet bist?«

Dann ließ er die Axt mit voller Wucht auf den Holzklotz hinuntersausen.

Şengül hatte das Gefühl, die Axt treffe sie mitten ins Gesicht. Es war ein Augenblick voller Gewalt. Sie schlug eine Hand vors Gesicht, als seien ihre Nervenenden mit Stahl in Berührung gekommen. Wonach sie tagelang getastet hatte, lag plötzlich auf der Hand: Ihre Schwester, die sich von ihrer Mutter verlassen wähnte, hatte sich ausgerechnet einen Mann ausgesucht, der sich selber von seiner Mutter verlassen wähnte, und um diesem zu beweisen, dass sie ihn niemals verlassen würde, hatte sie sich für immer und ewig in dieses Haus und diese Geschichte eingesperrt. Sie hatte ein edles Mittel gefunden, sich selbst zu kasteien, und hielt das für Liebe.

Şengül empfand eine ungekannte Müdigkeit. Sie würde nie mit ihrer Schwester darüber sprechen können, und selbst wenn, es würde zwecklos sein.

Mit nichts von alledem, was sie aus dem Leben, aus Romanen, aus den Psychologiekursen an der Universität gelernt hatte, konnte sie ihrer heiß geliebten Schwester irgendwie von Nutzen sein. Zu weit hatten sie sich voneinander entfernt. Hilflos sah Şengül zum Haus hin, als ob von dort irgendeine Antwort zu erwarten sei. Das Haus aber stand so abweisend da wie eh und je. Plötzlich fror es Şengül bis ins Mark. Das mochte schon der heimtückische Schwarzmeerwind sein, von dem Eşref gesprochen hatte. Ein Schauer ging ihr durch alle Poren, und da dieser Schauer nicht nur einzig und allein der ihrige sein sollte, empfand sie das Bedürfnis nach einem Vergleich. Denn waren die Vergleiche und Metaphern in Romanen nicht gerade dazu da, um zwischen uns und unserem Schmerz eine Distanz herzustellen? So wurde sie denn auch fündig und verglich ihren Seelenzustand mit dem jener Griechen, die vor Jahr und Tag diese Häuser verlassen mussten und beim letzten Blick darauf wohl einen ähnlichen Schauer verspürten. Sich selbst begriff der Mensch am ehesten durch einen Fremden.

Um mit ihrer Bestürzung fertig zu werden, musste Şengül erst einmal eine Weile allein sein. Sie ging hastig ins Haus hinein, und als sie die Treppe hinaufstieg, hörte sie draußen die Axt schlagen.

Die Tante in Amasya

Der säuerliche Geschmack, den sie im Mund hatte, rührte vor allem daher, dass sie sich am Nachmittag in einem der Teegärten am Yeşilırmak mit Güzel treffen sollte und ihrer Verabredung mit gemischten Gefühlen entgegensah.

Ja, Güzel hieß die junge Frau, »die Schöne«, doch selbst an die Witze, die ständig darüber gemacht worden waren, konnte Nihal sich kaum mehr erinnern. Sie hatten sich eine Ewigkeit nicht gesehen und sich erst vor ein paar Jahren an einem Urlaubsort wiedergetroffen. Damals hatten sie höflichkeitshalber ihre Adressen und Telefonnummern ausgetauscht, doch dass Güzel wirklich einmal nach Amasya kommen würde, damit hatte Nihal nicht gerechnet.

Sie sei mit Kollegen da, hatte sie gesagt.

Nihals Vorbehalte galten nicht einmal Güzel an sich. Wer seine Vergangenheit zu verdrängen sucht, für den ist alles, was aus früheren Zeiten wieder auftaucht, Bedrohung und Gefahr. Jahrelang hermetisch verschlossene Türen können dadurch aufgebrochen werden, unterdrückte Erinnerungen sich wieder zu regen beginnen und viele in den hintersten Winkeln des Gedächtnisses verborgene Details durch plötzliche Assoziationen wieder ans Tageslicht drängen. Das alles war ihr durchaus bewusst, und dennoch meinte sie den unangenehmen Geschmack mit einem Restchen Orangensaft einfach hinunterspülen zu können.

Güzel sah immer wieder auf die Uhr, und um auszuschließen, dass sie am falschen Ort wartete, fragte sie den Kellner noch einmal nach dem Namen des Teegartens.

Wie in Anatolien oft der Fall, übertrieb es der Kellner dann aber mit seiner Gastfreundlichkeit gegenüber Ortsfremden und zog das Gespräch in die Länge, ohne zu merken, dass er allmählich lästig wurde.

Bevor Nihal aus dem Haus ging, rief sie in dem Hotel an, um sicherzugehen. Eigentlich wusste sie nicht genau, was sie sagen sollte. Sie konnte ankündigen, dass sie etwas später kommen würde. Das gewährte ihr dann ein wenig Aufschub oder verkürzte die Zeit, die sie zusammen verbringen würden. Aber Güzel war nicht in ihrem Hotelzimmer. Also war sie schon frühzeitig aufgebrochen, vielleicht, um sich auf dem Weg zum Teegarten in der Stadt ein wenig umzusehen. Daraufhin beschloss Nihal, auch schon loszugehen und die Strecke zum Fluss zu Fuß zurückzulegen. So würde sie ihre Gedanken in den Wind streuen und sich ein wenig entspannen. Es war ein schöner Spätsommertag. »Die schmollende Sonne von Amasya«, sagte Nihal immer. »Sie liebt einen aus der Ferne.«

Ihr fielen die langen Spaziergänge wieder ein, die sie in ihrer Anfangszeit in Amasya immer von der Bahnhofsbrücke aus im Selağzı-Viertel unternommen hatte. Oft hattte sie dabei das Lied »Es ist Abend, die Sonne bleibt hinter den Bergen« gesummt. Manche Lieder waren von so zarter Melancholie, dass sie über Zeit und Ort ihrer Entstehung einfach hinauswuchsen.

Während Güzel sich dem Anblick widmete, der sich ihr darbot, in dem leichten Dunst, der alle Umrisse eher noch deutlicher zur Geltung brachte und die Formen transparent werden ließ, fragte sie sich, was Nihal eigentlich an diesem Amasya fand, in dem sie nun schon jahrelang lebte. Zu beiden Seiten des Flusses ragten steile Felsen empor und vermittelten einem das Gefühl, in einem Kessel zu leben, ganz so, wie die Stadt immer beschrieben wurde. Am Anfang mochte dieses scharfe Profil noch seinen Reiz haben, aber mit der Zeit kam man sich vor, als ob die Berge einen erdrückten. Doch vermutlich konnte man sich auch daran gewöhnen. Wegen dieser Umzingelung kannte man in der Stadt kaum die sanfte Neigung der Sonne, die sich ansonsten immer morgens und abends ergibt. Sowohl Sonne als auch Mond zeigten sich den Menschen immer erst, wenn sie die Berge überwunden hatten, also von ihrer entschlossensten Seite. Dieses Harte an der hiesigen Natur passte doch wunderbar zu Nihals harten Charakterzügen; das mochte die Erklärung sein. Güzel fand Gefallen an diesem Vergleich. Ja, das Klima hier musste dazu geeignet sein, dass Nihal sich ruhiger und ausgeglichener fühlte. Ob sie Nihal wohl direkt danach fragen konnte? Wohl kaum. Nihal gehörte nicht gerade zu den offenherzigen Menschen, die über ihr Gefühlsleben freimütig Auskunft gaben. Man musste sich immer mit dem begnügen, was sie einem gerade noch gönnte.

Nihal hatte schon immer so etwas Abweisendes gehabt. Auch wenn man sie noch so gut kannte, blieb immer ein Stückchen Fremdheit zurück. Deshalb genierten, ja fürchteten sich die Leute vor ihr, eigentlich grundlos. Obwohl sie gar nichts Besonderes machte, übte sie über ihre Mitmenschen eine Art Macht aus oder erweckte zumindest diesen

Eindruck. Man war stets bemüht, sich ihr Wohlwollen zu sichern und nur ja keinen Fehler zu machen, um sich keine missbilligenden Blicke zuzuziehen. Nihal mochte im Grunde noch so gutherzig sein, es war einem doch nie ganz wohl mit ihr. Sie hatte sich ja auch den passenden Beruf ausgesucht: Lehrerin.

Nihal dachte unterwegs, dass sie Güzel eigentlich gern mochte; sie war ein zutrauliches, liebenswertes Mädchen von ziemlicher Feinfühligkeit. Drei Jahre lang war sie mit Nihals Neffen Cem verheiratet gewesen, und obwohl es zwischen den beiden oft heftig genug gekracht hatte, schafften sie es doch, sich in aller Freundschaft zu trennen. Sie hatten nach einhelliger Meinung zu früh geheiratet, waren aber damals beide so wild entschlossen gewesen, dass sie auf niemanden gehört hatten. Da Güzel in einem Waisenhaus aufgewachsen war, konnte Nihal sehr wohl verstehen, was es für sie bedeuten musste, ein eigenes Heim zu gründen. Dagegen war ihr schleierhaft, warum sie dieses Heim dann so schnell wieder aufgegeben hatte. Sie hatten die Warnungen ihrer Eltern befolgt und zu Anfang gesagt, »Keine Sorge, wir wollen erst mal drei Jahre lang keine Kinder«, und am Ende des dritten Jahres waren sie auseinander gegangen.

Das mit den Kindern war im Grunde genommen die vernünftigste Entscheidung ihrer ganzen Ehe gewesen.

Als sie sich in jenem Urlaubsort am Meer wieder getroffen hatten, hatte Güzel ihren kleinen Sohn dabei, ein munteres Kerlchen. Während Nihal dem Jungen über den Kopf strich, musste sie voller Wehmut an Cem denken. Nicht Mitleid mit einzelnen Personen empfand sie dabei, sondern eher eine ganz allgemeine Trostlosigkeit. Cem hatte ein zweites Mal geheiratet und war dennoch kinderlos geblieben, da seine Frau unfruchtbar war. Nihal dachte, dass sie die Zeichen des Lebens nie so recht zu deuten wusste. Vielleicht war ja die Gesamtheit all dieser ungewissen Zeichen das, was man Schicksal nennt, und jeder interpretierte diese Zeichen nach eigenem Gutdünken falsch.

Nihals Schwester Zuhal, Cems Mutter, war von Anfang an gegen diese Ehe gewesen, die sie als völlig verfrüht ansah. Es störte sie nicht sehr, Schwiegermutter zu werden, und sie hielt große Stücke auf Güzel, aber irgendwie kam sie nicht mit ihr aus. Nihal zufolge lag das vor allem daran, dass die beiden sich viel zu sehr ähnelten.

Güzel starrte in den ruhig dahinfließenden, schlammiggrünen Fluss und dachte daran zurück, wie sie und Cem nach der Hochzeit zusammen Nihal in Edirne besucht hatten. Erst nach einer Weile merkte sie, dass sie schon viel zu lange gedankenverloren in dem dünnen Teeglas herumrührte. Seit jeher lullte es sie ein, wenn sie von Grün umgeben war. Plötzlich fiel ihr auch wieder ein, wie schön sie als junges Mädchen an Bächen, unter Bäumen und auf Wiesen immer eingeschlafen war. Wenn man erwachsen wurde, büßte man als Erstes seine Zukunftsfantasien ein, dachte sie. Obwohl sie so ärmlich aufgewachsen war, sehnte sie sich nun nach ihrer damaligen Vorstellungskraft zurück. Reisen luden den Menschen auch zu Zeitreisen in die Vergangenheit ein; da saß sie in Amasya und fühlte sich plötzlich nach Edirne versetzt.

Ein Freund namens Sabahattin hatte die beiden damals mit seinem Auto nach Edirne gefahren, und gleich am ersten Abend waren er und Nihal sich in ziemlich offensichtlicher Weise näher gekommen. Güzel war das weiß Gott seltsam und unangebracht vorgekommen. Nihals Innenwelt war also komplizierter, als sie angenommen hatte, und außerdem schien sie gar nicht zu merken, wie sehr sie Cem damit vor allen anderen in Verlegenheit brachte. In der Art, wie sie ihr Begehren zum Ausdruck brachte, lag fast schon etwas Männliches. Sabahattin wiederum war ein Matrose vom Typ Draufgänger, ein drahtiger Kerl und gute sieben, acht Jahre jünger als sie; an so etwas wie Heiraten verschwendete er keinen Gedanken, ja nicht einmal eine feste Freundin wollte er, sondern sich lediglich mit Frauen amüsieren. So einen wie ihn konnte man erst dann an sich binden, wenn er einmal alt und müde war.

»Am darauffolgenden Wochenende fuhr Sabahattin alleine nach Edirne zu Nihal, und das ging dann noch ein paar Mal so. Nihal war schrecklich verliebt in den Jungen. Der aber ließ sich nach einer Weile nicht mehr blicken, sodass nun wiederum die todunglückliche Nihal immer wieder nach Istanbul fuhr, bis Sabahattin schließlich eine längere Seefahrt ausnutzte, um die Sache endgültig zu beenden. Mit der Zeit kamen wir darauf, dass Nihal sich grundsätzlich jüngere Männer aussuchte, und dass sie deswegen immer unglücklich sein und nie zu einer Familie kommen würde.

Cem war die Beziehung zwischen seinem Freund und seiner Tante unangenehm, aber da er schon von klein auf der Überzeugung war, dass seine Tante nichts Falsches machte, mischte er sich nicht ein. Am lästigsten fiel die Angelegenheit schließlich Sabahattin. Aber dann geriet das alles in Vergessenheit, zumindest für uns. Fließt nicht alles so dahin wie dieser Fluss?«

Als Nihal dem Teegarten schon ziemlich nahe war, dachte sie: »Hoffentlich wühlt sie nicht in der Vergangenheit herum. Dass ich mit Melek keinen Kontakt mehr habe, dürfte sie ja wissen. Sie konnte mit Melek sowieso nicht gut. Sie wird das in Gottes Namen nicht als Gemeinsamkeit zwischen uns beiden sehen und darauf herumreiten. Früher war sie ja nicht so, aber wer weiß, was die Jahre aus einem machen?«

Da merkte sie, dass nun deutlich formuliert war, was sie seit dem frühen Morgen so umtrieb. Nicht Dursun war die Wunde, an der sie litt, sondern Melek. Das war auch genau das, was in ihrem Umfeld niemand verstand; keiner wollte begreifen, was sie damals wirklich getroffen hatte. Melek hatte ihr nämlich Dursun nicht wegnehmen können, aber Dursun hatte aus ihrem Leben Melek gestohlen. Es gab nun keine Melek mehr für sie!

Melek war in dem Jahr geboren, als Nihal in die Mittelschule kam. Dass ihr Name »Engel« bedeutete, passte wunderbar zu dem entzückenden kleinen Wesen; ihr Teint war so wolkig weiß wie Engelsflügel. Jeder fand, dass sie ihrer Tante Nihal ähnlich sehe, deren absoluter Liebling sie von Anfang an war und auch blieb. Melek wollte dann auch Nihals Liebe ganz exklusiv haben; ihr Bruder Cem und auch die anderen Neffen und Nichten sollten davon ausgeschlossen sein. Was Melek mit ihrer Mutter nicht bereden konnte, darüber sprach sie mit Nihal. Nihal stand ihrer Nichte mit Rat und Tat zur Seite und verwöhnte sie auch. Sie steckte ihr heimlich Geld zu, duldete ihre Schulschwänzereien und fungierte auch sonst nicht selten als Komplizin. Manchmal schoss Melek übers Ziel hinaus, etwa wenn sie Nylonstrümpfe, Blusen, Pullover und Jacken ihrer Tante anzog, obwohl sie sehr wohl wusste, dass der das gar nicht recht war.

Nihal war es zuwider, etwas anzuziehen, das irgendjemand schon getragen und mit seinem Geruch versehen hatte, und trotzdem setzte Melek mit Bitten und Betteln auch in dieser Beziehung ihren Willen durch.

Nihal startete einen Erziehungsversuch, indem sie die betreffenden Kleidungsstücke nicht zurückverlangte, sondern sie Melek jeweils schenkte. Melek sollte von selber merken, dass ihre Tante mit der Zeit ganz ohne Blusen, Jacken, Pullover, Schals und Handschuhe dastand. Sie merkte es aber nicht, ja, wollte es wohl einfach nicht merken. Sie war einzig und allein damit beschäftigt, sich über die vielen Sachen zu freuen, die sich in ihrem Schrank und ihren Schubladen anhäuften. Da hätte Nihal eigentlich begreifen müssen, wie unersättlich Melek war. Doch anstatt zu erkennen, aus welchem Stoff Melek beschaffen war, schob sie deren Verhalten darauf, dass sie eben noch jung und unerfahren war, ihre Wünsche noch nicht zu zügeln verstand, und dass sie das Mädchen eben immer verwöhnt hatte. Sie rechnete nicht damit, dass Melek eines Tages etwas noch Größeres fordern würde, und dass dann all das schon Vorgefallene in einem ganz anderen Licht erscheinen würde. Wer einen geliebten Menschen umhegt, der vergisst eben manchmal sich selbst. So geschah es in diesem Fall. Wenn sie es auch nicht zugeben wollte, so versuchte doch Melek, ihrer Tante Dursun wegzunehmen.

Dass Dursun Meleks Exmann ähnelte, der sie verlassen hatte, wurde von Nihal als dunkles Zeichen des Schicksals gedeutet. Beide stammten von der Schwarzmeerküste, glichen sich in Aussehen und Wesensart, und vor allem war Dursun auch wieder jünger als Nihal. Aus der Summe dieser Merkmale leitete Melek wohl ein Recht für sich ab. Beim

Anblick von Dursun musste sie das Gefühl haben, den Mann, der sie verlassen hatte, wieder vor sich zu haben. Oder aber die unbesiegbar gewähnte Nihal besiegen zu können …

»Mit Melek hat sie wohl nichts mehr zu tun«, dachte Güzel. »Ihr einstiger Liebling war bestimmt völlig abgeschrieben. Kein Wunder, so tief, wie die Sache sie getroffen hat. Sie fürchtet doch hoffentlich nicht, dass ich nach so langer Zeit die Geschichte wieder aufs Tapet bringe! Schließlich sind die beiden Tante und Nichte, und ich gehöre nicht mal zur Familie. Aber sie weiß wohl, dass es nicht meine Art ist, bei Leuten, die mich etwas angehen, in alten Wunden herumzustochern. Nihal war damals ja auch die Einzige, die mich nicht mit diesen Blicken ansah, die heißen sollten: *Wann lassen die sich endlich scheiden!* Ganz anders als ihre Schwester Zuhal. Die traute ich mich nicht einmal richtig zu duzen, als sie meine Schwiegermutter war. Schon komisch: Lieb gewonnen hat sie mich erst nach unserer Scheidung. Wenn ich sie jetzt besuche, kriegt sie leuchtende Augen, und beim Abschied drückt sie mich ganz fest und sagt: *Komm doch öfter zu mir!* Sie hatten ja alle recht: Cem und ich waren noch Kinder damals. Unsere Ehe war ein Fehler. Am meisten betrübt mich heute nicht, dass wir nicht mehr zusammen sind, sondern unsere Trennung als solche. Wie jede Trennung hat auch mir diese zugesetzt. Aber dadurch, dass ich in ein Heim gegeben wurde, hatte ich schon eine Urtrennung erfahren; danach kommt man über die anderen schon irgendwie hinweg.«

Als Nihal Dursun in Balıkesir kennenlernte, ahnte sie schon, dass er der letzte Mann in ihrem Leben sein würde. Sie war nicht mehr die Jüngste. Der Altersunterschied zwischen ihr und ihren Liebhabern wurde mit der Zeit immer größer. Der Gedanke an Ehe und Familie schwand allmählich dahin. Es hätte schon ein Wunder geschehen müssen! Wer wollte für seinen Sohn schon eine zehn Jahre ältere Frau? Und wenn der Sohn diese Frau aber wahnsinnig liebte? Ach, nichts als Träume! Dursun stand finanziell nicht gut da. Er hatte es mit keiner Arbeit zu etwas gebracht und lebte mehr schlecht als recht von dem, was seine Mutter für ihn vom Ertrag ihres winzigen Teegartens in Rize abzwackte. Nihal dachte, wenn Dursun so in der Klemme war, dann würde das ihre Liebe zu ihm erleichtern. Wer kaum arbeitete, hatte ja viel Zeit zur Verfügung. Diese Zeit würde ihnen beiden genügen. Sie würde ihm zeigen, wie ein Mann zu lieben und zu kosen war, zu hegen und zu pflegen, und mit ihrer Liebe und Aufopferung würde sie Dursun an sich binden.

Dursuns große Schwäche war sein Hang zu neuen Anzügen. Nihal ging bis an die Grenzen ihres Monatsgehalts, schöpfte ihr Überstundenpotenzial aus und gab auch noch Nachhilfeunterricht, um dem Mann immer wieder einen Anzug schneidern zu lassen und ihn so bei Laune zu halten. Als Nihal begriff, dass es Dursun dabei nicht so sehr ums gute Aussehen ging, sondern dass er diese Vorliebe als ehrendes Andenken an seinen früh verstorbenen Vater – einen Schneider – auffasste, brachte sie dafür um so mehr Verständnis auf. Nachdem sie eines Nachts miteinander geschlafen hatten, hatte Dursun, halb versunken noch in dämmerndes Träumen, plötzlich angefangen, mit brüchiger

Stimme von seiner Kindheit zu erzählen. Sein Vater war gestorben, als der Junge neunzehn war. Er hatte für die Honoratioren von Rize und Umgebung Maßanzüge geschneidert, aber da sein Sohn noch nicht ganz ausgewachsen war, hatte er ihm nicht einmal eine Jacke anfertigen können, bevor er einem Herzinfarkt erlegen war. Dursun sagte immer wieder: »Weißt du, dass das Herz einen umbringen kann?« Dann kniff er Augen und Lippen zusammen, als müsse er etwas sagen, das eigentlich ungesagt bleiben sollte: »Nicht vor der Liebe fürchte ich mich, sondern vor dem Herzen!«

Er war ein verschlossener Mensch. Meist sah er träumerisch vor sich hin, und man hätte nicht sagen können, was er dabei dachte. Wenn er Raki trank, sang er zu Herzen gehende Lieder dazu. Er hatte eine heisere, nicht besonders kräftige Stimme, die nach Rakigenuss geradezu röchelnde Akzente bekam. »Für meine Mutter bin ich erst fern der Heimat, seit ich aus Rize weg bin, aber ich kann dir sagen: Ich habe schon keine Heimat mehr, seit mein Vater tot ist.« Am Beispiel von Dursun begriff Nihal erst, dass Männer, deren Väter früh starben, nie richtig erwachsen wurden. Sie liebte ihn aber um so mehr und stellte sich vor, dass sie ihn mit der Zeit sogar noch mehr lieben würde, denn sie glaubte ja, es gebe keine Männerwunde, die nicht mit weiblicher Liebe zu heilen war.

»Melek hatte mich von Anfang an nicht gemocht. Dass ich aus einem Heim stammte, war ihr irgendwie nicht geheuer. Sie verachtete mich wohl insgeheim. Dass ihr revolutionär veranlagter Bruder mich heiraten wollte, legte sie ihm als sozialistischen Spleen aus. Sie war nie sehr tolerant gewesen, doch als dann ihr Mann sie verließ, wurde sie mit jedermann spinnefeind. Immer wenn ich bei ihnen war, wich sie ganz bewusst meinen Blicken aus. Sie dachte wohl, durch ihre Scheidung sei sie auf mein Niveau herabgesunken und ich wolle sie das fühlen lassen. Da merkte ich so richtig, dass sie mich überhaupt nicht kannte. Was sie nicht kannte, das mochte sie nicht.

Als ich Cem kennenlernte, war Melek gerade jung verheiratet. Es war die Zeit der blühenden Liebe. Das glänzende Beispiel ihrer Ehe stand für sie in krassem Kontrast zu der minderwertigen Wahl, die ihr Bruder getroffen hatte, und sie versäumte auch keine Gelegenheit, ihn oder mich das spüren zu lassen. Ich versuchte das zu übergehen. Schließlich war sie die Prinzessin der Familie; ich dagegen hatte im Heim schon längst gelernt, nur eine Nebenrolle zu spielen. Ich legte zwar nicht gerade ein demütiges Verhalten an den Tag, hielt mich aber zurück.

Meleks Mann war ein netter Kerl, der in Kneipen Hammondorgel spielte und dazu sang, und Melek hatte sich erst in seine Stimme verliebt und dann in ihn selbst. Gegen den Willen ihrer Eltern hatte sie ihn gleich nach dem Abitur geheiratet und sich in keiner Weise um ein Studium bemüht. Kurz darauf war auch gleich ein Kind auf die Welt gekommen. Der junge Mann, der immer davon schwärmte, dass Melek, das Kind und überhaupt ihre Ehe ihm Glück brächten, wurde innerhalb kurzer Zeit in den Kneipen am Bosporus zum gefragten Mann. Sein Name stand in immer größeren Buchstaben auf den Plakaten. Wie es jedoch oft geschieht, stiegen dem Sänger der schnelle Ruhm und das schnelle Geld zu Kopf – und wurden damit der jungen Ehe zum Verhängnis. Um ihren Mann enger an sich zu binden, fädelte Melek eine neuerliche Schwangerschaft ein, doch wie es nicht selten der Fall ist, half auch das nichts. Und als ihr Mann sich davonmachte, stand sie nicht nur mit einem, sondern mit zwei Kindern da.

Melek war zuallererst ihrem Mann böse, dann ihren Kindern, ihren Eltern, ihrer ganzen Familie, ihren Freunden, ja, dem Leben an sich. Sie grämte sich. Verbitterte. Jede Art von Glück war ihr zuwider. Ihr Mann hatte ihr die Wohnung überlassen, und dort lebte sie nun von den Alimenten, die er zahlte. Dass es mit dem Erfolg ihres Exmannes schon bald wieder vorbei war, vermochte ihre Wut nicht zu stillen. Er hatte sie nun mal verlassen, und das machte ihr die Welt zum Kerker. Zu einem Kerker, in den sie sich selber einschloss. Es gelang ihr nicht mehr, sich etwas Eigenes aufzubauen. Oft fuhr sie nach Balıkesir zu Nihal, dem Menschen, von dem sie sich am ehesten verstanden fühlte, doch auch die Gespräche, die die beiden dort bis in den Morgen hinein führten, konnten ihren Schmerz nicht wirklich lindern.

Seit ihrer Scheidung waren wir nicht mehr Schwägerinnen, und wenn wir uns trafen, merkte ich immer wieder, dass sie ihrer Auffassung nach mit dem Scheitern ihrer Ehe auch ihre Überlegenheit mir gegenüber eingebüßt hatte. Eine einzige Wunde hatte Melek das ganze Leben aus der Hand genommen, denn sie hatte das einfach so zugelassen.

Bei einem ihre Besuche in Balıkesir lernte sie Dursun kennen. Später erfuhr Nihal dann, dass Dursun immer wieder heimlich nach Istanbul fuhr und sich dort wohl mit Melek traf. Melek behauptete dann, bei diesen Treffen habe sie nur versucht, Dursun von sich abzubringen. Es sei überhaupt nichts passiert zwischen ihnen beiden. Aber Nihat konnte beiden nicht verzeihen.«

Was Güzel nicht wusste, war, dass Nihal nicht nur auf Melek böse war, sondern auf ihre ganze Familie. Vor allem auf ihre Mutter. Dass Nihal Melek nicht verzieh, empfand wiederum die Familie als eine Verunglimpfung. Schließlich hatte Nihal Anlass dazu gegeben, dass ein Fremder die Familie hatte spalten können. Noch dazu war Dursun allen beiden keine rechte Stütze gewesen. Jedenfalls bildete sich im Lauf der Zeit die einhellige Meinung heraus, dass Nihal als die Ältere verzeihen und darum bemüht sein sollte, innerhalb der Familie keine Zwietracht zu säen. Diese unnachgiebige Haltung, die das Familiäre über jeden anderen Wert stellte, führte bei der in ihrem Gerechtigkeitsempfinden verletzten Nihal zu nichts anderem, als dass sie nur noch eifriger darauf beharrte, beleidigt sein zu dürfen. Die Familie jedoch sah das, was sie von Nihal verlangte, als ihr pures Recht an, nicht einmal als ein Opfer, das Nihal zu bringen habe. Wer immer aus der Familie eine Verfehlung beging, dem musste irgendwann verziehen werden. Das hatte ganz einfach im Namen der Familie zu geschehen. Andererseits wusste Nihal nur allzu gut, dass man hinter ihrem Rücken darüber tuschelte, wie gut Melek und Dursun vom Alter und allem anderen her eigentlich zusammenpassten. Dieser Umstand ließ die Familie Meleks Schuld nämlich in milderem Lichte sehen.

Eins hatte Nihal als Lehrerin in diversen anatolischen Städten gelernt: Wenn sich zu viel angesammelt hat, wird der Mensch sogar der eigenen Vergangenheit entfremdet. Darum kehrte sie auch nicht nach Istanbul zurück. Wenn sie sich nach Istanbul sehnte, griff sie zu Büchern. Was sie darin fand, war ein wehmütig stimmendes und viel wahrhaftigeres Istanbul als das andere, in das sie manchmal fuhr. Kein Istanbul war so wie das von Sait Faik, Ziya Osman Saba, Abdülhak Şinasi Hisar, Orhan Kemal, Oktay Akbal oder Haldun Taner beschriebene. Manchmal sah sie am Fernsehen bis in den Morgen hinein alte türkische Filme und fand dort das Istanbul ihrer Mädchenjahre wieder, und wenn sie dann draußen vor dem Fenster die in tiefem Schatten liegenden steilen Felsen von Amasya vor sich hatte, sehnte sie sich nach der Vergangenheit, nach ihrer Jugend zurück. Ihr Sehnen galt aber der Zeit, nicht dem Ort. Sie wusste, dass sie nicht mehr die Jüngste war, und wollte den Rest ihres Lebens den Büchern widmen, die ihr noch wichtig waren. Nur die ließen es zu, dass sie ihr Innerstes auslebte.

Mit der Wunde, durch die Melek nach ihrer Scheidung die Welt verschlossen wurde, hatte das Mädchen auch seine Tante infiziert, also waren sie sich wenigstens in einer Beziehung sehr ähnlich. Und sie verstanden einander so gut, wie niemand in ihrer Familie, ja niemand auf der ganzen Welt sie hätte verstehen können. Für all das, was Melek von ihrer Tante genommen hatte, hatte sie ihr jenes eine gegeben: Verständnis für ihre Wunde.

Die alles umschließenden Berge von Amasya umfingen auch Nihals Inneres und hielten ihren Schlaf lebendig. So hatte sie nach ihrer Pensionierung beschlossen, sich hier für immer niederzulassen. Für alle anderen war sie nur noch »die Tante in Amasya«.

Als Nihal beim Teegarten ankam, sah sie an einem der Tische am Ufer Güzel versonnen zum Fluss blicken. Rasch wehte der Wind ihrer beider Gedanken davon. Sie umarmten sich innig.

»Du hast dich überhaupt nicht verändert!«, rief Güzel. »Bist wirklich immer noch die gleiche. Beeindruckend!«

»Glaub mir, Güzel, du hast dich auch nicht verändert!«

Jede der beiden wusste, was an diesen Worten stimmte und was nicht, und genau so verhielt es sich bei dem Gespräch, das nun folgte.

»Hier ist Radio Ankara, Sie hören nun …«

Als wir auf dem Treppenabsatz angelangt waren, ging es den anderen wohl so wie mir; dass sie erst einmal klingeln wollten. Wir tauschten verdutzte Blicke aus, und dann erst kam mir in den Sinn, dem ältesten Neffen, der mich schon erwartungsvoll ansah, die Schlüssel zu geben. Schon seit dem Morgen wusste ich nicht, warum ausgerechnet ich diese Schlüssel herumtrug, sodass ich sie schon fast in meiner Tasche vergessen hatte.

Während ich darauf wartete, dass die Tür geöffnet wurde, sah ich förmlich vor mir, wie sie jenseits der Tür aus ihrem grünen Sessel aufstand.

»Und ich lausche in die Ferne, wache auf aus tiefem Schlaf.«

Sie ließ nie jemand anderen zur Tür gehen. Bei jedem Klingeln fuhr sie sich erst einmal an ihren Dutt, und wenn ihr da etwas zu beanstanden schien, versuchte sie das auf dem Weg bis zur Tür mit Haarnadeln in Ordnung zu bringen, bevor sie dann an der Naht ihrer verrutschten Strümpfe nestelte. Anders als die Frauen, die ich sonst kannte, lief sie zu Hause nicht in Pantoffeln herum, sondern in nur daheim getragenen flachen Halbschuhen, die sicher bequem waren, aber nicht minder schick. Ich saß meist auf dem Boden und sah ihr nach. Bei mir zu Hause war es verpönt, auf dem Boden zu sitzen, daher genoss ich das bei ihr umso mehr, und zwar nicht nur als Kind, sondern auch später noch. Irgendwann im Verlauf unserer Unterhaltung rutschte ich stets fast unmerklich von meinem Sessel oder der Couch herunter und nahm wieder meinen angestammten Platz auf dem Boden ein. Doch ging es mir wohl weniger darum, am Boden, als vielmehr ihr zu Füßen zu sitzen.

In der kühlen Diele schlug mir der altbekannte Geruch der Möbel entgegen und machte mich noch wehmütiger. Wäre es mir nicht peinlich gewesen, vor anderen Leuten zu weinen, so hätte ich wohl losgeheult. Doch war mein Kummer durch Weinen allein ohnehin nicht zu bewältigen, dafür saß er viel zu tief.

Ein jeder sah traurig drein und warf doch verstohlene Blicke auf Wohnung und Mobiliar. Wir standen verlegen herum, als warteten wir darauf, dass die Hausherrin erschien und uns zum Sitzen aufforderte.

Wie wenig sich das Interieur doch im Lauf der Jahre verändert hatte. Aber das passte zu ihr. Dieses Bewahrende. Sie sprach dieses Wort gerne aus, und in ihrer Stimme schwang dabei etwas Unerschütterliches mit. Mein Blick fiel gewohnheitsmäßig auf den Radioapparat, der auf dem Büfett stand. Das Häkeldeckchen darauf war noch immer da, wenn auch etwas abgewetzt und nicht mehr so gestärkt wie früher.

»O grausames Schicksal, zürne nicht dem Flehenden.«

Die gerahmten Fotos auf dem Büfett, der Nippes; darunter in der Vitrine die Tassen und Stielgläser, die kristallene Zuckerdose, nicht zur Schau gestellt, sondern einfach nur in praktischer Augenhöhe. Alles stand noch an Ort und Stelle. Und war mir so bekannt, dass in mir sogleich voller Wehmut vertraut Vergangenes zum Klingen kam. Was sollte nun geschehen?

Es war im Lauf der Zeit nicht immer dasselbe Radio gewesen. »Wir haben ein neues Radio gekauft, Nazan! Mit Nussbaumholzgehäuse.« Ihre Stimme sprühte nur so vor lauter Freude. Dann kam das Radio in der Küche hinzu, dann das im Schlafzimmer, und schließlich ein Transistorgerät. Ich drehte immer an den schwarzen Knöpfen der Büfettschubladen herum, deren Schrauben ausgeleiert waren.

Ich staunte die Radios stets in der fast schon beruhigenden Gewissheit an, dass ich ihrem Geheimnis nie auf die Spur kommen würde, und stöberte gern in den sorgfältig mit Wachstuch ausgelegten Schubläden herum, in denen auch die Gebrauchsanweisungen der Radios lagen; wie gerne hätte ich das jetzt wieder gemacht.

»Mein Herz ist wieder traurig, hat tief an dich gedacht, bin gestern wieder gewandelt durch herbstlicher Gärten Nacht.«

»Woher weißt du immer, von wem welches Lied ist?«, fragte ich manchmal.

»Das brauche ich gar nicht zu wissen«, sagte sie. »Selahattin Pınar zum Beispiel erkenne ich immer an seiner zarten Melancholie.«

Besonders gern saß sie in ihrer sonnendurchfluteten, auch von den geblümten Vorhängen kaum abgedunkelten Küche, in der sie morgens immer der neuesten Folge mehrteiliger Hörspiele lauschte. Wer behauptete, sie sei bei der Arbeit ein wenig schwerfällig, dem entgegnete sie gerne: »Gut Ding will Weile haben.« Und: »Wem soll die Zeit nützen, die man durch Schlamperei gewinnt?« Darum sah ein von ihr gedeckter Tisch auch aus wie ein Gemälde.

Die Zeiten, in denen wir unsere Stühle vor das Büfett rückten und mit dem Ohr schier am Radio klebten, um Bühnenaufführungen zu lauschen, standen mir noch lebhaft vor Augen. Während sie im Alltagsleben ihre Gefühle im Zaum hielt, ließ sie ihnen beim Radiohören und Lesen, im Kino und im Theater erheblich freieren Lauf. In der Kunst schien erlaubt zu sein, was sich im Leben nicht schickte.

Alle standen im Wohnzimmer herum, und an ihrer unruhigen Art war ihnen anzusehen, dass sie nichts anderes im Sinn hatten, als die Sache möglichst schnell hinter sich zu bringen und wieder zu ihrem Tagesgeschäft und ihren Gewohnheiten zurückzukehren. Ihre Trauer war verhalten, ihr Lächeln schief, als seien sie überrumpelt und dazu genötigt worden, an einer lästigen Zeremonie teilzunehmen. Ihr Unwille stand ganz im Gegensatz zu meinem Begehren, die Situation so lange wie möglich hinauszuzögern. Ich fühlte mich ganz umfangen von ihrer Gegenwart und hätte gerne jeden der Augenblicke, an die sie mich erinnerte, noch einmal auf mich wirken lassen. Gern hätte ich dort Stunden mit meinem Kummer ganz alleine verbracht, sodass mir die anderen wie Feinde erschienen, die mich an meiner Trauer hinderten. Ich hatte in dieser Wohnung mehr Zeit verbracht als jeder Einzelne von ihnen und hatte viel mehr Erinnerungen an dieses Wohnzimmer mit den von der Zeit durchwirkten Wänden, den schwer gewordenen Vorhängen, dem ausgebleichten Mobiliar. Ich war mir sicher, dass sie mit mir viel mehr gemeinsam gehabt hatte als mit den anderen. Und sie hatte mich wohl auch mehr geliebt. Aber schließlich und endlich waren die anderen ihre Neffen und Nichten, ihre gesetzlichen Erben, und ich nichts weiter als eine entfernte Verwandte. Dennoch hatte sie im Testament verfügt, dass diese Begehung nicht ohne mich zu geschehen habe und ich aus der

Wohnung mitnehmen dürfe, was ich wolle. Und dass am Vormittag der Anwalt die Schlüssel ausgerechnet mir übergeben hatte, kam wohl auch nicht von ungefähr.

In dem Unterschlupf, in dem wir uns ständig vor einer Verhaftung fürchteten, drang eines Nachts quicklebendig ein Lied an mein Ohr:

»Und ich lausche in die Ferne, wache auf aus tiefem Schlaf.«

Mich durchfuhr ein Schauer. Dieses Lied, es war in meinem Kopf. Nach einem kurzen Moment der Panik wurde ich von einer tiefen inneren Ruhe erfasst. Da ich das einzige Mädchen in der Wohnung war und gerade von einem Einsatz auf dem Land zurückkam, hatte ich eines der beiden Zimmer für mich allein bekommen, um ruhig schlafen zu können. In dem anderen Zimmer waren drei Jungs. Wir waren im dritten Stock eines Mietshauses in Küçükesat, und im Falle einer Polizeirazzia hatten wir die Möglichkeit, über das Dach eines Kohleschuppens in den Garten zu entwischen, der tief im Schatten des Nachbarhauses lag.

Ich wurde damals gesucht; in Radio und Fernsehen wurde mein Name verlesen. Sie verfolgte bestimmt die Nachrichten und wusste, dass man hinter mir her war. Sie war irgendwie die Einzige, der ich mitteilen wollte, dass es mir gut ging. Sie sollte sich wegen mir keine Sorgen machen. Es war jene heiße Zeit, in der wir uns um andere nicht sonderlich kümmern konnten, da wir doch das Land auf die Revolution vorbereiten mussten. Durch das Lied, das sich mitten in der Nacht in meinen Schlaf einschlich, wurde ich daran erinnert, dass sie wohl die Einzige war, gegenüber der ich eine Verantwortung hatte. Einfach zu ihr hingehen konnte ich nicht gut, denn dass wir uns nahe standen, war bekannt, und ihre Wohnung konnte daher von der Polizei beschattet werden. Wir mussten jede Eventualität berücksichtigen. Ich hätte sie von irgendwoher anrufen können, aber je nachdem, wie strikt sie überwacht wurde, konnte auch das riskant sein. Falls ihr Telefon abgehört wurde, wäre die arme Frau danach wer weiß wie gepiesackt worden. Das wollte ich auf keinen Fall. Während die Polizei sich manchmal ungeschickter anstellte, als wir es zu hoffen wagten, war sie ein andermal auch zu den raffiniertesten Fallen imstande. Ob wir uns aus dem Staub machen konnten oder erwischt wurden, hing oft nur vom Zufall ab. Ich wollte aber auf keinen Fall eine Dummheit begehen. Aus Erfahrung wusste ich, wie verhängnisvoll es für die Geheimhaltung unserer Operationen sein konnte, wenn ein Mitglied sich aus privaten Gründen eine Blöße gab. Das Lied, das mich mit einem Herzrasen aus dem Schlaf gejagt hatte, klang nun beruhigend in mir nach. Es streichelte mir gleichsam über den Kopf, ging mir durch Ohr, Gehirn und Seele. Mit meinem ganzen Wesen nahm ich es in mich auf. Vielleicht weil ich mich in jener Nacht schutzlos wie ein Kind fühlte, merkte ich erst durch dieses herbeigesehnte Lied, dass mich mit dieser Art von Musik, der sogenannten »Türkischen Kunstmusik«, seit meiner Kindheit viel mehr verband, als ich gedacht hätte. Als Revolutionärin hätte ich diese alten Lieder eigentlich als Produkte einer überkommenen bourgeoisen Kultur abtun müssen, als Relikte einer zu überwindenden Vergangenheit, dabei waren sie längst Teil meiner Seele geworden.

Am folgenden Tag schminkte ich mich, toupierte mir die Haare hoch, setzte eine möglichst unbedarfte Miene auf und ging mit einem gefälschten Ausweis in der Tasche zum Kızılay-Platz, in das Plattengeschäft »Tansel« in der Kocabeyoğlu-Passage. Als ganz junges Mädchen war ich oft dort gewesen, wo es fast jede Platte zu kaufen gab. Ganz plötzlich war mir das eingefallen. Ich wollte einfach mein Glück versuchen.

Erst ging ich nur ein wenig herum. Einfach so in diese Alltagsmenge einzutauchen, tat mir gut. Ich merkte, wie sehr ich mich danach gesehnt hatte, etwas ganz Normales zu machen, mich mit gewöhnlichen, banalen Dingen zu beschäftigen. Vor allem aber war es so: Gesucht zu werden, bedeutete, »jemand« zu sein, und ich wollte eben – und sei es nur für eine kurze Weile – wieder einmal in einer dumpfen Menschenmenge als ein »Niemand« ziellos herumstreifen dürfen. Als ich aus der Passage herauskam, hatte ich Lust auf ein Sandwich der Imbissbude »Goralı«. Ich fragte mich, ob davor noch immer so viele Leute anstanden wie früher zu jeder Jahreszeit, und ob der laute Inhaber noch immer mit seiner schneeweißen Schürze und seinem breiten Lachen dastand wie eh und je. Plötzlich war ich fast ein bisschen in Ferienstimmung. Liebend gerne wäre ich ja auch in die Buchhandlungen in der Zafer-Passage gegangen, am Sıhhiye-Platz, aber das wäre fast einer Einladung gleichgekommen, mich festzunehmen. Jeder wusste, dass es dort vor Polizisten in Zivil nur so wimmelte. Ich durfte es nicht übertreiben.

Es ging laut zu in dem Plattengeschäft, das voller junger Leute war. Die neuesten Platten wurden gespielt und übertönten den Alltagslärm.

»Entschuldigung, meine Tante sucht eine Platte, und ich bin nicht ganz sicher, ob es die da ist. Dürfte ich ihr die mal am Telefon vorspielen?«

Wahrscheinlich aus Verblüffung über diese ungewöhnliche Bitte ließen sie sich darauf ein. Es war eine Platte der Firma »Balet«. Mehdiha Demirkıran sang darauf: »Und ich lausche in die Ferne, wache auf aus tiefem Schlaf«.

Ich sagte gar nichts am Telefon, spielte einfach nur die Musik vor, und nach einer Weile hörte ich: »Das freut mich aber.« Sie hatte augenblicklich begriffen, wer ich war und worauf es mir ankam, nur ein Zittern in der Stimme konnte sie nicht verbergen. »Das freut mich wirklich sehr. Vielen Dank.« Wir hatten uns wortlos verstanden. So wie immer. Ich hatte sie für die gestrige Nacht und das Lied bezahlt. In jenen stürmischen Tagen, in denen mein Ich gänzlich von Revolutionsfantasien vereinnahmt war und ich keinen Gedanken an meine Eltern verschwendete, war sie der einzige Mensch, dem ich etwas zu schulden glaubte und der sich wegen mir nicht zu viele Sorgen machen sollte.

Ich wusste, dass wir nicht in die gleichen Fernen lauschten. Sie lauschte in die Vergangenheit, ich in die Zukunft. Und selbst in der Gegenwart lauschten wir nicht auf die gleichen Töne. Nur unsere Herzen waren sich nahe, und diese Nähe, die manch anderes unwichtig machte, sollte ich mit den Jahren immer besser begreifen. Und heißt Leben nicht auch Bereuen, dass man früher so manches nicht verstanden hat?

Als Halbwüchsige ging ich nach der Schule lieber in den Kurtuluş-Park. Ich vernachlässigte sie immer mehr und merkte das auch. Sie merkte es nicht minder, aber sie ging nicht darauf ein. Es war nicht ihre Art, Vorwürfe zu machen und auf die Tränendrüse zu drücken. Sie war der Meinung, mit Vorwürfen seien keine Herzen zu gewinnen. Ich wuchs heran und war eben kein Kind mehr; meine Interessen und

Wünsche änderten sich von Tag zu Tag. Ich hatte neue Freunde, ein neues Umfeld, traf mich heimlich mit Jungs am Kızılay-Platz, in den Cafés im Ministerienviertel oder im Kurtuluş-Park. Und sie sah ich als ein Stück Vergangenheit an, das ich hinter mir gelassen hatte. Mein Grundgefühl ihr gegenüber blieb – wenn auch aus unterschiedlichen Gründen – über die Jahre hinweg das gleiche: In welche Richtung sich auch meine Interessen und meine Persönlichkeit entwickeln mochten, blieb doch sie immer etwas, was einer alten, von mir überwundenen Welt angehörte. Ich mochte auch das Altertümliche an ihrer Wohnung nicht mehr. Die Jetztzeit schien dort niemals Einzug zu halten, und bei mir war es so, dass ich auf der Suche nach meiner Identität bei jedem Richtungswechsel wieder von Neuem voller Mitleid und Unbehagen auf alles herabsah, wofür diese Wohnung stand, und daraus sogar noch einen egoistischen Genuss bezog. Ich war ganz erfüllt vom Treiben jedes neuen Tages und vom Glauben an die Zukunft. Wenn ich aus ihrer Wohnung auf die Straße trat, atmete ich erst einmal tief durch und tauchte dann übermütig ins Leben ein, den Kopf voller Gedanken an die schönen Tage, die da meiner harrten.

Doch wann immer das Leben mir einen Schlag versetzte, verzog ich mich komischerweise ausgerechnet in ihre Wohnung, die ich dann wieder mit ganz neuen Augen sah. Meine Lebenspausen, die mich aufbauten, verbrachte ich nirgendwo anders als dort.

»Es ist Winter nun, die Trennung schmerzt uns in der Brust.«

Ich war damals Schülerin am Ankara-Kolleg. Im Viertel Cebeci hatte neben der Fakultät für Politologie ein neues Kino aufgemacht. Von ihrem Haus war es nicht weit dorthin. Im Winter wurden ausländische und im Sommer türkische Filme gezeigt. So habe ich es wenigstens in Erinnerung. Manchmal gingen wir gemeinsam ins Kino und danach in das Café nebenan. Die Wände in dem Café waren in grellem Plastikorange gehalten, in der Manier der Pop-Art, die in den Sechzigerjahren Furore machte; für die damalige Zeit war das modern und mir nur recht so. Ich freute mich insgeheim, dass solche Cafés aufmachten, die uns irgendwie Europa näherbrachten.

Sie hingegen erzählte mir von den alten Konditoreien Ankaras. Von Menschen aus einer Zeit, in der man jahrelang miteinander Umgang haben konnte, ohne jemals plump vertraulich zu werden. Von der Konditorei »Tura« am Kızılay-Platz. Von den Tanzvergnügungen im »Ankara Palas« und den Samstagstees. Von den Walzern, die sie im »Süreyya« getanzt hatte und im »Intim«. Von den Filmen im »Yeni Sinema« in Ulus und im »Büyük Sinema« in Yenişehir. In ihrer Stimme lag dabei kein wehmütiges Zittern wie bei Frauen, die nur in der Vergangenheit leben. Sie sprach wie ein Erzähler, der am zeitlosen Berichten seine Freude hat. Aus ihren Augen leuchtete ein gewisser Stolz darauf, den Wert des Erlebten nicht erst nachträglich, sondern schon im Augenblick selbst erkannt zu haben.

Wenn wir zusammen unterwegs waren, behandelte sie mich nicht von oben herab, wie ich es gemeinhin von Erwachsenen kannte, versuchte sich aber auch nicht anzubiedern, als wären wir Gleichaltrige. Als feinsinniger Mensch besaß sie die Fähigkeit, bei so ziemlich jedem Thema das richtige Maß zu finden und unsere Beziehung in ganz bestimmter Weise einzugrenzen. »Heutzutage meint man immer, es müsse über alles geredet werden. Dabei wird zwischen Menschen das meiste ganz ohne Worte geregelt«, sagte sie. Wenn ich auch oft genug nicht ganz verstand, was sie meinte, schien es mir doch wahr zu sein und ich zog meine eigenen Schlüsse. So ging zwischen uns beiden das meiste wortlos vonstatten. Nie sagte sie mir, was ich tun oder lassen sollte. Sie lebte mir etwas vor, und ich bastelte mir ein Fazit daraus. Natürlich merkte sie, dass mir so einiges, wie etwa ihre Platten, ihre Grammofone und Radios, hoffnungslos veraltet vorkam. Mir war eben mehr nach moderner Musik, Mode, progressiven Zeitschriften. Sie tat etwas, das ich damals nicht hätte benennen können: Geduldig und liebevoll und ohne sich einzumischen, sah sie mir zu, wie ich erwachsen wurde. Dass diese Frau, die nicht einmal selber Mutter war, sich viel besser auf das Muttersein verstand als viele echte Mütter, die meinige inbegriffen, verstand ich erst sehr viel später.

Nach dem Tod ihres Mannes, den wir in der Familie »Onkel« nannten, obwohl er eigentlich ein Cousin meiner Mutter war, ging ich sie öfter besuchen. Ich dachte mir, dass sie mich jetzt mehr brauchte als früher. Ihre Freude über meine Besuche machte mich stolz, und überhaupt hatte ich wohl zum ersten Mal so richtig das Gefühl, irgendwo gebraucht zu werden. Zugleich empfand ich ein wenig Mitleid mit ihr, so als sei jetzt ich manchmal »die Ältere«. Da auch ich ihr nun etwas geben konnte, waren wir gewissermaßen in eine gleichberechtigte Beziehung eingetreten, und ich begann in ihr auch eine Art Freundin zu sehen.

Bei uns zu Hause wurde kein Hehl daraus gemacht, dass man sie in der Familie meiner Mutter von Anfang nicht gemocht hatte. Dass sie distanziert wirkte, sich mit niemandem näher einließ, ihre Angelegenheiten am liebsten allein regelte und überhaupt eine ganz bestimmte Auffassung davon hatte, wie weit man in einer Beziehung gehen durfte, wurde ihr von dem Heer der Schwägerinnen, die jahraus, jahrein aufeinander folgten, sich mit Herzlichkeitsbezeugungen geradezu überschütteten und so gut wie alles voneinander wussten, als Kälte und Hochmut ausgelegt. Hatten sich im Lauf der Jahre die familiären Beziehungen zu ihr schon auf ein Mindestmaß beschränkt, so hatte man nach dem Tod des Onkels keine Skrupel mehr, diese gänzlich zu kappen, und sie wurde einfach allein gelassen.

Und Kinder hatte sie eben keine.

In der Familie wurde immer gemurrt, sie hätte sich vom Onkel trennen sollen, wo sie doch wusste, dass es ihre Schuld war, wenn der Onkel kinderlos blieb. Als der Onkel noch am Leben war, hatten die beiden mich wohl ein wenig als ihr Kind angesehen. Mir war das nur recht so, denn als »geborgtes« Kind gewisse Vorrechte zu genießen, war eine Rolle, die mir zusagte. Ich durfte dort meine Kindheit ausleben und wurde auch als Erwachsene behandelt, sodass ich mich viel wohler fühlte als bei mir zu Hause.

Ich weiß auch nicht, ob die beiden überhaupt Kinder brauchten. Die liebevolle Art, in der sie miteinander umgingen, unterschied sie ziemlich von dem, was ich sonst bei Ehepaaren beobachtete. Ihre Verbundenheit war unscheinbar, ganz ohne Blendwerk, von einem anderen Paar wohl unnachahmbar. Sie hatte sich mit ihrem Leben verwoben, und die Welt konnte sich nicht dazwischendrängen. Wenn ich die beiden sah, bekam ich eine Vorstellung von »lebenslanger Liebe«. Der Tod meines Onkels erschütterte sie natürlich, aber seltsamerweise ließ sie sich überhaupt nicht gehen; wie eine Pflicht setzte sie fort, was er hatte aufgeben müssen, als würde sie von nun an für ihn mitleben, und still und geduldig erwartete sie den Tag, an dem sie wieder mit ihm vereint sein würde, und zollte so dem Leben seinen Tribut. Zwischen den Platten und Liedern des Verstorbenen und den Erinnerungen an ihn verbrachte sie einförmige Tage unter der elegisch untergehenden Steppensonne von Ankara. Wenn ich so zurückdenke, muss damals für sie vom Leben nichts anderes zurückgeblieben sein als ich, die ich vor ihren Augen wuchs und gedieh. Was man einem Menschen bedeutet, merkt man erst spät.

Meine Eltern sahen meine Besuche bei ihr nicht ungern, denn es mochte doch ein wenig auf ihrem Gewissen lasten, sie nach dem Tod des Onkels so ganz ihrem Schicksal überlassen zu haben.

Sie selbst sagte: »Ach was, Nazan, ich bin dir doch nicht böse, wenn du nicht kommst. Du bist ein junges Mädchen und willst mit deinesgleichen zusammen sein. Mir ist es am liebsten, wenn du kommst, weil dir wirklich danach ist; weil du dich nach mir sehnst. Und wann das ist, das weißt du selber am besten. So was geht nicht auf Bestellung. Von Anstandsbesuchen hat keiner was, mein Schätzchen.«

Ob sie wohl ahnte, was sie einem mit dieser Freiheit für eine Verantwortung auferlegte?

Alle dachten, nach dem Tod des Onkels würde sie nach Istanbul zurückgehen, wo sie herstammte. Aus Liebe zum Onkel war sie nach Ankara gezogen und dort geblieben. Sie ging aber nicht zurück. Sie blieb. Und sie starb in Ankara. Aus dem Numune-Krankenhaus wurde ihre Leiche auf den Asrî-Friedhof verbracht und dort im Familiengrab neben dem Onkel beigesetzt. Hatte sie sich auf einen Weg gemacht, dann ging sie ihn auch zu Ende.

»Ist's nötig, es zu sagen, o mein Rosengarten, ich bin dein Sklave, du mein Herr.«

Ich konnte zu ihrer Beerdigung nicht kommen.

Sie wäre mir nicht böse gewesen.

2

»Niemand erhört dein feuriges Klagen.«

In den alten Liedern waren oft Wörter arabischen Ursprungs, die ich nicht kannte, aber zum Nachschlagen lag auf einem kleinen Tischchen stets ein dickes Wörterbuch parat. »Manche von diesen Wörtern kenne ich selber nicht«, sagte sie. »Dann schlage ich eben nach. Und manchmal, Schätzchen, da muss man nicht nur Wörter nachschlagen, die man in Liedern nicht versteht, sondern auch Gefühle, die man im Leben nicht versteht.«

Nach so einem Satz zog sie manchmal die Augenbrauen ein wenig hoch, ließ das Grübchen in ihrem linken Mundwinkel zum Vorschein kommen und schwieg bedeutungsvoll, während es in ihren dunklen Augen schelmisch aufblitzte. Das hieß dann immer, dass sie eigentlich schon zu viel gesagt hatte.

Bei meinem ersten Liebeskummer heulte ich mich auf der bequemen Couch in ihrem Wohnzimmer aus, wie in melodramatischen Filmen in eine Decke mit Schottenmuster gehüllt und mit einem zerknüllten, triefenden Taschentuch in der Hand, und in einem Dämmerzustand verbrachte ich dann noch Tage in dieser Position. Die zurückhaltend-zärtliche Fürsorge, mit der sie damals meinem Seelenschmerz begegnete, habe ich später bei niemandem mehr erlebt. Sie wertete ganz offensichtlich die schwere Zeit, die ich durchmachte, als einen Schritt auf dem Weg ins Erwachsenenleben, und anstatt – wie ich es von Eltern im Allgemeinen kannte – dem Leidenden nicht von der Seite zu weichen und damit die Anteilnahme zur Qual werden zu lassen, verstand sie es, diese Phase stumm zu begleiten. Wie wichtig in einer Beziehung die Kunst des Schweigens ist, habe ich von ihr gelernt, und noch dazu, ohne es zu merken.

Es sollten aber in meiner Spätpubertät noch schwierige, heikle Tage folgen, an die ich nur ungern zurückdenke.

»Was ihr so Türkische Kunstmusik nennt, ist eigentlich nichts anderes als griechische Musik«, posaunte ich eines Tages heraus. Es war in der stürmischen Zeit, in der ich mich gegen alles und jedes auflehnte. Mit Vorliebe begann ich damals Sätze mit »Eigentlich …« und empfand ein fast krankhaftes Vergnügen daran, den Erwachsenen unter die Nase zu reiben, dass es mit dem, was sie so zu wissen glaubten, »eigentlich« eine ganz andere Bewandtnis habe. Der Vater einer Freundin von mir war Journalist; in ihrem Haus hatte ich eine LP mit byzantinischer Kirchenmusik aus dem 13. Jahrhundert gehört und war so zu meiner Weisheit gelangt. Ich war so voll der für Heranwachsende typischen Lust, geliebten Menschen wehzutun und ihre Überzeugungen ins Wanken zu bringen. Während man selbst der Welt und dem Leben gegenüber so voller Unsicherheiten dasteht, macht es einen wahnsinnig, wenn die Erwachsenen einem mit ihrer Lebenserfahrung und ihrer Gesetztheit daherkommen; dieses Gefühl habe ich noch ganz stark in Erinnerung. Man fühlt sich richtig erdrückt von dieser geballten Erwachsenenlogik und möchte deshalb am liebsten alles kurz und klein schlagen! In solch einer Stimmung muss ich gewesen sein, als ich tatenlustig ausgerechnet auf etwas losging, das ihr im Leben eine große Stütze bedeutete. Und das tat ich ja nicht nur einmal. Und nicht nur bei ihr, bei so ziemlich jedem … Wie viel Schaden ich anrichtete, als ich mir in einer scheinbar feindlich gesinnten Welt einen Weg zu bahnen suchte, merkte ich auch erst viel später. Kinder, die in gewisser Hinsicht schnell erwachsen werden, kapieren nicht, dass sie in manch anderer Hinsicht zurückbleiben. Bei mir jedenfalls war es so.

»Wie diese Musik genannt wird, ist mir nicht so wichtig«, sagte sie damals. Das klang weder streithaft noch belehrend. Sie sprach in dem ihr eigenen ruhigen, einfachen Ton. Wo Worte allein nicht genügen, da war auch sonst nichts auszurichten, das wusste sie nur allzu gut. »Ich bin mit dieser Musik aufgewachsen, das ist mir das Wichtige. Als die Türken in dieses Land kamen, hat es diese Musik wohl schon gegeben, aber man darf auch nicht unterschätzen, was für einen Beitrag sie dazu geleistet haben. Hafız Post zum Beispiel, Dede Efendi, Hacı Arif Bey, Tanburi Ali Efendi, Mısırlı İbrahim Efendi, Rahmi Bey, Şevkî Bey und noch so viele andere … Soll man deren Leistungen etwa vergessen? Und was ist mit den Armeniern, den Juden, den Griechen, die unter den Osmanen lebten und musizierten? Wenn die nicht gewesen wären, hätte es dann eine Türkische Kunstmusik gegeben? Leute wie Nikoğas Ağa, Tatyos Efendi, Bimen Şen, Artaki Efendi oder Aleko Bacanos haben dieser Musik so viel von ihrer Virtuosität, ihrer Stimme und ihrem Herzblut geschenkt, dass wir sie ja nicht vergessen dürfen. Weißt du, mich kümmert nicht der Ursprung dieser Musik, sondern das Mysterium, das damit einhergeht. Wie kommt es zum Beispiel, dass Tatyos Efendi, der sogar die alte türkische Notenschrift beherrschte, ein so großer Komponist war, während Bimen Şen, der keine einzige Noten lesen konnte und sich den Rhythmus auf den Schenkel klopfte, ein ebenso großer Komponist war? Gerade so etwas fasziniert mich! Meinst du nicht auch, dass das ein viel ergiebigeres Thema ist? Das Wesen der Kunst nämlich. Das Wunder, das in jedem Künstler steckt.«

Es war unmöglich, sich der Gelassenheit zu entziehen, mit der sie das vorbrachte. Meine Waffe lag mir ganz nutzlos in der Hand. Sie war eben nicht darauf aus, mich zu besiegen, sondern mich zum Nachdenken zu bringen. Sie sagte ja auch immer wieder: »Für Debatten bin ich nicht geschaffen. Mir geht es nicht ums Gewinnen oder Verlieren.« Sie brachte ihre Gedanken und Gefühle auf ruhige Weise zum Ausdruck und zog sich dann zurück. Ich weiß nicht, ob ihr bewusst war, wie hilflos ihr Gegenüber dadurch wurde. Mit ihrer Haltung war sie ja nicht unterzukriegen. Diese ruhige Art hatte so gar nichts zu tun mit den gnadenlosen Debatten, die später in den Uniforen um Fragen wie »Treiben wir auf eine faschistische Diktatur zu?« und »Soll die Revolution national oder international sein?« ausgefochten wurden. Dass ich selber so eine gelassene Einstellung nie würde zustande bekommen, war mir schmerzlich bewusst.

So leicht ist jugendlicher Zorn aber nicht zu besänftigen, und so legte ich ein andermal wieder nach: »Und wie kommt es dann, dass Atatürk nach der Gründung der Republik diese Musik verboten hat? Die durfte doch lange im Radio gar nicht gespielt werden. Sie ist aus der Türkei verbannt worden.«

Ich liebte solche kategorischen Sätze. Wieder dieses Vergnügen daran, jemandem wehzutun, dieses Herumbohren an vermeintlichen Schwachstellen.

Atatürk! Die Republik! Da waren Menschen ihrer Generation am leichtesten zu treffen, und sie selbst nicht minder. Ein Schatten ging über ihr Gesicht. Sie hatte wohl das Bedürfnis, sich darauf zu berufen, dass man jene Entscheidung damals rasch zurückgenommen und den Fehler wiedergutgemacht hatte. Ihren Worten war eine gewisse Verstimmung anzumerken. Dennoch ließ sie die Waffen gesenkt, atmete tief durch und fuhr dann mit der gleichen Ruhe fort. Mit meinen Reden hatte ich damals ihrer Loyalität zugesetzt, das wurde mir erst später bewusst, dann nämlich, als ich bei mir selbst einen Mangel an Loyalität konstatierte. Wenn einem diese in jungen Jahren schon abhanden gekommen war, ließ sich das dann beheben? Noch bevor man seinen Überzeugungen treu blieb, seinen Werten, seinen Beziehungen, seiner Liebe, musste man in erster Linie sich selbst treu bleiben. Ich sah, dass mir kaum etwas geblieben war. Ich war kein schlechter Mensch, aber ich fürchtete mich davor, ein solcher zu werden. Ich hielt mich für gescheitert, hatte nicht richtig gelebt; meine Träume waren zerstoben, Ziele hatte ich keine mehr. Ich war zu intelligent und zu unbarmherzig mit mir selbst, um mich über meine Erfolglosigkeit hinwegzutäuschen. Solchen Menschen bleibt oft nichts anderes übrig, als verbittert und böse zu werden. In ihrer Wut versteinern sie. So jemand aber wollte ich nicht werden. Die Revolution hatte nicht stattgefunden. Irgendjemand hatte sich dafür bei uns zu entschuldigen. Ich hatte einen Großteil meiner Jugend hinter Gittern verbracht. Innerlich war ich verarmt. Ich versuchte mich an die Loyalität zu erinnern. Nicht an die Standhaftigkeit, mit der man unter der Folter nicht redet, oder an die

Kompromisslosigkeit, mit der man seine Überzeugungen verteidigt. Sondern an die reine Loyalität, die man, ohne eine Gegenleistung, nur sich selbst gegenüber empfindet …

Völlig unvermutet besuchte sie mich im Militärgefängnis von Mamak. Sie kannte jemanden von Radio Ankara, der hohe Militärs einschaltete und ihr somit einen Besuch bei mir ermöglichte, der sogar meinen Eltern verboten war. Ich freute mich, aber zugleich schämte ich mich gegenüber meinen »Kampfgenossen« wegen dieses »Privilegs«. Sie hatte bei einem Plattenhändler in Cebeci eine Kassette mit meinen Lieblingsliedern aufnehmen lassen: Türkische Kunstmusik. An erster Stelle war »Niemand erhört dein feuriges Klagen«, also das Lied, dessen Text ich während meines ersten Liebeskummers durch Nachschlagen im Wörterbuch zu begreifen versucht hatte.

Sie wusste nicht, dass man im Militärgefängnis von Mamak nicht nur keinen Kassettenrekorder bekam, sondern einem auch viel lebensnotwendigere Dinge vorenthalten wurden. Ich dankte ihr ganz einfach. Die Gefängnisleitung, die das Mitbringen der Kassette zugelassen hatte, muss sich über die alte Dame mit ihrer Kunstmusik ziemlich amüsiert haben. Sie kam von außerhalb jener Welt der Unterdrücker und Unterdrückten und hatte deshalb zugleich etwas Lächerliches und Rührendes an sich. Genauso wie die Lieder auf der Kassette hatte sie hier in unserem Leben und unserem Kampf keinen Platz.

Auch um den Preis, jeden um mich herum zu kränken, setzte ich als Studentin meinen »revolutionären Spürsinn« im Alltagsleben ein, und eben auch gegen sie. Als ich sie einmal dabei »erwischte«, wie sie ein Buch von Abdülhak Şinasi Hisar las, das in einem als rechts geltenden Verlag erschienen war, fühlte ich mich wie verraten. Wie sie nur ein Buch aus solch einem Verlag lesen könne, fuhr ich sie an. Ob sie denn nicht wisse, dass das Faschisten seien?

»Ach, wenn doch nur die Linken die Bücher von diesem Mann drucken würden«, seufzte sie. Wie immer, wenn sie sich unerklärlicher Wut gegenüber sah, klang ihre Stimme wie aus ferner Abgeschiedenheit.

»Warum sollten die Linken das drucken? Über was schreibt der Kerl überhaupt? Über die alten Villen am Bosporus! Glaubt ihr etwa, die Faschisten würden was drucken, wenn es gut wäre? Um die Sehnsucht nach der Vergangenheit geht es da wieder mal, um die goldene Zeit der Osmanen! Um das Prunkleben in diesen Villen, das auf der Ausbeutung der verarmten Volksmassen gründete!«

»Prunkleben? Das war doch nur ein grollender, enttäuschter Mann«, sagte sie lediglich. Ich weiß nicht, ob sie damit nicht eher ihren eigenen Groll und ihre eigene Enttäuschung meinte. Wie immer in solchen Situationen, in denen mit mir nicht zu reden war, versuchte sie die Diskussion nicht anzuheizen, sondern hielt sich zurück und wartete ab, bis ich mich wieder beruhigte.

Ich weiß noch gut, wie ich viele Jahre später an einem Frühherbsttag, an dem eine frische Brise durch die Blätter fuhr und die Sonne milder wirken ließ, bei Istanbuler Antiquaren im Beyazıt-Viertel Erstausgaben von Büchern Abdülhak Şinasi Hisars im Hilmi-Verlag fand und sie ihr zusammen mit einer Postkarte sogleich schickte. Sie schrieb zurück, sie habe sich sehr gefreut und schmunzeln müssen. »Deine Hartnäckigkeit hat auch ihre angenehmen Seiten, mein Kleines. Was weiß ich schon über Verlage! Aber ich und Abdülhak Şinasi Hisar mit seinen seltenen Erstausgaben, wir passen heute gut zusammen! Vielen Dank. Während ich Dir diese Zeilen schreibe, läuft im Radio gerade ›Wehst, Zephir, du ins Gefilde der Buhle?‹«. Wann immer sie mir schrieb, lief im Hintergrund das Radio, und es bereitete ihr eine diebische Freude, mir die Namen der Stücke jeweils mitzuteilen. Bei mir schienen dann immer Bilder auf, und ich merkte, dass ich Ankara, das ich doch zu hassen meinte, eigentlich liebte, und dass ich mich nach dem Viertel sehnte, in dem ich geboren und aufgewachsen war. Die Orte, an denen man seine Kindheit und Jugend verbracht hat, kann man wohl nicht richtig hassen.

Jene erste Karte und jene Handschrift, die so typisch für die Menschen war, die nach der Schriftreform die lateinischen Buchstaben gelernt hatten, erinnerten mich wieder an den Begriff der Treue. Treue zum einst Gelernten. Beim Lesen der Karte hatte ich plötzlich wieder den Duft in der Nase, den in den Alleen von Ankara damals die Lindenbäume und Akazien verströmten, und ich hörte gleichsam die Lieder, die aus Radios auf die Straße drangen, und irgendwie fiel mir ein, dass ich zur Zeit der Mittagsnachrichten immer gerade zurück aus der Schule war. Die fernen Melodien jener Lieder, die ich aus den paar Postkartenzeilen herauslas, ließen mir das Herz voll wehmütiger Erinnerungen schier überquellen. Ich hatte also schon so viel erlebt, dass ich mich an zarter Wehmut laben konnte, und ohne es recht zu bemerken, war ich ziemlich alt geworden.

»Wehst, Zephir, du ins Gefilde der Buhle?«

Wie hatten Lieder, deren Text ich kaum verstand, sich mir derart einprägen können?

3

Die Schritte, mit denen ihr Großneffe, der seit Langem im Ausland lebte, drüben in ihrem Schlafzimmer herumging, hatten etwas Nüchternes an sich, das mir gar nicht gefiel; sie verrieten auch eine nüchterne Seele. Zudem sprach er so laut, wie es sich nun mal nicht gehörte, wenn man ins Schlafzimmer einer Dame eindrang, die ihre Wohnung und ihr Leben nicht mehr verteidigen konnte. Es war zu hören, wie er Schranktüren und Schubläden hastig öffnete und wieder schloss und danach mit breiten Schritten den Korridor durchmaß. Ich dachte daran, wie sanft sie selbst immer alles berührt hatte, und empfand die Situation dadurch nur umso schmerzlicher. Ja, sie konnte sich nicht mehr zur Wehr setzen, und alles, was uns vor Augen und in unserer Reichweite lag, war der Erbarmungslosigkeit der Lebenden ausgeliefert. Was mir Erinnerung um Erinnerung bedeutete, galt den anderen, die von Zimmer zu Zimmer eilten, jeweils nur als fremder Gegenstand. Den man noch dazu irgendwie loswerden musste. Sie waren zu gleichgültig oder zu jung, um den Lebenswert der Dinge zu erkennen, das Recht, das sie auch auf uns haben …

Sie sahen mich ungeduldig an, um mich daran zu erinnern, dass es nun Zeit zum Gehen sei. Ich tat so, als bemerkte ich es nicht. Sie waren durch die ganze Wohnung gegangen, hatten alles angeschaut und langweilten sich nun. Einige waren auch in den Kohlenkeller hinuntergegangen, um zu sehen, was da so gelagert war, und sie hatten mich gefragt, ob ich mitkommen wolle. Sie fanden dort alte Radioapparate, die sie nicht hatte wegwerfen wollen, und sie holten einen herauf. Ich erkannte ihn sofort wieder.

»Warum liebst du ihn noch immer? Treue kennt er leider nicht.«

Das war das Lied, das ich mit diesem Radio verband. Ich kann mich nur wundern, dass ich sogar heute noch, wenn ich in die Vergangenheit zurücksinne, bei manchen Liedern noch weiß, aus welchem Apparat ich sie vernommen habe. All die Marken, die aufeinander folgten: Aga, Philips, Müller, Grundig … Manche mit fünf, andere mit sechs Röhren, was immer das bedeuten mochte. Wenn uns das Hören allein nicht genügte, war der Blick auf den Radioapparat vielleicht ein Mittel, das Lied gleichsam vor Augen zu haben; wir starrten auf das Gerät und ließen uns von dem Lied auf eine Reise führen. Und dieser magische Moment prägte sich unserem Gedächtnis derart ein, dass wir ihn nie wieder vergaßen. Wenn ich später irgendwo einem jener Geräte begegnete, fielen mir sofort Lieder ein, die ich damit gehört hatte: »Wer sieht nun deine Rosenschönheit, küsst deinen Fuß und fleht dich an?«

Wenn ich allein in meiner Gefängniszelle saß und meine Gedanken ganz von den Themen ablenken wollte, die mich bei den Verhören erwarteten, versuchte ich mich – anstatt trockene Rechenübungen zu veranstalten – lieber daran, bestimmte Lieder ihren Komponisten zuzuordnen. Ich rief das Wissen einer Welt zu Hilfe, die ganz fern von mir gerückt war, und um vom Warten nicht zermürbt zu werden, füllte ich die Zeit mit solchen Gedächtnisspielen. War jenes Lied nun von Şerif İçli oder von Şükrü Tunar? Von Refik Fersan oder von Fehmi Tokay? »Der Abschied von dir bringt mich um Freude und Kraft« war von Bimen Şen, »Es klafft in mir die Wunde, ist tiefer noch als Schmerz der Trennung« von Sadi Işılay, »Zum ersten Mal seit Jahren wird es mir Morgen« von

Zeki Duygulu, »Der Dolch ihrer Augen bohrt sich in mein Herz« von Astik Ağa, »Vor Schmerzen stöhnt mein armes Herz« von Neveser Kökdeş, »Vollmondnacht« von Sadettin Kaynak, und »Ein schönes Auge stieß mich in so tiefe Liebe« von Osman Nihat Akın …

Ich wusste, dass sie uns so lange warten ließen, um uns dann schneller zu einem Geständnis zu bringen, und dass die Warterei an sich schon Teil der Folter war, und deshalb zählte ich weiter auf: »Dem Lodern meiner Brust ist ein Seufzer genug« war von Lemi Atlı, »Was soll mir das Grün, wenn fern meine Liebe« von Hacı Sadullah Ağa, »Das Bildnis der Geliebten weicht nicht aus meinem Sinn« von Dede Efendi, »Treu blieb er seinem schönen Schwur« von Ebu Bekir Ağa, und »O käme sie doch, die Schöne, und sähe sie mich auch nicht an« von Hafız Post …

Dann ging die Zellentür auf, mir wurden die Augen verbunden, und sie brachten mich zum Verhör.

Diese alten türkischen Lieder, deren Notenschrift uns heute wie ein Geheimcode erscheint, waren mir somit in meiner Abgeschiedenheit zu einer Art Multiplikationstafel geworden, die mein Gedächtnis frisch und mein Ich intakt hielt.

Sie brachten mich nicht zum Reden. Woher ich die Kraft dazu nahm, ist mir noch heute ein Rätsel. Und über die eigenen Rätsel wundert der Mensch sich am meisten.

Als Schülerin durfte ich in der fünften Klasse die sogenannte »Kontrollschärpe« tragen. Wer sie umhatte, hatte gegenüber den anderen Schülern eine gewisse »Position« inne.

Später musste ich lachen, als ich solche Schärpen in Rita-Pavone-Filmen bei italienischen und in Louis-de-Funès-Filmen bei französischen Polizisten sah.

Die Schüler mit der Kontrollschärpe durften jeweils eine Woche lang ihre Mitschüler überwachen und deren Vergehen den Lehrern mitteilen. Wer die Schärpe umgehängt bekam, bei dem stellte sich sogleich ein ganz neues Verhalten ein, eine besondere Ernsthaftigkeit. Im Klassenzimmer, in den Gängen und im Pausenhof ließ er seinen Adlerblick schweifen, in der steten Hoffnung, einen Schüler bei irgendeinem Frevel zu ertappen. Die Schärpe verschaffte einem die Gelegenheit, sich bei den Lehrern durch vorbildliche Pflichterfüllung lieb Kind zu machen und gegenüber den Mitschülern einmal Macht ausüben zu können.

Mir fiel auf, dass Mädchen beim Tragen der Schärpe unerbittlicher sein konnten als Jungen. Sie hatten einen schärferen Blick für die Fehler ihrer Umwelt. Vielleicht lag es ja daran, dass Mädchen den kontrollierenden Druck, der im Alltag immer auf ihnen lastete, bei der ersten Gelegenheit an andere weitergaben. Oder die Mädchen ahnten einfach schon, dass es ihnen im Leben nicht oft vergönnt sein würde, Macht auszuüben, sodass sie dieses kurze Vergnügen mehr auskosteten als Jungen.

So wie ich es beim ersten Anlegen der Schärpe als meine heilige Pflicht ansah, in Pausenhof und Kantine wahrgenommene Verfehlungen sogleich zu melden, so eifrig war ich dann in späteren Jahren in unserer revolutionären Fraktion bemüht, jegliches Verhalten zu hinterbringen, das mir abweichlerisch erschien,

Als Schülerin ging ich mit meiner Kontrollschärpe zu ihr. Um mich belobigen zu lassen.

»Petzen ist nie etwas Schönes, meine Kleine«, sagte sie und verzog dabei ein wenig das Gesicht. Und ich hatte gedacht, sie würde stolz auf mich sein. Meine Freude blieb mir im Hals stecken. Mit leerem Blick sah ich sie an. »Schau, Nazan, wenn du bei einem Schüler etwas Falsches siehst, dann solltest du das ihm selbst sagen und nicht deinen Lehrern. Dir kann es ja auch mal passieren, dass du dich falsch verhältst, und dann wirst du auch so behandelt. Ich habe so etwas noch nie gemocht. Mein Gott, warum impfen sie das schon kleinen Kindern ein?«

Ich begriff damals nicht ganz, was ihr eigentlich missfiel, aber sie hatte es geschafft, mich zu beschämen; mit meiner Schärpe um die Brust kam ich mir plötzlich ganz klein vor. Ich weiß noch, wie ich geknickt im meinem Sessel saß und fortwährend verlegen mit den Beinen schaukelte; ich war ihr böse, dass sie mich derart hatte abblitzen lassen.

Solange eine Erfahrung nicht gänzlich verinnerlicht ist, hält sie einen nicht davon ab, die gleichen Fehler wieder zu begehen. Und solange man glaubt, dass man Recht hat, reproduziert man das gleiche Verhalten. Für meine Fraktionsgenossen, die ich aufgefordert hatte, so zu handeln, wie es sich für Revolutionäre gehörte, und Selbstkritik zu üben, war ich nichts weiter als eine »dreckige Denunziantin«, wie ich später einsehen musste. Ihnen gegenüber habe ich meine Schuld dadurch beglichen, dass ich unter der Folter eisern schwieg. Gleich zu Beginn meiner linken Karriere hatte ich mich zielsicher einer der extremsten, sektiererischsten Fraktionen angeschlossen. Das schien mir der unmittelbarste Weg zu sein, meinem Kleinbürgerdasein zu entkommen. Ich zögerte damals keinen Augenblick, ein Gebaren, das mir unrevolutionär erschien, meinen Oberen zu melden, wobei mir aber nicht in den Sinn kam, dieses Verhalten in irgendeiner Weise mit der Kontrollschärpe aus Schulzeiten in Verbindung zu bringen. Mussten denn so bittere Erfahrung gemacht werden, bevor man die schrägen Lebenszeichen zu lesen verstand?

Da war ein talentierter, eifriger junger Dichter, der aus der Fraktion ausgeschlossen wurde, weil sich herausstellte, dass er homosexuell war. Nach seinem Rauswurf wurde er wie ein Aussätziger behandelt, alle zogen sich von ihm zurück; und wie unglücklich er damals war, sah man ihm sofort an, denn er ließ sich gehen, und Haare und Bart standen ihm bald wild vom Kopf. Uns aber galt seine Verwahrlosung geradezu als Bestätigung für unsere eigenen Weichenstellungen. In seinem Unglück und seiner Einsamkeit ergab er sich dem Alkohol, und weil er beweisen wollte, wie links er war, trieb es ihn dazu, noch schärfere politische Gedichte zu schreiben. Eines Tages wurde er tot aufgefunden, und ob er sich umgebracht hatte oder einem Verbrechen zum Opfer gefallen war, konnte nicht ermittelt werden. Eine der Personen, die ihn wegen des Verdachts der Homosexualität dem Zentralkomitee gemeldet hatten, war ich gewesen. Dass es einmal so weit kommen würde, hatte ich nicht gedacht.

Als die Anzeichen für ein politisches Verbrechen sich mehrten, erschien es unserer Fraktion zweckmäßig, ganz und gar an diese Version zu glauben, sodass wir den Toten für uns beanspruchten und damit Propaganda betrieben. Als Lebenden hatten wir ihn nicht brauchen können, als Toten schon.

Lange nachdem ich aus dem Gefängnis freigekommen war, suchte und fand ich sein Grab. Es war ungepflegt und offenbar kaum besucht. Ich kauerte davor nieder und rupfte gründlich das Unkraut aus. Dann sprach ich eines seiner damaligen Gedichte, auf dass seine Seele es vernehme.

Ich fand aber keine Ruhe. Ich konnte mir nicht verzeihen.

Eines Tages wurde ich ganz unvermittelt verhaftet. Ich hatte mich in der Wohnung einer Krankenschwester versteckt, und ob diese nun schon von Anfang an ein Spitzel gewesen oder später von der Geheimpolizei umgedreht worden war, sei dahingestellt, aber auf jeden Fall hatte sie mich denunziert. Wenn einer damals nur fest genug an etwas glaubte, dann hatte er auch keinen Zweifel mehr an seiner Handlungsweise und konnte bei einem anderen Menschen Schicksal spielen. Mein Schicksal wurde jene Krankenschwester. Wir hatten allesamt unsichtbare Kontrollschärpen um, und dass wir sie freiwillig trugen, war ebenso von Bedeutung wie die Frage, wer uns damit ausgerüstet hatte und wozu.

Jener Krankenschwester sollte ich Jahre später auf einem Markt begegnen. Sie bemerkte mich nicht. Sie sah unglaublich müde aus, nicht nur müde von der Mühe eines Tages oder einer Woche, sondern ganz und gar freud- und mutlos. Ich gab mich ihr nicht zu erkennen. Die Jahre hatten das Ihrige bereits getan. Bei jedem von uns.

»Was ist dir, meine Schöne?« lautete ein anderes Lied.

»Die türkische Musik erinnert uns an unsere Toten.« Mit getrübter Stimme sagte sie das eines Tages. Nicht nur ihre Worte, sondern eben auch diese Trübung der Stimme blieb mir in Erinnerung. Und auch die Tageszeit. Wir tranken unseren Abendtee. Auf den weißblauen Desserttellern waren Sesam-, Zimt-, Grieß- und Ingwerkringel aufgereiht …

Oft sagte sie auch: »Weißt du, ich liebe die Türkische

Kunstmusik wie ein Kind. Sie ist doch unser Fleisch und Blut. Wenn wir sie nicht lieben, wer soll es dann sonst tun? Sie hat niemanden außer uns! Wenn ein Franzose, ein Skandinavier oder ein Japaner sie hören würde, was könnte er ihr dann schon abgewinnen? Wir dagegen lieben sie mit unseren Erinnerungen zusammen. Wir lieben sie mit unserer Kindheit.«

Dann blickte sie sinnend vor sich hin. Sie dachte wohl an die Zeit zurück, als sie ihre Freunde von Radio Ankara und diverse Sänger und Musiker bei sich bewirtet hatte und nächtelang nur über Musik gesprochen wurde. Oder ich bildete mir das nur ein.

Sie hatte sich wohl selber einmal heimlich an der Laute versucht, ihre Bemühungen jedoch bald eingestellt, um nicht mit ihrem »Mangel an Talent das eigene Ohr zu malträtieren«, wie sie sagte. Wenn ihr begabterer Mann aber die gitarrenähnliche Tanbur spielte, hörte sie gerne zu. »Mit dem Plektron hatte er seine Schwierigkeiten, doch was der Hand nicht gelang, machte er mit dem Herzen wieder wett«, pflegte sie in späteren Jahren zu sagen. Auf die Musikabende mit ihren Freunden bereitete sie sich sorgfältig vor. Es musste dabei immer ganz besondere Spezialitäten geben. Zur entsprechenden Jahreszeit wurden unweigerlich gefüllte Sardinen serviert; sie betonte immer, es verstehe sich ja niemand mehr auf deren Zubereitung. Gefüllte Makrelen, Klößchen aus Kichererbsen und ähnlich aufwendige Rezepte hatte sie als junges Mädchen im Istanbuler Stadtteil Moda bei ihren armenischen Nachbarinnen kennengelernt. Was sie »in jenen glückseligen Tagen« an Speisen und Desserts gelernt hatte, brachte sie nun in Ankara auf den Tisch, wo kaum jemand dergleichen kannte. Dem Fischhändler schärfte sie schon Tage vorher ein, was genau sie wollte, und die Gewürze für die Füllung bestellte sie eine Woche im Voraus bei dem Krämer im Ulus-Viertel, bei dem sie auch sonst immer einkaufte. Allerdings kaufte sie ihren Käse, ihre Oliven, ihren Honig, ihr Pastırma und ihr Essiggemüse jeweils bei einem anderen Händler. Bei dem einen sei eben der Käse besonders gut und bei jenem anderen die Oliven. Am häufigsten versorgte sie sich in der Markthalle von Ulus und in ein paar Läden in der Sakarya-Straße. Mit ihr einkaufen zu gehen, war ein Vergnügen. Wie alles andere genoss sie nämlich auch das, und sie verstand sich darauf, einen gewöhnlichen Einkaufstag zum erzählenswerten Ereignis zu machen. Wie eine derartig der Vergangenheit verhaftete Frau es schaffte, der Gegenwart so viel abzugewinnen, war mir ein Rätsel.

Betäubender Blumenduft bestimmte meine Erinnerung an die Frauenmatinees der »Gazino« genannten Vergnügungsstätten, zu denen sie mich donnerstags und sonntags manchmal mitnahm. Da war etwa das »Güneypark Aile Gazinosu« in Demirtepe, das »Köşk Gazinosu«, in Maltepe, das »Kervansaray Gazinosu« in Beşevler, das »Göl Gazinosu« im Gençlik-Park, der »Japanische Teegarten«, das »Lunapark Gazinosu«, das »Sahil Gazinosu« und noch andere mehr. Und nicht zu vergessen der »Yazar«-Teegarten, dessen Schild auch Jahre nach seiner Schließung noch dahing, bis die Buchstaben völlig von der Sonne verbleicht waren. Verblichene Freude. Eines der vielen wehmütigen Bilder, die sich einst staunenden Kinderaugen eingeprägt haben.

Die »Fasıl« genannte Abfolge von Stücken, die meist zu Anfang des Programms gespielt wurde, war so mancher Matinee-Anhängerin zu langweilig. Wir dagegen gingen immer sehr früh in die Gazinos, um nur ja diesen Teil von einem der vorderen Tische aus zu hören. »Wer den ›Fasıl‹ nicht mag, der hat zu dieser ganzen Musik keinen rechten Zugang«, sagte sie immer. »Der ›Fasıl‹ ist in erster Linie ein Verhaltenskodex für gemeines Singen und gemeinsames Amüsieren.«

Dann dachte sie wohl, mit solchen Worten könne ich noch nichts anfangen. »Ach lass nur, hör gar nicht auf mich«, sagte sie schließlich, strich mir über die Knie und lauschte wieder der Musik: »Nun liebt sie einen, der ist grausam wie sie selbst.«

Sie mochte es überhaupt nicht, wenn Sänger unnötig laut wurden, das Gesicht schmerzlich verzogen oder die Augen schlossen, als seien sie völlig verzückt; wenn das Singen angestrengt wirkte, erschien ihr das deplaziert. »Die Töne sollen dahinfließen wie aus einem Krug gegossenes Wasser. Das sind doch keine Seiltänzer, die immer nach Beifall heischen.«

Als sie einmal bei Sonnenuntergang ihren Abendtee trank, tat sie etwas, das nicht ihrer Gewohnheit entsprach: Sie sang mir leise etwas vor, und zwar Hacı Mehmet Arif Beys »Der Schwur deines Herzens lässt mich nicht los«; ich werde das nie vergessen. Ohne zu wissen, warum, musste ich losweinen. Wenn wir so unvermittelt weinen, dann vergessen wir das nie, so viel weiß ich heute. Nicht aber wusste ich damals, dass in ihrer Vergangenheit und in meiner Zukunft so viel Einsamkeit lag. Wie hätte ich das auch wissen sollen, ich war ja noch ein Kind.

Jene Lieder handelten fast alle von der Liebe. Heute denke ich, dass die darin erwähnte Liebe nicht die unsere sein konnte. Es waren Lieder einer verschwundenen Welt, verschwundener Menschen und Herzen. Lieder der Erinnerung an die, die einst vor uns lebten. Lieder, die von einer Liebe und einem Leben erzählten, auf die wir keinen Anspruch erheben konnten. Wir hätten sie nicht mit dem gleichen Ohr hören können, selbst wenn wir gewollt hätten. In diesen Liedern lag vielleicht die Vergangenheit jener Menschen, aber keine Zukunft für uns. Allein deshalb schon war diese Musik zum Sterben verurteilt. Auch beim besten Willen konnte sie zu unserer Zeit nicht mehr zum Erblühen gebracht werden. Sie hatte ihren Lebenskreis verloren, ihre Epoche, ihre Seele. Bei meiner Verwandten rührte die Leidenschaft zur türkischen Musik von einem langen, ausgefüllten Leben her. Ich dagegen hatte als Kind die letzten Ausläufer erlebt und hielt lediglich diese noch in ehrendem Angedenken.

Die Art, wie sie sich damals an ihre Vergangenheit klammerte, ihre Erinnerungen, ihre Wohnung, ihr Radio, ihre Platten und ihre Türkische Kunstmusik, wurde bei uns in der Familie aus ziemlicher Distanz beäugt. Für jeden von uns repräsentierte sie nach dem Tod des Onkels eine tote Zeit. Wenn wir es auch nicht genau in solche Worte kleideten, fühlten wir uns ihr doch grundsätzlich überlegen, waren wir doch die glücklichen Menschen der Gegenwart, die – statt wie sie auf die Vergangenheit fixiert zu sein – das jetzige Leben zu nehmen wussten; während sie in ihren Erinnerungen lebte, genossen wir das »moderne« Leben. Nicht sie schien wirklich zu sein, sondern wir, die wir das Glück anhand des gerade aktuellen Klimbims definierten. Das Mitleid, mit dem wir sie bedachten, galt vor allem der Zeit, die sie zu verlieren schien, indem sie das Jetzt ignorierte.

Um zu verstehen, dass der gerade gelebte Tag nicht alles ausmacht, ist eine dehnbare Zeitauffassung nötig, doch das begriff ich erst viel später.

Wenn ich selbst auch nicht genau wie meine Eltern dachte, so konnte ich mich doch – angefangen von der Pubertät über alle Phasen meiner Entwicklung hinweg – nie ganz von dem Gefühl befreien, sie sei ein nur dem Gelebten verhafteter und damit doch irgendwie verlorener Mensch. Als ich dann erwachsen genug war, um sie endlich verstehen zu können, war sie selbst schon sehr gealtert und allem entrückt. Sie dachte, sie habe nach dem Tod des Onkels schon zu lange gelebt, aber sie sprach das nicht aus, um Gott nicht zu kränken. Manchmal meine ich, ich hätte nicht genug Zeit aufgebracht, um ihr von dem, was sie mir alles beigebracht hatte, wieder etwas zurückzugeben, doch tue ich mir damit vielleicht auch unrecht.

Ich hatte um einer ungewissen Zukunft willen meine besten Jugendjahre im Gefängnis verbracht, während sie um einer verlorenen Vergangenheit willen die Gegenwart übersprungen hatte. Dieser etwas grob wirkende Gegensatz, der wie geschaffen scheint, um in einem Film oder einem Theaterstück zwei Protagonisten voneinander abzuheben, hat in der Wirklichkeit unseres Landes so und so viele Leben in Beschlag genommen, und wenn ich daran denke, ist meine Einsamkeit erträglicher.

Wenn wir das Wort Einsamkeit aussprechen, scheint es nur eine einzige Bedeutung zu haben, doch damit wir begreifen, wie viele Arten es davon gibt, müssen viele Jahre vergehen – für jeden von uns …

Später dachte ich oft: Wenn schon nicht jedem Menschen Wirklichkeit Wirklichkeit ist, warum sollte einem dann nicht Wirklichkeit sein, was man sich aus der Vergangenheit zum Leben ausgesucht hat? Gab es nicht das Glück des Verzichtens und das Glück des Erinnerns, einzig und allein des

Erinnerns? Als ich mich in solche Fragen vertiefte und auch mir sich die Tore von Zeit und Wirklichkeit öffneten, war sie nicht mehr an meiner Seite. Ich hatte niemanden mehr, um über all das zu reden.

Viel Zeit aber, um mit mir selbst zu reden.

Von einem Sessel im Wohnzimmer aus ließ ich angestrengt meine Blicke umherwandern und blieb dabei an zahllosen Einzelheiten sinnierend hängen, doch wenn ich auch durch diesen Sturm der Assoziationen meine Schuld ihr gegenüber ein wenig zu vermindern gedachte, so war es doch Zeit, mich wieder davon zu lösen. Es war beredet worden, was zu bereden war, alle Formalitäten waren erfüllt, und jeder hatte mein Zaudern und Zögern gründlich satt und ließ mich das zur Genüge spüren. Ich musste nun endlich den ungeduldig auf mir ruhenden Blicken eine Antwort geben. Der Anwalt hatte gesagt: »Sie hat in ihrem Testament verfügt, dass zuallererst Sie aus der Wohnung mitnehmen dürfen, was Sie wollen«, doch war das in mir nicht auf das entsprechende Echo gestoßen. Wie damals in meiner Zelle hätte ich am liebsten nur meine Lieblingslieder aufgezählt. Als bräuchte ich nur alle mir bekannten Lieder der Reihe nach und voller Inbrunst hersagen, um dadurch sie ein wenig zum Leben zu erwecken und die Erinnerung an sie zu verewigen.

Und welcher Gegenstand hätte mir auch das Erlebte ersetzen sollen? Es gehörte doch alles an seinen Platz und in seine Zeit. Mochte auch etwas davon in meiner Lebensgeschichte zur Metapher geworden sein, zum symbolhaften Souvenir – doch was sollte es mir bringen? Nichts konnte an die Stelle dessen treten, was ich in dieser Wohnung erlebt und gelernt hatte. Was sollte ich mit dem alten Radio aus dem

Kohlenkeller? Mit dem großen, von der Zeit gezeichneten Spiegel, der jetzt schief im Wohnzimmer hing? Mit der damals noch zu jeder Jahreszeit gefüllten Blumenvase oder ihrem Lieblingssessel, von dessen Armlehnen der Lack abgesplittert war? Wäre ich nun von meinem Sessel auf den Teppich geglitten, so hätte ich doch nicht ihr zu Füßen gesessen. Jedes Ding in jener Wohnung fand seine Bedeutung in seiner ureigenen Zeit und an seinem ureigenen Ort. Aus seiner Umgebung herausgerissen würde es zerfallen wie ein aus dem Meer gezogenes Wrack.

»Was ich mitnehmen will?«, fragte ich mehr mich selbst.

»Nichts. Was mir zusteht, habe ich schon genommen.« Wollte ich sagen. Brachte es aber nicht heraus.

Ich sagte gar nichts mehr.

Ich sah zum Fenster hinaus. Vom Hinterhof reichten die Blätter eines Baumes bis an das Fenster, und sie schienen noch aus meiner Kindheit zu stammen. Es musste Herbst sein. Der Himmel verdüsterte sich, und aus dem Radio klang eine Stimme: »Es ist siebzehn Uhr. Hier ist Radio Ankara. Sie hören nun …«

Die Braut von Sinop

Zum Gedenken an İsmet Ay

»Wenn ihr nach Sinop kommt, müsst ihr uns unbedingt besuchen! Von unserem Haus hat man eine wunderbare Aussicht auf die Festung, ihr werdet sehen! Und das Meer erst, ich kann's gar nicht beschreiben! Es ist bei Sonne schön und bei Regen schön …«

Ich muss schmunzeln.

Sie waren an einem Feiertag bei ihren Eltern zu Besuch. Zum ersten Mal nach ihrer Hochzeit. Wir begegneten uns, als sie bei meiner Tante vorbeischauten, die über ihnen wohnte. Meine Tante war der einzige Mensch, bei dem ich solche Festtagsbesuche absolvierte. Sie war damals vierundachtzig, und seit etwa dreißig Jahren sagte sie zum Abschied: »Wer weiß, vielleicht ist es ja mein letzter Feiertag.« Und beim Gedanken an den Tod wurden ihr die Augen feucht.

Ich war in der Familie die einzige Frau, die studiert hatte. Und ich hatte nicht nur studiert, sondern war sogar Dozentin geworden. Ich wusste, wie stolz meine Tante auf mich war. Wenn ich bei ihr zu Besuch war und sie einen Anruf bekam, versäumte sie es nie, in das Gespräch einzuflechten, das ihre Nichte gerade da sei, »du weißt schon, die Dozentin«. Mir war das nicht recht, aber ich ließ ihr das Vergnügen.

Seher war die Tochter ihrer Nachbarn, ein gutherziges, häusliches und hilfsbereites Mädchen von überaus geselligem Wesen. Die Schule hatte sie gerade so hinter sich gebracht, und nun wartete sie zu Hause auf eine gute Partie. Wie viele Mädchen ihrer Art war sie darauf aus, so schnell wie möglich zu heiraten und Kinder zu bekommen. Sie hatte einen einfachen Geschmack, vertrat durchschnittliche Ansichten, hatte ihre Vorzüge und wusste sich zu bescheiden. Besonderes Talent hatte sie dafür, andere Leute aufzuheitern. Sie war eines jener Mädchen, das in ein Wohnzimmer, in dem nachmittags gelangweilte Hausfrauen beisammensaßen, Stimmung bringen konnte. Über die Weltlage und alles andere, was ihren Horizont überstieg, zerbrach sie sich nicht weiter den Kopf. Sie ging meiner Tante des Öfteren zur Hand und schaffte es, sogar diese mürrische Frau in gute Laune zu versetzen. Meine Tante war der Ansicht, wir kümmerten uns nicht genug um sie, womit sie nicht ganz unrecht hatte. Wir waren keine große Familie, und ich war eine ihrer beiden Nichten, doch meine Arbeit und mein Privatleben ließen mir nicht viel Zeit für sie, und dass ich besonders gern zu ihr gefahren wäre, kann ich nicht gerade behaupten. So behandelte sie also Seher wie ihre eigentliche Nichte, und im Grunde genommen war das völlig in Ordnung so. Nur wer einem Menschen sehr nahe steht, handelt so, wie Seher das tat. Uns kam das gelegen und erleichterte unser Gewissen. Seher kümmerte sich gewissermaßen in unser aller Namen um meine Tante, die früh Witwe geworden war war und nicht mehr geheiratet hatte. Sie half meiner seelisch verkümmerten Tante über ihre Einsamkeit hinweg, machte sich in ihrem Haushalt nützlich, kaufte für sie ein und stand ihr überhaupt jederzeit zur Seite. Unsere einzige Gegenleistung bestand darin, dass wir immer wieder etwas zu Sehers Aussteuer beitrugen. Die allerdings war ihr das Wichtigste im Leben. Und so fand meine Tante immer wieder eine Gelegenheit, alles, was sie in ihrem Leben gestrickt, gestickt und gehäkelt hatte, dieser Aussteuer zuzuführen. Als Seher dann heiratete, schenkte meine Tante ihr die silberbeschlagene Truhe, die sie über die Jahre hinweg niemand anderem gegönnt hatte.

Seher war ein niedliches, etwas rundliches Mädchen, nicht direkt eine Schönheit, aber doch hübsch anzusehen. Im Haushalt war sie sehr tüchtig. Da sie jene Vorzüge aufwies, die man von einer Braut erwartet, war auch bald der entsprechende Bräutigam gefunden. Allerdings stammte er aus Sinop am Schwarzen Meer. Sein Vater hatte dort einen Betrieb gegründet. Die Familie war vermögend. Für Seher, die bis dahin noch an den Rockschößen ihrer Mutter gehangen hatte, war diese Entfernung ein ernsthaftes Problem. Doch ihre Mutter sagte nur: »Kind, wir werden ja irgendwann nicht mehr sein. Denk an dich selbst!«

Als Seher noch immer haderte, wurde ihr gut zugeredet: »Na hör mal, Sinop, das ist doch keine Entfernung. Du steigst in den Bus, und schon bist du da. Du hast es doch gut getroffen. Der Junge hat ein Haus dort, und eine gute Arbeit dazu. Du bist jetzt zweiundzwanzig. Es wird Zeit.«

So heiratete Seher schließlich nach Sinop. Und bald kamen von dort auch gute Nachrichten. Wer sich damit nun gar nicht anfreunden konnte, war meine Tante. Betrübt ließ sie Kopf und Schultern hängen. »Wer weiß, ob ich sie je wiedersehe?«, sagte sie, und das klang wahrhaft verzagt.

Am ersten Tag des Ramadan-Festes besuchten sie die Verwandten ihres Ehemannes in Sinop, und am zweiten Tag fuhren sie los nach Istanbul zu Sehers Familie. Dem Schwiegersohn wurde das hoch angerechnet. Natürlich besuchten sie auch meine Tante. Der war keine Veränderung anzusehen; sie schien so weiterzuleben wie zuvor. Doch sie litt unter Sehers Abwesenheit und war mittlerweile auch in einem Alter, in dem man die Zeit nicht mehr auf gleiche Weise misst. Sie wusste, dass Seher für immer fort war. Sie drückte sie an die Brust, als würde sie sie nie wiedersehen, und auch beim Abschied war sie anders als sonst. Ihre Augen, die schon so vieles gesehen hatten, verstanden, dass dies ein endgültiger Abschied sein würde. Und tatsächlich sollte meine Tante wenige Monate später versterben. Genau so, wie sie es sich gewünscht hatte: im Schlaf, ohne zu leiden, ohne den Tod überhaupt zu bemerken.

»Wir müssen es Seher mitteilen. Sie wird sehr traurig sein«, sagte meine Mutter.

»Es war eben ihre Stunde«, hieß es. »Jetzt hat sie es hinter sich.«

Zuvor hatten wir ihr noch vorgeschlagen, doch jemanden bei sich wohnen zu lassen. »Ein alleinstehendes Mädchen oder eine Witwe. Dann hast du Gesellschaft.« Aber darauf wollte sie sich nicht einlassen, und je mehr wir auf sie einredeten, desto unwilliger wurde sie. »Ich würde mit keiner auskommen. Erst recht in meinem Alter nicht, wo ich so lange schön für mich allein gelebt habe.« Dann verzog sie den Mund und blieb eine ganze Weile so, wie eine Katze, die vergessen hat, dass sie mit erhobener Pfote dasitzt. Ihrer Auffassung nach schlief man nicht mit Leuten unter einem Dach, mit denen man nicht verwandt war. Das war vermutlich auch als Vorwurf an uns gedacht, doch weder in meinem Leben noch in dem meines Bruders wäre Platz für sie gewesen. Sie wusste das, hatte es aber seit jeher nicht akzeptieren können.

2

Als ich zu ihrer Mutter sagte: »Wir fahren für ein paar Tage ans Schwarze Meer, nach Zonguldak und nach Sinop, und schauen bei der Gelegenheit mal bei Seher vorbei«, da dachte ich eigentlich vor allem an meine Tante. Seher war uns als eine Art Andenken an sie verblieben. »Die wird ganz verrückt vor Freude, wenn sie euch sieht«, sagte ihre Mutter. »Wenn ihr im Hotel übernachtet, wird sie schrecklich beleidigt sein.« Ihr Haus sei groß genug für Gäste. Ich wehrte zunächst ab, aber sie ließ nicht mit sich reden. Mein Mann ist die Anspruchslosigkeit in Person, aber mir sind solche Situationen oft unangenehm.

Tatsächlich konnte Seher sich bei unserer Ankunft vor Freude kaum halten. Sie war von ihrer Mutter sofort benachrichtigt worden und hatte ganz offensichtlich das ganze Haus blitzblank poliert. Es sah aus, als sei jedes Fleckchen dreimal abgestaubt und jedes Zierdeckchen ein ums andere Mal ausgeschüttelt worden. Als wir durch die Tür traten, schlug uns gleich eine Mischung aus Blumenduft und dem Geruch diverser Putzmittel entgegen. Es war ein hübsches, sehr helles Haus, doch wirkte alles übertrieben zurechtgemacht. Sehers Aussteuer, die sie über die Jahre hinweg angesammelt hatte, schien demonstrativ im ganzen Haus verteilt zu sein. Stolz zeigte sie uns, wie sie nun benutzte, was wir einst beigetragen hatten.

Jedes Detail im Haus wirkte wie eine Beglaubigung dessen, was Seher uns erzählte. In jedes Zimmer wurden wir geführt, und nirgends wurde mit Erläuterungen gespart. Seher brannte sichtlich darauf, ihren wahr gewordenen Traum herzuzeigen, und fürchtete höchstens, wir könnten irgendwo einen Makel entdecken. Mit feuchten Augen zeigte sie uns auch – zum Zeichen gemeinsamen Angedenkens – einige Stücke, die ihr von unserer Tante vererbt worden waren und denen sie unverkennbar ganz besonderen Wert beimaß.

Kurz vor Mittag traten wir auf den über und über blumengeschmückten Balkon hinaus, wo uns auf einem großen schmiedeeisernen Tisch ein spätes Frühstück erwartete, das seinesgleichen suchte. Wir hatten eine überwältigende Aussicht auf die imposante Festung von Sinop und auf das Meer, das in der Mittagssonne glitzerte. Seher sah uns an wie ein Kind, das eine Geschichte erzählt, die möglichst wahr klingen soll, so, als wollte sie damit sagen: »Na, ist nicht alles genauso wie versprochen?« Ich weiß nicht genau, wie ich darauf kam, aber irgendwie hatte sie trotz ihres Glücks etwas undefinierbar Leidendes an sich. Ich fühlte mich bemüßigt, sie zufrieden zu stellen, und lachte immer wieder unmotiviert auf. Als sie auf meine Tante zu sprechen kam, wurden wir zuerst beide etwas wehmütig, doch zog Seher die Geschichte mit immer neuen Details in die Länge, als hätten wir nicht genug getrauert, bis mir die Sache schließlich zu viel wurde und ich mich zu fragen begann, ob ich es mit der ihr gegenüber empfundenen Schuld nicht übertrieben hatte.

An der Festung konnte ich mich nicht satt sehen. Sie war einst ein Ort der Verbannung gewesen, ganz und gar Historie. Es ging etwas Anrührendes von ihr aus. Mir fiel ein, wie 1913 nach der Ermordung von Großwesir Mahmud Şevket Paşa die jungtürkische Regierung in blinder Wut achthundertfünfzig Personen des Nachts verhaftet und mit dem kaum noch seetüchtigen Dampfschiff *Bahr-i Cedid* in die Festung Sinop verbracht hatte. Mir war, als ob diese Menschen noch immer dort seien und ich nun hingehen und sie vorfinden könnte, als sei die Zeit nicht vergangen. Als ob sie nur darauf warteten, dass wir uns ihrer erinnerten.

Da schlug das Wetter um. Ich hatte noch nie erlebt, dass ein strahlendblauer Himmel sich innerhalb so kurzer Zeit mit Wolken überzog. Diese sammelten sich gleichsam im Zeitraffer und ließen bald einen heftigen Regen heruntergehen. Trotz dieser Himmelsrevolution blieb das Meer erstaunlich ruhig, sodass wir gut mitansehen konnten, wie die riesigen Regentropfen das Wasser zersprenkelten. Mein Mann und ich hatten uns ins Haus flüchten wollen, doch Seher hatte nur einfach ein paar Glaswände verschoben und den Balkon in einen Wintergarten verwandelt.

»Innerhalb einer Stunde haben wir alle Facetten des Schwarzen Meers gesehen«, sagte mein Mann. Mit diesem Satz schien unser Kurzurlaub auch schon beendet.

Seher lehnte sich zurück und sagte: »Tja, muss man eben auf alles gefasst sein.« Als ob sie schon sei Ewigkeiten hier lebte.

Ich sah immer wieder auf die Festung. Da fiel mir eine Zeile aus einem Lied ein.

Sprang von der Festung in Sinop
Hinunter ins wilde Meer …

Das kam in einem Räuberlied aus den Siebzigerjahren vor, und als mein Mann mich die Zeile singen hörte, summte er schmunzelnd mit. Unsere von Meer und Regen ermüdeten Augen trafen sich, als blickten wir uns über die Jahre hinweg, an die jenes Lied uns erinnerte, an. Dabei kannten wir uns damals noch gar nicht, ja, lebten nicht einmal in derselben Stadt. Trotzdem hatten wir gemeinsame Erinnerungen daran.

Mein Mann und ich hatten spät geheiratet und sogleich ein Kind bekommen. Ohne uns das offen einzugestehen, hatten wir einander erst mit der Zeit richtig lieben gelernt. Nicht aus der Not heraus, sondern weil wir einander allmählich entdeckten. Wir waren nicht zusammen aufgewachsen, doch auf die gleiche Weise. Wir waren in den Siebzigerjahren mit der gleichen Art von Moral, naivem Glauben und Gerechtigkeitsempfinden infiziert worden. Den Menschen, die in den Siebzigerjahren links gewesen waren, haftete auch später etwas Gemeinsames an, was auch immer aus ihnen geworden sein mochte. Das kam mir alles blitzartig in den Sinn, nachdem mir dieses Lied eingefallen war. Ich weiß nicht, ob unsere Ehe als glücklich zu bezeichnen war; nur so viel kann ich sagen, dass an meinem Glück nichts Außergewöhnliches war. Unsere Art der Ehe passte zu uns, es war ein Aneinanderlehnen von zwei Menschen, die an das Leben keine hochgeschraubten Erwartungen mehr hatten. Ein auf Zuneigung, Fürsorge und Achtung basierendes Zusammenleben, das seine Stabilität aus einer gewissen Selbstbescheidung bezog.

Vielleicht gehöre ich einfach zu den Frauen, die für Glück kein Talent haben. Selbst als Gymnasiastin durchlief ich nie eine romantische, ungebärdige Phase. Ich tat nie, was die anderen Mädchen so taten. Was Herzklopfen war, wusste ich gar nicht. Stets war ich realistisch, hart, entschlossen. Daher wohl auch die Entscheidung für ein Jurastudium. Nicht um Glück ging es mir, sondern um innere Ruhe.

All diese Gedanken wurden mir auf einmal zu viel; ich stand auf und ging hinein, wollte ins Bad.

Im Wohnzimmer aber, wo zuvor Sonnenstrahlen noch alles großzügig beleuchtet hatten, herrschte nun das gleiche bleierne, tote Licht wie draußen, und auf alles hatten sich dunkle, düstere Schatten gelegt. Mir kam es vor, als sei alles mit einer Schicht aus geradezu tödlicher Monotonie überzogen. Ich blickte das Haus mit ganz anderen Augen an, als sähe ich es zum ersten Mal. Da wollte ich nur noch weg.

Als ich in trübe Gedanken versunken aus dem Bad zurückkehrte, verfing ich mich im Wohnzimmer mit dem Rock – am Gefieder eines gläsernen Schwans, der auf einem Beistelltischchen stand. Der Schwan fiel zu Boden und zersprang. Auf das Klirren hin sprang Seher auf und blieb wie erstarrt in der Balkontür stehen. Aus ihrem schmerzlich verzogenen Gesicht schloss ich, dass ihr der Schwan etwas Besonderes bedeutet hatte. Es war, als hätte ich alles, was ich sorgsam für mich behielt, plötzlich herausgesagt und somit nicht nur dem Schwan, sondern auch ihr etwas angetan. Im Glänzen der herumliegenden Scherben blickten wir uns ins Gesicht wie zwei Fremde, die sich das erste Mal begegnen. Dann fing sie sich wieder und lief in die Küche, um Schaufel und Besen zu holen. Wenn es auch so wirken sollte, als ob die Beteuerungen (»Aber das macht doch nichts, Yıldız, Scherben bringen Glück!«), die sie meinen gestammelten Entschuldigungen entgegenhielt, an mich gerichtet seien, kam es mir doch eher so vor, als wollte sie damit sich selbst beruhigen. »Seher, sag schon, hatte der Schwan einen ideellen Wert für dich?«, fragte ich mehrmals, aber sie wehrte stets ab. Es sei keineswegs ein Erinnerungsstück, sondern lediglich billiger Zierrat gewesen. Und doch war ihr anzusehen, wie sehr sie getroffen war. Vielleicht ging es ihr ja auch gar nicht um den Glasschwan selbst, sondern um etwas anderes, das sie trotz aller Bemühungen nicht mehr verbergen konnte.

»Ist etwa zum ersten Mal etwas kaputtgegangen bei dir?«, fragte ich.

Fast erschrocken sah sie mich an. Ich hatte ins Schwarze getroffen. Ein kummervolles Leuchten ging über ihr Gesicht, als hätte ich die Quelle ihres Leidens erkannt. »Ja, zum ersten Mal.« Das hörte sich, trotz ihres Versuchs, Haltung zu bewahren, so an, als sei in ihr etwas zusammengebrochen. Als würde sie – wären wir nicht da gewesen – sofort aus dem Haus laufen und sich in einem Geschäft einen Ersatzschwan besorgen, um wieder zur Ruhe zu kommen. So aber kehrte sie nur sorgfältig die Scherben zusammen, damit sich niemand verletzte, fuhr dann mehrmals mit dem Staubsauger über die betreffende Stelle und wischte schließlich mit einem feuchten Tuch in aller Gründlichkeit unter den Sesseln und sogar unter dem Teppich herum. Dabei ging es ihr sichtlich nicht nur darum, noch den letzten Splitter zu erwischen und uns vor Schaden zu bewahren, sondern sie wollte vor allem ihr Inneres ins Gleichgewicht bringen und sich einreden, es sei nichts passiert und habe sich nichts verändert. Ab und zu lächelte sie uns dabei mit beschwichtigender Miene an. Es war ein falsches Lächeln, und bei uns allen dreien war die gute Laune dahin. Dem Dekor war ein Stück abhanden gekommen, und nun stand allen seine Fragilität vor Augen.

Auch als die Sonne wieder hervorkam, fanden wir nicht zur alten Fröhlichkeit zurück. Seher bemühte sich zwar aus Höflichkeit, sich nichts anmerken zu lassen, aber beim Gehen etwa schleifte sie nun mit den Füßen über den Boden. Was sie uns zu zeigen hatte, war gezeigt; ihr Auftritt war vorüber. Sie hatte ein Haus, einen Mann und einen Haufen Einrichtungsgegenstände. Von uns hatte sie nun genug. Noch vor dem Abend waren sämtliche Gesprächsthemen erschöpft. Damit sie wieder zu ihrem alten Zustand zurückfand, hätten wir gehen und an unsere Stelle hätte ein anderes Paar treten müssen, das Haus und Einrichtung noch nicht kannte. Abends würde ihr Mann heimkommen, und beim Essen würde sie mit ihren hausfraulichen Qualitäten aufwarten und trautes Heim spielen, so wie sie das aus Filmen kannte, aber ihr Gefühl von innerem Ungenügen war dadurch nur ein paar Stunden lang zu überdecken. Stets würde sie neue Menschen und unverbrauchte Augen benötigen.

Wir setzten uns wieder auf den Balkon, sahen auf die Wellen, das Meer, auf die Festung, deren Lied bis in unsere Jugend klang, sahen in die Leere hinein, die verblieben war, nachdem die ungestümen Wolken ihre Last hatten niedergehen lassen, und langweilten uns.

Zwei Tage hatten wir noch vor uns. Und wussten nicht, wie wir sie herumbringen sollten.

»Sehr geehrte Fahrgäste …«

Obwohl sie das fortwährende Zittern der Fensterscheibe spürte, an die sie sich mit der Schläfe gelehnt hatte, konnte sie weiterschlafen.

Dann aber drang heller Schein durch ihre geschlossenen Augen; es wurde lauter um sie herum, der Bus verminderte seine Geschwindigkeit, fuhr hörbar von der Fernstraße ab, und im grellen Licht der Innenbeleuchtung sah sie verhuschte Gesichter von Mitreisenden. Sie kamen an einem Rastplatz an. Das war das, was sie an Busreisen nicht mochte: Menschen dabei zuzusehen, wie sie schlaftrunken und mit zerzausten Haaren vor einem standen, erschien Meltem wie eine Verletzung ihrer Intimsphäre. Der Anblick unseres Gesichts, wenn wir gerade wach geworden sind, sollte unseren Angehörigen vorbehalten sein, während er bei langen Busreisen zum allgemeinen Spektakel wird. Und wenn mir nun, dachte sie, beim Schlafen auch so das Kinn herunterklappt wie der Frau nebendran? Vielleicht tropft mir der Speichel aus dem Mundwinkel, oder ich schnarche wie der Mann hinter mir. Derlei Überlegungen hinderten sie in der Regel am Einschlafen, sodass sie meist mit weit aufgerissenen Augen dahinfuhr.

Kaum war sie doch einmal eingenickt, konnte man darauf wetten, dass keine fünf, zehn Minuten später der Bus auf einen Rastplatz einbiegen würde. Wie betäubt stieg sie dann aus. Sie erlebte das so oft, dass es allmählich wie ein schlechter Scherz wirkte. Der Reisegott konnte es nicht gut mit ihr meinen.

Diesmal gelang es ihr noch dazu, in jener kurzen Zeitspanne einen Albtraum zustande zu bekommen. Aus dem Schlaf gejagt hatte sie vielleicht sogar dieser, oder, genauer gesagt, die Tatsache, dass sie von ihrem Exmann geträumt hatte. Seltsam genug, denn sie hatte seit Jahren nicht mehr von ihm geträumt, geschweige denn sich mit ihm getroffen. Derart radikal hatte sie ihn aus ihrem Leben verbannt, dass er für gewöhnlich nicht einmal mehr zu ihren Träumen Zugang fand. Darauf, dass er ausgerechnet in dem Moment wieder aufgetaucht war, in dem ihr Kopf vom Vibrieren der Fensterscheibe wie betäubt gewesen war, konnte sie sich keinen Reim machen. Eigentlich hatte sie nicht mehr viel in Erinnerung, nichts weiter als ein paar verschwommene Bilder. Einer jener wirren Träume eben, die einen nicht weiter beschäftigen. Sie waren an einem undefinierbaren Ort, und während Meltem ihren Mann irgendetwas über ihr Haus fragen wollte, deutete der mit weit ausholenden Bewegungen auf andere Häuser, auf Dächer und Schornsteine und zeigte ihr Prospekte und Plakate aus Reisebüros. Als ob es das wert gewesen wäre, nach so langer Zeit wieder von ihm zu träumen!

Aber in Wirklichkeit war er ja auch so: ein wahrer Meister darin, Meltems Fragen auszuweichen. »Worauf willst du eigentlich hinaus mit dieser Frage?« Das war seine Taktik, um Zeit zu gewinnen. Nie gab er direkte Antworten, sondern ließ sich alles erst mal genau durch den Kopf gehen. Er war von Natur aus ein berechnender Typ.

Manchmal ändert sich etwas im Leben, und nichts ist mehr wie zuvor. Meltem war es so ergangen. Sie hatte erfahren, dass der Mensch manchmal seine Unschuld durch die

Sünde eines anderen verliert. Und dass jeder im Leben seine Kraft aus etwas anderem bezieht. Ihre Kraft rührte von einem Zusammenbruch her.

Als sie aus dem Bus ausstieg, wollte sie sich als Erstes die Hände waschen. Die paar Bilder, die in ihr von dem Traum noch herumspukten, sollten mit dem Wasser davongespült werden.

Über Lautsprecher hörte sie den Singsang einer jungen Männerstimme: »Willkommen am Rastplatz Ikbal von Afyon. Verehrte Fahrgäste der Busgesellschaft Kanat Turizm, auf der Fahrt von Denizli nach Istanbul legen wir nun eine halbstündige Teepause ein …«

Ihr waren die Beine eingeschlafen, und mit einem konnte sie nicht richtig auftreten. Sie stellte sich auf das andere, schüttelte das taube Bein ein wenig und ging weiter. Sie wollte nicht alles auf das Alter schieben, aber Tatsache war, dass ihr früher bei Busreisen die Beine nicht so leicht eingeschlafen waren. Das Alter beschäftigte sie schon.

Da sie ihre Flugangst nicht überwinden konnte und sich mit dem Auto nicht auf lange Reisen traute, blieb ihr nichts anderes übrig als der Bus, und so musste sie sich auch mit den eingeschlafenen Beinen abfinden.

Sie sieht sich nach Mecnun um. Anscheinend ist er heute nicht da, sonst würde er sich bestimmt blicken lassen. Er wird doch nicht gestorben sein? Immer wenn sie ihn nicht sieht, kriecht ihr diese Furcht ins Herz, und sie hasst dieses Gefühl. Als ob ihre ganze Hoffnung dahin wäre, wenn nun auch er noch sterben würde! Mecnun ist gewissermaßen der Dorftrottel des Rastplatzes. Er läuft sommers wie winters in einem leichten Mantel herum und sieht bei allen frisch eingetroffenen Bussen in jedes einzelne Fenster, immer auf der Suche nach dem Gesicht, wegen dem er vor Jahren verrückt geworden ist. Sind alle Busse abgefahren, legt er sich traurig in ein Eckchen. Er redet mit niemandem und sieht immer so unendlich einsam drein, dass auch der Hartgesottenste mit ihm Mitleid bekommt. Sein Blick ist so sanft wie der einer Katze oder eines Hundes. Was er mit diesen Augen sieht, scheint nicht das zu sein, was die anderen sehen. Die Kleinhändler auf dem Rastplatz haben ihn unter ihre Fittiche genommen und lassen ihn nicht verkommen.

Was man sich als Mecnuns Lebensgeschichte erzählt, gleicht einer mündlich überlieferten alten Volkssage, überzogen vom Staub der Vergangenheit. So lange schon gibt einer sie an den anderen weiter, dass keiner mehr weiß, was wirklich daran stimmt. Fragt man die ortsansässigen Alten, so hört man vom ersten eine Version, worauf der zweite gleich sagt, nein, nein, es ist ganz anders gewesen. Ob sich nun die Sache aber so oder so zugetragen hat, ist eigentlich nicht mehr von Bedeutung. Braucht eine Geschichte, die ihren Helden um den Verstand bringt, noch einen wahren Hintergrund?

Nach allem, was so erzählt wird, soll Mecnun in seiner Jugend ein schönes Mädchen geliebt haben, so heiß und innig, wie es in Märchen beschrieben wird. Das Mädchen sei eines Tages in einen Bus gestiegen und habe gesagt: »Ich komme wieder. Warte auf mich!« Von da an sei er Tag für Tag zum Busbahnhof gegangen und habe nach dem Mädchen Ausschau gehalten. Sie sei aber nicht zurückgekommen. Nie wieder. Und habe nichts von sich hören lassen. Da habe Mecnuns Geschichte ihren Anfang genommen: Vor jeden

Bus habe er sich schier geworfen, hieß es. Eines Tages sei das Mädchen doch zurückgekehrt, doch Mecnun habe sie nicht mehr erkannt. Manche behaupten auch, ein solches Mädchen habe es nie gegeben. Wo so viele Wege und Aussagen sich kreuzen, bleibt weder eine Wahrheit übrig noch das Bedürfnis danach … Das einzig Greifbare an der Geschichte ist, dass Mecnun Tag für Tag von einem Bus zum anderen läuft. So verwirren kann nur die Liebe den Menschen.

Aber hört der Menschen Reden je auf?

Wer noch immer auf die Liebe hofft und die Suche danach nicht aufgeben will und weiter von jemandem träumt, den das Schicksal ihm dereinst zuführen soll, auf dass von seinem Herzen Besitz ergriffen werde, der findet auf jenem Rastplatz das lebende Beispiel für einen Liebesmythos, der trotz der grausamen Realität des modernen Lebens nichts von seinem Glanz eingebüßt hat, und zwar in Gestalt jenes wie ein Phantom aus vergangenen Zeiten zwischen den Bussen umherziehenden Mannes, der mit nach all den Jahren noch immer genauso verzehrender Hoffnung die an den Fenstern auftauchenden Gesichter eines nach dem anderen absucht. Es steht für ihn außer Frage, dass jemand, der gesagt hat, er komme zurück, auch tatsächlich zurückkommt. Einmal verrückt, immer verrückt, heißt es. Und verrückt ist nicht, wer seine Liebe nicht vergessen kann, sondern wer aus Liebe den eigenen Namen vergisst, heißt es.

Wer klagt, es gebe keine Liebe mehr auf dieser Welt, den lassen sie hinausschauen, beim Halt auf jenem Rastplatz. »Keine Liebe mehr? Bitte schön! Da draußen steht sie!« Die einen sagen das voll Kummer über Verlorenes, die anderen, um über die Liebe zu spotten. Während manche es als Stärke ansehen, sich der Liebe nicht auszuliefern, halten andere es für klug, sich ihr rechtzeitig entzogen zu haben, und so reicht das Spektrum von Erbarmen bis Hohn, und wer Mecnun heute belacht, kann ihn schon morgen bemitleiden.

Mecnun selbst merkt nichts von alledem. Im Suchen liegt seine einzige Hoffnung, die er mit von Tag zu Tag schwächerem Blick den Gesichtern der Reisenden entgegenhält. Manchmal verschwindet er, lässt sich eine Weile nicht blicken und taucht dann wieder auf. Wie die Liebe, genau wie die Liebe.

2

Da Mecnun nirgends zu sehen ist, taucht Meltem in den gewohnten Lärm der überfüllten Gaststätte ein, die halb Restaurant und halb Café war. Nach Essen ist ihr nun wirklich nicht, sie möchte nur einen Tee. Sie hält Ausschau nach einem geeigneten Platz, und als sie hinter einer Säule einen freien Tisch erblickt, geht sie entschlossen darauf zu. Beim Näherkommen merkt sie, dass schon jemand an diesem Tisch sitzt, und zwar eine Frau, die so an die Säule gelehnt ist, dass Meltem sie zuvor nicht sehen konnte. Als Meltem sich vorbeugt, um zu fragen, ob an dem Tisch noch ein Platz frei sei, dreht die Frau den Kopf herum, und die beiden sehen sich an. Sofort erkennen sie sich. Es ist Serap! Zum ersten Mal seit Jahren begegnen sie sich wieder. Meltem kommt sich irgendwie überrumpelt vor. Doch wie soll man sich auf so etwas auch vorbereiten? Serap springt auf und umarmt sie. Ihre Freude wirkt so übertrieben, als gelte sie weniger dem Wiedersehen an sich als vielmehr der theatralischen Seite daran: Zwei Frauen, die sich von früher her kennen, treffen sich zufällig um Mitternacht an einem Rastplatz wieder! Findet nicht jeder sein

Leben aufregender, wenn es gerade einer Filmszene gleicht? Dabei, denkt Meltem, hat ihre Freundschaft solch eine Überschwänglichkeit doch gar nicht verdient …

Als sie sich setzen, zieht Serap als Erstes ihre Weste zu, die sie anscheinend weniger trägt, weil sie friert, sondern um ihren Bauch zu verstecken, der im Sitzen Falten wirft. Es ist nicht zu übersehen, wie sehr sie zugenommen hat. Selbst das weite dunkle T-Shirt und die großzügig geschnittene Weste vermögen nicht alles zu kaschieren. Meltem würde gerne wissen, wie sie selbst nun aussieht. Sie versucht sich an ihr Spiegelbild von vorhin zu erinnern, als sie sich die Hände wusch. Hoffentlich sieht sie nicht zu furchtbar aus! Einerseits ärgert sie sich, dass sie überhaupt so etwas denkt, andererseits würde sie am liebsten sofort aufstehen und sich frisch machen, aber diesmal würde sie nicht nur oberflächlich in den Spiegel sehen, sondern mit kritischem Auge.

Das »Gut siehst du aus!«, das sie sich gegenseitig zuwerfen, überzeugt beide nicht.

Hätte Meltem aus der Ferne gesehen, dass an dem Tisch Serap saß, wäre sie nie und nimmer hingegangen, sondern hätte auf der Stelle kehrtgemacht. Nun ist nichts mehr zu machen. Sie fühlt sich irgendwie doppelt betrogen. Dem Schicksal, dem sie da in die Falle gegangen ist, schenkt sie ein giftiges Lächeln. Ob er wohl auch da ist? Sie möchte es genau wissen, und so kommt ihr die Frage über die Lippen, die sie seit dem Anblick von Serap umtreibt: »Bist du allein hier?« – »Nein, die anderen stehen um Essen an, es ist Selbstbedienung hier. Die Kinder sind immer so heikel mit dem Essen. Levent ist bei ihnen.« Aha, er ist also da. Eine Begegnung ist unumgänglich. »Er wird sich freuen, wenn er dich sieht!« Meltem weiß nicht, was sie machen und was sie fühlen soll. Es kribbelt ihr im Hals, als hätte sie Pollen geschluckt, und mehrmals muss sie sich räuspern. In kleinen Schlucken trinkt sie ihren Tee. So ein überflüssiges Treffen nach all den Jahren, denkt sie. »Isst du denn nichts?«, fragt Serap. »Ich wollte nur einen Tee.« – »Ich ja auch, aber wenn du willst, sage ich Levent, er soll dir was mitbringen.«

Seraps Begeisterung wirkt immer noch gekünstelt. Ihre Gefühle sind vielleicht nicht unecht, aber bei manchen Frauen gehen Wahr und Falsch im Lauf der Jahre so sehr ineinander über, dass sie sogar ihre wahren Gefühle auf künstliche Weise ausdrücken und diese nicht mehr zu erkennen sind.

Meltem hatte Seraps Stimme anders in Erinnerung: klarer, nicht so rau und kratzig wie jetzt. Wieder zieht sie ihre Weste zu. »Ach, wir haben uns ja so viel zu erzählen! Wo steckst du denn immer, und was machst du so? Wir haben nie wieder was von dir gehört!«

Der Satz hat eine unterschwellige Fortsetzung: »… seit du dich damals nach deiner plötzlichen Scheidung davongemacht hast.«

»Ach, es gibt nicht so viel zu erzählen aus meinem Leben. Ich wohne jetzt in Denizli, und es geht mir gut dort.« – »Dass du aus Çanakkale fortgezogen bist, haben wir noch mitbekommen.« Serap würde gerne von der Scheidung reden, das fühlt Meltem ganz deutlich. »Was machst du denn in Denizli?« – »Ich habe eine Apotheke, die recht gut geht. Und ich mag die Stadt.« – »In Denizli ist doch der Teppichhändler Taylan, der auch im Tourismus arbeitet. Er ist Vorsitzender des Klubs in Denizli.« An Meltems teilnahmsloser Miene liest sie ab, dass diese den Mann nicht kennt und auch keinerlei Interesse zeigt. »Kennst du den gar nicht? Na ja …«

»Wo kommt ihr denn gerade her?«, fragt Meltem, als wolle sie schnell das Thema wechseln.

»Ach, frag nicht, wir waren gerade in Çeşme, wie jedes Jahr. Auf der Jahreshauptversammlung des Klubs.« Sie hält kurz inne und tut so, als wüsste sie nicht, ob sie weiterreden soll. Meltem merkt, dass Serap die feinfühlige Frau spielt, die einen nicht mit unangenehmen Erinnerungen an die Vergangenheit belästigen will, und sie sagt einfach gar nichts. »Du weißt ja nicht, und woher sollst du auch, dass Levent zuletzt den nationalen Vorsitz innehatte«, sagt Serap mit unverhohlenem Stolz in der Stimme. »Die Neider meinen immer, das sei so leicht, aber ich kann dir sagen, da steckt einiges an Arbeit und Verantwortung dahinter … Na ja, jetzt hat er den Vorsitz an Selahattin übergeben, du weißt schon, den Zahnarzt aus Giresun, dessen Frau diese Naturbilder malt.« Meltem schüttelt den Kopf. Sie kennt ihn nicht. »Çeşme ist jedenfalls herrlich um diese Jahreszeit, kein bisschen Wind, aber so richtig genießen konnten wir es natürlich nicht bei den vielen Sitzungen. Jahr um Jahr werden es mehr Mitglieder, das ist kaum mehr zu bewältigen. Wir waren ja schon immer eine große Familie, aber jetzt ist es eine ganze Sippschaft!«

Stolz faltet sie die Hände vor dem Bauch. Das mit der gespielten Feinfühligkeit hat nicht lange angehalten; aus den nur so dahingesagt scheinenden Worten hört Meltem durchaus eine Spitze heraus, doch geht sie nicht darauf ein. Sie erinnert sich, dass der Klubvorsitzende »Anführer« genannt wurde. Und dass Kaan, ohne es so ganz zugeben zu wollen, sich danach sehnte, selbst einmal »Anführer« zu werden. Ihr fällt wieder das Pfadfindergetue ein, das erwachsene Menschen da an den Tag legen. Ihr sind solche Gefühle nicht einmal fremd. Sie gehörte ja damals selbst dazu.

Nach einer Kunstpause sagt Serap: »Ich wollte dich da was fragen, aber ich traue mich nicht so recht.« Na, frag schon, scheint Meltems Gesicht zu sagen, aber eher aus Resignation. »Hast du wieder geheiratet?« – »Nein, ich komme gut alleine zurecht. Und ihr, wohnt ihr noch in Konya?« Es ging ein Schatten über Seraps Gesicht, als sie so knapp abgespeist wurde, doch sie fasst sich gleich wieder. »Ja, aber umgezogen sind wir, in ein größeres Haus. Die Kinder sind ja ziemlich groß jetzt. Und Levent expandiert mit seinem Geschäft. Ach, komm doch mal zu uns nach Konya. Es gibt jetzt sogar ein Hilton dort.«

Meltem lächelt. Wieder denkt sie daran, dass sie beide sich ja nie richtig nahe standen.

Serap streckt sich und sagt in leicht klagendem Ton: »Das waren noch Zeiten; damals haben wir uns wenigstens noch bei den Klubsitzungen gesehen …«, doch Meltem reagiert nicht. Serap sieht betrübt aus. Wer weiß, womöglich stimmt es sie wirklich traurig, dass alles so zerfällt und auseinander geht. Es ist Meltem nicht unvertraut, dass jeder im Leben Einbußen anders bewertet.

Was aber Serap »damals« nennt, erscheint Meltem sehr fern. Es ist eine Ferne, die sich nicht in Jahren bemisst. Und die Jahre vergehen ja nicht jedem gleich! Jenes Damals ist Meltem weder bitter noch süß, lediglich fern. Und Ferne heißt nicht immer Verlust.

Durch Seraps Gegenwart wird Meltem an das Fiasko erinnert, dessen Verarbeitung sie Jahre gekostet hat. Am liebsten würde sie sofort aufstehen, unter irgendeinem Vorwand einfach gehen, bevor Levent an den Tisch kommt. Sie hat ihn seit damals nicht wiedergesehen und will ihm nicht hier, unter diesen Umständen begegnen. Und auch unter anderen nicht. Doch da hat Serap schon dem Teekellner, der mit seinem Tablett zwischen den Tischen herumgeht, ein Zeichen gegeben, und sie bekommen nochmals einen Gratistee von der Busgesellschaft. Meltem hat nicht schnell genug reagiert.

Sie sieht deutlich, dass Serap das Leben weiterführt, das sie selbst damals aufgegeben hat. Durch diese Familie auf der Heimreise von der Jahreshauptversammlung wird Meltem nicht nur mit einer früheren Bekannten konfrontiert, sondern mit einem Konzept, nämlich der Einbettung in eine Ehe, eine Familie und eine »Klub« genannte Gemeinschaft, die sich über das ganze Land erstreckt. Meltem hat vor Jahren eine andere Wahl getroffen; sie ist eine alleinstehende Frau.

Für die Verhältnisse von Çanakkale hatten Kaan und sie ziemlich pompös geheiratet. Kaan war ein guter Unterhalter, der Frauen zum Lachen bringen konnte. Außerdem entstammte er einer »ehrbaren, geachteten Familie«, wie ihre Mutter sich ausdrückte. Er war Ingenieur und als Unternehmer tätig, nicht nur in Çanakkale, sondern auch in Städten der weiteren Umgebung. Wenn er auch nicht direkt eine Schönheit war, so hatte er doch etwas Gewinnendes an sich. Über ihren Mann war auch Meltem Mitglied jenes Klubs geworden. Zuerst bei den Regionalversammlungen und später auch bei den jährlichen Vorstandswahlen, die immer in Fünfsternehotels am Mittelmeer stattfanden, hatte sie Gelegenheit, mit anderen Mitgliedern aus allen möglichen Provinzen Bekanntschaft oder auch Freundschaft zu schließen. Ehe, Familie, Klub und Außenwelt verhielten sich zueinander wie konzentrische Kreise, innerhalb derer man in einer Art Ganzheit lebte. Sie hatte problemlos Anschluss gefunden zu diesen Menschen, die von vornherein davon ausgingen, als Mitglieder des gleichen Klubs müssten sie Freunde sein und sich mögen. So lebte sie mit ihrem Mann, seinen Kollegen, seinen Freunden, deren Ehefrauen, den Klubmitgliedern, der Gesellschaft und dem Großteil der Welt in gänzlicher Harmonie. Sie wusste, dass ihr Mann stolz auf sie war, und dachte, sie habe eben schon in jungen Jahren das Glück beim Schopf gepackt. Bis zu jenem verhängnisvollen Tag war sie Teil einer Ordnung, die ihrer Meinung nach reibungslos funktionierte. Ihre damalige Naivität und Einfalt hatten etwas Rührendes an sich. Wenn sie zurückblickte, kam es ihr oft so vor, als sei sie wie ein schutzbedürftiges Kind gewesen, doch inzwischen hatte sie gelernt, ihren damaligen Zustand mit nüchternen Augen zu betrachten, und wusste auch, dass es nichts nützte, über die Fehler der Vergangenheit ein »Heute würde ich das ganz anders machen« anzustimmen.

Im Gesicht mancher Frauen ruft Schminke einen eher ungepflegten Eindruck hervor. Man sieht dann erst so richtig, wie müde sie sind. Auf Seraps Haut treten trotz allem Make-up die Poren deutlich hervor. Nicht die Jahre haben sie altern lassen, sondern ihre innere Starre. Eigentlich ist sie noch jung; also ist es weniger ein Altern als vielmehr ein Mattwerden, eine von den Pupillen aus auf ihr ganzes Wesen übergreifende Glanzlosigkeit. Ihre ältere Tochter hat gerade Abitur gemacht, die jüngere geht noch zur Schule. Sie haben in Izmir ein Haus und in Bodrum eine Ferienwohnung gekauft.

Serap versucht sich den Anschein zu geben, als plaudere sie nur so vor sich hin und komme rein zufällig auf Meltems frühere Ehe zu sprechen, doch in Wirklichkeit brennt sie darauf zu erfahren, was es mit Meltems Scheidung auf sich hat, die seit Jahren jedermann ein Rätsel ist. Obwohl sie spürt, wie unwillig Meltem darauf reagiert, lässt sie nicht locker. Aus Meltems Schweigen schließt sie, dass diese das Scheitern ihrer Ehe ganz einfach nicht eingestehen will.

Außer ihrer Therapeutin hat Meltem sich zu diesem Thema noch niemandem offenbart, und nun soll sie bei einer halbstündigen Teepause um Mitternacht Rede und Antwort stehen. Auf die gleiche schäbig-gerissene Art, in der Serap fast alles in ihrem Leben ins Niveaulose zieht, versucht sie Meltem die Würmer aus der Nase zu ziehen.

Als ihr das nicht gelingt, setzt sie, aus Verdruss, zu einer Demonstration ihrer Überlegenheit an, da sie ja ein Leben weiterführt, das Meltem nun gleichermaßen »verboten« ist. Die Betonung liegt darauf, dass sich hinter allem Seraps ureigene Erfolgsgeschichte verbirgt.

Meltem hat in der Vergangenheit schon des Öfteren erlebt, dass Frauen, deren Ehe gehalten hat, auf geschiedene Frauen herabsehen, bewusst oder unbewusst.

Entschlossen genug zu sein, bedeutet nicht immer, dass man auch Recht hat. Das wissen auch jene Frauen. Ihrer Entschlossenheit sind sie sich sicher, nicht aber ihres Rechts. Dessen müssen sie sich immer wieder von Neuem vergewissern, indem sie das Leben anderer Frauen auf den Prüfstand stellen. Koste es, was es wolle, müssen sie sich am Beispiel des unsteten Daseins geschiedener Frauen die Bestätigung dafür holen, wie recht sie doch daran getan haben, ihre eigene Ehe fortzuführen. Für so manche Frau ist eine andere Frau leider nicht Quelle der Inspiration, sondern nur Messlatte des eigenen Erfolgs. Serap gehört zu jenen Frauen. Ein Leben darauf aufzubauen, dass man den eigenen Hausrat mit dem einer anderen Frau vergleicht und aus dem Wettstreit als

Sieger hervorgeht, sehen sie als Glücksbeweis an. Nicht eine üble Laune des Schicksals hatte Serap und Meltem eines Nachts auf einem Rastplatz in der Nähe von Afyon zusammengeführt, sie waren einfach nur zwei Frauen, die sich überall und jederzeit hätten begegnen können.

Wenn Meltem ihrer Mutter von kleineren Streitigkeiten berichtete, die sie mit Kaan hatte, dann sagte die nur: »Sogar Perlen entstehen durch Reibung. Es gibt keine Ehe ohne Streit.« Und wenn Meltem darauf erwiderte: »Ach Mama, woher willst du denn wissen, dass es hier im Meer überhaupt Perlen gibt?«, dann deutete die Mutter auf das mehrbändige Lexikon im Bücherschrank und mit der anderen Hand auf sich selbst. »Das mit den Perlen kannst du da nachschlagen, das mit der Ehe bei mir!«

Trotz all ihrer Bemühungen hatte selbst ihre Mutter nicht erfahren können, warum Meltem und Kaan sich hatten scheiden lassen. »Was soll ich denn zu den Leuten sagen? Nenn mir doch irgendeinen Grund!« Als Meltem gleich nach ihrer Scheidung beinahe fluchtartig von Çanakkale fortzog, klagte die Mutter: »Kennt dieses Denizli gar nicht, und nur weil eine Freundin ihr was davon erzählt hat, schwups, zieht sie hin!« Später dann, als ihr erfreuliche Nachrichten über ihre Tochter zu Ohren kamen, sagte sie im Flüsterton, als könnte Meltem sie hören, wenn sie lauter spräche: »Und wir dachten noch, die würde das alleine nie schaffen, dabei hat sie sich ganz schön was aufgebaut, das gute Kind!« Meltems Mutter war eine lebenslustige, sehr heimatverbundene Frau. Ihr Çanakkale und ihre Familie waren ihr heilig. Sie ließ auch nichts auf ihre Ehe kommen, da sie sich darin völlig aufgehoben fühlte. Wie sie selber von sich sagte, war sie eine der munteren Frauen, die auch abends, bevor ihr Mann heimkommt, nicht vergessen, noch schnell Ohrringe anzulegen. Die wissen, wie man einen Mann bei Laune hält, und sich gerne ein wenig schmücken … Da sie Ehe- und Beziehungsfragen als ihre natürliche Domäne ansah und seit Jahren in ihrem Bekanntenkreis mit Ratschlägen nicht geizte, kränkte es sie umso mehr, dass ausgerechnet bei ihrer eigenen Tochter die Ehe schief ging. Sie hatte ihre Tochter so aufgezogen, wie sie es eben für richtig hielt, und nun beklagte sie sich, dass Meltem sich nach ihrer Scheidung so sehr verändert habe und sie sie kaum noch wiedererkenne. Als sie begriff, dass Meltem nicht von Denizli fortzubringen war, rief sie sie an und sagte: »Wir wollen in Pamukkale möglichst viele Fotos machen, darauf kannst du dich schon mal einstellen!«, und fuhr dann mit ihrem Mann zusammen nach Denizli. Am Abend ihrer Ankunft schimpfte sie Meltem: »Sag mal, wie siehst du denn aus? Sogar ich in meinem Alter habe ich mehr Schmuck dran als du!« Und: »Du bist doch Apothekerin! Ich rede ja gar nicht von teuren Cremes, aber reib dir doch was von dem Zeug hin, das du da im Schaufenster hast!« Meltem hatte von ihrer Mutter nur das Stehvermögen mitbekommen, den handfesten Humor jedoch nicht. Selbst wenn sie sich freute, kam ihr nur ein zaghaftes Lächeln auf die Lippen.

Meltem will die Gelegenheit nutzen, dass Levent immer noch nicht da ist, und macht Anstalten zu gehen, doch Serap, die jetzt Klubgeschichten von sich gibt, lässt sie nicht fort. Wie ein alter Klubhase, der Mitgliederwerbung betreibt, spricht sie voller Begeisterung darüber, wie dieser Wohltätigkeitsverein allmählich sein Netz über die ganze Türkei spannt und auch seine Tätigkeitsbereiche erweitert, was in den kommenden Jahre seine Früchte tragen werde. Dabei spickt sie ihre Rede mit allerlei Sprüchen, die sie für Lebensweisheiten hält. Meltem hält es seit jeher für peinlich, wenn Frauen, die noch keinen Tag lang gearbeitet haben, über das Leben schwadronieren. Sie sitzt mit gesenktem Kopf da und lächelt in sich hinein. Serap möchte Meltem bewusst oder unbewusst daran erinnern, was sie alles verloren hat.

Dann legt sie plötzlich den Kopf ein wenig schief, und in dem Ton, in dem Frauen manchmal mit kleinen Kindern reden, sagt sie: »Eure überstürzte Scheidung hat Kaan sehr wehgetan, weißt du das eigentlich? Und keiner hat je begriffen, warum ihr euch getrennt habt.« Mit genauso unschuldiger Miene fragt sie dann: »Triffst du dich noch manchmal mit Kaan?« Auch nach so vielen Jahren versucht sie ihre Neugier noch als Vermittlungsbemühung zu verbrämen.

»Das wüsstet ihr schon«, erwidert Meltem und schluckt dabei ihren Ärger hinunter. »Zumindest Levent wüsste es. Doch ob er dir alles sagt …«

Meltem fühlt, dass es Serap gar nicht um die Wahrheit geht, sondern darum, sie leiden zu sehen. Zu bereuen. Sie will in Meltems Gesicht, in Meltems Worten, in Meltems Leben die Reue darüber sehen, dass sie ihr Haus, ihren Mann, ihre Familie, ihren Wohlstand so einfach aufgegeben hat und nun vor den Trümmern ihrer übereilten Entscheidung steht. Sie ist keine Ehefrau mehr, hat nie wieder geheiratet, hat keine Kinder, keinen Mann, kein Heim, keine Gemeinschaft! Sie ist zu Einsamkeit und Hoffnungslosigkeit verurteilt, und das soll sie gefälligst auch zeigen, mit Trübsinnigkeit, Melancholie oder Depression, was sie eben besser beherrscht.

Sie kann nicht mehr bei Regionalversammlungen und bei

den jährlichen Vorstandswahlen an der Seite ihres Mannes als gute Ehefrau, gute Lebenskameradin und beste Gehilfin mit immergleichem Lächeln den Leuten die Hände schütteln, als lebendiges Beispiel für die Devise »Hinter jedem erfolgreichen Mann steht eine Frau«, kann nicht mehr als Freiwillige Waisenkinder unterrichten, auf Wohltätigkeitsbälle gehen, an Aufforstungskampagnen teilnehmen und für gute Zwecke Feste und Picknicks veranstalten, und so soll sie also jeden verpfuschten Teil ihres verpfuschten Lebens einzeln zugeben. Erst wenn Serap sich am Unglück einer anderen Frau geweidet hat, wird sie selber wieder zur Ruhe kommen.

Meltem überlegt kurz, ob sie Serap nicht doch unrecht tut. Aber nein. Serap ist eine so unglückliche Frau, dass sie auf das Unglück einer anderen angewiesen ist. Meltem hat wie jede Frau ganz tief in sich drinnen einen Ort, der sogar ihr selber fremd ist, und dort weiß sie, dass Serap zwar einen Mann, eine Familie und ein Haus hat, aber kein Leben. So viel von Glück zu reden ist ein Zeichen von Unglück.

Serap tut ihr vielleicht nicht als Mensch leid, aber als Frau. Verschiedenes Leben bedeutet nicht unbedingt verschiedenes Schicksal. Meltem hat das Gefühl, dass sie zwei vom Leben miteinander konfrontierte Frauen sind, die sich in der gleichen Falle abstrampeln. Sie seufzt innerlich.

Sie selbst fühlt sich so frei, dass sie niemandem etwas beweisen muss. Aus jedem Kummer erwächst auch etwas Gutes. Sie hat keine Lust, den Leuten davon zu erzählen, wie sehr das Alleinsein, wenn man erst einmal seinen Preis dafür gezahlt hat, das Leben auch bereichert, und wie das, was die meisten als Verlust ansehen, ein Gewinn sein kann. Gegenüber den Lebensentscheidungen eines anderen will sie nicht ihre eigenen Errungenschaften aufzählen, geschweige denn damit triumphieren. Schon lange hat sie gelernt, dass das Leben nicht zum Vergleich und zum Wettstreit taugt. Jede Entscheidung birgt ihr Glück und ihr Unglück. Sie hat jahrelang gebraucht, um sich selber lieben zu können, und das möchte sie nicht mehr aufs Spiel setzen. Was alle Frauen innerhalb ihrer begrenzten Möglichkeiten verbindet, ist die Abneigung, die sich aus der Ähnlichkeit nährt.

Im Grund ist es Meltem egal, was Serap über sie denkt; nur eines möchte sie nicht, nämlich, dass Serap hinterher sagen kann: »Ihr hättet sehen sollen, wie fertig sie ist!« Aus dieser Falle hat sie sich noch nicht befreien können.

Da sieht sie Levent auf den Tisch zukommen. Als er merkt, wer da sitzt, wird er langsamer, und seine Miene verzieht sich. Serap sieht Meltem gleich an, was los ist, und wendet sich um. »Wo warst du denn so lange?«, fragt sie Levent. »Schau mal, wen wir hier haben!« Meltem setzt sich aufrecht hin. »Wo sind denn die Mädchen?« »Die haben eine Freundin getroffen und sich zu der an den Tisch gesetzt. Da habe ich inzwischen das Auto waschen lassen. Wer weiß, ob wir bis Konya noch mal so lange halten.«

Er ringt sich zu einem Lächeln durch, dass seine Grübchen sichtbar werden, und hält Meltem die Hand hin. Sein schwacher Händedruck verrät Unsicherheit. Seit damals ist es ihre erste Begegnung.

Serap merkt beunruhigt, dass etwas Seltsames in der Luft liegt, aber sie kommt nicht darauf, was es ist.

3

Was Meltem zugestoßen war, hätte sie in einem Film als unrealistisch abgetan. Wenn eine wahre Begebenheit so sehr nach Fiktion riecht, beginnt man gleich an allem zu zweifeln. So erging es Meltem. Ihr Selbstvertrauen bekam einen Knick, und die Welt war ihr plötzlich fremd. Es folgten Tage, an denen sie mit gar nichts mehr zurechtkam.

Nach drei Jahren gemeinsamen Lebens erschien ihnen ihre Ehe so gefestigt, dass sie es an der Zeit befanden, ein Kind zu bekommen. Abgesehen von kleineren Meinungsverschiedenheiten, lief in ihrem Leben alles wie gewünscht.

Die Jahreshauptversammlung des Klubs, zu der die Mitglieder aus allen Teilen der Türkei anreisten, fand in jenem Jahr in einem großen Hotel in Marmaris statt. Der früh hereingebrochene Sommer versetzte die Menschen in einen Zustand trunkener Freude. Nachdem ein paar Tage lang Sitzung auf Sitzung gefolgt war, verblieben am Sonntag nur wenige Mitglieder im Hotel, darunter auch Kaan, um sich mit Organisatorischem zu beschäftigen, während die anderen mit ihren Autos in die Hügellandschaft hinter Marmaris ausschwärmten, wo sie beim Aufforsten helfen sollten. Danach war ein Picknick geplant, und erst am Abend würde es zurück ins Hotel gehen.

Auch Meltem sollte Bäumchen pflanzen, doch als sie in der entsprechenden Gegend ankamen, merkte sie an leichten Krämpfen und einem plötzlichen Schmerz in der Leistengegend, dass wieder eine der Blutungen im Anzug war, die sie seit jeher plagten und deren Ursprung sie damals noch nicht kannte. Mit Kopfschmerzen, immer heftigerenKrämpfen und einem Stechen in der Leiste schaffte sie es gerade noch zurück ins Hotel, wo sie sogleich auf ihr Zimmer ging. Zu ihrer Therapeutin sagte sie später: »Mich hat eben meine Vagina verdammt!«

Man meint immer, so etwas gebe es nur im Film, oder es

passiere nur anderen: Als Meltem ins Hotelzimmer trat, fand sie eine Szene vor, die sie Kopfweh und Leistenstechen auf der Stelle vergessen ließ. Kaan und Levent lagen umschlungen auf dem Bett, splitternackt. Sie merkten nicht einmal, dass jemand im Zimmer war, und wälzten sich wild im Bett herum. Meltem stand da wie erstarrt. Ihrer Therapeutin bekannte sie später, sie habe instinktiv nach einer Frau gesucht, denn hätte sie statt Levent eine gefunden, so wäre ihre das Ganze doch verständlicher und erträglicher vorgekommen. »Bis sie mich bemerkten, balgten sie herum wie zwei kleine Jungs, und in ihren Gesichtern sah ich eine Seligkeit, wie ich sie noch nie bei den beiden erlebt hatte«, sagte sie schmerzlich berührt. »Ich wusste rein gar nichts von dieser Veranlagung Kaans. Ich weiß nur noch, dass ich ins Bad stürzte und mich übergab, als müsste ich ersticken. Sofort danach spürte ich, wie mir das Blut die Beine hinunterfloss und meine Hose tränkte. Es zog sich alles in mir zusammen, und ich war einer Ohnmacht nahe. Als ob nicht nur meine Vagina blutete, sondern mein ganzes Inneres, meine Seele, meine Jahre.«

Von drinnen hörte sie, wie Kaan von Levent angefleht wurde: »Sie soll nur ja Serap nichts sagen, sonst bringe ich mich um!« Noch während sie im Bad war, machte er sich hastig davon.

Als ob die unsichtbare Hand des Schicksals ihr das Geschehen möglichst unvergesslich ins Gedächtnis brennen wollte, blieb Meltem im Bad in ihrem eigenen Blut liegen.

Um Kaan nicht ins Gesicht blicken zu müssen, sah sie zum Fenster hinaus; den Mann, der sie in dem Hotelzimmer nun auf Knien anflehte, mit einer Miene, die sie noch nie an ihm gesehen hatten, den kannte sie nicht. Da war keine Spur mehr von dem selbstsicheren Kaan, der auf fast alle Menschen den Eindruck machte, er könne mit jeder Situation spielend fertig werden. Das war nicht mehr der bedächtig sprechende Mann, der innerhalb weniger Jahre sein Geschäft auf die ganze Region auszudehnen gedachte und auch davon träumte, einmal »Anführer« des Klubs zu werden. Der ach so stolze und souveräne Kaan, der diesjährige Klubsekretär, lag auf den Knien vor ihr, stammelte die absonderlichsten Entschuldigungen, schreckte vor keiner Selbsterniedrigung zurück und flehte um Verzeihung.

Doch hätte sie ihm diese auch gewährt, dachte sie später, so hätte er ihr doch nie verziehen. Nicht weil sie ihn im Bett mit einem Mann erwischt hatte, sondern weil sie mit angesehen hatte, wie er sich mit seinem Wimmern vor ihr erniedrigt und entehrt hatte; dafür würde er sie immer hassen. In ihrem Stolz verletzte Männer haben ein unerbittliches Gedächtnis.

Als Meltem aus dem Badezimmer kam, fand sie mit einem Mal zu einer Kraft, die sie bis dahin nicht an sich erfahren hatte. »Gut«, sagte sie. »Ich werde niemandem etwas sagen, absolut niemandem. Aber dafür verlange ich eines von dir.« Es war ihr selber fremd, wie entschlossen sie das sagte. »Nur eines.« – »Sag's nur, ich tu, was du willst.« – »Wir werden uns sofort scheiden lassen. So schnell wie möglich. Ich will keine Sperenzchen. Es muss eine Eilscheidung sein. Dafür hast du zu sorgen. Mach deinen ganzen Einfluss dafür geltend. Und danach will ich dich nie wieder sehen. Es ist aus zwischen uns.«

Wenn sie als junges Mädchen etwas nicht verstand, sagte ihre Mutter immer: »Das ist ganz normal. Um manche Dinge zu begreifen, muss man vierzig Jahre auf dem Buckel haben.« Nun verstand sie, was ihre Mutter meinte. Weil sie die vierzig Jahre auf dem Buckel hatte, noch bevor sie vierzig war. So mancher Schritt, den man tut, bringt die Jahre schneller herum.

Es brauchte aber lange, bis sie dieses Ereignis abschütteln konnte, wieder richtig zu sich kam und ihr Leben in eine neue Bahn brachte. Erst mit der Zeit konnte sie ihre irrationale Abscheu vor Homosexuellen ablegen und sich dann sogar mit einigen Schwulen anfreunden. Was ihr am meisten zusetzte, war das Gefühl, benutzt worden zu sein. Ihr Mann hatte sie nicht nur mit einem Menschen betrogen, sondern mit einem ganzen Leben. Mit einem verlogenen Leben. Sie war ihm nichts weiter gewesen als eine Schaufensterpuppe. Ein Accessoire auf dem Weg zu höheren Weihen, zu denen er sich berufen fühlte: eine gute, ins Schema passende Ehefrau. Später hatte Meltem dann noch öfter miterlebt, wie Verheiratete unter dem breiten Schirm ihres Ehevertrags ein Leben führten, in dem sie einander als »Gastschaufensterpuppe« dienten.

Ihr bisheriges Sozialleben, das ihr als die Welt gegolten hatte, bestand aus den ineinandergreifenden Ringen von Ehe, Familie und Klub, und nun war dieses kristallene Gebilde in tausend Stücke zersprungen; doch ihr Leben hatte sich damit auch normalisiert. So wie in einem Theaterstück auch das Schweigen eine tragende Rolle spielen kann. Ihr inneres Hin und Her hatte sich beruhigt, und auch mit ihrem Frausein lag sie nicht mehr im Zwiespalt. Zu ihrer Therapeutin sagte sie: »Sogar diese Blutungen sind weg.« Sie war entschlossen, die Vergangenheit hinter sich zu lassen, und setzte das auch um. Was es bedeutete, im Leben nur Ehefrau, nur jemandes Partner zu sein, begriff sie erst, als sie allein war. Dass sie nicht mehr heiratete, hatte nicht so sehr damit zu tun, dass sie in ihrer ersten Ehe eine so herbe Enttäuschung erlebt hatte, sondern rührte daher, dass sie sich nicht mehr nur als Frau, sondern in erster Linie als Individuum erlebte. Sie hatte begriffen, dass sie keine der Frauen mehr sein würde, die ihren Sinn aus dem Leben ihres Ehemanns bezogen.

Da hörten sie die Ansage, die die Fahrgäste zurück in den Bus rief. Gerade, als Levent am Tisch ankam … Manchmal schien das Leben einen Sinn für Timing zu haben. Erfreut über den raschen Abschied stand Meltem auf. Jenen Levent, dessen Stimme sie zuletzt in dem Hotelzimmer hatte flehen hören, sah sie nun freiheraus an. Er hatte diese krustenartige Starre im Gesicht, wie sie Männern eigen ist, die zwar erfolgreich, aber nicht glücklich sind. Diese Kruste bildet sich durch die Verlogenheit heraus, in der jemand seine Jahre zubringt, doch merkte Meltem, wie sie bei Levent nun an einer Stelle aufbrach und einen kurz aufleuchtenden dankbaren Blick zuließ. Noch einmal gaben sie sich die Hand, diesmal aber fester.

Blitzartig durchfuhr es Serap, dass zwischen den beiden etwas vorging, von dem sie nichts wusste. In diesem so kurzen Moment vibrierte etwas durch die Luft, das sonst Jahr für Jahr im Verborgenen lag.

Als Meltem hinaus- und auf den Bus zueilte, sah sie sich ein letztes Mal suchend nach Mecnun um. Er war nicht da. Beim Einsteigen spürte sie, dass eine schwere Last von ihr abgefallen war.

In Istanbul würde Tamer auf sie warten.

Die erste Stelle

So zu tun, als ob sie sich ihrer Wirkung nicht bewusst seien, ist bei manchen Frauen die bevorzugte Masche. So auch bei Hayat. Sie allerdings legte so viele Fährten, dass man nach einer Weile nicht mehr glauben konnte, das sei alles nur gespielt, und sie schon wieder für ehrlich hielt. So schaffte sie es immer wieder, ihren Willen durchzusetzen, indem sie anderen suggerierte, sie selbst wollten es so. Man kam einfach nicht gegen sie an.

Vor allem in ihrer Stimme lag etwas beinahe Hypnotisches. Fing man erst einmal an, ihr zuzuhören, ließ einen diese Stimme nicht mehr los. Und als ob es nicht schon genügte, dass sie ein so lebendiges, sonores Türkisch sprach wie eine Radiomoderatorin, konnte sie auch noch außerordentlich melodiös singen. Sie hatte genau das, was man eine *schöne Stimmfarbe* nennt. Erst zierte sie sich immer ein wenig, aber anbetteln musste man sie auch nicht. Sie sagte von sich selber: »Ich habe zwar keine große Stimme, aber ich singe mit dem Herzen.« Wie die meisten Anhänger Türkischer Kunstmusik, die ihre Kindheit noch zu Radiozeiten verbracht hatten, war ihr Gedächtnis für Lieder phänomenal. Wenn es im Freundeskreis darum ging, sich an Liedtexte zu erinnern, hatte sie nie einen Aussetzer, und wenn zu vorgerückter Stunde die anderen schon arg nachließen, fiel ihr immer noch alles ein.

Sie liebte Verallgemeinerungen. Sie konnte gut und

gerne an dem einen Tag sagen: »Frauen mit hängenden Augenlidern sind verschlagen«, und am nächsten Tag in Gegenwart einer solchen Frau kurz entschlossen lobhudeln: »Frauen mit hängenden Augenlidern sind wie gedämpfte Lampen. Ihr Blick geht einem durch und durch.« Ein andermal zeigte sie mit der Hand an, wie klein manche Frauen nur waren, und sagte dazu: »Die sind doch zum Fürchten, diese Zwerggewächse, da ist wahrscheinlich die andere Hälfte unter der Erde.« Hatte sie mit einer kleinen Frau zu tun, so schwenkte sie sofort um und tönte plötzlich: »Klein, aber fein; die sitzen einem schnell auf dem Schoß. Und wie es so schön heißt: Große Frauen sind auf der Straße gut, kleine Frauen im Bett!«

Obwohl sie Widersprüchliches von sich gab, kam sie sich nicht heuchlerisch vor, und – wie auch immer sie das hinbekam – auch die anderen empfanden sie nicht so. Ihr ging es darum, die Menschen für sich einzunehmen, und nicht um die Wahrheit. »Die Wahrheit ist genauso glitschig wie die Lüge«, sagte sie. »Beides flutscht einem schnell aus der Hand. Aber was man so Wahrheit nennt, verdüstert nur das Leben.«

Über ihr Gefühlsleben wusste keiner Bescheid. Hatte es da mal jemanden gegeben? Hatte es in ihrem Leben eine tiefe Beziehung gegeben, oder war sie wenigstens mal so richtig verliebt gewesen? Alle meinten, irgendwann in einem schwachen Moment würde sie schon herausrücken mit irgendeinem Liebeskummer, der sie einst beschäftigt hatte, doch machte sie um dieses Thema stets einen Bogen. Als hätte sie mit der Liebe ihr Herz nie belasten wollen.

Sie war von ansteckender Fröhlichkeit und brach beim Reden immer wieder in ein so herzhaftes Lachen aus, dass keiner widerstehen konnte. Im Gespräch mit ihr wurde einem ganz leicht ums Herz. Darum wurde sie auch andauernd zu irgendwelchen Gesellschaften eingeladen. Sie wurde schnell mit den Leuten warm, ohne sich anzubiedern, und ließ sich gern auf längere Gespräche ein. Sie hatte ein so strahlendes Lächeln, dass man sie einfach mögen musste. Wer auf der Straße von ihr angelächelt wurde, lächelte unwillkürlich zurück. Kurz gesagt, sie war eine würdige Vertreterin ihres Namens, der nichts anderes als *Leben* bedeutete.

Es hielt sie allerdings nie länger als zwei, drei Jahre in derselben Stadt, dann zog sie wieder um. »Ob es noch eine Provinz gibt, in der ich noch nicht gewohnt habe? Und ob! So unstet bin ich nun auch wieder nicht. Zur Zeit meiner Geburt gab es siebenundsechzig Provinzen, und das gilt für mich heute noch. Gelernt ist gelernt, ich will mich da nicht mehr umstellen. Wenn aber jede Regierung weiter so mir nichts, dir nichts jeden mittleren Landkreis zur Provinz erklärt, dann bekomme ich die nie alle durch!«, jammerte sie und stieß gleich darauf wieder ihr berühmtes Gelächter aus.

»Was findest du an der ständigen Umzieherei?«, wurde sie gefragt, und sie sagte: »In jeder Stadt riecht es beim Bäkker anders. Weil jedes Brot seine Geschichte hat.«

An solch neblige Sprüche waren die Leute gewöhnt. Sie versuchten dann den Sinn solcher Worte eher zu erfühlen als zu verstehen.

»Auch die Uhrtürme in den Städten sind nicht alle gleich. Der von Çanakkale sieht nicht so aus wie der von Niğde, und der von Bilecik ist anders als der von Kars. Wenn ich zum ersten Mal in eine Stadt komme, schaue ich zuerst, ob es dort einen Uhrturm gibt. Wenn ja, dann erkundige ich mich, wann er errichtet wurde, und wenn das noch jemand miterlebt hat, dann suche ich ihn auf und lasse mir die Sache von ihm erzählen. Oder meint ihr etwa, eine Uhr ist nur zum Zeitmessen da?«

»Unsere Hayat ist schon eine!«, hieß es dann. »Worauf die so alles achtet! Dass sie sich als Frau über so was den Kopf zerbricht …«

Wenn man ihren Erzählungen Glauben schenken durfte – was den Zuhörern nicht immer leicht fiel –, so hatte sie ihre Kindheit und Jugend jeweils in ein- oder zweistöckigen Häusern mit Garten verbracht. Sie schmückte alles immer so weitschweifig aus, dass einem nach einer Weile selbst das Wahre geflunkert vorkam. Ihr Vater sei als Beamter immer wieder in eine andere Provinz versetzt worden. Kaum hätten sie sich an einen Ort einigermaßen gewöhnt, sei die nächste Versetzung gekommen. So hätten sie sich denn nirgends richtig heimisch gefühlt. Ihr Vater sei ein unverträglicher, starrsinniger Mensch gewesen; seine Vorgesetzten hätten bei ihm auf Granit gebissen. Er habe sich einfach nichts befehlen lassen. Darum sei sie in ihrer Kindheit herumgewirbelt worden wie ein Blatt im Herbstwind. »Mir kommt es zum Beispiel so vor, als hätte ich nie Klassenkameraden gehabt. Immer wenn ich an einen zu denken versuche, kommen die Gesichter von anderen dazwischen, und alles vermischt sich. Ich kann sie einfach nicht auseinander halten. Und nicht nur die Klassenkameraden, auch die Städte, die Feste, die Ereignisse, alles bringe ich durcheinander. Das Gesicht des einen verschwindet in der Erinnerung an einen zweiten, und es wird eine Geschichte daraus, die in einer ganz anderen Stadt passiert ist. Ob ihr's glaubt oder nicht, ich komme mit meinen eigenen Hirngespinsten nicht mit. Irgendwann fängt man an, seine eigenen Erinnerungen zu fabrizieren. Aber was soll's, ist ja alles längst vorbei. Ich schaue nicht viel zurück.« Ihre Augen, die weder ihre Farbe so richtig preisgaben noch sich Kummer anmerken ließen, umwölkten sich an dieser Stelle plötzlich, und Hayat sinnierte vor sich hin, als seien die Gesichter und Erinnerungen nun doch zu unterscheiden, aber dann zerstreute sie die aufkommende Melancholie wieder und sagte verschmitzt: »Wenn man dauernd zurückblickt, kriegt man nur einen steifen Hals!«

»Als junge Frau habe ich zweimal hintereinander geheiratet, zum Glück zwei vermögende Männer. Und beide noch dazu gutmütig. Na ja, sind beide früh gestorben. Bevor es so weit kam, dass wir uns zankten und hassten, als eben alles noch im Lot war. Wie angenehme Gäste, die wissen, wann sie zu gehen haben …«

Sie lachte wieder schallend los; dieses Lachen war das i-Tüpfelchen auf ihre Erzählung. Dann seufzte sie, als hätte das viele Lachen sie ermattet. »Mit dem, was die zwei mir vererbt haben, habe ich, Gott sei Dank, gut leben können. Am besten ist eine Ehe, wenn der Mann früh stirbt.«

Wer den erstbesten Partner heiratete und dann sein Leben lang für eine überstürzte Entscheidung büßen musste, der tat ihr aufrichtig leid, doch gab sie das nicht zu erkennen.

»Der Mensch muss sich damit abfinden, dass alles vergänglich ist. Es geht nicht darum, dass alles Bestand haben muss. Jeder weiß das, aber keiner richtet sich danach. Wenn ich in einem Weinberg an einen Rebstock gelehnt ein schönes Mittagschläfchen halten kann, dann reicht mir das im Leben, aber wo mein Grabstein mal steht, ist mir egal.«

Als könnte nichts auf dieser Welt sie mehr überraschen, hatte sie in allen Lebenslagen eine Antwort parat.

Von einer Nachbarin, die gerne unkte, wurde sie einmal

gefragt: »Und wenn du mal stirbst, wo möchtest du dann begraben liegen?« Ohne der Frau ihre Taktlosigkeit vorzuwerfen, erwiderte Hayat ungerührt: »Ich will in derjenigen Provinz begraben sein, in der ich zuletzt einmal wohne. Auch wenn ich erst einen Tag vorher hingezogen bin, ganz egal! Die haben mich dann dort eben verdient. Man stirbt ja nicht gerade gerne. Und sowieso: Egal, wo mein Grab auch ist, meine Seele wird weiter herumwandern! Und wo das Fleisch verfault, spielt wohl kaum eine Rolle!«

Doch als Hayat wieder einmal umzog, um in einer anderen Stadt ein paar Jahre zu verbringen, da starb sie dort tatsächlich schon in der ersten Nacht. Noch bevor sie ihre Bündel aufschnüren, ihre Kisten öffnen und ihre kunterbunten Kleider, Röcke und Blusen in den Schrank hängen konnte. In der geräumigen Wohnung, die – wie sie noch sagte – »von zwei mickrigen Vierzig-Watt-Birnen beleuchtet wird«, fand man am Morgen ihre Leiche quer auf dem Bett liegen. Sie hatte ein so seliges Lächeln auf den Lippen, dass die Leute kaum glauben wollten, eine Tote vor sich zu haben. Sie wussten zuerst auch nicht, wen sie überhaupt benachrichtigen sollten. Als der Arzt kam, sagte er: »Ihr ist das Herz stehen geblieben.« – »Also Herzinfarkt?« – »Nein, es ist nur stehen geblieben.« – »Aber ein Herz ist doch keine Uhr, die einfach stehen bleibt?« wurde dem Arzt ungläubig entgegnet. Der aber beharrte auf seiner Version: »Doch, stehen geblieben, von selbst.«

»Wohin ich auch ziehe, überall kommen graue, schwarze und gelbe Straßenhunde und legen sich vor meine Tür. Sie kümmern sich um meine Tür und wollen, dass ich mich um sie kümmere.« Tatsächlich war ihre Leiche überhaupt nur gefunden worden, weil an jenem Morgen graue, schwarze und gelbe Straßenhunde vor ihrem Haus so ausdauernd geheult hatten, dass man schließlich die Tür aufbrach. Ihre Kisten waren noch ungeöffnet, doch die Blumentöpfe, die sie unverdrossen von Stadt zu Stadt mitschleppte, waren schon alle aufgereiht. Und am Fenster steckte das Windrad, das sie immer als Erstes anbrachte.

In dieser Stadt, in der Hayat gestorben war, ohne noch irgendeinen Nachbarn zu kennen, wurde sie – nach ein paar Tagen erst, falls doch noch jemand gekommen wäre – von völlig unbekannten Menschen beerdigt, und auch ihr Totengebet sprach ein Fremder. Es war dies ein Ende, wie es ihr und ihrem Leben durchaus entsprach, aber den Nachbarn tat diese alleinstehende Frau, die sie nun nicht einmal kennengelernt hatten, dennoch recht leid.

Ein paar Tage darauf wurde die Wohnung von der Hausbesitzerin Cemile erneut vermietet, unter der Bedingung, dass die Habseligkeiten der Vormieterin noch eine Weile in einem der Zimmer verbleiben durften.

»Ist das Ihre erste Stelle?«, fragte sie.

»Ja, ich habe gerade erst fertig studiert«, erwiderte Tülay.

»Ich bin verlobt«, sagte sie dann noch, aber das hörte sich nicht gerade überzeugt an. Sie war sich nicht sicher, ob Özer wirklich nachkommen würde.

»Klar komme ich nach«, hatte er beim Abschied gesagt. »Wo doch Kırşehir die Heimat von Neşet Ertaş ist!« Der Sänger war sein Vorbild. Özer hatte sie noch auf die Stirn geküsst und ihr eine Kassette mit selbst gesungenen Liedern in die Hand gedrückt. Tagsüber war er Lehrer in einer Berufsschule in einem Istanbuler Vorort, doch abends, in den Gassen von Beyoğlu, spielte er in vorwiegend von Aleviten besuchten

Kneipen Saz und sang dazu. Obwohl er nur ein paar Jahre älter war als sie, wirkte er viel gesetzter. Er hatte große, zärtliche Hände. Alt wirken ließen ihn auch die früh schon schütter gewordenen Haare, die Tränensäcke unter den Augen und die unter der Last des Lebens nach vorne hängenden Schultern. Wenn Tülay ihm nachsah, kam er ihr immer vor wie ein alter Mann, der abends müde nach Hause geht. Seine Schritte hatten etwas so Schweres, als sei er vor der Zeit erschlafft. Es war eher Vertrautheit als Liebe, was sie mit ihm verband. Sie war ihm irgendwie zugetan, ohne recht zu wissen, warum.

»Ich habe es Ihnen zuerst nicht sagen wollen, um Sie nicht abzuschrecken«, sagte Cemile. »Wer will schon wo einziehen, wo gerade jemand gestorben ist. Ich wollte sie einfach nicht unnötig beunruhigen.«

Tülay wollte aus lauter Stolz nicht zugeben, dass sie doch das Gefühl hatte, in eine Falle gegangen zu sein. »Ich fürchte mich nicht vor Toten. Sie hätten es mir ruhig sagen können.«

»Es ist doch jammerschade, da hat die Frau in Kırşehir nur einen einzigen Tag gelebt«, sagte Cemile. »Und dass sie so überhaupt keine Angehörigen hat, wir können es gar nicht begreifen. Na ja, wir haben ja auch noch niemanden gesehen, der uns gleich am ersten Tag wegstirbt!«

Hayats Habseligkeiten lagen gestapelt in einem Zimmer und warteten darauf, dass ein Angehöriger auftauchen und sie abholen würde. Als sie die Wohnung angemietet hatte, hatte sie ein paar Leute angerufen und ihnen Telefonnummer und Adresse mitgeteilt. Von denen hätte nun jemand sich einmal melden sollen.

Es gab da ein aus Malatya stammendes Lied: »Geht ein

Mond auf am ersten Abend, wirft Licht durch Fenster und Kamin …«. Tülay kannte es aus dem Film »Und er liebt mich auch«, und jedes Mal, wenn sie es hörte, erschrak sie fast über sich selbst. Erschrak vor ihrem Drang, davonzulaufen.

In der Kneipe, in der Özer am Wochenende spielte, hatte sie eines Abends den Titel des Lieds auf eine Serviette geschrieben und diese vom Kellner übergeben lassen. Jeder machte das dort so. Der Kellner legte ihre Serviette zu den anderen auf den Notenständer neben dem Mikrofon. Sie sahen sich an und lächelten innig. So filmreife Szenen zu erleben, ließ sie wieder fester an ihre Beziehung glauben. Als ob die Liebe aus solchen Momenten erwüchse.

Dekoriert war die Kneipe mit Wandteppichen, gekreuzten Holzlöffeln, Miniaturinstrumenten, Porträts von Deniz Gezmiş, Che Guevara, Yılmaz Güney, Aşık Mahzuni, Ahmet Kaya, Uğur Mumcu und mit in Holz gebrannten Gedichten von Nâzım Hikmet und Ahmed Arif. Man saß dort dicht gedrängt auf niedrigen Hockern. In andernorts kaum erlebbarer Kameradschaftlichkeit zwischen Frauen und Männern fasste man sich an den Schultern und tanzte auf engstem Raum einen Reigentanz. Und lachend klopfte der Reihe nach jeder einmal auf die Trommel, die einer der Kellner umhängen hatte. Ömer sang an jedem Abend besagtes Lied für sie: »Was brachtest du vom Weg mich ab, schlug dein falsches Herz doch nicht für mich …«

Die von Özer bespielte Kassette begann auch wieder mit diesem Lied, das zwar mit Tülays Leben in keiner Weise zu tun hatte, ihr aber doch bei jedem Hören einen Stich versetzte. Danach kam ein Lied von Neşet Ertaş, das Tülay auch ganz besonders mochte: »Hast etwa nur du geweint und nur du gelitten, ich habe auch nicht gelacht in dieser verlogenen Welt, ach so verlogenen Welt …«

An ihrem ersten Morgen in Kırşehir hatte sie die Melodien in sich, denen sie bis spät in die Nacht mit dem Kopfhörer gelauscht hatte.

Es fing nur ein anderes Leben an. Sie würde eine neue Stadt kennenlernen, neue Menschen … Ein neues Leben.

Als sie sich im Bett aufrichtete, fiel ihr das verschlossene Zimmer mit den Sachen darin ein, als wäre da in der Wohnung noch ein zweites Leben. »Die Sachen der Vormieterin«, hatte die Vermieterin gesagt, »werden irgendwann abgeholt. Solange müssen wir eben damit zurechtkommen.«

Was es tatsächlich mit der Vormieterin auf sich hatte, wurde Tülay erst Tage danach erzählt.

»Ich weiß nicht, soll ich die Blumentöpfe nun mitnehmen? Die sollen nicht verkommen«, sagte Cemile zum Abschluss.

»Nein, lassen Sie nur, die leisten mir Gesellschaft. Ich glaube, die heitern mich auf.«

2

Als sie in den Tagen darauf die Lieder aus dem Kassettenrekorder in dem Bewusstsein hörte, dass da gleich nebenan die Sachen einer hier verstorbenen Frau lagerten, kam sie sich nicht mehr so im luftleeren Raum vor, und das zarte Sehnen, das sie verspürte, kam ein wenig zur Ruhe. Die Einsamkeit wurde durch das Teilen verdünnt. Als hörte Tülay Özers durch die Wohnung tönende Stimme gemeinsam mit der Seele jener Frau, die sie doch nie kennengelernt hatte. Es wuchs in der Wohnung etwas an. Tülay kam es so vor, als ob man in solch einsamen Situationen gerade völlig unbekannten Menschen am meisten vertrauen müsse. Einer Leere, die durch keinen Brief gefüllt werden konnte, durch keinen Anruf und keine SMS, war viel eher durch jene Sachen beizukommen, die vom Geheimnis eines gelebten Daseins zeugten.

Doch irgendwie machte das zarte Sehnen, auf neue Weise genährt, sich wieder bemerkbar.

Durch die Sachen in dem Nebenzimmer fühlte Tülay sich irgendwie beschützt, wenn sie auch nicht wusste, wovor eigentlich. In einer schlaflosen Nacht betrat sie schließlich jenes Zimmer, mit zaghaften Schritten, als dringe sie in jemandes Intimität ein, obwohl sie doch bei sich zu Hause war. Sie bahnte sich einen Weg durch das Durcheinander, angelte sich einen der aufeinandergestapelten Stühle herunter und setzte sich darauf. Aus einer aufgegangenen Kiste zog sie eine Tischuhr heraus und zog sie auf. Das Ticken der Uhr sollte das von einer Glühbirne nur matt erleuchtete Zimmer mit gegenwärtiger Zeit erfüllen. Für jene Frau, die sogleich nach ihrer Ankunft verstorben war, ohne in der Wohnung je gelebt zu haben, veranstaltete Tülay eine Art Zeremonie, die ihr gerade erst in den Sinn gekommen war. Sie versuchte sich vorzustellen, was diese Hayat, auf deren Sachen sie aufpasste, wohl für ein Mensch gewesen war. Sie wäre in den offen stehenden Kisten gerne auf ein Fotoalbum gestoßen, um das Gesicht der Frau zu sehen. Es war aber keines da, kein einziges Foto, und nicht einmal ein Fotorahmen. In der Wunderlichkeit von Hayats Geschichte glaubte Tülay bestimmte Zeichen auszumachen, die ihr eigenes Schicksal beleuchten mochten, und ferne Geheimnisse, die sie – sofern sie nur ein bisschen nachdachte – vielleicht lösen konnte. Gewissermaßen im Zwiegespräch mit der Besitzerin der Sachen saß sie lange in dem Zimmer und versuchte sich daran, zwischen dem Schatten der Erinnerung an eine Frau, deren Leben in einer fremden Stadt ihr Ende genommen hatte, und der ersten Stelle eines frisch ins Leben tretenden Mädchens einen Zusammenhang herzustellen, ja, womöglich daraus eine Geschichte zu entwickeln. Es gelang ihr nicht.

Sie hatte sich nie als talentierten, intelligenten und fantasievollen Menschen gesehen. Die beschränkten Umstände, unter denen sie aufgewachsen war, hatten sie gelehrt, nie den Boden unter den Füßen zu verlieren und Träumen und Hoffnungen keinen besonderen Stellenwert einzuräumen. Klugen, fantasievollen Frauen brachte sie Achtung und Bewunderung entgegen, aber eben ganz in dem Bewusstsein, sich selbst nicht dazuzählen zu dürfen. Während sie sich mühsam vorzustellen versuchte, was an ihrer Stelle eine jener Frauen aus diesen sich kreuzenden Schicksalen für eine Geschichte gewoben hätte, kam ihr plötzlich schmerzlicher denn je der Gedanke, Özer werde ihr in diese Stadt nicht folgen. Es war, als hätte ihr das jemand nicht ins Ohr, sondern ins Herz gesagt, sodass sie hörte, was sie nicht hören wollte.

Unruhig sprang sie auf und ging aus dem Zimmer, hinüber ins Wohnzimmer, wo sie beim großen Fenster den Vorhang zurückzog, in der Hoffnung, den Mond zu sehen. Da war er, und ihr kam eine Erzählung aus der Schulzeit in den Sinn, die da hieß: »Wenn es Vollmond wird, kann ich nicht schlafen«. Nicht aber deswegen fiel ihr die Erzählung ein, weil der Mond die ganze Nacht hinter dem Vorhang auf sie wartete, sondern weil sich ein besonderes Gefühl in ihr regte. Leise sang sie vor sich hin: »Geht ein Mond auf am ersten Abend … Was brachtest du vom Weg mich ab, schlug dein falsches Herz doch nicht für mich …«

Als sie verstummte, hörte sie in der Wohnung plötzlich Schritte auf sich zuschlurfen. Hayat musste wohl gemerkt haben, wie trocken ihre Kehle war, und wollte ihr gerade ein Glas Wasser bringen. Tülay erschrak nicht; sie wusste seit jeher, dass Liebe und Güte in der Ferne wohnen.

Obwohl sie sich nicht umdrehte, sah sie das Glas Wasser, die gläserne Untertasse und das leicht überstehende Häkeldeckchen darauf.

In den darauffolgenden Tagen oder auch Nächten ging sie – nun weniger schuldbewusst und daher leichteren Schrittes – in jenes Zimmer hinein und setzte sich auf den Stuhl. Jeden der Gegenstände dort musste sie einzeln berühren; dem Leben jener toten Frau, von der sie nichts wusste, ließ sie dadurch eine heimliche Fortsetzung angedeihen und bezog daraus ein stilles Vergnügen, wie sie es zuvor noch nicht erlebt hatte. Sie fühlte, dass jene Sachen nicht nur in ihrer Wohnung Platz einnahmen, sondern zunehmend auch in ihrem Leben.

Darüber hinaus verspürte sie das Bedürfnis, in Kırşehir so schnell wie möglich heimisch zu werden. Sie kaufte sich erst einmal die für die Gegend so typischen Ocaklı- und Marpuçlu-Wandteppiche und dekorierte damit die Wohnung. Es war ihr erstes eigenes Heim. Um ihre Geschwister und die Freunde, die zu Besuch kommen würden, sachkundig durch die Stadt führen zu können, machte sie sich rasch mit allen Sehenswürdigkeiten vertraut.

Sie lebte sich schnell ein in Kırşehir und kannte sich bald schon in Direklibağı und Yencemahalle und in der Umgegend der Cacabey-Moschee aus. Als Internatsschülerin tat sie sich leichter mit der Gewöhnung an einen neuen Ort und ein neues Bett, als ein Mädchen, das sich noch nie hatte von der Mutter lösen können. Sie entstammte einer kinderreichen, recht ärmlichen Familie und hatte nie hoch hinaus gewollt, hatte ihre Nächte in den Etagenbetten des Internats verbracht und gelernt, sich zu bescheiden, am Rand zu stehen, zu warten, bis sie an der Reihe war. Und so war sie zu einem anspruchslosen Menschen geworden, dem Anpassungsschwierigkeiten fremd waren. Bald glich ihr Leben in Kırşehir dem Leben, das sie auch zuvor schon geführt hatte. Lediglich Özer fehlte ihr. Sie sehnte sich sehr nach ihm.

In den Briefen an ihre Freunde hörte sich einiges nach Lexikon an: »Der alte Stadtkern mit den historischen Gebäuden liegt in der Talsohle und ist von Gärten umgeben. Die am Hang liegenden neuen Viertel dagegen … Ich wohne in der Altstadt, in einem niedlichen kleinen Haus mit roten Dachziegeln, und die Zweige der Bäume draußen wachsen mir bis ans Fenster … Die Vermieterin behauptet, das Haus sei zu der Zeit gebaut worden, als der Ministerpräsident aus Unmut über die Einwohner von Kırşehir die Stadt dem Landkreis Nevşehir zuschlug …«

In ihren Briefen an Özer dagegen brachte sie Lockvogelsätze unter: »Weißt du, wo ich mit den Nachbarn am Wochenende war? In den Weinbergen von Gesi, dort, wo dieses Lied herkommt …« Worauf sie, um den Brief authentischer zu machen, das Lied auch gleich vor sich hin sang: »In den Weinbergen von Gesi ziehe ich herum, hab verloren die Geliebte, die ich suche um und um …«

Als die Vermieterin einmal sagte: »Sie haben eine schöne Stimme, die geht einem so richtig zu Herzen«, wurde Tülay ganz verlegen. Die Lieder, von denen sie so berührt wurde, klangen also gar nicht so leise aus ihrem Mund, wie sie gedacht hatte. An ihrem Entstehungsort gesungen, wirkten sie echter. Die Sonne ging hier tatsächlich so majestätisch auf wie in den Liedern, die Vögel schwangen so erhaben ihre Flügel, und still und leise fielen die Blätter von den Bäumen und die Früchte von den Zweigen. Zäh verging die Zeit und ließ es die Menschen spüren. Wenn die Lieder in der Steppenluft verhallten, erklangen sie frisch wie am ersten Tag.

Um Özer zu ködern, schrieb sie: »Mit einem Besuch im Hacı-Bektaş-Museum warte ich, bis du kommst.« Und in einem anderen Brief: »Jetzt war ich endlich auch mal in Kaman. Ein hübsches Städtchen.« In Briefen teilte sie alles mit, was für eine SMS zu lang war: »Du musst unbedingt zum Grabmal von Ahi Evran, du weißt schon, dem Alevitenführer. Und zu den Grabmälern von Balım Sultan und von Âşık Paşa …«

Özers Briefe dagegen wurden immer seltener, desgleichen seine Anrufe; seine Stimme, sein Reden, seine Worte, sein Wesen, alles an ihm verflüchtigte sich. Wenn Tülay nachts im Bett wach lag, stellte sie sich wehmütig vor, wie in der Kneipe, in der Özer auftrat – er nannte es nun *auftreten*; früher sagte er noch *spielen* –, nun andere Mädchen ihre Musikwünsche auf Servietten schrieben und durch den Kellner überbringen ließen, und wie sie dann von ihrem Platz aus Özer anschmachteten und er ihre Blicke erwiderte, und wie die Mädchen dann, wenn sie auf engstem Raum tanzten, bedeutungsvoll mit dem Busen wackelten. Dann kam sie sich ganz unglücklich vor, als sei sie in die Verbannung geschickt worden, denn obwohl sie nur ein paar Monate lang in Istanbul gelebt hatte, erschien ihr die Stadt als Heimat. Nach solchen Nächten ertrug sie morgens Kırşehir kaum. Die Sonne war ihr zu grell, Tag und Tagesgeschäft zu roh, und sie konnte es kaum erwarten, dass wieder Abend war und sie sich in ihre Träume flüchtete. Und mochten auch die tanzfreudigen Mädchen keine Musikwünsche schicken, so hatte Özer doch bestimmt schon längst eine andere gefunden. In dem riesigen Istanbul! Tülay wusste nicht einmal, warum sie noch so an ihm hing. Sie hatten sich zu Frühlingsanfang in Ankara kennengelernt, und dann war Tülay Özer nach Istanbul gefolgt und hatte dort den langen Sommer über darauf gewartet, dass man ihr die erste Stelle zuwies. Als es im Herbst dann so weit war, war sie nach Kırşehir gegangen. Mehr gab es da nicht. So gesehen konnte sie Özer eigentlich gar nicht böse sein. Nun ja, er hatte gesagt, er würde nachkommen, und hatte das nicht getan. Sie hatten sich gegenseitig einen Freundschaftsring angesteckt, und wenn Tülay sich gerade nicht gut fühlte, lenkte sie im Gespräch mit der Vermieterin die Aufmerksamkeit gerne auf diesen Ring, als ob dadurch ihr Bund mit Özer erneuert würde und der Ring ihm Bestand verlieh.

Eines Tages kam die Vermieterin schon früh zu Tülay und sagte: »Heute werden die Sachen abgeholt.« Tülay begriff zuerst gar nicht. »Welche Sachen denn?« Die Vermieterin schob das auf Tülays Schlaftrunkenheit. »Na, Hayats Sachen. Dann haben Sie das Zimmer endlich für sich.«

Ohne auch nur zu frühstücken, ging Tülay sofort aus dem Haus. Sie wollte gar nicht mit ansehen, wie das Zimmer geräumt wurde und die Sachen verschwanden.

Als sie spätabends zurückkam und das Zimmer zum ersten Mal in seiner fremden Nacktheit sah, wusste sie plötzlich mit schmerzlicher Bestimmtheit, dass Özer niemals hierher kommen würde. Hayat war weg, Özer würde nicht kommen. Beide sahen aus gleicher Ferne auf Tülays Einsamkeit in diesem kahlen Zimmer.

Özer war in Istanbul geblieben; ihr Leben beschränkte sich nun ganz auf Kırşehir. Damit hatte sie sich abzufinden. Das war nicht so einfach, wie im Schlafsaal das Bett zu wechseln, aber es war nun mal so. Das Leben an sich schien genauso unerbittlich wie das Leben im Internat. Warum hatte sie eigentlich etwas anderes erwartet?

Als Hayat nun mit all ihren Sachen fort war, hatte sie Tülay damit gleichsam einen Brief hinterlassen, aus dem das Mädchen nun alles dies herauslas. Vielleicht hatten auch die Dinge ein Herz.

3

Drei Jahre später wurde Tülay versetzt. Als sie davon erfuhr, braute sie sich abends einen starken Tee und setzte sich mit untergeschlagenen Beinen ans Fenster. Es stand kein Mond am Himmel, die Sterne leuchteten nur schwach, und Tülay fragte sich, was den Himmel dennoch so hell machte. Nach langer Zeit dachte sie wieder an ihren ersten Abend hier zurück, an Hayat, deren Sachen so lange in dem Zimmer nebenan gewesen waren, und an die fahlen Nächte, in denen sie über diese Sachen gewacht hatte.

An jenem Abend nahm sie nicht nur von Kırşehir Abschied, sondern auch von Hayat, an die sie lange nicht mehr gedacht hatte. Sie kam sich gereifter vor als nötig; als wüsste sie über das Leben nun Bescheid. Sie trank noch einen Schluck von ihrem Tee.

Vor dem Fenster drehte sich Hayats Windrad.

Die Fotos meiner Mutter

»Wie kann ein Mensch etwas wissen, das er nicht in sich selber entdeckt hat?« Am Vortag, beim Abendessen, hatte sie ihren Mann das gefragt. Der hatte wie üblich den Blick von seiner Frau abgewandt und eine Weile sinnierend direkt an ihr vorbeigesehen, dann hatte er sie wieder angeschaut und gesagt: »Ja, da magst du recht haben.«

In solchen Augenblicken hasste sie ihn. Sie hasste es, wenn er so von ihr wegschaute, dabei vermutlich nichts als Unsinn dachte und sie schließlich mit einer völlig unverbindlichen Antwort abspeiste. Und überhaupt hasste sie, wie kompromissbereit er ständig war, um nur ja den Anschein einer funktionierenden Ehe aufrechtzuerhalten.

Sie hingegen wollte den Mann, den sie einst geliebt hatte, nicht ganz aus den Augen verlieren oder ihn eben wieder in jenen alten Zustand zurückversetzen, und so bemühte sie sich darum, ihn in lange Gespräche zu verwickeln, und schnitt entsprechend vielschichtige Themen an. Sie hatte das Bedürfnis, aus einer Vergangenheit, in der sie einander noch voller Leidenschaft zugetan waren, vertraute Augenblicke in die Gegenwart herüberzuretten und mit Anklängen an jene Zeit ihre Verbundenheit zu erneuern. Bis vor gar nicht so langer Zeit hatten die Worte ihres Mannes, seine Fragen und seine Antworten, sie noch keineswegs so gereizt. Nun aber konnte er sagen und tun, was er wollte, alles irritierte sie. Vielleicht missfiel ihr aber auch gerade, dass sie selbst sich so verändert hatte. Dass sie ihren Mann einfach mit anderen Augen sah. Dass über die Zeit hinweg sich etwas so gewandelt hatte. Noch dazu so unbemerkt, geradezu heimtückisch. Vielleicht war ihrer Ehe ganz einfach zugestoßen, was alle Ehen einmal trifft: Die Vielfältigkeit ihrer Beziehung hatte sich verflüchtigt, ihr Zusammensein war kein Erlebnis mehr, und alles, in erster Linie natürlich die Fehler und Unzulänglichkeiten, trat in aller Nacktheit ans grelle Tageslicht. Was konnte da ihr Mann dafür?

In solch einer Verfassung also war sie, als sie sich im Haus ihres Großvaters in Erzurum daranmachte, von dem imposanten, fast die ganze Wand einnehmenden dreiteiligen Kleiderschrank mit den ausgeleierten Scharnieren und der verblassten Lackierung jene beiden Koffer herunterzuholen, die voller Fotos aus der Jugendzeit ihrer Mutter waren. Jene Aufnahmen, die ihre Mutter von frühester Jugend an gemacht hatte, riefen bei ihr tiefe Gedanken und eine unaufhörliche Flut von Assoziationen hervor. Seit ihre Mutter wegen ihrer fortschreitenden Krankheit nicht mehr in der Lage war, selbstständige Entscheidungen zu treffen, blieb es an Suna hängen, die Sache in die Hand zu nehmen. Es schien ihr, als müsse sie das ganze Leben ihrer Mutter – und noch dazu von Anfang an – in ihrem Namen von Neuem überdenken. In den darauffolgenden Tagen würde sie sich das Leben ihrer Mutter, das sie über jene Fotos neu entdeckte, ganz unbewusst aneignen und langsam auch dahinterkommen, dass dies zugleich bedeutete, sich selbst besser kennenzulernen, und mehr noch, dass sie wohl auch einiges hinter sich lassen musste, als Wichtigstes eventuell sogar ihren Mann. Alle Schwierigkeit beim Abrechnen mit der Vergangenheit steckte im Anfang. War der erste Schritt getan, so kam wie von selbst ein Prozess in Gang, der einen nötigte, auf lieb gewonnene Gewissheiten zu verzichten; das brachte dann nicht zuletzt in einem selbst einiges gehörig durcheinander, und zwar auf schmerzhafte Weise, wie Suna im Lauf ihres Lebens bereits mehrfach erfahren hatte. Nach jeder Biegung, die man nahm, blieb ein Stückchen Vergangenheit zurück.

Sie sah die Fotos in den Koffern nicht zum ersten Mal, sondern hatte bei manchen ihrer Besuche in Erzurum schon einen Blick darauf geworfen. Damals aber war ihr nicht einer der impulsiven Gedanken gekommen, die nun geradezu auf sie einstürzten, wenn sie von diesen Fotos welche zur Hand nahm, ja, sie hatte es gar nicht einmal für wert befunden, sich näher mit diesen zu beschäftigen. Was aber hatte sich verändert? Was hatte sie dazu befähigt, nun das Wesen dieser Fotos wahrzunehmen? Ihr war nicht so, als sei sie in die übliche Geschichte einer jungen Frau hineingeraten, die in der Vergangenheit stöbert und auf den Spuren ihrer Mutter zu sich selbst finden will. Es musste irgendetwas Ernsthafteres, Tieferes dahinterstecken.

Herangegangen war sie an diese Fotos, die aus den Koffern schier herausquollen, mit der zärtlichen Rührung, die in einem wach wird, wenn man die Kindersachen seiner Eltern oder Großeltern berührt und sich damit irgendwie auf Augenhöhe mit ihnen begibt, so wie sie eben schon auf die emaillierte Haarspange gestoßen war, die ihre Mutter als junges Mädchen getragen hatte, oder auf ein rosa Babyjäckchen. Nun aber stellte sie fest, dass in diesen Fotos viel mehr verborgen war, als ihr beim ersten Betrachten aufgegangen war, und sie konnte sich nur wundern, welche stille, den Zeiten trotzende Kraft diesen vergilbten Fotos innewohnte und wie sie so lange nichts davon hatte merken können.

Während sie mit den vielen widersprüchlichen Gedanken rang, die da auf sie eindrängten, saß ihre Mutter fast reglos in ihrem Sessel am Fenster und sah mit von Tag zu Tag leerer werdenden Augen auf Erzurum oder, besser gesagt, in ein Vakuum, das den Namen Erzurum trug. Nur zu gern hätte Suna sich für ein kurzes Weilchen die Augen ihrer Mutter ausgeborgt und alles mit deren Blick gesehen. Die Aufnahmen, die ihre heute nur noch vor sich hin starrende Mutter einst gemacht hatte, hatten Suna davon überzeugt, dass in der Frau eine über die Jahre hinweg verborgene Fähigkeit gesteckt hatte; und dies als ihre eigene Tochter erst so spät entdeckt zu haben, berührte Suna schmerzlich.

Sie hatte die Augen ihrer Mutter versäumt.

Ihr Mann drängte schon eine Weile murrend auf eine Rückkehr. Wenn sie nicht als unumstößliche Tatsache erkannt hätte, dass die Fotos, die da ausgebreitet vor ihr lagen, es verdient hatten, einzeln und mit ungeteilter Aufmerksamkeit betrachtet zu werden, dann hätte sie nach ein paar Tagen ruhig wieder mit ihrem Mann nach Istanbul zurückfahren können, doch nun hatten die Fotos eine derartige Dimension und Unmittelbarkeit entwickelt, dass ihr ein Verbleib in Erzurum, in diesem Haus, an der Seite ihrer Mutter, unerlässlich schien. Da hatte ein Brunnen sie geheimnisvoll angezogen, und nun war sie hineingeplumpst. Bevor sie da nicht wieder herauskam, war an eine Heimfahrt nicht zu denken.

Im ersten Stock des Hauses betrat man durch eine breite Flügeltür das hohe Wohnzimmer mit dem gewundenen Kronleuchter und dem fast den ganzen Raum einnehmenden Esstisch aus massiver Eiche, auf dem sie nun die Fotos ausbreitete und zu kleinen Stößen ordnete. Um das durch die hohen Fenster hereinströmende Tageslicht vollständig zu nutzen, schlug sie die schweren, litzengeschmückten Vorhänge ganz zurück, und mit beinahe krankhaft anmutender Aufmerksamkeit, sodass sie fast selber schon erschrak, prüfte sie Foto um Foto, stundenlang, in völliger Versunkenheit. Und die Tage waren ihr nicht genug: Unter dem Kronleuchter mit seinen Kristalltropfen und den von Rebenblättern umschirmten Glühbirnen besah sie die Fotos auch mit den Augen der Nacht.

Die seit Ewigkeiten wie tot lagernden Fotos schienen unter ihren Blicken zu neuem Leben zu erwachen. Aus ihrem jahrelangen Versteck heraus wollten sie gleichsam unter Sunas Augen zu ihrem verspäteten Recht kommen.

Der Tisch stammte aus der Zeit ihres Großvaters. Damals war die Familie noch nicht in alle Winde zerstreut, und so groß hatte man den Tisch anfertigen lassen, damit bei den langen gemeinsamen Abendessen auch alle Kinder samt Anhang Platz hatten. Unzählige Fotos lagen nun darauf ausgebreitet, und Suna versuchte sich vorzustellen, was die Mutter, die ihre Blicke längst eingebüßt hatte, damals wohl gesehen hatte, und sie verglich es mit dem, was sie selbst auf den Fotos sah, und bemühte sich, daraus Schlüsse zu ziehen. Dabei fühlte sie sowohl eine Kluft zwischen sich und ihrer Mutter als auch einen Zwiespalt in sich selbst. Es arbeitete gewaltig in ihr.

Ihr Mann hatte bald genug von der Sache und fuhr allein nach Istanbul zurück. Seine wunderliche Frau war – wenn der Spleen sie packte – dazu imstande, Tage und Nächte vor

Puzzles mit zehntausend Teilen zu verbringen, und solange ihr Interesse an diesen Fotos nicht erloschen war, würde keine Macht der Welt sie davon abbringen. Es blieb ihm also nichts anderes übrig, als darauf zu warten, dass ihre Hysterie sich legen würde. Zu allem Überfluss war es ein Sommer, der sich nicht so recht entscheiden konnte, und immer wieder ging lang anhaltender Regen hernieder. So saß er in seinem stickigen Wohnzimmer in Teşvikiye, in dem es bei solchem Wetter noch dunkler war als sonst, und trank Cognac, hörte Schallplatten und wartete darauf, dass der Regen aufhörte, die Zeit verging und seine Frau heimkam.

Der plötzliche und frühe Tod von Sunas Vater vor einigen Jahren hatte Sunas Mutter Saide auf ganz deutlich sichtbare Weise dem Leben entfremdet. Sie war erst Mitte sechzig, verfiel aber so rapide, als hätte sie die ihr verbleibenden Jahre gleich alle auf einen Schlag erlebt. Sie gab sich einfach auf und entwickelte sich vor aller Augen rasch zu einem anderen Menschen. Sie nahm allmählich keinen Anteil mehr an ihrer Umgebung und rutschte ins Leere ab, und eigentlich lebte sie nicht mehr, sondern schlurfte nur noch müde durch diese Welt. Sie färbte sich die Haare nicht mehr, kaufte sich nichts mehr zum Anziehen, hörte nicht mehr zu, was geredet wurde, und sagte selber kaum noch etwas. Auch goss sie ihre geliebten Veilchen nicht mehr und vergaß, dass die Topfblumen neue Erde brauchten. Und obwohl sie doch immer gesagt hatte, die Küche sei die »Seele eines Hauses«, setzte sie keinen Fuß mehr dorthin. Wenn auch alle meinten, sie trauere eben besonders intensiv um ihren Mann und werde das schon überwinden, war es doch so, dass der dichte Nebel, der sich über ihre Augen gesenkt hatte, sich nie mehr lichtete. So wirkten ihre Augen tot und verrieten nicht mehr, was Saide sah und fühlte; und sie schaute auf die Welt wie durch eine dicke Milchglasscheibe hindurch. Es lag kein Leuchten mehr in ihrem Blick, und auch nicht einen Augenblick lang glänzten ihre Pupillen einmal auf. In ihrer Stimme lag etwas Stumpfes, das sich nicht mehr beheben ließ. So gram war sie der Welt, dass anscheinend nichts mehr sie mit dem Leben versöhnen konnte. Sie in einem solchen Zustand zu sehen, ging nicht nur ihren Kindern, sondern überhaupt jedem zu Herzen, der sie kannte.

Auch Jahre später war sie über den Schmerz, ihren Mann verloren zu haben, noch nicht hinweg. Da verkündete sie eines Tages, sie habe beschlossen, in ihre Heimat zurückzukehren, in ihr Vaterhaus. Auf die besorgten Reaktionen hin sagte sie nur: »Es ist ja noch Zekiye dort.« Das war die frühere Hausangestellte, die noch immer dort wohnte. Sie war über achtzig, und mochte sie auch noch so rüstig sein, beeilte Saide sich doch zu beteuern, dass sie von ihr keinerlei Dienstleistung erwartete, sondern die Frau lediglich als sicheren Hafen der Vergangenheit ansah. Zekiye, das war für sie gleichbedeutend mit ihren Kindheits- und Jugendjahren, mit einer wohl sorglosen Zeit. Ihre Kinder widersetzten sich dem Vorhaben zunächst, aber es war nun mal ihre Entscheidung, und schließlich wussten sie seit frühesten Jahren nur allzu gut, dass ihre Mutter von einem einmal gefassten Beschluss nicht abzubringen war. »Manche Leute wollen eben im Alter in ihre Heimat zurück und ihren Lebensabend dort verbringen«, sagten ihre Kinder und versuchten sich so gegenseitig über die Situation hinwegzutrösten. Obwohl sie wussten, wie fruchtlos es war, ließen sie dennoch nichts unversucht. Letztendlich mussten sie aber einsehen, dass ihre

Mutter nicht nur heimkehren, sondern sich auch vom Leben zurückziehen wollte.

Schon früher hatte Saide oft gesagt: »Für jeden gibt es ein Alter, in dem er sich langsam vom Leben verabschieden will.« Sie war eben der Auffassung, für sie sei diese Zeit gekommen, und ganz offensichtlich wollte sie sich von niemandem dreinreden lassen.

Von da an gab es im Leben ihrer Kinder den Begriff des »Heimfahrens«. Jeder dachte oft an seine Mutter in Erzurum. Was sie wohl gerade machte?

Und abwechselnd fuhren die Kinder zu ihr hin.

2

Tag auf Tag wurde Suna von immer verstörenderer Leidenschaft für die auf dem ganzen Tisch ausgebreiteten Fotos erfasst. Aus Istanbul ließ sie sich Bücher schicken, um ihre Kenntnisse von der Kunst der Fotografie zu vertiefen und eine klarere Vorstellung davon zu bekommen. Was sie von einstiger Lektüre darüber im Gedächtnis behalten hatte, genügte ihr nicht mehr. Zum einen wollte sie Neues lernen, zum anderen früher Gelesenes aus ihrem jetzigen Blickwinkel noch einmal studieren. Sie wusste, dass Bücher, die man einst nur aufs Geratewohl zu Bildungszwecken in die Hand genommen hatte, einem ganz andere Horizonte eröffneten, sobald man sie aus einem echten Bedürfnis heraus las.

Ausgehend von jenen beiden Koffern voller Fotos, aufgenommen einst in Erzurums Häusern, Höfen, Gassen, Märkten und Karawansereien, hatte sich Suna eine unerschöpfliche Welt aufgetan, ein ganz neuer Horizont, sodass sie jetzt, voller Sehnsucht nach der Vergangenheit der Stadt, in der Kindheit und Jugend ihrer Mutter zu leben begann.

Suna bekam viele Anrufe von ihrem Mann aus Istanbul. Es waren freudlose Gespräche. Suna musste zugeben, dass ihr Mann, objektiv betrachtet, von lammfrommem Wesen war und ihr nie irgendwelche Schwierigkeiten machte. Er konnte ohne Weiteres sein Leben nach dem ausrichten, was seiner Frau gerade ins Konzept passte, und war damit ein Mann, wie so manche Frau ihn sich wünscht. Für Frauen, die nicht nur ihren Mann, sondern auch ihren Haushalt, ihre Familie und überhaupt das ganze Leben gerne unter Kontrolle haben, war er sogar der ideale Partner. Doch ob sie so eine Ehe überhaupt wollte, dessen war Suna sich nicht sicher. Nicht mehr sicher. Es kam ihr so vor, als habe ihr Mann durch seine zahme, versöhnliche Art sie sogar von der Einsicht abgehalten, dass sie solch ein Leben gar nicht wollte. Und deswegen sammelte sich in ihr allmählich ein Groll gegen ihn an. Obwohl sie wusste, dass sie ihm damit unrecht tat, hatte sie unwillkürlich das Gefühl, wegen ihres Mannes im Leben etwas versäumt zu haben. War das aber ein ganz allgemeiner Eindruck von Leuten, deren Ehe zerfasert, oder hatte es ganz speziell mit ihrem Fall zu tun? Mit dieser Unterscheidung tat sie sich schwer. Unruhig begann sie darüber nachzudenken, was ihre Augen, die erst so spät auf die Fotos ihrer Mutter gestoßen waren, wohl sonst noch im Leben alles versäumt hatten.

Kurz nach der Rückkehr ihrer Mutter nach Erzurum waren die ersten Symptome einer frühzeitigen Vergreisung aufgetreten, die sie sich zuerst nicht recht hatten erklären können und immer noch auf die nicht enden wollende Trauer schoben. Zusammen mit den Fotos hatte sich jener Prozess aber auch auf Suna ausgewirkt, deren Leben bis dahin auf festem Boden zu stehen schien, während nun alles zu bröckeln und bröseln begann. Alles mögliche bisher nicht ganz Durchdachte, Verschobene, Verdrängte kam nun aus seinem Versteck hervor, und sie musste sich so einiges gründlich durch den Kopf gehen lassen. Vergessen Gewähntes drängte sich so wuchtig wie damals wieder auf, einst Erlebtes stellte sich nun ganz anders dar, und überhaupt erschien so vieles in einem anderen, einem grellen Licht, von dem das Bewusstsein durchflutet wurde. Neben den täglichen Sorgen, die sich aus der fortschreitenden Krankheit ihrer Mutter ergaben, musste sie auch mit gewissen Gefühlen fertig werden, die sich mit Macht ihren Weg bahnten. Die aus den Koffern herausquellenden Fotos hatten sich nicht nur über das Leben ihrer Mutter verstreut, sondern auch über ihr eigenes. Zwischen den von Tag zu Tag schwächer werdenden Augen ihrer Mutter und ihren eigenen, von Tag zu Tag anders sehenden Augen schmerzte das wechselnde Licht der Tage. Allmählich sah sie ihre Mutter und sich selbst nicht mehr einfach als Mutter und Tochter an, sondern als zwei Frauen, die in ein und derselben Geschichte ein ähnliches Schicksal teilten. Sie waren zwei Frauen, die irgendwo eine Welt verloren hatten, die eigentlich ihnen gehörte; dass sie zugleich auch Mutter und Tochter waren, durfte als Zufall gelten.

Je mehr sie sich in die Werke über Fotokunst, Sehformen und Bildsprache vertiefte, die ihr Mann ihr aus Istanbul sandte, um so mehr kam sie zu der Überzeugung, dass sie sich in der Beurteilung der mütterlichen Aufnahmen nicht getäuscht hatte.

Ihrer Ansicht nach war ihre Mutter eine echte Fotografin, eine verkannte Künstlerin. Das meiste von dem, was Suna in jenen Büchern las, hatte ihre Mutter damals instinktiv erfasst, und hatte es mit animalischer Kraft ihrer Bildmotive durchdrungen. Was mit den begrenzten technischen Möglichkeiten jener Jahre und unter den für Erzurum typischen Bedingungen zu erreichen war, das hatte sie erreicht. Doch war ihr von niemandem erkanntes Talent vergeudet worden. Diese Frau, auf deren Augen sich nun der Schleier all der Jahre herabgesenkt hatte, in denen sie in Unkenntnis über ihren eigenen Wert dahinlebte, hatte sehenden Auges die Gelegenheit verpasst, eine bedeutende Fotokünstlerin zu werden.

So sehr wie noch nie in ihrem Leben tat es Suna um ihre Mutter leid, um das ungenannt Bleibende, das ihr vorenthalten wurde, um ein nicht gelebtes Leben. Als Kind schon hatte ihre Mutter begriffen, dass nichts die aus den Fingern gleitende Zeit so gut festhalten konnte wie ein Foto.

Vielleicht war nun deshalb ihr Blick so erstarrt wie ein Foto aus ihrem eigenen Leben …

3

Saide hatte den Haushalt in Erzurum nie auflösen wollen, ja, rein gar nichts aus der Hand gegeben, sodass das Haus noch immer mit Einrichtungsgegenständen und Reminiszenzen vollgestopft war. Diese Haltung war nicht nur als Tribut an die alte Zekiye zu werten, die sich geweigert hatte, nach Istanbul zu ziehen, sondern Saide hatte die Verbindung zu Elternhaus und Heimatstadt nie ganz kappen wollen. Nicht dass sie schon immer vorgehabt hätte, dorthin eines Tages zurückzukehren – zumindest war davon nie die Rede gewesen –, aber es geschah wohl aus dem Wunsch heraus, von der Vergangenheit etwas zu bewahren. Schon seit jeher warf sie ungern etwas weg. »Wer weiß, wofür wir das noch brauchen können«, war einer ihrer Standardsätze, und wie ernst es ihr damit war, das ließ sich in allen Ecken des großen Hauses in Erzurum begutachten. Ausgediente Lavendelsäckchen, altmodische Häkeldeckchen, bestickte Servietten, alte Portieren, wie man sie früher im Winter vor die Tür hängte, verzierte Koran-Hüllen: das und vieles mehr lag fein säuberlich zusammengelegt in den zahlreichen Schubläden. Zekiye stöberte manchmal darin herum und seufzte: »Da verkommen Stoffe drin, die noch nicht mal zugeschnitten wurden! Werden gelb wie Herbstlaub!« In dem Zimmer, das am seltensten geöffnet wurde, lagerten sogar noch Geschenke, die Saides Onkel Ekrem Sait einst zur Beschneidungsfeier bekommen hatte. Das ganze Haus roch nach Warten.

Und ironischerweise zog Saide dann tatsächlich wieder dorthin zurück, als ob sie das tief in sich drinnen immer schon gewusst hätte. Zekiye benutzte in dem Haus nur so viel, wie sie für sich selber brauchte, und hatte, wenn wieder jemand starb oder nach Istanbul oder Ankara zog, ein Zimmer nach dem anderen verschlossen. »Ein Haus, in dem man keine Schritte hört, friert, ob es nun ein Zimmer hat oder vierzig«, sagte sie. »Einsame Häuser frieren.« In dem für seine eisigen Winter bekannten Erzurum spielten Kältemetaphern eine große Rolle. Die Worte ließen einem die Zunge erschauern.

Wenn sie an Erzurum dachte, kamen ihr oft genug erbarmungslos lange Winter in den Sinn. Nicht aus eigenem Erleben, aus Erzählungen. Erst recht spät begriff sie, dass sie den berüchtigten Erzurum-Winter mit Schnee und Eis nur als ein Stück von dem in sich trug, was die Älteren aus ihrer Vergangenheit durchsickern ließen. In Erzurum verbrachten ihre Geschwister und sie nämlich hauptsächlich die Sommerferien. In den langen Winternächten nahm ihre Mutter in ihrem Haus in Istanbul eine der auf dem Büffet aufgereihten Schneekugeln zur Hand, als wollte sie daraus weissagen, und erzählte mit raunender Stimme von Wintern, in denen der tagelang ununterbrochen fallende Schnee die Zeit aufhob und einen in die Unendlichkeit versetzte; von Eisblumen, die die Fenster bedeckten wie Spitzentüll; von Eiszapfen, die diamantglänzend von den Dächern herabhingen; von Schneepflügen, die durch die Gassen kreischten; von Pferdeschlitten, deren Geklingel an- und abschwoll; von Hirschen mit glasigen Augen und vereistem Geweih und von unruhigem Schlaf, in den sich das Heulen ausgehungerter Wölfe mischte …

Das Erzurum, das Suna vom Sommer her kannte, war ganz anders.

Aus dem Garten steigt der milchige Geruch reifer Kräuter auf. Suna weiß um die vergangenheitsbeschwörende Kraft von Düften. Gleich neben dem Fenster, das auf den schattigen Garten hinausgeht, stehen auf der marmornen Platte einer Spiegelkommode eine Waschschüssel und ein Krug aus blauem, etwas abgesplittertem Email. Sie taucht einen Schwamm ins Wasser und fährt sich über Hals, Schultern und Achseln. Dabei empfindet sie ein ganz besonderes Vergnügen. Sie kommt sich vor wie eine Dame aus früheren Zeiten. Ihr seit Tagen immer starrer werdender Körper wird durch das kühle Wasser wieder belebt. Hin und wieder sieht sie ihr Angesicht im Spiegel und muss schmunzeln. Schon seit ihrer Kindheit liebt sie es, sich an dieser Schüssel mit dem Schwamm zu erfrischen; ihr ist dabei, als spielte sie in einem ausländischen Film. Sie sieht Szenen vor sich, in denen in der Provinz versauernde Frauen sich in der Sommerhitze vom Deckenventilator Kühlung erhoffen. Das Surren des Ventilators glaubt sie schier zu hören.

Sie drückt den Schwamm aus und wischt sich die Wassertropfen von der Haut. Es tut ihr gut, dies sehr bedächtig zu machen.

Alle Zimmer sind gelüftet und von allen Möbeln die Überzüge genommen worden. Durch den Schwung, der durch das Haus geht, fiel von Zekiye die Last der Jahre ab. Ihr Gang wirkte leichter, ihre Bewegungen geschmeidiger. Wenn das Leben wieder den alten Tagen glich, munterte sie das auf. Sie ging in frühere Zeiten zurück, als würde sie nur kurz zur Nachbarin hinüberhuschen; ihre Augen glänzten wieder wie damals, und selbst ihre Stimme klang jünger. Leben schien Jugend zu heißen.

Suna sah wieder die sorglosen Tage vor sich, in denen aus der Küche der Duft papierdünner Käsepfannkuchen durchs Haus zog, im Keller sich blitzende Gläser mit hausgemachter Konfitüre aneinanderreihten, der silberne Samowar mit Zitronenschalen blankgerieben wurde und im düsteren Vorraum beim Mehlsieben und Mörserreiben harmloser Klatsch betrieben wurde; man hätte meinen können, es habe sich seit damals nichts verändert. Suna konnte sich vage erinnern, wie sie am Eingang des Kellers, der voller Säcke mit Bulgur, Reis, Grütze und Tarhana stand, mit vorwitzigen Kinderhänden an einen Zuckersack hinkratzte. Die damals noch junge Zekiye hatte noch immer die Gewohnheit, beim

Teetrinken erst das Zuckerstück in den Mund zu nehmen. Zu Suna sagte sie früher immer: »Trink deinen Tee schnell, sonst langweilt er sich.« Solche Sprüche sowie die Rätsel, die Zekiye den Kindern aufgab, ließen Suna immer lange grübeln. Zekiyes von vielen Wintern verhärtetes Gesicht wirkte trotz allem noch immer relativ jung. Sie ging ungebückt durchs Haus und schwang auch noch den Besen. Der Tee, den sie in glänzende dünnbauchige Gläser einschenkte, schien nirgends so rubinrot zu leuchten wie in Erzurum. Auf dem alten Küchenherd, der für sie unauflöslich mit dem Geruch gerösteter Kastanien verbunden war, spuckte der fauchende Teekessel Dampf aus und vernebelte damit noch mehr all die Kindheitserinnerungen, die an ihrem Auge vorbeizogen, verschwommene Bilder aus alten Sommerferien etwa, in wildem Durcheinander. Frische Gurken aus dem Glas stibitzt und dann heimlich unter der Kellertreppe verdrückt: Wie sich ihr damals der Gaumen zusammenzog, das glaubte sie zu spüren, als sei es heute. Wenn der Mensch durch einen Duft, einen Geschmack in jene Zeit zurückkann, dann ist das Ewigkeit! Es geht also nichts verloren, ja, man stirbt nicht einmal; in leeren Lüften wartet die Zeit – und vielleicht sogar der Mensch! – auf eine Rückkehr. Würde sie Autoren wie Proust nunmehr lesen, dachte Suna, begriffe sie viel mehr davon. Man achtet nicht auf die Zeit als junger Leser. Bücher aber erwarten von einem die richtige Zeit.

Die Fotos, die sie ohne Unterlass studierte, zeigten auch diverse Hausgegenstände. Als ihre Mutter das Fotografieren gelernt hatte, mussten ihre Eltern sich gedacht haben, sie stürze sich eben mit kindlichem Eifer erst einmal auf Objekte, die sie ohnehin vor der Nase hatte. Dabei war es ihr vielmehr gelungen, die hochbeinigen Blumentopfständer, die Lampions, die Vasen, die Pedal-Nähmaschine, den Gaskocher, das Kohlebügeleisen und selbst noch die Töpfe und Schüsseln auf den Küchenborden jeweils als höchst lebendige Gegenstände mit ihrer eigenen Geschichte abzubilden. Was sie dazu veranlasst hatte, war nicht zu begreifen; aber getan hatte sie es.

Am meisten hängt Suna an dem Kohlebügeleisen, das ihr nun wie ein Spielzeug in der Hand liegt. Mütter sollten früher mit diesen besonders kleinen, handlichen Modellen ihren Töchtern das Bügeln beibringen; auch für Krägen und Ärmelränder waren sie gut geeignet. Suna hält das kleine Bügeleisen so liebevoll fest, wie man sonst eigentlich nur einen Menschen hält. Sie sehnt sich nach ihrer Mutter, ihrer damaligen Mutter.

Um jene Gegenstände im Hier und Heute zu berühren, geht sie von Zimmer zu Zimmer und wünscht sich dabei, durch einen Kniff der Zeit würde irgendwo eine Geheimtür in die Vergangenheit aufgehen. Jetzt, wo sie die Erinnerungsmacht der Gegenstände begreift, würde sie durch eine Beziehung zu ihnen sowohl die Fotos als auch ihre Mutter, so wie sie damals war, besser verstehen. Einen alten Samowar, der ihr gleich das Gefühl vermittelt, sie sei in einem russischen Roman des neunzehnten Jahrhunderts, berührt sie erschauernd, als sei es Aladins Wunderlampe. Wenn doch nur die Zeit daraus hervorzischen könnte …

Und jene Tür irgendwo aufgehen … Damit das Geheimnis sein Angesicht zeige.

Sie sieht sich den zerschlissenen Nähkorb mit der roten Kordel an, den auf einem Foto ihre Großmutter – selbst nur ab dem Kinn zu sehen – mit ihren harten Händen auf dem Schoß hält; den Schrankkoffer, der aus Zeiten zu stammen scheint, in denen man noch mit dem Orientexpress reiste; den geschnitzten Stuhl, auf dem eine Vankatze schlummert; den englischen Sekretär, in dessen Schubladen vergilbte Rechnungen und Flugzeugtickets ruhen. Und stets denkt sie daran, dass diese Gegenstände einst einmal fotografiert worden sind, was ihnen in Sunas Augen neue Bedeutung verleiht.

An den Wänden hängen, reich gerahmt, die Fotos von Ahnen, die Suna voller Verständnis anschauen. Ihre in der Vergangenheit verbliebenen Augen scheinen alles zu verzeihen. Als Suna nach einer Galerie von Offiziersporträts (Fevzi Çakmak, Kâzım Karabekir und andere, die sie nicht kennt, mit verbittertem Blick und ausladenden Schnurrbärten à la Enver Paşa) in den von breiten Bäumen beschatteten Garten hinaustritt, hat sie nicht das Gefühl, in der heutigen Zeit angekommen zu sein. Der kalte Wind, der durch den Korridor der Vergangenheit weht, lässt nicht von ihr ab.

Suna sieht sich die Aufnahmen an, die ihre Mutter von Erzurum gemacht hat, von historischen Gebäuden und touristischen Sehenswürdigkeiten, von Ausflugsorten und Wasserfällen in der näheren Umgebung, und sie kommt zu dem Schluss, dass ihre Mutter sich schon in zartem Alter des Unterschieds zwischen einem Foto und einer Ansichtskarte durchaus bewusst war. Im Lichte ihrer neu erworbenen Kenntnisse nimmt Suna jene Fotos unter die Lupe: Als ihre Mutter historische Bauten wie das Doppelminarett, die drei Kuppeln, den Uhrturm oder die Yakutiye-Medrese abzubilden begann, richtete sie sich zunächst nach der damals üblichen Vorstellung, wie solch ein Bild auszusehen habe. Doch schon bald schien diese Geradlinigkeit sie zu langweilen, sodass sie allmählich nicht mehr das Postkartenmotiv selbst ins Zentrum rückte und durch Verschiebungen ihren Aufnahmen Tiefe und Eigenständigkeit verlieh. Während man von den ersten Bildern jedes einzelne noch in die Hand nehmen und sagten konnte: »Das ist doch ein wunderschönes Eckchen unserer Stadt«, sahen auf den Fotos, die vermutlich später aufgenommen wurden, die historischen Bauten aus wie Gespenster in einer Stadt, die von einer Wolke aus Geheimnissen umfangen war. Wusste man diesen Fotos Gehör zu schenken, so konnte man gut und gerne ein Pfeifen der Zeit vernehmen, ein Rauschen jener Gespenster, die an unheimlichen Orten nach ihrer Vergangenheit suchten. Die Fotos schauten einen an, als wollten sie sagen, dass da in der Stadt noch eine zweite Stadt enthalten sei, und jene Bauten glichen den Augenhöhlen einer im Sand der Geschichte verschütteten Zivilisation. Die Fotos schienen sich an alles ganz anders zu erinnern und mit der Vergangenheit auf andere Weise Zwiesprache zu halten.

Ob ihre Mutter damals wohl ahnte, dass die technischen Unzulänglichkeiten der damaligen Zeit sich sogar zu ihren Gunsten auswirken konnten? So führten etwa gewisse Probleme beim Fixieren oder beim Abziehen zu Verwischungen bei den Schwarz-Weiß-Übergängen, zu harten Kontrasten oder zu Schatten, die wirkten, als sei auf das Foto Wasser gegossen worden, und dadurch wirkte Erzurum manchmal geradezu wie eine aschgraue Geisterstadt. Ihre Eltern erklärten sich das damals wohl durch die Unerfahrenheit ihrer Tochter. Es zieht sich durch diese Fotos eine so durchgehende Linie, die aber weniger auf die ständige Wiederholung eines

Anfängerfehlers als vielmehr auf ein bewusst eingesetztes Mittel schließen lässt. So als hätte ihre Mutter über diese Fotos mit den Erwachsenen und mit der Welt in Kontakt treten wollen. Und geschah dieses Repetieren, dieses kindliche Beharren auf der immer gleichen Sprachform, nicht gerade aus dem Kummer heraus, von den anderen nicht beachtet und verstanden zu werden? Mochte sie durch diese Fotos entdeckt haben, was Einsamkeit bedeutete, echte Einsamkeit?

Je länger Suna anhand ihrer Lektüre die Fotos bewertet, desto klarer wird ihr, dass sie damit an die Stelle jenes verständnisvollen, fortschrittlich gesinnten Erwachsenen tritt, nach dem sich ihre Mutter damals gesehnt haben muss. Jemand aus der Familie, der sie verstanden hätte, geachtet und gefördert … Mit einem Ruck steht sie auf, geht zu ihrer Mutter hinüber und streicht ihr übers Haar. Voller Milde, wie einem Kind.

Wie hatte doch der Arzt gesagt: »Das sind Anfänge von Demenz. Nichts zu machen. Da hilft nur Geduld.«

4

Als sie am Morgen darauf schon wieder ganz früh über den Fotos brütet, sagt Zekiye: »Jetzt frühstücke doch erst mal was!« Sie will aber mit frisch erwachten, vom Tag noch nicht ermüdeten Augen sehen … Sie ist es leid, ihre eigenen Gedanken zu hören, die ständige Zwiesprache mit dem eigenen Ich. Sie beschließt, ihre Gedanken aufzuschreiben. In ein kariertes Heft, so wie damals in der Schule. Nach dem Frühstück geht sie in die Stadt, um ein solches Heft zu kaufen.

Wenn sie manchmal sehr früh aufsteht und die Stadt noch weitgehend im Schlaf liegt, geht sie in den Straßen von

Erzurum mit den Augen ihrer Mutter umher. Sie entdeckt, dass man viel mehr sieht, wenn eine Stadt ohne Menschen ist. Wenn sie nackt ist. Mit den von der Mutter geborgten Augen widmet sie sich dem leeren Anblick des heutigen Erzurum. Beim Fotografieren der viertorigen Stadt bot keines der Tore ihrer Mutter einen Ausweg. Es kommt Suna so vor, als könne sie dem Mädchen, das mit seinem Fotoapparat und den für seine Augen viel zu großen Blicken durch die Straßen zog, jeden Augenblick an einer Ecke begegnen. Sogar bei den Wasserfällen von Tortum und in den Kohlenzechen hatte sie fotografiert. Suna begreift nicht, wie sie dort als Mädchen überhaupt hinkam – und mit wem.

Als sie zurück ist, steckt sie zusammen mit Zekiye ihre Mutter in die Badewanne. Sie wäscht sie, so wie sie als Kind von ihr gewaschen wurde. Als wolle sie ihr beibringen, wie sanft das Wasser ist. Ihr fällt auf, dass sie ihre Mutter seit Jahren nicht nackt gesehen hat. Beim letzten Mal war sie noch vital gewesen. Der Anblick der eingefallenen Brüste, des morschen, ramponierten Fleisches, lässt Suna unwillkürlich an ihre eigene Zukunft denken. Zu Frauenkörpern ist die Zeit besonders grausam.

Die Telefongespräche mit ihrem Mann werden immer länger. Ihre Fragen an Zekiye immer mehr. Schon als Suna noch klein war, hatte Zekiye viel für sie übrig gehabt. »Ich will diese Augen nicht weinen sehen«, hatte sie immer gesagt. Wenn Suna feuchte Augen bekommt, weicht sie Zekiye aus.

Das Heft füllt sich Tag für Tag mit Notizen.

Wenn man bedenkt, dass Frauen von klein auf dazu herangezogen werden, alles um sich herum zu schmücken und zu verschönern, dann hat der fotografische Ansatz ihrer

Mutter überhaupt nichts Frauliches an sich. Ihr ging es nicht darum, das Fotografierte zu ästhetisieren, sondern ihre Herangehensweise ist im heutigen Sinn vielmehr als modern zu bezeichnen. Nicht auf das Zeigen an sich kam es ihr an, sondern auf das Erzielen einer Wirkung, das Hervorrufen eines bestimmten Gefühls. Auf poetisch verzierendes Beiwerk verzichtete sie, ja, sie hielt sich wohl absichtlich davon fern. Nicht das zu Sehende stand im Vordergrund, sondern das, worauf es verwies.

Vor allem die in den letzten Schuljahren entstandenen Fotos verraten eine zunehmende Meisterschaft und eine Beherrschung der technischen Mittel. Sie wusste nun, wie sie als Fotografin mit dem Licht umzugehen hatte. Die Fotos, auf denen ihre Kameradinnen in Schuluniform und mit Schleifchen in den Haaren jungmädchenhaft in weite Ferne sahen, gingen einem zu Herzen. Überhaupt hatte sie damals an den verschiedensten Orten Erzurums, von der Schultreppe bis zur Laube des Stadtgartens, immer wieder verträumt dreinblickende Mädchen aufgenommen.

Ob jung oder alt, sie fotografierte die Leute nicht, wenn sie posierten, sondern gerade in Augenblicken, in denen sie abwesend wirkten, abgekoppelt von Raum und Zeit, oder gar inmitten unwilliger, verdrossener Gesten. Jeder schien irgendwie in Gedanken versunken. Deshalb waren es auch so stille Fotos, als sei durch jedes davon ein Engel gehuscht!

Um solche Momente abzupassen, musste sie lange auf der Lauer gelegen haben oder wie auf Katzenpfoten um ihre Objekte herumgeschlichen sein. Suna versucht sich das Mädchen vorzustellen, das diese Fotos schoss; versucht zu begreifen, was in ihm vorging.

Den melancholischen Grundton jener Fotos bildete eine

gewisse Versunkenheit, vielleicht eine für den Orient typische weise Spielart davon. Als Suna das bemerkt, ist ihr, als dringe langsam ein Messer in sie ein. Sollte ihre Mutter etwa schon damals ihren heutigen Zustand vorhergesehen, ja, mit ihren Fotos ihr späteres Schicksal geradezu beschworen haben?

Es schaudert Suna.

Als sie durch die Wohnzimmertür tritt, ertappt sie sich bei dem Gedanken »Wie hätte sie das wohl fotografiert?«. Ihre Mutter wird gerade von Zekiye mit Suppe gefüttert. Durch das Gegenlicht sind die Köpfe der beiden Frauen in einen geheimnisvollen Schein getaucht. Suna denkt, dass sie die Frau, die da sitzt, und das fotografierende Mädchen ständig als zwei verschiedene Personen wahrnimmt und es seit dem Tag, an dem sie die Fotos entdeckt hat, einfach nicht schafft, die beiden in ihrem Kopf zusammenzubekommen. Vom heutigen und vom damaligen Zustand ihrer Mutter ist sie gleich weit entfernt, fühlt sich beiden fremd.

Sie versucht aus den Fotos herauszulesen, wie ihre Mutter damals an Gesichter heranging. Porträts im herkömmlichen Sinne hatte sie kaum angefertigt, also kaum jemanden einmal direkt in die Kamera blicken lassen. Hatte sie es doch getan, so entsprach das Ergebnis dennoch nicht der üblichen Porträtauffassung. Meist hatten die Leute den Kopf zur Seite, nach hinten oder nach vorne geneigt. Wenn etwa jemand ziemlich verschlafen auf eine Couch gemümmelt dasaß und dann aus verschiedenen Blickwinkeln aufgenommen wurde, dann konnte das leicht als Beispiel für nicht sehr gelungene Aufnahmen empfunden werden. Sie ließ es eben erst gar nicht zu, dass jemand sich vor der Kamera in Pose warf, sondern versuchte die Leute unvorbereitet zu erwischen, wenn sie gar nicht wussten, dass sie beobachtet wurden. Ihr ging es um jene ungeschützten Momente, in denen die Menschen ganz bei sich selbst waren. Wer döste, sich langweilte, gähnte, Träumen nachhing oder einfach an gar nichts dachte, war näher bei sich als sonst. Aus den Fotos sprach der Blick eines Kindes, das den Erwachsenen genau auf die Finger sah, wenn sie sich unbeobachtet glaubten. Man hätte auch meinen können, die Aufnahmen stammten von einem erfahrenen Erwachsenen, der sich aber die Seele eines Kindes erhalten hat. Sie schien in den Gesichtern eine Wahrheit zu suchen, bevor die Fotografierten Gelegenheit hatten, sich hinter einer Pose zu verstecken. Plötzlich ist Suna stolz auf ihre Mutter. Und zugleich traurig darüber, dass ihre Mutter von diesem verspäteten Stolz nichts mehr mitbekommt.

Sie steht vom Tisch auf und geht zu ihrer immer abwesenderen Mutter hinüber. Unzählige Male macht sie das jeden Tag. Die Mutter hat nicht gemerkt, dass ihr der Seidenschal von der Schulter gerutscht ist. Zekiye ist – ein Bein untergeschlagen, die Hände mit der Gebetskette im Schoß – auf ihrem Sessel eingeschlafen. Ihr Kopf ist leicht zur Seite geneigt, der Mund steht halb offen. Die Mutter sitzt seit Stunden am Fenster und starrt ins Dunkel hinaus; ihr Gesicht spiegelt sich in der Scheibe. Suna löscht das Wohnzimmerlicht; das Gesicht im Fenster verschwindet. Als sie das Licht wieder anmacht, sieht dasselbe Gesicht mit derselben Gleichgültigkeit durch dieselbe Scheibe in dasselbe Dunkel hinaus. Alles zieht sich in fotografische Ferne zurück und erstarrt wie ein Bild an der Wand.

Die Tage ziehen gleichförmig dahin, doch Telefongesprächen mit ihrem Mann geht Suna immer häufiger aus dem Weg. Sie taxiert weiter die Fotos anhand der Fachbücher und macht sich Notizen in ihr Heft.

Der damals weit verbreiteten Erwartungshaltung, die Fotografierten müssten idealisiert werden, schien ihre Mutter sich schon in so jungen Jahren widersetzt zu haben. Sie war ganz offensichtlich hinter etwas anderem her, etwas irgendwo im Hinterkopf Verborgenem, das sie selbst nicht hätte in Worte fassen können und das erst Jahre später zu benennen sein oder sich, eben unbenannt, verflüchtigen würde. Auch wenn sie selbst nicht genau wusste, welchem Phänomen sie da hinterherjagte, entwickelte sie aus ihrer Künstlernatur heraus eine geradezu animalische Beharrlichkeit, mit der sie Foto um Foto machte. Es ist nicht schwer zu erraten, dass ihr unter den Bedingungen der damaligen Zeit niemand mit Rat und Tat zur Seite stand. Suna erinnert sich in diesem Zusammenhang an Gesprächsfetzen aus der Vergangenheit. Man hatte vermutlich ihr eifriges Fotografieren als vorübergehende Neigung, ja, Marotte eines verwöhnten Einzelkindes aus reichem, fortschrittlichem Hause gesehen und ihre Fotos nicht weiter ernst genommen. Angesichts der Tatsache, dass sie das Fotografieren nicht fortgeführt hatte, war es vielleicht für sie selbst nur ein kurzfristiges Hobby gewesen. Seltsamerweise kann Suna sich nicht daran erinnern, ihre Mutter jemals mit einem Fotoapparat in der Hand gesehen zu haben. Auch als sie klein war, fotografierte immer ihr Vater oder jemand anders. Wann genau sie aufgehört hat, lässt sich nicht ermitteln. Von Zekiye, die oft vergisst, was gerade geschehen ist, sich aber an längst Vergangenes noch gut erinnern kann, erhält Suna ein paar Anhaltspunkte, die sie mit dem abzugleichen sucht, was sie selbst früher einmal aufgeschnappt oder erlebt hat, doch ist kein rechter Schluss daraus zu ziehen, sondern alles bleibt so verschwommen und nebelig wie die Wasserflecken und die Schatten auf den Bildern …

Draußen singt jemand ein Lied: »Die Berge von Erzurum, Schnee und Sturm …«

5

Der einzige Fotograf Erzurums war damals ein gewisser Aram. Er war zugleich der Mieter eines der nebeneinanderliegenden Geschäfte, die die Familie in der Stadt besaß. Selbst in geschlossenen Räumen soll er nie seinen Filzhut abgenommen haben, um nicht seinen kahlen Schädel zeigen zu müssen. Er trug stets Hosenträger und eine Fliege (»Wie ein Istanbuler«, sagte Zekiye), und im Mundwinkel hatte er gerne eine Pfeife hängen, auch wenn sie kalt war. Wie sich aus den großzügig gerahmten und teilweise eingefärbten Fotos in seinem Schaufenster leicht ersehen ließ, war der Mann mit seiner großen schwarzen Kamera, von der es gewaltig blitzte, gar nicht wegzudenken von Feierlichkeiten aller Art, seien es nun Verlobungen, Hochzeiten, Mediziner- oder Juristenbälle oder die Jahrestage der Gründung der Republik oder der Befreiung Erzurums.

Meiner Mutter wurde kein Wunsch ausgeschlagen, als sie klein war. So wurden dem kleinen Mädchen, das da immer wieder sagte: »Ich will Fotografin werden«, zum Abschluss der Grundschule ein Fotoapparat geschenkt. (Suna sollte diesen Apparat eines Tages in einer Schublade finden, eingehüllt in ein Seidenfutteral, zwischen lauter Unterwäsche.

Dieses scheinbar belanglose Detail gab ihr mindestens ebenso sehr zu denken wie die Fotos selbst. Dass ihre so ordnungsliebende Mutter, die nicht einmal ein Unterhemd mit rundem Ausschnitt auf ein solches mit V-Ausschnitt gelegt hätte, ihren Fotoapparat zwischen Unterwäsche aufbewahrte, musste eine besondere Bewandtnis haben.)

Ihre ersten Fotos dürfte sie mit zwölf geschossen haben. Laut Zekiye musste irgendwo sogar noch ein Koffer mit Fotos existieren, über die aber niemand mehr Bescheid wusste. Manche Fotos waren auf der Rückseite mit einem Datum versehen, bei anderen war dies anscheinend vergessen worden.

Wenn ihre Mutter zum Anfertigen der Abzüge in Arams Fotoladen ging, wurde immer ihr kleiner Bruder Ekrem Sait mitgeschickt. Ihre Mutter wollte nicht nur fotografieren können, sondern auch das Entwickeln und Abziehen lernen. »Sie war wie ein Junge«, sagt Zekiye. »Während die anderen Mädchen häkeln lernten, tobte sie draußen herum, spielte mit den Jungs Fußball und kletterte auf Bäume. Und sie zerlegte auch gern etwas und versuchte, kaputte Dinge zu reparieren.« Bei Aram, der in seinem Laden von Dekor und Ausstattung her seinen berühmten Vorbildern in Istanbul nacheiferte, war der kleine Ekrem Sait ganz brav, da ihm die Dunkelkammer wie ein verzauberter Ort erschien. Es gab eine ganze Menge Fotos von ihm in den beiden Koffern, doch wirkten sie meist so gewöhnlich – Marinejackett mit Messingknöpfen, Kapitänsmütze, affektierte Posen –, als sei nur versucht worden, ihm damit eine Freude zu bereiten. Man sah dem kleinen Kerl schon an der Nasenspitze an, dass er ein rechter Schlingel war. Es faszinierte ihn sehr, wie in der Kammer mit der schwachen roten Glühbirne auf dem Papier, das ins Fixierbad getaucht und dann zum Trocknen aufgehängt wurde, plötzlich sein Bild erschien.

Es gab aber auch noch andere Aufnahmen von Ekrem Sait; die hatte Sunas Mutter ganz offensichtlich für sich selbst gemacht, ohne Wissen des Jungen (das waren die Fotos, die nicht in die Familienalben gelangt waren). Da sah man, wie der Junge auf der Couch schlummerte, über den Tisch gebeugt dasaß, vom Balkon auf die Straße hinunterschaute, nachdenklich ein Spielzeug betrachtete, missmutig auf einen halb vollen Teller hinabsah oder auf der Schaukel sitzend einen Fuß auf den Boden stellte und auf irgendeinen Punkt in der Ferne starrte; und damit wiesen diese Fotos die gleichen Themen auf wie die sonstigen Aufnahmen, nämlich Versunkenheit und ungeschützte Selbstvergessenheit. Suna denkt immer wieder, dass es angesichts der damaligen Auffassung vom Fotografieren und der begrenzten technischen Möglichkeiten einer angeborenen Künstlernatur und geradezu animalischer Reflexe bedurfte, um solche »Momentaufnahmen« zu machen. Um jene Augenblicke zu erhaschen, musste ihre Mutter noch dazu den Fotoapparat ständig bei sich haben, ja, ihn als Verlängerung ihres Körpers erleben. Wie sie zuerst solch eine intensive Beziehung zu ihrer Kamera haben und dann urplötzlich aufs Fotografieren verzichten konnte, das will Suna nicht in den Kopf.

Sie nimmt einen alten Apparat zur Hand und versucht sich vorzustellen, was ihre Mutter beim Fotografieren gedacht haben mochte. Sie hantiert damit herum, als wollte sie ihn zum Sprechen bringen.

Ihre Mutter musste durch diese Kameras hindurch einen recht kühlen Blick auf ihre Umwelt geworfen haben. Selbst wenn sie Kinder fotografierte, Straßenbettler, einsame Alte, also bei denjenigen ihrer Fotos, die am ehesten Gefühlsregungen auslösten, war sie nicht darauf aus, Mitleid zu erwecken, sondern sie hütete sich sogar davor, wie die kalte Atmosphäre jener Bilder bezeugte. Suna hat ihre Mutter immer nur als warmherzige Frau gekannt und weiß sich das Kühle, Abgeklärte, das aus jenen Fotos sprach, ganz einfach nicht zu erklären. Das kränkt sie. Konnte es denn sein, dass ihre Mutter nicht nur der Welt ihr Talent vorenthalten hatte, sondern auch vor ihren Kindern, Verwandten und Bekannten über all die Jahre hinweg einen wichtigen Teil ihres Wesens versteckt hatte? War die Frau, die jene Fotos gemacht hatte, wirklich der Mensch, den sie doch besser zu kennen glaubte als irgendjemand anderen auf der Welt?

Als könnte sie dadurch die Antwort finden, steht sie auf und sieht ihrer Mutter ins Gesicht.

So wie sie das fotografierende Mädchen nie kennengelernt hat, so sieht auch die Frau im Sessel sie nur an wie eine Fremde. Es kommt ihr so vor, als hätte sie ihre Mutter zweimal verloren. Von irgendwoher klingt ihr eine Melodie ins Ohr: »Auf dem Markt von Erzurum …«

6

Ihre Mutter musste bis zum Ende ihrer Schulzeit fotografiert haben – in gewissen Abständen bekam sie eine neue Kamera, und die Apparate wurden alle aufgehoben –, doch dann war plötzlich Schluss. Kein einziges Foto mehr. Suna versucht herauszubekommen, ob das mit dem frühen Tod ihres Onkels Ekrem Sait zu tun hat. Die Daten, über die sie verfügt, stimmen mit dem, was Zekiye erzählt, ziemlich überein. Wenn Ekrem Saits Name fällt, bekommt Zekiye augenblicklich feuchte Augen. Sie dreht an ihrer Gebetskette aus Gagat herum und sagt immer wieder: »Das arme kleine Geschöpf!« Und: »Kinder mag man ja ganz allgemein, aber ein so sehr geliebtes Kind habe ich nie wieder gesehen. Ihn kann nur eins getroffen haben: der böse Blick!« Dann musste sie schon mit dem Zipfel des Kopftuchs ihre Tränen trocknen.

Ekrem Sait lächelt auf den Fotos seiner Nichte zu. Um sie kennenzulernen, war sein Leben zu kurz.

Da vergießt nun auch Suna heiße Tränen über ihren toten Onkel, nach so vielen Jahren, als beweinte sie einen gerade Gestorbenen.

Sie weiß, dass die Mutter ihren kleinen Bruder innig liebte. Konnte dessen Tod ihr das Fotografieren völlig verleidet haben? Durch die Fotos und erst recht durch jene erschütternde Erfahrung mochte sie dem Zusammenhang zwischen Zeit und Tod auf die Spur gekommen sein. Und dass ihre Mutter das Haus nie hergeben wollte, hatte wohl auch mit jenem Tod zu tun. Das Haus war für sie Ekrem Sait.

Es ist leider ganz und gar unmöglich, mit ihr darüber zu sprechen. Im Schatten der Krankheit rutscht ihre Mutter immer mehr in eine Gleichgültigkeit ab, die der Versunkenheit auf vielen ihrer Fotos nicht unähnlich ist. Bis zum Abend sitzt sie in ihrem Sessel, starrt ins Leere und nestelt an ihrem Rock herum, und sie vollführt diese Bewegungen auch, wenn sie den Rock gar nicht berührt. Manchmal bindet sie sich eine Küchenschürze um und geht in irgendeinen Tag ihrer Vergangenheit zurück.

Wenn Suna gar keine Ruhe findet, setzt sie sich mit einem Foto zu ihrer Mutter und sagt: »Mama, wo bist zu schon wieder hin? Warum bist du nicht hier? Warum nicht?«

Ihre Mutter sieht hinaus auf das, was ihr nicht einmal mehr Erzurum ist. Suna sitzt neben ihr und schaut in die gleiche Richtung. Sie sehen das Gleiche, aber bei Weitem nicht dasselbe.

Ihre Mutter ist zeit ihres Lebens ein liebevoller Mensch gewesen. Das weiß Suna ganz einfach. Was immer sie auch fotografiert hat, stets ist sie mit ihrem Thema respektvoll umgegangen und hat sich der Sache mit ihrem Alter entsprechender Kindlichkeit und über ihr Alter weit hinausgehender Reife angenähert. Fast noch ein Kind, schien sie für das Leben schon eine verzweifelte Liebe entwickelt zu haben. Ist Kunst denn nicht ohnehin die Lebensfreude der Hoffnungslosen? Um diese so früh schon in zwei Koffer gesperrte Freude tut es Suna leid. Als würde sie in sich selbst auf Entdeckungsreise gehen und ihr Inneres von den Schlacken der Welt reinigen, bringt sie beim Betrachten der Fotos ihrer Mutter für jegliche Existenz auf dieser Erde gleich Mitleid auf.

Zum Beispiel hat ihre Mutter auf dem Treppenabsatz eines Hauses zwei Milchkannen fotografiert. Das Erste, was einem daran auffällt, ist die Bedeutung, die die Kannen allein dadurch gewonnen haben, dass sie fotografiert wurden. Sie existieren jetzt mehr als zuvor, und die Zeitspanne, innerhalb derer sie da stehen, hat an Volumen und an Wert zugenommen. So und so viele profane Alltagsgegenstände gewinnen, dergestalt hervorgehoben, an ganz neuen Bedeutungsschichten, wird uns doch über das Sein und das Nichtsein zu einer bestimmten Zeit unseres Lebens etwas bewusst.

Und zwei Milchkannen im Erzurum früherer Tage, auf dem Treppenabsatz eines ehemaligen Armenierhauses, können tief in uns drinnen etwas Unbestimmtes, aber sehr Heftiges auslösen.

Suna wirft sich in die Brust und sagt laut vor sich hin: »Also wenn das nicht Kunst ist, dann weiß ich auch nicht!«

Nacheinander betrachtet mögen die Bilder wie lauter Fetzen aus einem lang anhaltenden Traum wirken, doch Suna macht in ihrer Gesamtheit eine unglaubliche Logik und Kontinuität aus. Als würde diese Kontinuität unabhängig von der Geschichte jedes einzelnen Fotos um ein übergeordnetes Motiv ringen. Das wäre dann das Motiv ihres ganzen Lebens, ihres über all die Jahre hinweg verkannten Talentes. »Das ist so unfair!«, ruft Suna aus. »Und ich bin mit schuld daran!«

Wie um sich zu entschuldigen, steht sie auf, flößt ihrer Mutter die Medikamente ein, gibt ihr zu trinken, setzt sich neben sie und streichelt ihr zärtlich über die Hand. Sie sieht ihre Mutter so hoffnungsvoll an, als würde diese irgendwann unweigerlich wieder zu reden anfangen wie früher. Suna hat das Gefühl, sie beide sitzen allmählich wie zwei bekümmerte Patientinnen zusammen, die einander immer mehr gleichen.

Wenn Zekiye in solch einem Moment gerade ins Wohnzimmer will, hält sie verschämt inne, tritt wieder hinter die Tür und greift zum Zipfel des Kopftuchs …

Suna sucht weiter Porträtfotos heraus und ordnet sie zu kleinen Stößen. Es sind nicht nur Porträts eines Menschen, sondern einer Situation.

Es gibt da zum Beispiel ein Porträt von Zekiye, auf dem sie einen Ellbogen auf den Küchentisch aufstützt und mit der anderen Hand die Stirn bedeckt. Von diesem Foto geht eine geradezu religiös zu nennende Zartheit aus, wie sie auf Renaissancegemälden zu beobachten ist. In der einen Hand hält Zekiye ein Küchenmesser, das im Sonnenlicht glänzt. Man erkennt nicht, was sie da gerade kleinschnipselt – es ist nur zur Hälfte im Bild –, doch die tiefe Verdrossenheit in Zekiyes Gesicht spricht Bände über die Hoffnungslosigkeit eines auf die Küche beschränkten Lebens, und prägnanter ausgedrückt hat Suna das noch nie auf einem Foto gesehen. Plötzlich sieht sie Zekiye und ihr einsames Leben mit ganz anderen Augen. Das Bild, das sie in sich hat, von glänzenden Marmeladegläsern, rubinrot funkelndem Tee und blitzendem Küchengerät, überzieht sich mit einem dunklen Schleier.

Zekiye steht da, die Hände unter die Achseln geklemmt, und hat wohl das Gefühl, für die Trübsal, die von dem Foto ausgeht, eine Erklärung abgeben zu müssen. »Wer weiß, was mir da durch den Kopf gegangen ist. Na ja, ich war halt jung! Und Jugend vergeht.«

Es folgt eine Reihe fremder Gesichter. Manche sind nicht einmal Zekiye ein Begriff. Sie weist mit dem Kopf auf die Fotos und fragt: »Was sollen die heute noch, wenn keiner sie kennt?«

Sie blieb anscheinend zu ihren Fotoobjekten immer auf Distanz. Wenn auch eine manchmal bis zur Schwermut reichende Melancholie vorherrschte, so waren es doch kalte Fotos, die mit kühlem Verstand zu betrachten waren. Vielleicht lag es daran, dass ihre Eltern sie nicht verstanden und sie auch nicht recht ernst nahmen. Warum sollten sie ihre Tochter ermutigen, wenn die lauter Fotos machte, die einem das Herz nicht erwärmten? Vielleicht hatte sie deswegen aufgehört, vielleicht aber auch, weil sie durch den Verlust Ekrem

Saits früh genug Bekanntschaft mit dem Tod gemacht hatte und ihr das Fotografieren, diese *zeitliche Kunst*, nicht mehr opportun erschien.

Offensichtlich hatte sie die Fotos nicht versteckt, um ein Geheimnis daraus zu machen, sondern weil sie selbst nicht mehr daran glaubte. Das Schicksal so mancher Frau besteht darin, ihr Talent nicht auszuleben und diese Erde zu verlassen, ohne sich selbst und ihre Fähigkeiten erkannt zu haben. Suna weiß, wie es bei ihrer Mutter um die Kraft des Verzichts bestellt ist. Sie gehört noch zu der Generation von Frauen, bei der es als weibliche Tugend gilt, sich für die Männer in jeder Hinsicht aufzuopfern …

Als Suna ihre Mutter vor Jahren einmal gefragt hatte, warum sie ihr Studium abgebrochen habe, war die Antwort gewesen: »Wo dein Vater nur das Abitur hatte, da konnte ich doch nicht gut Akademikerin werden.« Sie hatte in Istanbul Jura studiert, war jedoch im zweiten Jahr von der Uni genommen worden. Ihre Familie war zunächst gegen die Heirat mit dem Sohn eines Lebensmittelhändlers. »Dem Sohn dieses Ömer Efendi habe ich keine Tochter zu geben«, hatte Sunas Großvater lange getönt. Doch hatten sich Honoratioren aus Erzurum als Vermittler eingeschaltet. »Der Junge hat nicht deswegen kein Studium angefangen, weil er ein Taugenichts ist, sondern weil er sich schon früh ins Geschäftsleben gestürzt hat. Nicht nur in Erzurum, sogar in Istanbul hat er schon Läden und Lagerhäuser zuhauf. Und außerdem lieben sich die beiden; es wäre eine Sünde, sie zu trennen.«

Sunas Mutter hatte vor der Hochzeit nur eine einzige Bedingung gestellt: »Unser erster Sohn soll Ekrem Sait heißen.«

»Was ist eigentlich aus Aram geworden?«, fragt Suna Zekiye. Die antwortet so bekümmert, als würde ihre Zunge von jedem einzelnen der Wörter zerdrückt. »Das Gleiche wie aus den anderen Armeniern. Die einen sind umgekommen, die anderen mussten weg. Aram ist nach Amerika gegangen. Zuerst sind noch Postkarten von ihm gekommen, dann nichts mehr. Er stand uns viel näher als viele Muslime. Lass dir nichts einreden, die waren auch nicht anders als wir; es gab solche und solche … Aram mochte besonders meine Spinatpastete und mein Käse-Helva. Er sagte: ›Macht euch nichts draus, wenn ich gehe, ich werde nämlich berühmt in Amerika!‹ Das ist jetzt lange her. Ob er wohl noch lebt? Ich erkannte ihn immer schon an seiner Art zu klingeln.« Dann macht sie das Fenster auf, als hätte es draußen geläutet, und sie sieht hinaus auf die Straße. Suna stellt sich vor, wie Zekiye früher zur Straße hinaussah. Sie horcht auf die Geräusche draußen und versucht daraus die Zeit zu bestimmen. Wenn es jetzt klingelte, wüsste sie die Tür zu finden, die Zeit und Zeit miteinander verbindet. Die Vergangenheit ist da, sie geht nirgendwohin.

»Schlaf ein wenig«, sagte Zekiye. »Du hast ja schon Ringe unter den Augen. Ich habe Ayran gemacht, den trinkst du, wenn du wieder wach bist, mein Kind.«

7

Suna merkt, dass sie von Zekiye immer mitleidiger beäugt wird. Und auch ihr Mann hört sich am Telefon immer sorgenvoller an. Ihr gehen ja tatsächlich die Kräfte aus.

Wenn Suna auch der Überzeugung ist, dass ihre Mutter für ihr Alter eine sehr bewusste Fotografin war und für damalige Verhältnisse sehr fortschrittlich an die Sache heranging, tut sie doch einen tiefen Seufzer, als sie von ihren seitenlangen Notizen wieder einmal aufsieht. »Ach, wenn ich doch einen Fachmann dahätte, der mir über diese Fotos wirklich Bescheid sagen könnte … Bilde ich mir das alles nur ein, weil ich vor lauter Glotzen schon ganz verrückt bin, oder sind das wahrhaftig Zeugnisse eines großen Verlustes? Ich würde das wirklich gerne wissen. Was das ändern soll, weiß ich auch nicht, aber trotzdem!«

Sie ruft ihren Mann an, und wie schon des Öfteren wird ihr ganz mulmig bei dem Gedanken, was sie mit den Augen, die nach so vielen Jahren jene Fotos gesehen haben, nunmehr in sich selbst erblicken wird, in ihrem eigenen Leben. Zuerst spricht sie noch in ruhigem Ton.

»Was ist nun?«, fragt ihr Mann und sieht dabei zum Fenster hinaus. »Kommst du jetzt endlich?«

»Die Fotos von meiner Mutter«, setzt sie an, aber da knotet sich alles zu. Sie spürt, wie sich in ihr etwas löst und gleich herausschießen wird wie die schmutzige Brühe aus einem lange unbenutzten Wasserhahn.

»Die Fotos von meiner Mutter …«

Wie ein Kind, das nichts mehr herausbringt, heult sie schließlich los und bebt dabei am ganzen Körper.

In der Wohnung in Teşvikiye trommelt Regen an das dunkle Fenster.

Mit einem Glas Cognac in der Hand sitzt ihr Mann da, starrt auf das Fließen an der Scheibe und lauscht seiner ins Telefon schluchzenden Frau.

»Hier«, sagt er, »regnet es.«

An der Stadtmauer von Diyarbakır

Mit auf die Knie gestützten Ellbogen sitzt sie auf einer Bank und starrt auf die schmutzigen Fliesen, als seien darauf Fußspuren zu lesen. Sie wartet darauf, dass der Kommissar sie hineinruft. »Wenn Nüveyre das hört, wird sie ganz schön lachen«, durchfährt es sie. »Das ist aber auch eine Geschichte!« Es ist einer dieser düsteren Korridore, die auch mit noch so viel Licht nicht hell zu bekommen wären; er ist kalt und tot. Von der Bank, auf der sie sitzt, ist stellenweise die Farbe abgesplittert. Es gibt da so seltsame farbliche Zwischentöne, die man gar nicht benennen könnte; von solch einer Farbe ist die Bank. Wenn jetzt ein Polizist sie hineinziehen und fragen würde: »Na los, sag schon, was für eine Farbe ist das?«, sie wäre nicht imstande dazu. Was ihr da für Blödsinn durch den Kopf geht! Der Verstand ist schon seltsam! Wenn man bedenkt, was die Polizei hier in Diyarbakır ihr schon für Fragen gestellt hat und wohl noch stellen wird, dann ist es schlichtweg absurd, an diese Farbgeschichten zu denken. Obwohl: Ist es das wirklich? So wie es bei den Farben diese Zwischentöne gibt, haben wir es doch in uns drin, bei allen unseren Entscheidungen, auch mit einem Kuddelmuddel aus allen möglichen Verschwommenheiten zu tun. Ist der Mensch nicht ständig in wirre Geschichten und Gefühle verstrickt, die er auch dann nicht aufdröseln könnte, wenn er es wirklich wollte? Wissen wir im Leben etwa dauernd über das Wie und Warum Bescheid? Und wenn ihr die Polizei bald viel wichtigere Fragen stellen sollte, dann würde doch in ihren Antworten wieder so einiges stecken, das gerade in solchen Unbestimmtheiten und Schattierungen gründet. Ihr fällt wieder ein, was ihre Mutter einmal gesagt hat: »Merkst du eigentlich, wie schnell du dich immer auf die Seite der Verlierer schlägst?« (Damals hatte das Wort *loser* gerade Einzug in die türkische Sprache gehalten.) Zum Beispiel weiß sie nicht, warum ihr nun gerade das in den Sinn kommt. Was erinnerte sie jetzt an ihre Neigung, sich mit den Schwachen zu identifizieren? Ihre Mutter. Die Frau, die immer alles gleicht merkte. Nun ist sie tot, aber ihre Stimme ist noch da.

Es heißt immer, dass auf der Welt nicht alles nur schwarz oder weiß ist. »Es gibt schließlich auch Grautöne«, wird immer bedeutsam hinzugefügt. Somit ist die gesamte Farb- und Zustandspalette der Welt mit ganzen zwei Sätzen abgedeckt. Genau das aber meint sie eben nicht. Ihr Fall sind eher Situationen, in denen sich sagen ließe: »Nein, grau ist es auch nicht richtig, irgendwie dazwischen, aber genau definieren kann ich es nicht.« Damit können Polizisten nun am allerwenigsten anfangen. Die beschäftigen sich nur mit Gewissheiten und glauben fest daran, dass sich mit solchen halbgaren Antworten die Wahrheit nicht herausfinden lässt. Für sie ist die Welt tatsächlich nur schwarz-weiß, und anhängige Akten lassen sich nur mit schwarz-weißer Bestimmtheit schließen. Es kann in jedem Fall nur eine Wahrheit geben. Eine handfeste, mit bloßem Auge sichtbare Wahrheit. Und so lange, bis sie gefunden ist, geht das Verhör eben weiter. Unwillig merkt sie, dass ihre Gedanken schon wieder in einen Strudel hineinkreiseln.

»Der Kommissar lässt ausrichten, dass Sie noch etwas zu warten haben. Möchten Sie etwas trinken inzwischen?«

Der junge Polizist, der da plötzlich neben ihr steht, lächelt schelmisch. Sie ist sich sicher, dass sie an den Stellen, wo sie die Hände aufgestützt hat, wieder zwei rote Flecken im Gesicht hat. Wenn sie manchmal ganz in Gedanken versunken auf der Toilette sitzt und dabei die Ellbogen so aufstützt, sieht sie die Flecken hinterher im Badezimmerspiegel. Sie schämt sich, als hätte der junge Polizist sie auf der Toilette erwischt. »Nein, danke«, bringt sie heraus und streicht ihre Augenbrauen hoch. Ihre schön geschwungenen Augenbrauen sind so dicht wie bei einem Mann. Sie zwirbelt sie immer ein wenig nach oben. Gezupft hat sie sie noch nie, selbst zu den Zeiten nicht, als sie mit Söckchen und Pferdeschwanz einen auf Herzchen machte … In bestimmten Situationen fährt sie immer automatisch an ihre Augenbrauen. Wie eben jetzt. Der Polizist geht weg, noch immer genauso lächelnd.

Sie lehnt sich zurück und legt den linken Fuß aufs rechte Knie. Den rechten Arm lässt sie auf der Rückenlehne ruhen … »Dasitzen wie ein Mann, der im Park auf ein Mädchen wartet«, nennen sie das unter sich. Für das Polizeipräsidium ist es eine zu legere Haltung. Sie wartet, bis die Flecken auf ihren Wangen wieder verschwinden. In dem Gebäude, an dem sie sich nicht einmal vorbeigetraut hätte, als sie noch bei linksradikalen Zeitungen arbeitete, sitzt sie jetzt bequem auf einer Bank, noch dazu mit übergeschlagenen Beinen. In gewisser Weise ist diese Nonchalance natürlich dem Presseausweis jener Zeitung geschuldet, bei der sie nun arbeitet. Trotzdem nimmt sie das Bein herunter. Muss ja auch nicht sein.

Nüveyre kann sie erst benachrichtigen, wenn sie mit dem Kommissar geredet hat. Das mit der Titelseite oder dem

Mittelteil der nächsten Sonntagsbeilage kann sie sich aber schon mal abschminken! Nach so vielen Tagen Arbeit! Das Ironische daran treibt ihr ein bitteres Lächeln auf die Lippen. Opfer seines eigenen Themas zu werden, ist ja schon wieder ein Thema für sich, und wenn Nüveyre hier wäre, würde sie auch glatt sagen: »Dann machen wir doch das zum Thema!« Wenn jemand so etwas für einen Scherz hält, dann versetzt sie gerne: »Das ist kein Scherz, Kinder. In der Türkei scherzt man nicht. Was heute wie ein Scherz aussieht, ist morgen schon Ernst in diesem Land. Sonst würden die doch ihre Mistzeitungen gar nicht voll kriegen!«

Sie ist schon unzählige Male nach Diyarbakır gefahren. Einmal hatte sie sogar vorgehabt, dorthin zu ziehen. In den Neunzigerjahren, also der schlimmsten Zeit. »Noch bevor ein Monat herum ist, liegst du tot an einer Straßenecke«, sagten ihre Freunde damals und hielten sie fast schon mit Gewalt in Istanbul zurück. Was sie sich vorgenommen hatte, verwirklichte bald darauf ihr Kollege Kerem: Er packte eines Abends kurz entschlossen seinen Koffer und fuhr nach Diyarbakır, wo damals Tag für Tag Leute auf offener Straße umgebracht wurden. »Ich habe im Stadtteil Ofis eine Wohnung gemietet«, sagte er. »Wenn du kommst, kannst du bei mir übernachten.« Bei jedem ihrer Besuche verbrachten sie in den Restaurants der Handels- oder der Anwaltskammer oder, je nach Jahreszeit, im Gartenlokal der Journalistenvereinigung lange, verrauchte Abende. Manchmal gesellten sich auch andere Leute dazu: Journalisten, Lehrer, Gewerkschafter, Intellektuelle, hellwach dreinblickende Mädchen, die die Frauen der Region zu organisieren versuchten …

Eines Abends sprachen sie über die Stadtmauer von

Diyarbakır. Wann immer Aslı sich daran erinnert, fällt ihr das Funkeln von Rojdas olivenschwarzen Augen ein. »Was diese Stadtmauer aufrecht erhält«, sagte diese, »das sind nicht die aufeinandergehäuften Steine und Bretter und Säulen, sondern es sind Geschichten, die Geschichten der Stadt … Die sind so stark, dass man sie nicht einfach herausreißen kann … Und deshalb kann sich diese Stadt auch behaupten, und diese Mauer, und dieses Volk …« Sie wollte nicht einfach prahlen mit ihrer Stadt, aber es sollte dieser eben auch kein Unrecht getan werden. Und sie sah dabei Aslı mit jener Fülle des Blickes an, wie sie für die Menschen von Diyarbakır so typisch ist. Jener Fülle, die darum weiß, dass Worte allein nie genügen …

Da ihr jener Abend und das Gespräch über die Stadtmauer noch eine Weile im Kopf herumgingen, kaufte Aslı später in Istanbul Italo Calvinos Buch *Die unsichtbaren Städte* und schickte es Rojda nach Diyarbakır. Von der kam aber keine Reaktion darauf. Irgendwann erfuhr Aslı, Rojda sei umgebracht worden. Und Aslı erfuhr nie, ob das Buch in Rojdas Hände gelangt war, und wenn ja, ob sie es gelesen hatte. Aber immer, wenn sie an Rojda dachte, an ihre Worte über die Stadtmauer, und an das, was jene Mauer umfasste, dann hätte sie gerne gefragt: »Rojda, wann kann man unsichtbare Städte sehen?«

In Erinnerung an jene Abende, jene Gespräche, war es ihr eine Ehrensache, die Probleme der Stadt und der Region an die Öffentlichkeit zu bringen. Auf ihre Artikel hin erhielt sie mehrfach offene oder versteckte Drohungen, geriet auch in ernsthafte Schwierigkeiten und konnte sich bei einigen Begegnungen mit Polizei und Militär nur mit Müh und Not aus der Affäre ziehen. Man versuchte sie einzuschüchtern, und sie bekam es auch manchmal mit der Angst zu tun, doch letztendlich wurde sie dadurch nur noch beherzter. Als hätte sie nicht schon genug Ärger, konnten ihre Artikel hin und wieder nicht gedruckt werden, und dann saß sie hilflos da mit ihren Belegen in der Hand. An einem der dunklen, verrauchten Abende sagte Kerem zu ihr: »Du hast es nicht gerade leicht. Du eiferst deiner Mutter nach, obwohl du ganz anders bist als sie. Du willst wie sie für Gerechtigkeit sorgen und dich zugleich erst mal von deiner Mutter lösen.« Aslı lächelte. »Das hört sich ja an, als wäre es ein typisch weibliches Problem.« – »Keine Angst, uns geht es mit unseren Vätern auch nicht viel besser. Fast jeder Mann will wie sein Vater sein, und doch ganz anders. Wie das bloß klappen soll?« Dann stießen sie an und riefen: »Auf die Väter und ihre Söhne! Auf die Mütter und ihre Töchter!« Ein andermal, an einem bitterkalten, düsteren Wintertag, an dem die Leute sich nicht auf die Straße trauten und es kaum wagten, bei sich zu Hause überhaupt Licht anzumachen, bekamen sie in einem Lokal völlig grundlos einen Lachanfall. »Was wollen wir eigentlich hier in diesem wildfremden Diyarbakır? Sind wir nicht völlig plemplem?« Sie kreischten geradezu und lagen schier auf dem Tisch. In dem Lokal, das durch die verdrossen dreinblickenden Kellner schon trübe genug wirkte, war nur noch ein weiterer Tisch besetzt. Von der Decke hingen Korblampen herab, deren schwache Glühbirnen kaum etwas erleuchteten, und es war fast mit Händen zu greifen, wie fremd und armselig und hoffnungslos alles war. Aslı verstand sich bestens darauf, solchen Situationen mit einem markigen Spruch die nötige Dramatik zu verleihen. Sie hörte abrupt auf zu lachen und rief aus: »Vergiss nicht, hier schlägt das Gewissen der Türkei! Wir testen hier, wie viel Menschsein noch in uns steckt! Deswegen sind wir hier!«

Ob es nun die vielen unaufgeklärten Verbrechen waren, die Ehrenmorde, die von der Notstandsverwaltung geduldete Korruption, die Übergriffe von Armee und Dorfschützern, der Drogen- und Menschenhandel, was immer es in der Region an dunklen Machenschaften gab, darüber berichtete Aslı in ihren Reportagen und Artikelserien, doch nicht nur wurde so manches davon nie veröffentlicht, sondern irgendwann wurde ihr das Arbeiten auch einfach völlig unmöglich gemacht. Sämtliche Türen schlossen sich, und überall wurde sie von finsteren Gestalten verfolgt, bedrängt und eingeschüchtert. Eine der Zeitungen, für die sie arbeitete, wurde verboten, eine andere konnte sich nicht etablieren, und aus einer dritten wurde sie noch vor Ablauf eines Monats hinausgeworfen. Wenn man sie fragte: »Wie geht's dir denn so?«, sagte sie: »Ich bin müde. Müde von Diyarbakır. Aber eigentlich ist die ganze Türkei müde von Diyarbakır, das gibt nur noch keiner zu.« Sie machte andere Jobs und hatte den Journalismus schon so gut wie aufgegeben, als ihre alte Bekannte Nüveyra bei ihr anrief, die seit einer Weile das Magazin einer großen Tageszeitung betreute. »Wir orientieren uns gerade ein wenig um bei uns in der Zeitung. Da im Osten geht es nicht mehr so schlimm zu wie in den Neunzigerjahren, und du kennst die Gegend wie kaum jemand sonst. Wäre schön, wenn du da für uns was machen könntest.« Aslı war hocherfreut, dass man sie nicht vergessen hatte und ihre Arbeit von jemandem beachtet worden war. Sie war also nicht ganz abgeschrieben. Und sie sehnte sich danach, wieder als Journalistin zu arbeiten. »Es geht doch nichts über die alten Linken«, dachte sie und ging zu Nüveyra, von der sie mit offenen Armen empfangen wurde. Es reizte Aslı auch, durch die Leserschaft einer großen Zeitung mehr Wirkung entfalten zu können. »Weißt du was«, sagte sie zu Nüveyra, »ihr solltet mich eigentlich nicht nach Diyarbakır schicken, sondern nach Bodrum, Marmaris oder Side, da könnte ich euch viel mehr nützen. Die meisten Leute, die ich aus Diyarbakır kenne, betreiben mittlerweile in Bodrum oder Çeşme Hotels, Bars oder Spielkasinos. Und die Söhne vom Polizeichef und vom Gouverneur leiten mit Mafiosi zusammen Nachtlokale. Rausgeworfene Polizisten und frühpensionierte Militärs haben in Touristenorten Fünfsternehotels, die offiziell irgendwelchen Strohmännern gehören. Die eigentlichen Nachrichten gibt es jetzt von dort. Noch dazu nehmen die Leute sich oft neue Russen als Teilhaber. Vom alten KGBler bis zum Putin-Neureichen ist alles vorhanden, was das Herz begehrt. Man könnte Thriller daraus machen – oder Actionfilme.« – »Na, wenn das so ist, dann schicke ich dich lieber nicht dorthin, sondern nach Diyarbakır«, sagte Nüveyra, »dann machst du mir nicht so viel Ärger. Und überhaupt: Das muss jetzt erst mal reichen an linker Solidarität!« Sie lachten.

Mit den Artikeln, die Aslı von da an nach jedem ihrer Besuche in Diyarbakır schrieb, machte sie viel von sich reden. Sie berichtete etwa über Frauen in Batman, die von ihren Familien zum Selbstmord gezwungen worden waren, über von der Hizbullah irgendwo verscharrte Leichen und über Mädchen, die Ehrenmorden zum Opfer gefallen waren.

Nun aber sitzt sie aus einem ganz anderen Grund im Korridor des Polizeipräsidiums.

Ihr ist die Tasche gestohlen worden.

2

Beim Betreten des Raumes wundert sie sich: Der Kommissar ist ein junger, gut aussehender und modern wirkender Mann. Mit seiner hellen, etwas sommersprossigen Haut und den sanft dreinblickenden braunen Augen wirkt er ein wenig fremd in dieser Umgebung. Bestimmt ein Absolvent der neuen Polizeiakademie. Diese Polizisten der neuen Generation sehen aus wie ihre Kollegen in ausländischen Filmen. Sie vermitteln den Eindruck, dass sie mehr Verständnis für einen aufbringen und dass sich endlich etwas ändert. Zu der entspannten Atmosphäre trägt wohl auch bei, dass Aslı Journalistin ist und noch dazu für eine bedeutende Zeitung arbeitet. Und natürlich der Fall an sich … Aslı holt tief Luft und legt los, und sie hofft, die Sache so darstellen zu können, dass sie nicht allzu lächerlich wirkt. So erzählt sie, sie halte sich seit ein paar Tagen in Diyarbakır auf, um über jugendliche Taschendiebe zu berichten, und in einem Ladenviertel sei ihr nun heute die Tasche gestohlen worden, in der sich ihre sämtlichen Notizen sowie ihre Tonaufzeichnungen befunden hätten. Es kommt, wie es kommen musste: Der Kommissar fängt an zu lachen, oder vielmehr versucht er ein Lachen zu unterdrücken. Sie denkt, dass sie sich daran wohl gewöhnen muss, denn zurück in Istanbul wird es ihr nicht anders ergehen. Sie hat jetzt schon im Ohr, wie Nüveyre und die anderen Kollegen herausplatzen werden. Vor diesem jungen Kommissar möchte sie ja nicht wie ein völliger Grünschnabel dastehen, aber die Situation ist nun mal von beispielloser Lächerlichkeit. Wie soll er sich da das Lachen verbeißen?

»Von den Kindern, die ich interviewt habe, kann es keines gewesen sein«, sagte sie. »Das war nichts Organisiertes, das hat bestimmt einer gemacht, der von mir keine Ahnung hatte … Nein, Geld war nicht drin, meine Brieftasche habe ich am Körper getragen, und meinen Ausweis auch. In der Tasche waren der Fotoapparat, das Aufzeichnungsgerät und meine ganzen Notizen … Die ganze Arbeit der letzten Tage! Ich muss einen Moment lang nicht aufgepasst haben. Ich sah mich gerade in einem Laden um und wollte nur die Tasche von der rechten auf die linke Schulter verlagern, und dazu habe ich sie kurz auf die Ladentheke gestellt. Wie sie mir in der kurzen Zeit gestohlen werden konnte, ist mir ein völliges Rätsel.«

Der Kommissar macht sich die entsprechenden Notizen. In ihrer Eigenschaft als Journalistin und als Polizist unterhalten die beiden sich dann noch eine Weile über die Kinder, die von Banden nach Istanbul gelockt oder sogar regelrecht entführt und dort als Taschendiebe eingesetzt werden. Aslı erzählt, dass sie zu dem Thema bereits eine Unterredung mit einem anderen Polizeibeamten geführt hat. Es stellt sich heraus, dass dieser heute Urlaub hat. »Dabei wollte ich doch heute Abend nach Istanbul zurück«, seufzt sie. »Ich war mit meiner Arbeit eigentlich fertig.« – »Dann müssen Sie eben noch ein wenig länger bei uns in Diyarbakır zu Gast bleiben«, sagt der Kommissar. Aslı lächelt unwillkürlich. In Diyarbakır zu Gast bleiben … Das sagt ein Kommissar zu ihr! Vor ihrem inneren Auge hat sie in aschgrauen Sprenkeln Erinnerungen an früher … Als sie sich zum Abschied die Hand schütteln, versucht sie sich vorzustellen, wie ihr Gespräch wohl verlaufen wäre, wenn es nicht um einen einfachen Diebstahl gegangen wäre; das nämlich wäre der Prüfstein gewesen, ob die Polizeiakademie wirklich etwas brachte. Sie geht hinaus und zieht sanft die Tür hinter sich zu.

Als sie in schnellen Schritten auf den Ausgang zuging, kam eine junge Frau an ihr vorbei, blieb kurz darauf stehen und rief ihr hinterher: »Aslı!« Sie wandte den Kopf, und schon stand die Frau direkt vor ihr. »Aslı, ich kann's ja kaum glauben, du bist es wirklich! Kennst du mich denn nicht? Ich bin's, Birsen, aus Çorum. Du weißt doch, die Sommerferien …«

Aslı tut einen Sprung zurück in die Sommer ihrer Kindheit. Birsen! Ja natürlich, Birsen, die Tochter von Tante Naciye. Çorum war für Aslı gleichbedeutend mit »Gerichtsferien«. Çorum, wo sie mit ihrer Mutter fast jedes Jahr im Urlaub war. Die Dörfer rundherum. Die Hochebenen. Das kühle Wasser. Ein Leben in der Natur. Aslı verspürt ein Sehnen.

Birsens Freudenausbruch wirkt dennoch ein wenig übersteigert. Die beiden umarmen sich. »Ich habe dich gleich an deinen Augen erkannt, und an den Augenbrauen«, sagt Birsen. »Mein Gott, wie lange haben wir uns nicht gesehen?« Nach den ersten Begrüßungsworten fragt Birsen: »Was machst du eigentlich hier, Aslı? Du hast doch hoffentlich keinen Ärger?« –»Nein, nein, ist so gut wie erledigt.« – »Wenn irgendwas sein sollte«, fügt Birsen hinzu, »kannst du es mir ruhig sagen, mein Mann arbeitet hier, der könnte dir helfen.« – »Dein Mann ist bei der Polizei?« – »Ja, bei der Terrorbekämpfung. Momentan kommt er kaum nach Hause. Er brauchte was von daheim, das habe ich ihm gebracht.«

Die Sommer ihrer Kindheit fliegen vor Aslıs Augen auf wie Schmetterlingsflügel. All die Worte ihrer Mutter, durch die sie groß geworden ist. Aslı erinnert sich daran, dass sie als Kind so lange missverstand, warum Justizia verbundene Augen hat. Sie dachte, so könne Justizia die Gerechtigkeit nicht richtig abwägen und müsse daher falsche Entscheidungen fällen. Die Mutter klärte sie darüber auf, dass die verbundenen Augen genau das Gegenteil symbolisierten. Nur eine blinde Justiza könne gerecht sein! Aus dem Wirbel ihrer Assoziationen fällt Aslı jetzt ausgerechnet das ein.

Langsam und im Gespräch begriffen gehen die beiden auf den Ausgang zu. Als sie gerade durch die Tür wollen, drängen drei Männer herein. Sie sehen sich ziemlich ähnlich, gleiche Schuhe, gleicher dunkler Anzug, fettige Haare, Mongolenbart und dieser drohende, hasserfüllte Blick, an dem man überall auf der Welt erkennt, um was für einen Typus es sich da handelt. Sie gehen rasch und mit weit ausholenden Armbewegungen auf den Lift am Ende des Korridors zu. Aslı ahnt schon, dass sie in den fünften Stock hinauffahren, in dem sich wie Tierkäfige vergitterte Zimmer aneinanderreihen. Ihr kommt nun alles wieder viel bekannter vor.

Sie gehen die Stufen hinunter. »Ich habe mich wirklich nach dir gesehnt, Aslı«, sagt Birsen. »Wir haben so viel zu bereden. Du hast doch hoffentlich Zeit, oder? Setzen wir uns irgendwohin? Ich bin ja so neugierig. Wo wir uns so lange nicht gesehen haben!« In fast flehendem Ton sagt sie das.

»So viel habe ich eigentlich gar nicht zu erzählen«, erwidert Aslı. Sie merkt sofort, wie nüchtern das klingt. »Ich muss auch gleich sagen, dass ich nicht furchtbar viel Zeit habe. Heute Nachmittag habe ich einen wichtigen Termin.« – »Ach so, ja. Journalistin bist du, hast du gesagt, nicht wahr?« –»Ja, und bevor ich zurückfliege, muss ich unbedingt noch ein Interview führen.« Wenn Aslı lügt, dann widert sie sich selber an. Das Wort »Interview« hat sie fallen lassen, weil es Eindruck schindet. Sie bleibt auf einer Stufe stehen und sagt: »Schau mal, die Sonne lugt gerade heraus, das sollten wir ausnutzen und ein bisschen draußen herumlaufen.« – »Ja, das Wetter ist schön. Eigentlich hätte ich ja gesagt, gehen wir zu mir nach Hause, aber …«, erwidert Birsen ein wenig kleinlaut. Sie spricht jedoch nicht weiter, und Aslı tut so, als hätte sie das »aber« gar nicht gehört. Allein der Gedanke an einen geschlossenen Raum widerstrebt ihr schon. Eine Weile gehen die beiden nebeneinander her, und jede wägt für sich die vergangenen Jahre ab. »Da vorne ist ein Teegarten, gehen wir doch da hin«, schlägt Aslı vor. »Nein, lieber nicht«, wehrt Birsen ab. »Daneben ist gleich das *Café Mado*, da geht es vornehmer zu.« Aslı muss schmunzeln. Was Birsen ungesagt lässt, hört man aus einem Zittern ihrer Stimme heraus. Da ist so ein Timbre, das sie als Kind noch nicht hatte. »Na schön«, sagt Aslı, »ist mir auch recht.«

Als Birsen ins Café hineingehen will, sagt Aslı: »Aber setzen wir uns lieber raus, bei dem schönen Wetter.« Daraufhin sucht Birsen eher unwillig draußen einen Tisch aus. Aslı steht nun hinter ihr und kann sie in Ruhe mustern. Eigentlich kennt sie diese Frau gar nicht. Die ihr bekannte Birsen ist ein kleines Mädchen mit traurigen Augen, das in den Gassen und Gärten von Çorum geblieben ist, in ferner Sommerzeit. Als sie ganz klein war, lief sie immer mit einer Stoffpuppe herum, erinnert sich Aslı, die nicht weiß, wie sie an diese Zeit nun anknüpfen soll.

Als sie sich setzen, will Aslı dennoch gleich ihre Bereitschaft zu einem freundschaftlichen Plausch zu erkennen geben. »Na, erzähl doch mal, wie ist denn das Leben hier so?«, fragt sie mit möglichst warmer Stimme.

»Wie soll es schon sein, langweilig. Furchtbar langweilig. Es gibt ja kaum was zu unternehmen hier. Wir sind von Aydın hierher versetzt worden. Vor zwei Jahren war das.« Sie blickt um sich, als wäre dort die Antwort auf Aslıs Frage. »Na ja, du siehst es ja selbst. Die Zeit vergeht hier einfach nicht. Wie sollte sie auch?« Dann sieht sie eine Weile auf ihre Fingernägel. »Aber reden wir nicht von mir. Wie geht es der Frau Richterin?« Über Aslıs Gesicht geht ein etwas herbes Lächeln. So hat schon lange niemand mehr von ihrer Mutter gesprochen. Aber es stimmt schon, die Nachbarn nannten sie alle so; die Freunde sagten Nezim, und eigentlich hieß sie ja Nezihe, aber ihr Vater hatte einmal Nezim gesagt, und dabei war es dann geblieben. Sogar Aslı selbst, die es den Erwachsenen nachmachen wollte, nannte ihre Mutter oft Nezim. Das war damals, als sie ins Gericht ging, um ihre Mutter in der Richterrobe mit dem hochgestellten Kragen zu sehen. Sie weiß noch gut, wie hin und her gerissen sie damals war zwischen dem Stolz, ihre Mutter in jener Position zu sehen, und dem Befremden über ihre strenge Miene, ihre Unnahbarkeit. Wie anders als ihre Mutter zu Hause diese Frau doch war. So entrückt und fremd. Musste Gerechtigkeit so sein?

»Meine Mutter lebt nicht mehr«, sagt Aslı. Birsen setzt eine betrübte Miene auf. »Das tut mir aber leid«, ruft sie, und ihr ist anzusehen, dass sie das ehrlich meint. »Uns hat das niemand gesagt!« Die Mutter hatte ihre Krankheit verheimlicht und erst dann davon gesprochen, als nichts mehr zu verbergen war. Sie wollte niemandem zur Last fallen, denn ihr Leben lang war sie eine würdevolle Frau gewesen, die sich um sich selbst gekümmert hatte. Als junges Mädchen war sie von Çorum nach Istanbul gegangen und hatte an der dortigen Jurafakultät, die für ihre hohen Ansprüche bekannt war, ein brillantes Studium absolviert. Als »Frau Richterin« hatte sie dann, wie sie selber sagte, »ganz Anatolien abgegrast, immer auf der Suche nach irgendeiner Ungerechtigkeit«. Stets hatte sie alles selbst in die Hand genommen, niemanden um Hilfe gebeten, sich für sich selber nichts erhofft und nichts erwartet. »Dazu braucht es innere Gelassenheit«, sagte sie immer. »Für alle um einen herum muss man gelassen sein.« Als sie Aslı zur Welt brachte, war sie schon älter, und es war eine schwere Geburt. Dennoch schaffte sie es, das Mädchen großzuziehen, ohne ein verwöhntes Einzelkind aus ihm werden zu lassen. An Winterabenden saß sie in einer dicken Jacke und mit Wollstrümpfen in ihrem Ohrensessel, hörte Radio, las, strickte, rollte Wollknäuel auf, löste Kreuzworträtsel, spielte mit ihrer Katze, und jedes Mal, wenn sie aufschaute, sah sie über ihre Brille hinweg lächelnd die kleine Aslı an, die mit den Blicken an ihrer Mutter hing. Aslı, der sie »Tag um Tag über ihre Vaterlosigkeit hinweghelfen« wollte. »Gott sei Dank hat sie nicht sehr leiden müssen. Innerhalb eines Monats war alles vorbei.« Immer wenn sie an ihre Mutter denkt, hat sie dieses Bild der liebevoll über ihre Brille hinwegblickenden Frau vor sich. Wer sie so kannte, der mochte gar nicht glauben, dass sie im Gerichtssaal so anders war.

Birsen drückt in einer tröstenden Geste Aslıs Hand. Aslı sagt: »Das war nicht leicht, aber schließlich gewöhnt man sich daran; man gewöhnt sich ja an alles.« Sanft zieht sie ihre Hand zurück. »Und wie geht es deinen Eltern so? Tante Naciye?« Als Aslı später die prallen Botero-Frauen kennenlernte, dachte sie oft an Tante Naciye zurück. Eigentlich erstaunlich, dass Birsen so gar nicht nach ihrer Mutter geraten war! »Ach, wie soll es ihnen schon gehen! Sie sind noch immer in Çorum. Älter geworden sind sie halt. In Aydın haben sie uns ein paar Mal besucht, aber was sollen sie hier schon? Mein Mann will auch gar nicht, dass sie kommen. So wie die Situation hier ist.« Hilflos breitet sie die Arme aus. »Und du, bist du eigentlich verheiratet?« Aslı schüttelt nur den Kopf und wechselt gleich das Thema. »Hast du hier eine Arbeit?« fragte sie. »Nein, wie soll ich denn hier arbeiten. Ich habe Krankenschwester gelernt und dann früh geheiratet. In Aydın habe ich mal in einem Krankenhaus gearbeitet, aber ich habe es bald wieder bleiben lassen. Wegen der Arbeit meines Mannes können wir uns nirgends so richtig integrieren. Bei dem ganzen Terror überall!«

Bedrückt schweigend taxieren sie einander. Während Birsen abwägt, was in der kurzen Zeit am besten abzuhandeln sei, listet Aslı innerlich die Themen auf, von denen sie sich besser fernhalten.

»Fährst du manchmal nach Çorum?«, fragte Birsen.

»Ich war seit dem Tod meiner Mutter nicht mehr dort. Irgendwie hat es mich nicht hingezogen. Aber ich träume manchmal davon. Nach den Sommern dort sehne ich mich schon. Nach dieser Sorglosigkeit damals. Wahrscheinlich sehnt man sich immer nach seiner Kindheit, egal, wie sie verlaufen ist!« Sie will sich von dieser Rührseligkeit lösen und zum nüchternen Tagesgeschäft zurück. »Entschuldigst du mich mal kurz? Ich muss ein paar Anrufe erledigen.« Vom Handy aus ruft sie Nüveyre und Kerem an und schildert ruhig und umstandslos, was ihr zugestoßen ist, und um ihnen erst gar keine Gelegenheit zu Hohn und Spott zu geben, tut sie jeweils recht eilig und legt gleich wieder auf. Dann atmet sie tief durch. Birsen hat ihr mit teilnahmsvollem Blick zugesehen und sagt nun: »Ihr habt es bestimmt auch nicht leicht. Die Terroristen treiben es wieder mal besonders schlimm, was?«

Es kommt Aslı so vor, als ob sich am Himmel was zusammenbraute. Etwas Schwefeliges, Rußiges. Der Kellner bringt den Tee und das Eis. Birsen hat sich nämlich einen gemischten Eisbecher mit Früchten und Schokoraspeln bestellt. In der Schlagsahne steckt ein papiernes Sonnenschirmchen. Voller Appetit zeigt sie auf ihr Eis.

»Willst du probieren?«

»Hast du hier gar keine Bekanntschaften geschlossen?«, fragt Aslı. Birsen verzieht das Gesicht. »Das ist ja nicht gerade einfach hier. Das ist keine Stadt wie die anderen. Du kannst hier niemandem trauen. Die sehen uns als Feinde an. In den Läden verkaufen sie uns alles teurer, sobald sie merken, dass wir nicht von hier sind. Wie aus Rache tun sie das. Um uns wehzutun. Deshalb gibt es auch ein staatliches Geschäft nur für Polizeiangehörige. Wir kaufen nur noch dort ein. Dann wird mit unserem Geld wenigstens kein Terror finanziert. Ich verstehe die Sprache dieser Leute nicht und kenne mich mit ihren Sitten nicht aus. Dieses Kurdischreden machen sie doch mit Absicht. Man könnte meinen, das sei gar nicht die Türkei hier, sondern irgendein fremdes Land. Davon hat man natürlich schnell die Nase voll. So bleiben wir eben unter uns. Aber nur immer diese langweiligen Treffen mit Frauen von anderen Beamten? Da kann ich genauso gut zu Hause vor dem Fernseher hocken. Die Tage gehen einfach nicht vorbei.«

Birsen ist eigentlich hübscher als früher, denkt Aslı.

Aber irgendetwas stört in ihrem Gesicht. Man sieht ihr an, wie unzufrieden sie ist.

»Weißt du noch das Lied, das ich als Kind immer gesungen habe?«, fragt Birsen plötzlich. Aslı versucht sich zu erinnern und taut dabei ein wenig auf. »Ja, warte mal, war das nicht ›Tokat ist in einem Weinberg‹?« – »Genau!« – »Singst du immer noch so schön?« – »Hör bloß auf! Ich habe überhaupt keine Stimme mehr.« – »Ach was, die Stimme hält sich doch am allerbesten.« – »Mein Onkel war damals in ein Mädchen aus Tokat verliebt, deshalb habe ich das alte Volkslied immer gesungen. Ansonsten hatte ich es ja viel mehr mit moderner Musik, weißt du noch?«

Sobald sie von vergangenen Zeiten reden, werden sie in Ton und Gestik lockerer. Es stellen sich kurze vertraute Momente ein, in denen die Sonne zwischen den Wolken hervorspitzt. Anstatt aktuelle Themen anzuschneiden, die ja doch nur Unmut auslösen, flüchtet Aslı sich lieber in Schnappschüsse aus der Kinderzeit. Den schwefeligen dunklen Wolken des Alltags ist wohl nur so zu entkommen.

»In Istanbul ist es doch bestimmt wahnsinnig schön jetzt, oder?«, sagt Birsen. »Ich sehe es immer in den Fernsehserien, den Bosporus und so, da geht mir richtig das Herz auf, weißt du.« Sie tut einen tiefen Seufzer. Das Kleid unter ihrer dünnen Jacke wirkt mit seinem Blümchenmuster wie ein Sehnsuchtsschrei nach einem anderen Klima. »Hoffentlich kommen wir bald wieder weg von hier. Besonders im Winter ist es hier nicht auszuhalten; der Himmel ist ständig bedeckt. Und vor lauter Armut und Arbeitslosigkeit kriegst du draußen auf der Straße kein einziges Lächeln zu sehen, alles wegen dem Terror natürlich. Überall nichts als eingemummte Frauen; bei der einen ist der Mann tot, bei der anderen der Sohn in den Bergen bei den Terroristen. Hilflose alte Leute und jede Menge Kinder, die ohne Eltern aufwachsen und einen beklauen, wo sie nur können … Und doch tun sie einem leid; sie haben ja niemanden, der sich um sie kümmert. Wenn nur dieser Terror auszurotten wäre!«

Da ruft Kerem an und fragt, ob Aslı Lust habe, am Abend im *Küçe Sofrası* zu essen, wenn sie schon dableiben muss. »Abgemacht«, sagt sie und legt auf. Damit sind sie beim Thema Regionalküche. Sie reden über das hiesige Frühstück mit Honig, frischer Butter, herrlich duftenden Spiegeleiern und den heimischen Käsesorten. Dann über die Lammkoteletts bei *Selim Usta* und über die Leberspieße, die es an jeder Straßenecke gibt. Sie vertiefen sich in ihr Thema, als ob sie gemeinsam bis zum Abend etwas auf den Tisch zaubern müssten. Das einzige Thema, bei dem sie in Sachen Diyarbakır zusammenkommen, scheint tatsächlich die Küche zu sein. »Weißt du noch, wie wir zusammen unser erstes Brot gebacken haben?«, fragt Birsen. Aslı fährt sich verdutzt mit der Hand ans Kinn. »Ach ja!«, ruft sie dann aus. Sie sieht einen fahlen Herbsttag vor sich. Die beiden Mädchen stehen draußen, beide haben Reisig auf dem Arm. »Natürlich weiß ich das noch! Komisch, ich hatte das völlig vergessen, aber jetzt, wo du es sagst, fällt mir alles wieder ein. Der Teig war drinnen nicht durch und hat mir am Gaumen geklebt. Ich konnte ihn gar nicht hinunterschlucken.«

So als würden sie nach Jahren wieder jenes Brot teilen, das sie damals ganz primitiv in einem Erdloch gebacken hatten, können sie sich zum ersten Mal wieder richtig in die Augen blicken.

»Mein Mann heißt Gürol«, sagte Birsen dann. Sie sieht sich vorsichtig um und spricht dann leiser weiter. »Die wollten ihn schon zweimal umbringen. Wir sind nur knapp dem Tod entronnen.« Aslı räuspert sich, sucht nach einem passenden Satz. »Das ist ja schlimm. Das tut mir leid für euch.« – »Du als Journalistin hörst vielleicht mal von der Sache, da möchte ich nicht, dass du was missverstehst. Und schließlich bist du keine Fremde für mich. Es ist behauptet worden, die hätten zusammen mit der Miliz Terroristen gefoltert und vergewaltigt, und es hat ein Verfahren gegeben. Die Terroristen und die Menschenrechtler schrecken ja vor keiner Verleumdung zurück! Die Anklage ist niedergeschlagen worden, aber uns hat das alles wahnsinnig mitgenommen. Mein Mann sagt, die werden ihn nicht mehr lange hier behalten. Wir warten also auf seine Versetzung.«

Aslı spürt, wie sich in ihr alles verschließt. Als Journalistin muss sie sich zwar beherrschen, um nicht die Fragen zu stellen, die ihr gleich in den Kopf schießen, aber ihr hauptsächlicher Wunsch ist es, das Gespräch zügig zu beenden, um so schnell wie möglich von hier wegzukommen. Sie will in dieser Geschichte in keiner Weise eine Rolle spielen. Durch eine Freundin aus Kinderzeiten, an die sie sich kaum noch erinnern konnte, will sie ihr Leben nicht mit einer neuen schmerzlichen Geschichte belasten. Birsen merkt nach einer Weile, dass Aslı gar nicht so richtig auf das reagiert, was sie ihr da erzählt hat. Dass sie ausweicht. Ablenkt. Sich einfach nicht auf das Thema einlässt. Sie sitzen nicht mit der gleichen Einstellung am Tisch. Birsen hat ein ungutes Gefühl. Aslı war doch früher nicht so verstockt, denkt sie. Und ihre Stimme nicht so rostig. Sie hat sich ganz schön verändert. Auch hat sie so etwas Abwesendes im Blick, genauso wie die Leute hier. Birsen wundert sich, dass sie das jetzt erst merkt. Es überfällt sie wieder dieses Gefühl der Fremdheit. »Bist du zum ersten Mal in Diyarbakır?«, fragt sie, meint aber eigentlich etwas anderes. »Nein, ich war schon oft hier, ich wollte sogar schon mal herziehen.« – »Nach Diyarbakır?!« – »Ja. Ich habe damals viele Artikel über das geschrieben, was hier so passiert ist, und ein paar Mal bin ich auch verhaftet worden. Man hat mehrere Prozesse gegen mich angestrengt. Ich habe damals bei anderen Zeitungen gearbeitet, bei linken und oppositionellen Blättern. Eins davon ist verboten worden.« Sie sagt das alles in einem Zug herunter, in einer Deutlichkeit, die für Missverständnisse keinen Raum mehr lässt. Ihre Stimme soll dabei nicht kalt oder hart klingen, und sie will auch nicht atemlos wirken. Es soll nur alles in völliger Klarheit gesagt werden. Sie will nicht für eine Frau gehalten werden, die sie nicht ist.

An der Art, wie sich Birsens Miene verändert, merkt Aslı, dass ihre Botschaft angekommen ist. Nun sind sie quitt. Jede von beiden weiß, mit wem sie es zu tun hat.

»Dein Mann kennt mich wahrscheinlich. Zumindest vom Namen her.«

Birsen schweigt. Ihre Gesichtszüge ersterben geradezu. Sie fühlt sich allein gelassen. Ihr fällt wieder ein, dass einen im Leben auch noch anderes befremden kann als nur Diyarbakır. Sie wendet den Kopf ab, sieht missmutig auf die Straße und hat sichtlich an dem zu knabbern, was Aslı ihr gerade zugemutet hat. Ihr Eis, das sie schon lange nicht mehr angerührt hat, ist zu einer milchigen Soße zerschmolzen.

Irgendwann sagt sie: »Und ich dachte früher immer, du würdest auch mal eine Frau Richterin werden, so wie deine Mutter.« Gekränkt hört sie sich das an. »Aber so was Ähnliches bin ich doch geworden«, erwidert Aslı, »mir geht es doch auch um Gerechtigkeit! Und darum, dass die Leute die

Wahrheit erfahren … Aber das soll jetzt nicht unser Thema sein, Birsen. Reden wir lieber über die Kindheit. Unsere gemeinsamen Erinnerungen. Über die Bäume, an denen wir unsere Schaukel festgemacht haben, und die Malvenblätter, die wir zusammen gezupft haben. Über deine Stoffpuppe und über die Mandoline, auf der ich dir das Spielen beibringen wollte. Über das Zupfblättchen der Mandoline, das wir mal im Gras verloren und dann stundenlang gesucht haben. Über das, was wir gemeinsam haben.«

Es entsteht ein Schweigen zwischen den beiden, aber ein anderes als zuvor, geronnen aus dem Brausen der Vergangenheit, wuchtig, wie hochgezogen aus den Steinen der Stadtmauer von Diyarbakır. Es tropfen ihnen gerade noch ein paar Sätze von den Lippen und fallen ziellos ins Leere, und so entfernen sie sich immer mehr voneinander, bis schließlich die Stadtmauer von Diyarbakır sich langsam zwischen ihnen erhebt. Um einander noch zu sehen, müssen sie sich erst in ihren Stühlen aufrecht hinsetzen, dann sogar aufstehen, sich auf die Zehenspitzen stellen, den Kopf zurückwerfen, das Kinn emporrecken – dann ist es vorbei.

Aslı sieht, wie plötzlich zwei Zivilbeamte aufgeregt an Birsen herantreten; Kommissar Gürol habe sie geschickt, sie flüstern Birsen etwas ins Ohr, deren Augen weiten sich vor Schreck, im Stehen begleicht sie hastig die Rechnung, wirft dabei prüfende Blicke auf Aslı, zieht sich dann mit den Polizisten tuschelnd in eine Ecke zurück; da entfahren ihr Sätze wie »Die kenne ich doch seit meiner Kindheit«, und die schlagen an die Mauern von Diyarbakır und zerspringen in tausend Stücke, und als sie an den Tisch zurückkehrt, gibt sie halbherzig die Hand und einen flüchtigen Wangenkuss, wimmelt Aslı mit kurzen Worten ab und verschwindet mit den Polizisten, wirft hilflose Blicke zurück. Als die unentschlossene Sonne, die nur ab und zu die bleiernen Wolken durchstößt, ihren Scheitelpunkt erreicht, bleiben Birsen und die Polizisten hinter der Stadtmauer von Diyarbakır zurück, als wollten Straßen, Städte und Berge verkünden, dass jene geschichtsstummen Steine nicht nur die beiden Frauen voneinander trennen.

»Sollen wir gehen?«, sagt Aslı. »Ich muss zu meinem Termin.«

»Ja, gut. Aber viel geredet haben wir nicht.«

»Stimmt, haben wir nicht«, erwidert Aslı mechanisch.

Ihnen ist anzusehen, wie wenig sie an das »Bis hoffentlich bald wieder einmal« glauben, mit dem sie sich verabschieden. Dann steigt Birsen in ihr Auto ein.

Aslı geht mit den Händen in den Taschen auf die Stadtmauer zu, und am liebsten wäre es ihr jetzt, wenn wie in einem Film aus einer Wohnung heraus ein Radio zu hören wäre und mit sehnsüchtiger Stimme jemand sänge: »Tokat ist in einem Weinberg« … Der halb gare Bissen von dem ersten Brot, das sie damals gebacken haben, klebt ihr immer noch am Gaumen.

Die Töchter des Luxusschneiders

»So wurden die drei damals genannt in Kayseri. Wenn sie Arm in Arm durch die Stadt zogen, dann war vielleicht was los, das kann ich euch sagen! Die Leute streckten aus den Häusern und Läden nur so die Köpfe raus. Na ja, damals hatte eben Weiblichkeit noch einen Wert. Was heißt Weiblichkeit? Alles hatte noch einen Wert!«

Sie fuchtelt mit der Hand herum, aber plötzlich hält sie inne.

»Ich quatsche wohl zu viel, Süsen? Du musst mir sagen, wenn ich dich langweile. Früher wusste ich noch, wann man besser mal schweigt, aber mit der Zeit ist mein Mundwerk immer lockerer geworden.«

Süsen schmunzelt und sucht auf ihrem iPod ein neues Lied. »Ich bitte dich, Nebahat«, sagt sie, ohne aufzusehen, »du erzählst wirklich super, und ich hör dir echt zu. Wenn ich nur dieses Lied von Britney Spears finden würde …«

»Die ist so locker wie ein Junge«, sagt Nebahat zur Mutter des Mädchens, zu Mücella nämlich, der jüngsten Tochter des Luxusschneiders. Die hört aber nichts, denn sie sitzt unter der Trockenhaube. In dem Friseursalon drehen sich drei riesige Standventilatoren, die die Wärme der Trockenhauben und der Föns vertreiben sollen. Eigentlich wäre Nebahat schon an der Reihe gewesen, aber sie hat die jungen Leute vorgelassen und plaudert nun munter in das allgemeine Getöse hinein.

Die Hochzeitsfrisur wird von Orhan »höchstpersönlich« besorgt, dem Chef, dessen Namen auch auf der Schaufensterscheibe prangt. »Höchstpersönlich« ist sein Lieblingswort. Er arbeitet zügig, versteht sich aber darauf, seine Bewegungen sehr sorgfältig wirken zu lassen. »Wenn es zu fahrig aussieht, meinen die Frauen gleich, du schluderst nur«, sagte seine Meisterin immer. »Frauen suchen immer nach dem Haken an einer Sache.« Seine Meisterin war niemand anders als seine Mutter Nevzat. Die verrückte Nevzat. Als sie in Kayseri den ersten Damensalon eröffnete, schütteten die Frauen der Stadt kübelweise Spott über sie aus, doch keine drei Monate später rannten sie ihr schon die Tür ein, um sich von ihr die Haare toupieren zu lassen.

»Kayseri ist schon eine Stadt für sich«, sagt Nebahat. »Und Nevzat war eine gute Frau.«

»Stimmt es eigentlich, dass sie der Frau von Direktor Nafia mal die Haare verbrannt hat?«, fragt eine.

Von Orhans Gesicht im Spiegel lässt sich ablesen, wie satt er es hat, Geschichten über seine Mutter zu hören. Wenn er sich auch bemüht, das vor seinen Kundinnen hinter einem maskenhaften Lächeln zu verbergen. Manche Mütter werfen eben einen langen Schatten …

Nebahat lässt nur ungern auf Verstorbene etwas kommen.

»Was für Haare hätte sie denn verbrennen sollen? Die war doch kahl auf dem Kopf, ratzekahl. Die ist mit Nylonhaaren herumgelaufen; die haben gebrannt, und nichts anderes!«

Orhan hantiert wirkungsvoll mit Kamm und Bürste und stellt damit seine Geschicklichkeit unter Beweis, doch sieht man ihm auch an, dass diese große Hochzeit ihm wirklich am

Herzen liegt. Schon den ganzen Vormittag über bemüht er sich um jene Braut, die schon bei den besten Friseuren Istanbuls war.

Mücella kommt endlich unter der Trockenhaube hervor. Mit der Spitze ihres Taschentuchs tupft sie sich ein paar Schweißperlen von der Stirn. Froh, die Sache überstanden zu haben, wedelt sie sich mit der Hand Luft zu und setzt sich in einen der Frisiersessel. Aus dem Spiegel heraus nickt sie Süsen und Nebahat zu. »Ihr scheint euch ja ganz gut zu verstehen.«

»Şükrü, übernimmst du mal eben Frau Mücella?«, ruft Orhan mit leicht zurückgewandtem Kopf. Er reicht den Toupierkamm nach hinten, wo er Şükrü schon vermutet. Gern demonstriert er, dass er stets Herr der Lage ist. Auch die typischen Chefgesten hat er von seiner Mutter.

»Moderne Mädchen mögen mich eben«, sagt Nebahat leicht geschmeichelt. »Was immer sie auch an mir finden mögen!« Sie dreht an den Armreifen herum, die sie am linken Arm trägt, bis die Streifen daran alle gleich ausgerichtet sind. Es ist ja eine Hochzeit, da hat sie zehn Doppelarmreife angelegt. Gott sei Dank haben meine Arme kein Fett angesetzt wie bei gewissen anderen, denkt sie. Deswegen schneiden sie mir nicht ins Fleisch, und wenn ich den Arm schüttle, dann klirrt es so schön.

Süsen ist es allmählich leid, dass seit ihrer Ankunft jeder sich bemüßigt fühlt, sie irgendwie zu amüsieren, aber sie versucht sich das nicht anmerken zu lassen. Mit einem kurzen Tastendruck ist sie beim neuesten Lied von Avril Lavigne.

»Lustige Frauen mag eben jeder«, sagte Mücella. »Die sind wie Bonbons und zergehen einem auf der Zunge.« Da müssen alle lachen. Die Ventilatoren scheinen das Gelächter wellenartig im Raum zu verbreiten.

Süsen sieht ihre Mutter an wie eine Fremde. Sie begreift nicht recht, wieso ihre Mutter sich so um diese Frauen bemüht, und so tut, als sei sie eine von ihnen. Es scheint, als ob in Kayseri eine Seite von ihr zum Vorschein käme, die Süsen aus Istanbul nicht kennt. Es überkommt sie wieder dieses unangenehme Gefühl, für das sie noch nicht die rechten Worte weiß, wenn »alle anderen fremd und irgendwie ganz weit weg« sind. Da bekommt sie eine SMS und wird gleich wieder munter. Mit flinken Fingern tippt sie sofort eine Antwort voller Abkürzungen.

»Mensch, als du jung warst, hattest du doch so einen Farah-Diba-Dutt«, sagt Nebahat zu Müzeyyen. »Du hast dich überhaupt nicht verändert.« Daraus spricht Genugtuung darüber, dass sich irgendetwas nicht verändert hat, dass man ein Stück Vergangenheit bewahren konnte. Nebahats Stimme wird ganz wehmütig.

Müzeyyen dagegen ist dieser Frauen und ihrer Gespräche eigentlich schon überdrüssig und senkt nur kurz die Zeitung vor ihrer Nase auf Augenhöhe herab, um auf Nebahats Worte hin milde zu lächeln.

Von wegen nicht verändert, denkt sie. Und was sich alles geändert hat! Als ob dort der Schlüssel zu dem sei, was sich geändert hat und was nicht, sieht sie zu Itır hinüber, die sich die Hochzeitsfrisur angedeihen lässt. Ach, wenn doch deren Mutter noch am Leben wäre! Hätte nicht ausgerechnet Itır geheiratet, dann hätten Müzeyyen doch keine zehn Pferde von Stockholm bis hierher gebracht!

»Wie wär's mit einem Erfrischungsgetränk, Orhan?«, ruft Nebahat. »Mir klebt schon richtig die Zunge am Gaumen!«

Die kann froh sein, dass ihr die Zunge noch nicht zerfasert ist bei der vielen Schwätzerei, denkt Orhan, und mit einem Kopfnicken weist er einen Lehrjungen an, Getränke zu holen.

Zärtlich und voller Stolz sieht Müzeyyen zu ihrer Nichte Itır hinüber. Fast ohne es zu merken, murmelt sie vor sich hin: »Itır, unser Andenken an Mualla!«, und ihr wird ganz anders dabei. Was für ein schönes, bedeutungsvolles Wort das doch ist: Andenken … Bei manchen Wörtern wird einem ganz von allein warm ums Herz. Natürlich nicht bei denen, die sie heute ständig neu erfinden. Sie tut so, als hätte sie was an den Wimpern, und wischt sich die feuchten Augen trocken.

Schon in Istanbul hatte Itır gesagt: »Wenn ich schon nach Kayseri heirate, dann will ich auch eine Hochzeit mit allem Drum und Dran, mit Henna-Nacht und Hamam. Ich will von einem Pferd heruntergehoben und über die Schwelle getragen werden, ein Krug soll zerdeppert werden, und was es eben sonst noch an Bräuchen dort gibt.« Am meisten freute sich darüber Nebahat. »Das nenne ich eine Hochzeit, bravo!«, rief sie bei der Henna-Nacht im Frauenkreis aus. »Dank Itır ist endlich mal was los in diesem Kayseri! Wenn ich dagegen an die Hochzeit dieser Zahide denke! Was war denn das für eine armselige Geschichte? Wenn die sich nicht geschämt hätten, hätten sie das Mädchen wohl am liebsten auf die Schnelle zwischen Tür und Angel verheiratet!«

Wenn Nebahat merkt, dass sie mit ihren Sprüchen ankommt, ist sie nicht mehr zu bremsen. Sie deutet mit dem Kopf auf Itır.

»Die Nachbarinnen des Bräutigams sollen gelästert haben, ob es denn in Kayseri keine Mädchen mehr gibt, dass man sich seine Braut in Istanbul holen muss … Dabei haben sie bloß alle eine Tochter, die zu Hause versauert, weil sie keinen abkriegt. Das soll doch nur heißen: Warum habt ihr die genommen und nicht die unsere? Mit Kayseri hat das gar nichts zu tun! Und ist unsere Itır vielleicht eine wildfremde Istanbulerin? Ist sie etwa nicht die Tochter von Mualla? Die Enkelin des berühmten Luxusschneiders von Kayseri? Die Nachbarn platzen doch nur vor Neid, das sage ich hier freiheraus! Vor wem soll ich mich denn genieren? Das ist schließlich eine Henna-Nacht hier, und wenn es mir passt, dann schmiere ich mir das Henna nicht nur auf die Hände, sondern auch auf den Hintern!«

»Mensch, Nebahat, und wir haben uns schon gefragt, wann endlich dein Hintern ins Spiel kommt, du hast uns ganz schön warten lassen!«, ruft eine der Frauen, die mit Henna-Tabletts herumgehen. An Süsen gewandt sagt sie dann: »Unsere Nebahat muss in jedem dritten Satz ihren Hintern unterbringen. Aber das sind wir gewohnt von ihr …«

Süsen ist ganz auf das Henna konzentriert, das ihr gerade auf die Hände gestrichen wird. »In Nordafrika zeichnen sie richtige Ornamente damit, die wie Tattoos aussehen. Shakira hatte mal so was …«

»Ach, lasst mich doch in Frieden, das sind doch nur uralte Redensarten, habe ich die vielleicht erfunden?« Und schallend lachend setzt sie noch eins drauf: »Ich kriech doch denen nicht in den Hintern!«

Müzeyyen wird der Trubel dieser Henna-Nacht schon bald zu viel. Ihre Ausdauer hat einfach nachgelassen. Jegliche Sehnsucht ist jetzt immer schnell gestillt bei ihr. »Wenn alles so nachlässt«, sinniert sie, »dann ist das wahrscheinlich das Alter.« So wie sie in Stockholm oft nur einfach dasitzt, in den schneehellen Tag hinaussieht und an die alten Zeiten und an die Türkei zurückdenkt. »Was haben wir nicht schon alles mitgemacht!«

Müzeyyen zupft auf dem Balkon verwelkte Blätter von den Blumenstöcken. »Sag mal, Mücella, wird Itır es wirklich packen dort? Die ist doch so an das Leben in Istanbul gewöhnt. Meinst du nicht, das ist nur eine Laune von ihr?« Missmutig blickt sie auf die Straße hinunter, die seit einiger Zeit am Ufer entlangführt. Sie hat den Eindruck, dass das Meer nicht mehr an seinem angestammten Platz ist. Und nicht nur das Meer … Sie sehnt sich nach dem alten Göztepe. Dieser fremde Anblick gibt ihr das Gefühl, gar nicht richtig in Istanbul zu sein.

»Wir haben viel darüber geredet«, sagt Mücella, »und sie wollen sich ja auch hier eine Wohnung kaufen, damit sie in Istanbul wenigstens eine Bleibe haben, aber der Junge hat das Geschäft seines Vaters übernommen, und das ist in nun mal in Kayseri. Und außerdem liebt sie den Jungen; eine bloße Laune ist das ganz sicher nicht.«

Und als sie sieht, dass ihre Schwester immer noch unzufrieden dreinblickt, setzt sie noch hinzu: »Bist du damals vielleicht nicht deinem Mann nach Stockholm gefolgt?«

»Das war ganz etwas anderes; tu nicht so, als wüsstest du das nicht! Meinst du, wir sind da zum Spaß hin? Wenn dein Schwager hier geblieben wäre, hätten sie ihn im Gefängnis verrotten lassen.«

»Und warum seid ihr dann nach der Amnestie nicht zurück?«

»Und die Ausbildung der Jungs? Hätten wir sie einfach aus der Schule reißen sollen?«

Es kränkt Müzeyyen, dass ihre Schwester ihr Jahr für Jahr die gleichen Vorwürfe macht. Ab einem gewissen Zeitpunkt lebt man doch nicht mehr für sich selbst, sondern für seine Kinder. Als ob sie das nicht wüsste …

»Wo bleibt denn die Verwandtschaft von deinem Mann, Itır?«, ruft Nebahat. »Jetzt kriegst du bald schon den Brautschleier aufgesetzt, und weder deine Schwiegermutter lässt sich blicken noch irgendeine Schwägerin. Hat man so was schon gesehen?«

»Die kommen ein bisschen später«, sagt Itır. »Sie haben gemeint, sonst sind es zu viele Leute auf einmal«, ergänzt Mücella.

»Und dann noch die Geschichte mit dem Brautfoto …«, sagt Nebahat im gleichen raunzigen Ton, mehr aus Gewohnheit.

2

»Wegen der paar Schritte brauchen wir doch kein Auto. Gehen wir lieber zu Fuß bei der schönen Abendluft. Dann sehen die Leute auch einen Brautzug!« Zur Belehrung der Gäste aus Istanbul spart Nebahat unterwegs nicht an ausführlichen Erläuterungen über die Häuser, an denen sie vorbeiziehen, und sie kommt auch auf das mehrstöckige, von einem Garten umgebene Haus des einst weltberühmten, reichen Gülbenkyan zu sprechen. »Wir wohnten zuerst in der Nähe des Camcıoğlu Konak, und immer wenn ich dort vorbeikam, stellte ich mir vor, ich würde später einmal selbst in einem so herrschaftlichen Haus wohnen.« Als gälte es, ein altes Erbe vor dem Vergessen zu bewahren und ihm sogar neues Leben einzuhauchen, erzählt sie voller Leidenschaft von Menschen, Ereignissen, Gebräuchen und Geschichten, an die sich kaum mehr jemand erinnern kann. Wenn eine der Frauen, der Erklärungen überdrüssig, von Nebahats Seite weicht, nimmt ihren Platz sogleich eine andere ein.

Als sie den Konak erreichen, in dem die Henna-Nacht stattfinden soll, heißt es: »Der Vater des Bräutigams will sich anscheinend nicht lumpen lassen.« Es ist ein Konak im typischen Stil von Kayseri, in einer engen Gasse, in der sich hinter hohen Mauern nichts als hochherrschaftliche Häuser befinden. Es sind so viele Gäste geladen worden, dass sie in ein normales Haus nicht passen würden, sodass man eben einen Konak angemietet hatte. Auch bei der Bewirtung sollte an nichts gespart werden. »Na, dann sehen wir uns das doch mal an!«, sagt Nebahat.

Im Salon, unter der reich verzierten hohen Decke, stehen Müzeyyen und Mücella in einer Ecke zusammen und kommen wieder darauf zu sprechen, dass Itır nach Kayseri zieht. »Weißt du, Müzeyyen, irgendwie freut mich das sogar. Das ist nämlich so, als würde sie einem Ruf ihrer verstorbenen Mutter folgen. Einem Ruf des Schicksals.« – »Sei bloß still, Mücella«, erwidert Müzeyyen. »Ich kann sowieso kaum noch an mich halten. Mir kommt es vor, als sei sie gar nicht gestorben; nach all den Jahren habe ich immer noch dieses Gefühl. Wie ist das bloß möglich?«

»Wer sehr geliebt wird, der stirbt eben nicht so leicht. Solange wir nicht tot sind, ist sie es auch nicht. Oder glaubst du etwa, ich hätte sie vergessen?«

Mit feuchten Augen wenden sie sich wieder ihrem »Andenken« zu, der jungen Itır, die durch einen tragischen Unfall zur Waise geworden ist und sich nun die Hände mit Henna bestreichen lässt. Sie wirkt eher so, als würde sie in einem Internatsschlafsaal herumalbern, und nicht wie eine Hochzeitsbraut.

»Was sind denn das für Pantöffelchen?«, sagt Mücella. »Davon geben wir gleich noch drei Paar zu ihrer Aussteuer.«

»Ein Aufwand wird hier getrieben! Was braucht man heute noch solche Pantöffelchen?«

»Der Bräutigam hat was getan, was mich sehr berührt hat. Er soll Itır zum Grab ihrer Mutter geführt und dort betend um ihre Hand angehalten haben. Als ich das gehört habe, musste ich richtig losheulen. Dass es heute noch solche Männer gibt!«

»Das wird wohl eher eine Idee seiner Eltern gewesen sein.«

»Trotzdem! Wer von den jungen Leuten hört denn noch auf einen? Also muss das schon irgendwie in ihm drinstecken. So ein vornehmer junger Mann. Und so rücksichtsvoll … Nicht mal den obersten Hemdenknopf macht er auf in unserer Gegenwart. Und wie verliebt er Itır immer anschaut.« Mücella sieht Itır so schmachtend an, als hätte sie sich die Augen des Bräutigams ausgeborgt. »Wie schön das Mädchen geworden ist!«

Auf Müzeyyens Wange tropft wieder eine der Tränen, die schon so lange auf ihren Wimpern zittern. Es schnürt ihr die Kehle zu, und sie drückt ihr Taschentuch auf den Mund und tut so, als würde sie sich räuspern.

Mücella sieht inzwischen versonnen auf Nebahat und sagt dann: »Die ist ganz schön gealtert, findest du nicht?«

»Ja, schon, aber zum Glück noch fröhlich wie eh und je. Und eine Lache hat sie …«

»Sie ist aber ganz schön geschwätzig geworden …«

»War sie doch schon immer; das hast du nur vergessen! Man kann ihr aber nicht böse sein. Und außerdem: Stell dir mal ein Kayseri ohne Nebahat vor …«

Müzeyyen fahndet nach dem, was ihr immer vor Augen steht, wenn sie in den langen Stockholmer Winternächten an die alte Heimat zurückdenkt, aber allem, was sie sieht, gebricht es an Intensität. Der Zauber der Erinnerung will sich beim Anblick der Wirklichkeit nicht einstellen. Es scheint ihr, als ließe sich in der Ferne alles besser erleben. Durch zu große Nähe und engen Kontakt flaut alles ab.

Mücella deutet mit einer Kopfbewegung auf Süsen und Itır, die gerade beisammenstehen. »Gleich alt sind sie nicht, schön und gut, aber sie sind doch zusammen aufgewachsen und haben sich trotzdem so unterschiedlich entwickelt. Itır ist eine richtige junge Dame geworden, und schau dir dagegen mal die meine an! Und du solltest erst mal sehen, wie sie auf der Straße herumläuft, in so Lederzeug mit lauter Sicherheitsnadeln und Ringen dran, wie Satanisten oder so … Waren wir vielleicht damals so?«

»Wir haben uns damals gerne gleich angezogen.«

Und sie erinnern sich gerührt an die Tage zurück, in denen es noch als Zeichen der innigen Verbundenheit galt, sich genauso anzuziehen wie die beste Freundin. »Und heute dagegen! Die sagen sich ja nicht mal gegenseitig, was sie für Parfums oder Hautcremes hernehmen!«

Damals waren sie noch Arm in Arm zu den Stoffhändlern gezogen, hatten sich auf der abgewetzten Ladentheke einen Stoffballen nach dem anderen ausrollen lassen, manchmal auch alles bis vor die Tür geschleppt, um es bei Tageslicht zu begutachten; und um auch den Rat der Familienmitglieder einzuholen, ließen sich von jedem Stoff einen fingerbreiten Schnipsel abschneiden, bevor sie dann mühsam ihre Entscheidung trafen, was dann aber noch nicht hieß, dass gleich geschneidert werden konnte, denn erst musste noch in langen Diskussionen Schnittmuster um Schnittmuster verworfen werfen. Manchmal musste ihr Vater nach Istanbul, um für vermögende Kunden, die die Auswahl in Kayseri zu gering fanden, selbst Stoffe auszusuchen, und dann ließen die Mädchen sich etwas mitbringen. »Ich bin mit dem Nachtzug wieder zurück«, sagte er immer.

»War es nicht schöner, als alles noch knapp war?«

»Wir waren eben jung damals, Mücella. Das ist alles. Neulich habe ich ein paar von den alten *Burda*-Heften aufgetrieben, nach denen wir damals so verrückt waren. Was soll ich dir sagen? Ich habe kaum drei Seiten drin geblättert, da ist mir der Finger schon eingeschlafen. Ich habe mich nur gewundert, was uns seinerzeit daran gefallen hat!«

Mücella schüttelt vage den Kopf.

Da kommt mit klingenden Armreifen Nebahat an und ruft aus: »Jetzt ist für das Mädchen sogar ein Kavl-Gebet gesprochen worden, dem Himmel sei Dank! Schon seit Tagen wird jetzt alles ganz nach der Tradition gemacht. Ach, Mualla, kannst in Frieden ruhen!« Dabei schlägt sie sich mit der Hand auf die Brust. Allen dreien rinnen die Tränen herunter.

Es sitzen jetzt fast keine Frauen mehr mit ungemachten Haaren bei dem Friseur. Jetzt, wo Nebahat bald an der Reihe ist, merkt sie erst, wie viel sie geredet hat. Dass sie geschwätzig ist, weiß sie natürlich, aber sich dessen so plötzlich bewusst zu werden, ist eine andere Sache. Sie hat das Gefühl, sich an ihre Erinnerungen zu hängen wie an die letzten Äste eines alten Baumes. Wenn sie verstummt, verstummt auch die Vergangenheit. Und der Tod kommt schneller. Als sie ein junges Mädchen war, hieß es über eine Tante von ihr: »Die Gräber ihrer Angehörigen stehen alle noch offen, so viel redet sie von der Vergangenheit.« Nebahat denkt nun, dass sie im Alter mehr und mehr dieser Tante ähnelt. Dass sie das merkt, ändert aber nichts daran. In ihr geht etwas um und um.

Zu ihrer Zeit hörten junge Mädchen den alten Frauen noch aufmerksam zu, und zwar sowohl, um es auf sich selbst wirken zu lassen, als auch, um es später einmal weitergeben zu können. In der folgenden Generation hörten die Mädchen auch noch zu, aber viel eher, um an dem Gehörten etwas aussetzen zu können. Das waren aber trotzdem noch gute Zeiten! Wenigstens stritt man dann noch und raufte sich schließlich zusammen. Jetzt dagegen sitzen sie neben einem, als wäre man schon tot, und sie tun nur noch so, als würden sie zuhören. Auf diesen Gedanken kommt Nebahat jetzt, als sie mit ansieht, mit welcher Gleichgültigkeit die spätgeborene und von ihrer Mutter als *Unfall* bezeichnete Süsen das Gerede der Erwachsenen über sich ergehen lässt. Sie sieht schon eine Weile auf das Evanescence-Poster in ihrer Zeitschrift und spielt nur hin und wieder die Aufmerksame, um ansonsten ihre Ruhe zu haben. Nebahat kränkt das. Warum genau, weiß sie selbst nicht. Sie verstummt einfach mitten in einem Satz, steht verlegen auf wie eine alte Frau, die gleich von der Schwiegertochter geschimpft wird, weil sie wieder mal das Wasser nicht halten konnte, zieht sich die Rockstelle vom Körper, die vom vielen Sitzen ganz feucht geworden ist, streckt dann erst mal die Beine, legt die Hände im Rücken zusammen, schüttelt die Befangenheit ab, von der sie gerade noch gepackt worden war, und spaziert in dem Friseurladen herum, um so recht zu zeigen, dass sie hier zum Urgestein gehört. Sie trinkt noch einen Tee, wühlt in den Schubläden und in den Schachteln mit den Haarnadeln und den Lockenwicklern herum. Dann flachst sie ein Mädchen an, das sich die Augenbrauen zupfen und Gesichtshaare entfernen lässt. »Manche Frauen lassen sich gern ein bisschen quälen. Wenn man an denen mit der Pinzette herumfuhrwerkt, dann genießen sie jede Träne, die es ihnen heraustreibt. Und die suchen sich dann einen Mann aus, der sie so richtig schikaniert.« – »Und was für Männer sind dir am liebsten?«, ruft ihr eine der Frauen zu. »Als ob ich noch den Männern hinterherschauen würde!«, wehrt sie erst ab, aber dann muss sie doch noch etwas zum Besten geben: »Meine Mutter hat immer gesagt: ›Wer einen schönen Mann liebt, hat dafür zu büßen. Such dir lieber einen hässlichen.‹ Ich habe natürlich nicht auf sie gehört. Wer hört schon auf seine Mutter?«

Immer noch mit den Händen hinter dem Rücken, kommt sie zu Mücella und sagt: »Der Dutt ist jetzt genau, wie er gehört. Perfekt. Unsere gute Nevzat half ja immer mit Bier nach, um der Sache die richtige Festigkeit zu verleihen, aber inzwischen haben sie ja alles Mögliche erfunden.« Dabei weist sie auf die Batterie von Mittelchen vor dem Spiegel.

Süsen steht von ihrem Platz auf und zeigt Nebahat die Blumenmuster, die sie noch von der Henna-Nacht an den Fingern hat. »Gehen die weg, wenn ich im Meer bade?« Nebahat vergisst auf der Stelle, was sie gerade vorhin noch gedacht hatte. Also ist sie doch noch zu etwas gut! »Nein, tun sie nicht, meine Kleine. Und wenn doch, umso besser, dann kommst du eben wieder!«

Da tauchen die weiblichen Verwandten des Bräutigams auf: die Schwiegermutter, Schwestern, Schwägerinnen … Überschwänglich wird geküsst und umarmt. Die einen stehen auf, um ihren Platz anzubieten, und werden von den anderen beschworen, doch nur ja sitzenzubleiben.

»Es ist ein Wind aufgekommen«, sagt die Schwiegermutter. »Ganz kalt weht es vom Erciyes-Berg her.«

»Tatsächlich?«, rufen alle wie aus einem Munde. »Was das wohl zu bedeuten hat?«

3

»Also, früher hat man noch besser geschlafen im Hamam. Hat es damals unter der Kuppel anders gehallt, oder hat das Wasser anders geplätschert? Ich weiß auch nicht.«

Die junge Frau ist eine Kusine von Itırs Vater. Man wollte von der Vaterseite her das Mädchen auf ihrer Hochzeit nicht allein lassen. Nun hat die Frau genug von der Hitze und will im kühleren Bereich des Hamam ein wenig verschnaufen. »Da seid ihr also den weiten Weg von Bilecik hierher gekommen«, sagt Nebahat zu ihr, als sie sich neben sie legt. »Die Mädels da drinnen veranstalten ein Höllenspektakel. Ich wollte mich ein bisschen auf dem Nabelstein ausstrecken, aber man hat ja keine Ruhe bei dem Geplapper!«

»Tja, junge Leute eben«, sagt die junge Frau.

»So ist es. Also zu Hause kann man sich so viel waschen, wie man will; es ist nie so wie im Hamam, da kommt doch immer noch was raus. Ich habe mich richtig geschämt vorhin, als ich abgeschrubbt worden bin.« Sie zeigt ihre aufgerauten Ellbogen vor.

Süsen, die drinnen zu filmen versucht, kommt plötzlich herausgerannt, als sei jemand hinter ihr her. Durch die einen Moment offen stehende Holztür dringt ein Stimmengewirr heraus und verstummt dann dumpf wieder, als die Tür zurückschwingt. Man hört aber noch, wie Mücella Süsen hinterherruft: »Ja, bist du denn verrückt? Du kannst bei diesem Dampf doch nicht filmen! Und glaubst du vielleicht, das passt den Leuten hier? Schalt das sofort aus!«

»Ich habe Itırs Vater noch gekannt«, sagt Nebahat. »Und wie ich ihn gekannt habe! So ein schöner Mann. Wie ein Filmstar hat er ausgesehen. Eine Uniform steht ja jedem Mann mehr oder weniger, aber ihm stand sie schon außerordentlich!«

Auf einem Hängetablett wird dunkler Tee serviert. Die beiden Frauen richten sich auf, und an die Marmorwand gelehnt rühren sie klingelnd in den schlanken Gläsern um.

»Ich kann mich nur noch dunkel an ihn erinnern«, sagt die junge Frau. »Ich war ja noch klein damals.«

Nebahat, die sich wunderbar darauf versteht, Zuhörer zu finden, ja, sie geradewegs zu erschaffen, bekommt über den flotten Leutnant wieder die Kurve zu den alten Zeiten.

»Manche Mädchen freundeten sich damals mit Soldatenfamilien an, um sich dann im Offizierskasino nach einem Ehemann umzuschauen. Unsere eigentlich unnahbare Mualla ließ sich einmal auch zu solch einem Besuch überreden, und da soll sie sich dann in den Leutnant sofort verknallt haben. In Kayseri lässt man die Mädchen ja nicht so gerne auswärtig heiraten. Der Sohn vom Waschmaschinenhändler war damals schon lange hinter Mualla her und versprach ihr das

Blaue vom Himmel, aber sie sah ihn nicht einmal an. Sie sagte es zwar nicht gleich, aber ihr Herz war sofort vergeben an euren schicken Leutnant. Wir hatten ja schon oft von der berühmten Liebe auf den ersten Blick gehört, aber was das wirklich war, lernten wir erst durch Mualla kennen. Als der Leutnant dann um Muallas Hand angehalten hat, wurde er vom Brigadekommandeur begleitet, und die Hochzeit hat im Offizierskasino stattgefunden. Die Spitzeneinsätze für den Bettüberwurf habe damals ich gemacht. Es war das Glücksjahr des Bräutigams, denn er ist auch noch zum Oberleutnant befördert worden. Jenen Sommer werde ich nie vergessen. Es war der schönste Sommer überhaupt. Sonntag für Sonntag sind wir mit dem Auto aufs Land gefahren und glücklich gewesen. Und wir haben gedacht, das würde immer so weitergehen.«

Als eine der Hamam-Angestellten hereinkam, hielt Nebahat ihr Teeglas hoch und rief: »Ach, bringen Sie doch mit der nächsten Runde auch gleich ein paar Pastetchen mit, damit wir den Tee nicht so alleine trinken müssen.« Und zu der jungen Frau gewandt sagte sie: »Früher, da hätte ich euch die hiesigen Spezialitäten noch selber gemacht, die Fleischpasteten und die Süßigkeiten und das ganze Zeug, aber heute sind bei mir die Hände genauso schwerfällig wie der Rest.«

Als noch mehr Frauen hereinkommen, rücken sie lächelnd auf dem Marmorstein ein wenig zusammen.

»Die Töchter des Luxusschneiders, so wurden die drei damals genannt. Unter uns gesagt, war die schönste von ihnen ja die mittlere, Sofya! Also Mualla! Was dann der Name Sofya soll? Ganz einfach: Weil es nicht nur in Kayseri und nicht nur in der Türkei, sondern auf der ganzen Welt keine zweite

Frau gab, die so sehr aussah wie Sophia Loren! Man hätte sie glatt mir ihr verwechseln können. Bei Gott, du kannst mir glauben: die gleichen Augen, die gleichen Lippen, die gleiche Taille! Und der Gürtel aus dem Stoff des Kleids natürlich immer so eng geschnallt, wie es nur ging, damit man auch sah, wie schlank sie ist, und den Glockenrock schwenkte sie bei jedem Schritt, dass es nur so seine Art hatte. Man hätte sie, so wie sie war, glatt in einen Film stecken und als Sophia Loren verkaufen können. Und wie sie erst schulterfreie Sachen tragen konnte! Der lange Hals, das schöne Dekolleté! Aber sie hätte ja auch einen Müllsack tragen können! Wir anderen versuchten auch mal diese Overalls, die es damals so gab, aber sie als Einzige sah darin aus wie eine Puppe. Und ihre Haut erst: seidenweich! Obwohl es damals noch nicht diese ganzen Cremes gab. Sie war immer wie aus dem Ei gepellt. Ohne sich noch mal ihre Stirnlocke einzudrehen, ging sie nicht aus dem Haus. Zum Amüsieren gab es ja damals nicht viel; das höchste der Gefühle war schon, wenn wir uns in die Konditorei *Divan* setzten und so taten, als würden wir die Jungs nicht ansehen, die draußen vorbeigingen. Es ging aber auch noch anders zu in Kayseri damals; die Mädchen wurden nicht schon mit knapp vierzehn in bodenlange Mäntel gesteckt. Du kannst das nicht mehr wissen, aber es gab damals so ein Magazin, *Ses* hieß es, da hatten die eine Kolumne mit dem Titel »Mit welchem Prominenten haben Sie Ähnlichkeit?«, da haben wir ein Foto von Mualla hingeschickt, ohne es jemandem zu sagen. Und die Woche drauf drucken die doch tatsächlich unser Foto neben einem von Sophia Loren! Und wenn unter Muallas Foto nicht gestanden hätte *Foto Zafer-Kayseri*, hätte kein Mensch geglaubt, dass das nicht Sophia Loren höchstpersönlich war. Na ja, der Name Sofya ist dann natürlich an ihr hängen geblieben. Sofya hier, Sofya da!«

Einer der Tropfen, die sich an der Kuppel des Raumes gebildet haben, fällt Nebahat aufs Gesicht, und sie wischt ihn mit dem Handrücken ab, bevor er ihr ins Auge fließt. »In Erdek, im Sommerurlaub, wurde sie zur ›Miss Strand‹ gewählt; es gibt sogar ein Foto davon, mit der Siegerschärpe um die Brust, das hat sie dann abziehen lassen und jeder von uns eins gegeben, wie eine Schauspielerin … Ich habe es heute noch zu Hause. Ach, Mualla, damals in Erdek hast du ins Objektiv geschaut, als ob du niemals sterben würdest!«

Da kommen der Tee und die Pasteten. Die Frauen, die sich zu ihnen gesetzt hatten, kehren zurück in den Schwitzraum.

»Du musst dir mal das damalige Kayseri vorstellen! Wir lauter halbwüchsige Mädchen; ich war ein wenig älter als die anderen, dafür aber kindischer. Wir gingen ins Kino in die Frauenmatinee, kauten Sonnenblumenkerne und weinten uns in Liebesfilmen die Augen aus. Die Matinee war damals immer proppenvoll, man hätte nicht eine Person mehr hineinquetschen können. Und wenn wir nach dem Film aufstanden, standen wir quasi bis zu den Knöcheln in Sonnenblumenschalen und mussten regelrecht aus dem Kino hinauswaten. Egal, wie man in dem Film geweint hatte, bei dem Geknistere kam einem doch wieder das Lachen! Ich weiß noch wie heute, wie wir gemeinsam *Und dennoch leben sie* mit Sophia Loren gesehen haben! Nach dem Film hat keine von uns an sich halten können: Eine jede hat unsere Sofya umarmt. Mein Gott, was für ein trauriger Film! Manche Filme sind noch trauriger als das Leben, stimmt's nicht? Wegen Sofya wurden übrigens dann bald ihre Schwestern Gina und Claudia genannt, nach zwei anderen italienischen Schauspielerinnen, denen sie aber kein bisschen ähnlich sahen. Überhaupt liefen viele italienische Filme bei uns im Kino. Da kamen auch so viele laute, eifersüchtige Frauen vor wie bei uns, die liebten und weinten und sich stritten, da konnten wir so richtig mitgehen. Die ständigen Fernsehserien gab es damals noch nicht. Es war die Zeit der Fotoromane; die tauschten wir immer unter uns aus. Und wir dachten dabei, uns würde auch einmal so ein aufregendes Leben erwarten. Dann wurde ich jung schon Witwe, und unsere Mualla starb.«

Nebahat lässt sich von der Schwermut ihrer eigenen Worte davontragen. Plötzlich hat sie diesen umflorten Blick, wie er sich bei Frauen oft einstellt, wenn sie zu sehr in die Vergangenheit sehen. So sehr sie auch mit entschlossener Fröhlichkeit durch den Alltag geht, so schnell erliegen ihre Augen doch dem Ruf der Vergangenheit, sobald sie von früher zu erzählen beginnt. Und ist sie erst einmal so weit weg, kommt sie nicht leicht wieder zurück.

Als hätte sie ihre Zuhörerin vergessen, wie im Selbstgespräch, sagt sie leise: »Nach Muallas Tod sagte nie wieder jemand *die Töchter des Luxusschneiders*! Als sei eine Halskette aufgesprungen und die Perlen davongestoben … Und in die Filme von Sophia Loren gingen wir dann auch nicht mehr.«

Dann fasst sich Nebahat ein wenig und sagt: »Ich habe dir doch hoffentlich nicht zugesetzt mit meinen Geschichten! Noch dazu bei dieser Hitze hier …«

»Nein, nein«, erwidert die junge Frau, »das war schon alles interessant … Ich soll allen möglichen Leuten Pastirma mitbringen, weil das doch eine Spezialität von Kayseri ist. Als ob es das nicht überall zu kaufen gäbe! Jetzt muss ich mich auf der Rückfahrt nach Bilecik mit dem ganzen Pastırma abschleppen.«

Von der Kuppel fällt wieder ein Tropfen auf Nebahats Gesicht, doch diesmal wischt sie ihn nicht ab, sondern lässt zu, dass er auf den Hals herabfließt und sich mit ihrem Schweiß vermischt. Sie schweigt.

Orhan wirft den Kopf zurück und ruft zu Şükrü, den er wegen der dazwischen Stehenden nicht sieht: »Nebahat übernehme ich, du weißt ja, sonst ist sie beleidigt.«

4

»Wenn man als Ehepaar miteinander auskommen will, muss man die gleichen Vorlieben haben« sagte ihre Mutter immer. »Das ist es, was die Leute an unserem Glück immer nicht verstehen.«

Ihre Mutter und ihr Vater hatten den gleichen Vornamen: Fikret. Den Kindern kam das schon komisch vor: Sie waren die Töchter von Fikret und Fikret. Als sie dann größer waren, nannte man sie – als wäre das ein Titel – *die Töchter des Luxusschneiders*. Sie verbrachten ihre Tage hier in diesem Laden und mehr noch im gartenartigen Hof zwischen Laden und Haus. Vor allem die Sommer hat Müzeyyen in Erinnerung. Den kühlen Schatten … die Sommer voller Blumen und Träume … die Zeit der Hoffnungen. Der Geruch der abends frisch gegossenen Erde kommt in manchen Nächten bis nach Stockholm und weckt sie aus dem Schlaf. Es zieht sie dann dorthin.

Sie legt eine Hand an die Mauer, als bräuchte sie eine Stütze; die andere Hand hat sie an der Hüfte. Sie atmet heftig. Ihre Blicke sind von tiefer Schwermut getrübt. Man erinnert sich in solchen Momenten an Dinge, die man längst verschollen wähnte. Die Hälfte des Hofes ist nun betoniert; wie ein Garten wirkt er nicht mehr. Sie zeigt Itır und Süsen eine Stelle: »Hier war mal ein Vordach. Das haben sie weggerissen.«

Am Vorabend hatte sie gesagt: »Ihr wisst ja, wie es zugeht auf der Welt. Heute leben wir, und morgen sind wir tot. Wer weiß, wann wir hier wieder mal zusammenkommen. Und wo wir jetzt schon mal da sind, habe ich mir gesagt, wir sollten noch mal gemeinsam hin. Ich habe mit den jetzigen Besitzern ausgemacht, dass wir uns morgen den Laden und das Haus anschauen dürfen.«

»Du hast den Laden als Erstes genannt, Tante«, sagt Itır.

Nun ja, dort verbrachten sie ja auch die meiste Zeit. Sie wurden oft zu kleineren Besorgungen losgeschickt oder halfen beim Heften und Säumen oder beim Ausschneiden von Schnittmustern. Wer sich geschickt anstellte, der durfte auch schon mal Ärmel annähen.

»Ich bin beim letzten Mal dran vorbeigekommen. Von früher ist nicht mehr viel übrig. Was sollen die Mädchen da schon sehen?«, sagt Mücella. Sie sträubt sich nicht wirklich dagegen, sondern will nur ein bisschen seufzen.

»Das macht nichts«, erwidert Müzeyyen. »Macht überhaupt nichts.«

Wenn man von der Straße kam, ging man erst durch den Laden durch und dann vom Hof aus ins Haus hinein. Auf der Schaufensterscheibe stand in einem ovalen Ornamentrahmen mit vergoldeten Lettern *Luxusschneider*. Im Sommer musste jeweils eines der Mädchen vor den Laden gehen und die gestreifte Markise je nach Sonnenstand hinauf- oder herunterkurbeln.

Ihr Vater war der gefragteste Damenschneider von Kayseri. Was er nähte, saß wie angegossen. Seine Frau war ihm nicht nur Lebensgefährtin, sondern auch eine wertvolle Mitarbeiterin, und je nach Auftragslage hatten sie immer wieder mal eine männliche oder weibliche Aushilfe.

»So, Kinder, hier haben wir unsere ganze Kindheit und Jugend verbracht«, sagt Mücella. Sie berichtet, dass die neuen Besitzer drinnen natürlich einiges verändert haben. Im Laden werden jetzt Parkettböden verkauft. Es kitzelt einen ein Lackgeruch in der Nase.

Hier standen einst zwei kleine Sessel, eine Couch, ein Tischchen mit Schnittmustern und Modellheften und gegenüber ein breiter Arbeitstisch. Auf den Regalen hinter dem Tisch lagerten der Jahreszeit entsprechende Stoffballen, Futter, Garnknäuel, Bögen mit Schnittmusterpapier, Styropor, Steifleinen, Schneiderlineale, Nadelkissen, ein Magnet zum Einsammeln der heruntergefallenen Nadeln, gelbe Maßbänder, Scheren verschiedener Größe, Schneiderkreiden. Wenn im Laden keine Kunden waren, arbeitete der Vater am liebsten hier, blickte zu den Passanten hinaus und suchte im Radio nach einem passenden Sender. Vorne stand eine Nähmaschine und hinten noch zwei weitere. Jetzt reden sie darüber, wie sie das Surren der Pedal-Nähmaschinen noch immer im Ohr haben, und überhaupt all die Laute aus der Kindheit.

Während der Parketthändler mit einem Kunden dasteht, geben Müzeyyen und Mücella den Mädchen etwas eilig ihre Erläuterungen ab und gehen dann in den hinteren Raum.

Lächelnd sehen die beiden Männer den Frauen nach, durch die in den Laden ein Hauch von Vergangenheit gezogen ist.

Die beiden Räumlichkeiten waren früher durch einen Samtvorhang voneinander getrennt. Wie die Messingringe oben an der Schiene entlangwetzten, das hören die Frauen auch noch, als wäre es heute … Als Kinder zogen sie den Vorhang gerne mit großer Geste auf, als würden sie eine Bühne betreten. Dahinter war der Anproberaum mit drei großen Stehspiegeln, samtbezogenen Puffs und einer Ledercouch. »Ein Spiegel pro Tochter«, erklärte der Vater immer, wenn jemand fragte. Er hatte sie mit dem Zug aus Istanbul bringen lassen. Das Holz der Spiegel wurde immer mit einem ganz besonderen, sehr feinen Tuch poliert. Auch die Schneiderpuppen waren drei an der Zahl. Für Kunden stand immer frisches Süß- und Salzgebäck bereit, und den ganzen Tag brodelte der Teekessel. Ihre Mutter war eine flinke Frau, der alles leicht von der Hand ging. Sie sprach nur wenig, drückte aber so einiges mit ihren vielsagenden Blicken aus. Da sie ihre Arbeit ohne jegliches Murren tat, merkte man die Hälfte davon nicht einmal, und doch wusste jeder, dass vor allem sie dahintersteckte, wenn der Laden richtig lief. Der Vater wiederum war ein außerordentlich gut aussehender Mann, umschwärmt von allen Frauen und Mädchen. Man verglich ihn immer mit berühmten amerikanischen Schauspielern. Noch dazu war er stets elegant in englische Stoffe gekleidet. Wenn er zum Arbeiten sein Jackett auszog und hin und wieder seine Hosenträger an die Brust klatschen ließ, seufzten die Frauen nur so auf. Es hieß sogar, manche Damen der besseren Gesellschaft ließen sich unnötigerweise Kleid auf Kleid schneidern, um nur öfter in seiner Nähe sein zu dürfen. Man fragte sich in Kayseri, ob ihre Mutter auf diese Frauen nicht eifersüchtig sei. Sie aber war ein kluges Wesen und wusste zwischen Verlangen und Leben zu unterscheiden, und so lächelte sie über dieses Thema nur demütig hinweg.

Der Vater probierte an einer der Schneiderpuppen ein Kleid, zog mit seinen tabakbraunen langen Fingern aus dem Nadelkissen, das er um den Arm trug, flink eine Nadel heraus oder nahm eine der Nadeln, die zwischen seinen regelmäßigen, schneeweißen Zähnen steckten, trat zwei Schritt zurück, um das Kleid zu mustern, tat dann wieder einen Tanzschritt nach vorn, und da war es um die Frauen, die auf der Couch und den Puffs lagerten, wieder einmal geschehen, und sie pressten ihre mit Kölnischwasser getränkten Taschentücher an den Mund und seufzten auf.

Die Töchter fragten sich natürlich auch, was ihre Mutter so empfand, wenn sie diese schmachtenden Blicke sah. Wer sich auf die langlebige Ehe von Fikret und Fikret keinen so rechten Reim zu machen verstand, der führte schließlich das Glück der beiden auf den gleichen Vornamen zurück. Die Mutter selbst äußerte sich nicht dazu. Man wusste nicht, worin ihr großes Selbstvertrauen gründete, und das machte sie zugleich unerforschlich und interessant. Sie war so undurchdringlich, dass man ständig über sie rätselte. Als hätte sie ihre Lebensreise schon längst getan, wüsste nun alles, was kommen würde, und sei nur noch einmal zurückgekommen, um einen zu begleiten.

Was fand nur ein so schöner, allseits bewunderter Mann an diesem unscheinbaren Wesen, oder wie vermochte dieses Wesen solch einen Mann über so viele Jahre hinweg zu halten? Wer sie nicht ausstehen konnte, zerriss sich gerne das

Maul über sie: »Die soll ja gar nicht türkischer Abstammung sein. Schaut euch doch nur diesen stumpfen, hässlichen Blick an.«

Als sie gerade das Haus selbst betreten, stößt Nebahat zu ihnen. »Das bin ich, Mädels!« Ohne Umschweife ruft sie aus: »Eure Mutter war eine starke Frau! Wie sie schaute, wie sie lachte, wie sie dastand, alles an ihr war stark.« Und als würde sie mit einem Magneten ihr Umfeld abtasten, sagt sie: »Sie hatte irgendwie etwas Magnetisches an sich. Wo sie war, zog sie stets alle Blicke auf sich. Und jeder versuchte immer, sich nur ja bei ihr beliebt zu machen, oder fragte sie um Rat. Sie wies auch keinen zurück, doch wenn sie jemanden nicht mochte, dann schwieg sie einfach. Ihr Schweigen war daher gefürchtet. Kein Wunder, denn es gab so viele Frauen und Mädchen in Kayseri, die schöner waren als sie, doch bei jeder ging die Schönheit irgendwann vorbei, während Fikret von immer gleicher Eigenständigkeit blieb. Schönheit gleicht sich ja irgendwie immer, aber Fikret war etwas Besonderes. Etwas ganz Besonderes. Ohne eigentlich schön zu sein, war sie doch schön.«

Die Töchter begreifen gar nicht, warum sich Nebahat über ihre Mutter solche Gedanken macht.

»Und wie war unser Großvater?«, fragen da Itır und Süsen fast gleichzeitig.

»Euer Großvater war nicht einfach nur ein Schneider, sondern ein Künstler. Er konnte eine Schneiderschere zum Sprechen bringen«, fängt Nebahat an, aber die Mädchen unterbrechen sie sofort. Nicht das interessiert sie, sondern wie ihr Großvater so vielen Frauen den Kopf verdrehte.

Da schildert Nebahat ihn, als wohnte sie gerade einer Anprobe bei, und rühmt seine breiten Schultern, den trapezförmigen Oberkörper, die für einen Mann seines Alters noch ziemlich schmalen Hüften, die kräftigen Oberschenkel, die sich unter dem Hosenstoff abzeichneten … »An was du dich so erinnerst, Nebahat!«, sagen Fikrets Töchter. »Und noch dazu vor den Kindern!« – »Kinder sollen das noch sein? Das sind ausgewachsene Mädchen. Die eine heiratet gleich, und die andere hat es schon faustdick hinter den Ohren.« Süsen lächelt erfreut darüber, schon so ernst genommen zu werden.

»Das Leben von jeder von uns ist ein Roman für sich«, sagt Mücella. »Lassen wir es gut sein mit den Geschichten, und gehen wir.«

Orhan fährt ein letztes Mal durch Nebahats Haar und tritt dann einen Schritt zurück, um sein Werk zu begutachten. Ihre Blicke treffen sich im Spiegel. Nebahat dreht den Kopf nach links und nach rechts und findet sich recht ansprechend. Ein Lehrling reicht ihr einen Handspiegel, damit sie sich auch von hinten sieht. »Gut gemacht, Orhan, du hast von deiner Mutter was gelernt«, sagt sie beim Aufstehen. »Beinahe komme ich mir vor wie früher.«

5

Draußen bricht plötzlich ein Sturm los. Seit Menschengedenken sei durch Kayseri noch kein solcher Wind gefegt, heißt es gleich. Die Türen und Fenster beben nur so, und an der Schaufensterscheibe, an der der Wind zerrt, als wolle er sie aus der Verankerung reißen, zittert das mit goldenen Buchstaben geschriebene *Luxusschneider* wie vom Blitz gerührt. Als die Frauen merken, dass hier nicht die übliche, gemächliche Art von Wind tobt, stehen sie immer wieder furchtsam auf, treten mit schreckgeweiteten Augen an die Scheibe und sehen sich an, wie da draußen das Wetter sich gebärdet. Ihre Augen werden von der Furcht überschattet, mit der die Frauen seit Jahr und Tag jeglicher Art von Ungewissheit begegnen. In ihren Gesichtern scheint etwas Fremdes, Einsames emporzusteigen, das ohne ihr Wissen seit wer weiß wie langer Zeit in ihnen geschlummert hat.

Nebahat, die auf solche Situationen gern mit lärmender Fröhlichkeit reagiert, lässt erst ein lautes Gebet vom Stapel und sagt dann: »Wenn jetzt einfach ein richtiger Wolkenbruch runtergehen würde, dann hätte ich gesagt, das ist ein gutes Zeichen für die Hochzeit, aber …« Dass dieses *aber* so unvollendet in der Luft hängen bleibt, verschreckt so manche Kundin erst recht.

Es kommt Orhan so vor, als könne jederzeit die verrückte Nevzat hereinkommen, sich die Regentropfen vom Mantel klopfen, skeptisch eine Augenbraue heben und mit ihrer rauchigen Stimme fragen: »Habt ihr etwa noch keinen Tee aufgesetzt?« Orhan blickt mit der gleichen Gesetztheit zur Tür, mit der er auch immer seine Haarbürsten in Wasser mit ein paar Tropfen Olivenöl einlegt, damit sie leichter zu reinigen sind, oder mit der er aus den herumstehenden Aschenbechern die Asche aufhebt, weil sich damit Farbreste von der Haut entfernen lassen. Er ist jeden Augenblick darauf gefasst, dass die verrückte Nevzat mit der gleichen vorwurfsvollen Stimme wie früher plötzlich sagt: »Du hast den Laden also umbenannt!« Seine Mutter ist tot, aber die Angst vor ihr lebt ihn ihm weiter. Das Kind in Itırs sorgenumwölktem Gesicht altert mit einem Mal um ein paar Jahre, und das Mädchen beginnt sich zu fragen, ob dieser Wind, der sich zum Sturm ausgewachsen hat, nicht etwas mit ihr selber zu tun hat, und ob es wirklich eine so gute Idee war, zu heiraten und hierher nach Kayseri zu ziehen. Ihre Hochzeitsfrisur gefällt ihr nun auch nicht mehr. Das Diadem in ihrem Haar kommt ihr lächerlich vor. Müzeyyen denkt an die langen Winternächte in Stockholm, in denen der Schneesturm ums Haus pfeift, und sie glaubt nicht mehr, dass sie in die Türkei zurückziehen, auch wenn sie es sich jedes Mal für das Jahr darauf fest vornehmen; nein, sie werden in Schweden einmal sterben. Ab einem bestimmten Zeitpunkt können Menschen sich nicht mehr versöhnen, sich nicht mehr trennen, nicht mehr zurück, das weiß sie nun. Sie denkt an die breite, weiß gestrichene Holztür ihres Hauses in Stockholm, an die ausladenden Fenster mit den schneeweißen Rahmen, an den gemächlich aus ihrem Schornstein emporsteigenden Rauch, der genauso aussieht wie einst auf ihren Kinderzeichnungen; und sie denkt an das gleichförmige, ruhige Leben, das sie dort führt. In der Ferne halten Erinnerungen sich länger; kommt man ihnen zu nahe, so sterben sie leicht ab. Nicht Schweden hat sie von hier getrennt, sondern Muallas Tod. Der Wind weht alles davon. Nicht die Vergangenheit braust durch die Straßen, sondern eine große Leere. Süsen, denkt, sie wird nie mehr in der Akmar-Passage in Kadıköy ein schwarzes Spaghetti-T-Shirt kaufen, sich nie mehr mit Göksu treffen, das Marylin-Manson-Konzert im Sommer verpassen, nie mehr im Internet chatten, nie Gitarre spielen lernen, nie nach Amerika kommen, und stattdessen so werden wie diese Frauen hier und rasch altern.

Die Schwiegermutter und die diversen Schwägerinnen machen unterdessen einen Versuch, aus dem Friseursalon hinauszugehen. Sie halten mit beiden Händen ihre Frisuren fest und stürzen sich in den Wind, doch die Straße treibt sie augenblicklich wieder in den Laden zurück. Da sie alle die Hände am Kopf haben, schlagen ihre Handtaschen gegeneinander.

Mit Mühe bringen sie die Tür wieder zu. Die Werbeplakate für Gel und Haarspray hängen schief von der Wand. Nebahat möchte sie wieder richtig anbringen, doch irgendwie kommt sie nicht von ihrem Stuhl hoch. Sie kann die Augen nicht von der Schaufensterscheibe lösen, vom Zauber des Winds, von dem, was der wie einem Märchen entsprungene Sturm so verspricht.

Während der Wind vertrocknete Blätter, Papierfetzen und sonstigen Unrat hoch in die Luft wirbelt, sieht Nebahat plötzlich einen cremefarbenen 57er Chevrolet so langsam vorbeifahren, als schwebte er. Erst kommt die Kühlerhaube des Cabrios in ihr Gesichtsfeld, und um den Rest zu sehen, reckt sie ungeduldig den Hals. Als wie in Zeitlupe das milchbraune Verdeck des Wagens zugeht, sieht Nebahat ganz aufgeregt, dass das Wageninnere mit rotem Leder ausgeschlagen ist. Vor lauter ans Fenster gewirbelter Blätter erkennt sie bei dem grauen Himmel nicht, ob in dem Wagen überhaupt jemand sitzt. Nur ein bläuliches Tuch sieht sie in der Luft flattern. Der jüngsten Tochter des Luxusschneiders muss das Halstuch davongeflogen sein. So heißt es in der Stadt. Einen nach dem anderen pflückt der Wind die rosa und weißen Pünktchen von dem Tuch und lässt sie wie lustige Seifenblasen umherwehen. Und da kommen auch schon am Ende der Straße nacheinander die drei Töchter des Luxusschneiders daher und versuchen schamhaft kichernd ihre hochflatternden Röcke zu bändigen. Die Jüngste könnte ihr Tuch nicht mehr erwischen, auch wenn sie liefe.

Es bleibt kurz reglos in der Luft stehen, dann aber, als würde das Leben nun erst richtig weitergehen, bringt der Wind es dahin zurück, wo er es zuvor hatte davonfliegen lassen. Nebahat möchte den Töchtern des Luxusschneiders etwas zurufen, aber da merkt sie, dass sie keinen Ton herausbringt. Wie immer geht in der Mitte Sofya, und das Band, mit dem sie ihre Schmachtlocken zusammenhält, leuchtet seiden glänzend auf; unter ihrem Rock mit den großen roten Rosen und den dunkelgrünen Blättern darauf sieht man ihren hellbeigen Spitzenunterrock. Als die drei Mädchen aufgeregt schwatzend und lachend nach Hause laufen, lässt das Toben des Windes nach, und wie in einem Film hört man aus einer Wohnung heraus die Akkordeonmelodie eines bekannten Lieds aus jeder Zeit. Beim Davonlaufen merken die Mädchen erstaunt, dass der Wind sich der Blumen und Blätter auf ihren Röcken bemächtigt hat. Die von dem Stoff befreiten Rosen und Blüten wiegen sich gleichsam im Rhythmus der Musik in die Luft empor; manche bleiben am Rand einer Wolke hängen, andere mischen sich ins Sturmblau des Himmels. Als der plötzlich wieder anschwellende Wind vor dem Kaffeehaus einem Mann den cremefarbenen Filzhut vom Kopf reißt und ihn hin und her weht, meint Nebahat, das sei doch der Hut des Luxusschneiders, der sich auf die Suche nach seinen Töchtern gemacht hat und dann von Sturm überrascht wurde. Und da taucht, nach seinem Hut, auch schon der Luxusschneider selbst auf. Seit ihm der Hut davongeflogen ist, hängt ihm eine kräftige, etwas ergraute Locke zwischen den Brauen. In dem Moment, in dem er am Ende der Straße auftaucht, beginnen im Taş-Kino zwei Filme gleichzeitig. Aus dem Volkshaus von Kayseri, das früher einmal eine Kirche gewesen sein soll, tönt die Walzermusik eines Ballabends wie die silbernen Pailletten von Nebahats erstem Abendkleid. Der Mond scheint nicht, er fließt geradezu. Liebend gerne würde Nebahat zu dieser Musik hinausgehen, den davongewehten Hut als Erste erwischen und ihn Fikret zurückgeben, und ihm dann beim nickenden Gruß in die Augen schauen. Sie kann sich nicht satt sehen an der wie immer messerscharf gebügelten Hose, der grauweißen, die schlanke Taille einfassenden Weste, der stets genau gehenden silbernen Taschenuhr und an jenem Blick aus dichten Wimpern heraus, der einem durch und durch geht. Was sie damals, als sie noch jung war, nicht machen konnte und ganz für sich behielt, das würde sie nun, bei diesem verrückten Wind, diesem Sturm, so gerne endlich tun.

Wenn doch jene Jahre wiederkämen und sie eine andere wäre.

Die quälende Ungewissheit darüber, wann dieser Sturm sich legt, sieht den Frauen aus den Augen heraus; und als müssten sie sich auch im Laden vor dem Wind schützen, der jeden Augenblick die Fensterrahmen zertrümmern und hereindringen könnte, halten sie die Hände noch immer über ihre frischen Frisuren und verharren, voneinander Trost erhoffend, in angespanntem Warten. Sie möchten, dass der Sturm endlich aufhört, damit die benannten oder auch unbenannt bleibenden Ängste und Unsicherheiten, die er aus den hintersten Winkeln ihres Herzens emporgeweht hat, endlich wieder in ihrer Versenkung verschwinden und die Welt wieder zu dem alten, vertrauten Ort wird.

Da keine von ihnen in Kauf nehmen wird, ihre Frisur ruinieren zu lassen, wissen sie, dass auch keine auf die Straße gehen wird, bevor dieser Wind, der dem Menschen ins Innerste hineinweht und ihn seiner selbst beraubt, sich nicht endlich legt.

Gümüşhane ist sehr weit weg

Sie fragte die Frau, die ihr die Tür öffnete: »Bist du Asiye?« Die beiden musterten sich. Ihre aufmerksamen, geschärften Blicke trafen sich im Nichts. Die läutende Frau wusste sehr wohl, wen sie suchte, die andere hatte keine Ahnung, wen sie da vor sich hatte.

Das Haus stand am Ende eines leicht ansteigenden Wegs. Es war auf einem Betonfundament errichtet, das die Unebenheit des Bodens ausglich. Dem Haus war anzusehen, dass man es mit beschränkten Mitteln mehr schlecht als recht zusammengeschustert hatte. Über eine seitliche Treppe gelangte man auf eine Art Terrasse, die von einer Holzbalustrade umgeben war. Die junge Frau war aus dem Auto ausgestiegen und sogleich entschlossenen Schrittes die Stufen hinaufgegangen. Auf die Äpfel und Birnen, die auf dem sonnenbeschienenen Teil der Terrasse auf Strohmatten zum Trocknen auslagen, warf sie zunächst einen skeptischen, ja verächtlichen Blick. Seit jeher reagierte sie auf alles Befremdende mit leichter Verachtung und schützte sich vor dem Unbekannten erst einmal dadurch, dass sie es ablehnte. Im Schatten standen Körbe, wiederum voller Äpfel und Birnen, die wohl als Nächstes an die Reihe kommen sollten. Die junge Frau hatte nicht einmal kurz innegehalten, bevor sie zur Klingel griff, und auch gleich noch einmal geläutet, bevor zum Öffnen der Tür überhaupt Zeit gewesen wäre. Nicht aus Ungeduld oder Aufregung tat sic das, sondern aus ihrer entschiedenen, befehlenden Natur heraus. Die Welt hatte mit ihrer Geschwindigkeit gefälligst mitzuhalten.

Dem runden Gesicht der Frau, die die Tür schließlich öffnete, war auf den ersten Blick anzusehen, dass die entschlossenen Züge von harten Jahren herrührten. Die Frau hatte ein breites, energisches Kinn und blaue Augen, die so tief saßen, dass sie den Blick gleich noch stechender machten. Es waren Augen, die im einen Moment weinen und im nächsten schon wieder lachen konnten, und um sie zu verstehen, musste man die anatolischen Frauen kennen. »Auf blaue Augen wäre ich nie gekommen«, dachte die junge Frau. Sie war aber fest entschlossen, sich nicht verblüffen zu lassen. Sofort fasste sie sich wieder.

»Ja, ich bin Asiye«, sagte die Frau und rückte sich dabei das leicht verrutschte Kopftuch zurecht. »Was gibt's?«

Die junge Frau wollte ihr Gegenüber erst einmal schweigend taxieren. Wollte die andere warten lassen, ein wenig die Zeit strecken, den Augenblick genießen. Sie tat das nicht aus Freude, es war einfach ein Gebot der Pein, die an ihr nagte. Keine naive, unterdrückte Bäuerin hatte sie also vor sich, sondern eine hartgesottene, selbstbewusste Frau.

»Na, was ist denn?«, sagte die Frau. »Ich habe doch gesagt, dass ich Asiye bin …«

Die junge Frau schwieg weiter, als wartete sie darauf, dass bei der anderen der Groschen fiel.

»Wer bist du denn?«, fragte die Frau nun ungeduldig und hart.

»Du hast ja damals keine Zeit gehabt, mir einen Namen zu geben«, sagte die junge Frau. Und nach einer Pause: »Die

Leute, die mich aufnahmen, haben mich Füsun genannt. Ich bin deine Tochter.« Schneidend war das gesagt, eiskalt.

In Asiye erstarrte alles. Erst begriff sie gar nicht. Als sei in einer fremden Sprache zu ihr geredet worden, sah sie ganz ausdruckslos drein, dann ungläubig, und schließlich wurden ihre Augen feucht, und ihre Pupillen begannen zu glänzen.

Sie trat einen Schritt vor die Tür und sah umher, als würde sie dadurch eher begreifen, ob die junge Frau vor ihr die Wahrheit gesagt hatte oder nicht. Als sie in den Fenstern und auf den Balkons ringsum neugierig herüberäugende Nachbarsfrauen sah, stutzte sie erst recht. Dieser Anblick, den sie nicht zu deuten wusste, machte die Situation noch unwirklicher, verlieh ihr etwas traumartig Verschwommenes.

»Was schauen denn die Nachbarn so?«, sagte sie fast mehr zu sich selbst.

»Die habe ich nach dem Weg gefragt«, erwiderte Füsun mit unvermindert kalter Stimme. »Da haben sie mir das Haus hier gezeigt.«

Am Straßenrand sah Asiye ein nagelneues dunkelblaues Auto stehen, wie man es hier nur aus der Fernsehwerbung kannte. Als der junge Mann am Steuer Aliyes forschenden Blick bemerkte, grüßte er mit einem gekünstelten Lächeln.

»Das ist ein Bekannter von mir«, sagte Füsun. »Er heißt Berke und hat mich von Istanbul hierher gebracht.«

»Der soll hereinkommen. Man kann ihn doch nicht vor der Tür warten lassen. Noch dazu nach einer so langen Fahrt.« (Aha, Istanbul, dachte sie. »Sie hat es also nicht ganz schlecht getroffen.«)

»Nicht nötig, das ist er gewohnt. Aber willst du nicht mich mal hereinlassen?« Selbst bei diesem spöttischen Vorwurf blieb ihre Stimme kühl.

»Aber klar doch, natürlich!« Sie rang krampfhaft nach Worten. »Du musst schon entschuldigen, die Überraschung … Bitte, komm doch rein!«

Sie ließ Füsun vorangehen und sah ihr dabei nach, musterte ihre Schultern, ihren Rücken, den ganzen Körper, den Gang. Und als sei es das Erste, was nun erledigt werden müsste, schob sie dann an dem Fenster neben der Tür die Gardine zurück und sah hinaus. Die Nachbarsfrauen lugten noch immer herüber. Ganz unruhig machte sie das.

»Warte du im Auto«, hatte Füsun gesagt.

Berke wollte protestieren, aber er wusste ja, dass das keinen Sinn hatte. So machte er nur den Mund kurz auf, als ob er etwas sagen wollte; dann aber schwieg er, so wie immer.

»Mach die Klimaanlage an und leg dir eine CD ein, lang dauert das hier nicht, ich habe keine Lust, mich hier länger aufzuhalten. Ich will das selber so schnell wie möglich hinter mich bringen und nach Istanbul zurück. Also meckere nicht. Was soll ich machen, meine Eltern wollen das eben, sie verlangen ja nicht oft was von mir. Und es hat doch jede Familie Bekannte, mit denen es ein Kreuz ist, oder? Keine Sorge, ich bin gleich wieder da.«

Als sie dann resoluten Schrittes auf die Treppe zugegangen war, war sie sich sicher, Berke mit allem, was ihr an weiblichem Getue zu Gebote stand, zuverlässig ruhig gestellt zu haben. Voller Stolz dachte sie wieder einmal, dass Männer doch nichts anderes waren als leicht zu handhabende Kinder, und dass die wild gewordenen Feministinnen, die das nicht begriffen, sich völlig umsonst abmühten.

»Willst du was trinken? Etwas Kühles? Eine Limo? Oder soll ich dir Ayran machen?«

»Nein danke, ich möchte nichts.«

»Vielleicht hat dein Freund Durst.«

»Der hat Wasser im Auto.«

Wie ein wildes Tier, das eine Höhle erst einmal erkunden muss, geht sie mit kleinen Schritten gewissermaßen schnüffelnd herum. (Dass sie die Haare von den Schläfen weg streng zurückfrisiert trägt, verleiht ihren Augen etwas Schlangenhaftes, wie Asiye es im Nachhinein empfinden wird.) Mit zusammengekniffenen Augen mustert Füsun skeptisch ihre Umgebung. Sie bleibt dabei stehen, als würde ihr keiner der Sitzplätze zusagen.

»Was soll eigentlich das mit den Äpfeln und Birnen da draußen?«

»Die trocknen wir und essen sie dann als Dörrobst. Magst du das? Soll ich dir welche holen? Setz dich doch!«

»Nein, ich hab's nicht so mit Obst.«

»Hast du Hunger?«

Füsun verzieht das Gesicht, versucht jedoch gleich, das mit einer anderen Miene zu überspielen. »Gehört das Haus euch?«, fragt sie und überlegt dabei, was es wohl wert sein könnte.

»Gott sei Dank ja. Es sind nur drei kleine Schlafzimmer und ein Wohnzimmer, aber das genügt uns.«

»Habt ihr auch Grundstücke, Felder oder so?«

»Ach woher. Mein Mann und die Jungs arbeiten im Ort. Und ich helfe in der Saison bei der Apfel- und Birnenernte aus.«

Asiye weiß nicht, wie sie sich verhalten soll; während sie so trocken auf die Fragen antwortet, als wäre sie auf dem

Einwohnermeldeamt, wartet sie ab, bis ihre Verblüffung sich einigermaßen legt. Sie versucht Zeit zu gewinnen, bis ihr von selber kommt, was in einer solchen Situation zu sagen ist.

»Wie viele Kinder hast du?«, fragt Füsun mit unverhohlenem Groll.

Da durchfährt Asiye plötzlich ein Satz, wie von jemandem eingeflüstert: Dieses Mädchen hat kein Gewissen in der Stimme.

Sie merkt, dass sie sich ein wenig beruhigt. Sie bekommt wieder etwas Boden unter den Füßen. Irgendwie holt sie aus sich heraus eine Kraft.

Und so fragt sie mit ruhigerer Stimme: »Wie hast du mich gefunden?«

»Das war gar nicht so einfach. Ich habe ziemlich herumfragen müssen.«

»Die sollten dir doch nichts sagen. Warum haben sie es doch getan?«

»Es bleibt eben nichts verborgen«, sagt das Mädchen neunmalklug. »Und soll es ja auch nicht. Das Leben wird durch Zufälle bestimmt. Bei mir war es so, dass ich die Wahrheit zufällig im Krankenhaus entdeckt habe. Meine Blutgruppe hat weder zu meiner Mutter gepasst noch zu meinem Vater. Zuerst habe ich meine Mutter verdächtigt und sie bedrängt, sie soll mir doch sagen, wer mein echter Vater ist. Das schien ihr sehr zuzusetzen. Wie die Sache tatsächlich war, darauf wäre ich von selber nie gekommen. Weil ich aber nicht locker ließ, musste meine Mutter irgendwann mit der Wahrheit herausrücken.« Sie hält inne, als habe sie zu viel gesagt. In herausforderndem Ton fährt sie dann fort: »Sie haben sich sehr gut um mich gekümmert. Sie sind meine echten Eltern.« In diese Worte legt sie dreist ihre ganze Verachtung. Asiyes Augen, schon früh daran gewöhnt, Böses zu sehen, nehmen mühelos wahr, wie das Mädchen vor innerem Zorn geradezu raucht.

»Darf ich mich umschauen im Haus?«

»Natürlich. Viel zu sehen gibt es aber nicht.«

Da ist so ein messerspitzes Funkeln in den Augen des Mädchens, das Asiye nervös macht.

Vor einem Soldatenporträt an der Wand bleibt Füsun stehen.

»Das ist Fatih«, sagt Asiye. »Er ist der Ältere, wir haben ihn dieses Jahr verlobt. Seinen Wehrdienst hat er in Hakkâri gemacht, bei einer Einsatztruppe. Er hat keinen einzigen Tag Urlaub genommen und ist Gott sei Dank gesund wieder heimgekommen! Tag für Tag habe ich Angst gehabt, dass sie ihn als gefallen melden. Diese Angst steckt mir immer noch hier drinnen.«

Füsun dreht nicht den Kopf, um zu sehen, wo drinnen.

»Und was macht er jetzt?«

»Er arbeitet in einer Gießerei.«

Genaueres will das Mädchen nicht wissen.

»Das ist der Jüngere, Hakan«, sagt Asiye und zeigt auf ein Foto, das auf dem Büfett steht. Ein gestylter Jugendlicher mit Gel in den Haaren. An seinem Blick ist zu erkennen, dass er viel fernsieht. »Er hat gerade das Abitur gemacht. Ein schlaues Kerlchen.« Da schwingt Stolz mit, und der Wunsch zu gefallen.

»Eine Tochter hast du also nicht«, sagt Füsun, als wolle sie an eine heimliche Strafe Gottes erinnern. Der Groll, den sie in ihrem Körper gerade noch bändigen kann, zittert in ihrer Stimme.

Das größte Foto an der Wand zeigt breit gerahmt die ganze Familie.

»Und das ist mein Mann.«

»Wie heißt er?«

»Ahmet.«

Eine Weile sehen sie Ahmet auf dem Foto an, als hätte sich die eine die Blicke der anderen geliehen. Sie mustern ihn mit fremden Augen.

»Wegen seiner Hautfarbe nennen sie ihn Aprikosen-Ahmet. Auf dem Foto kommt das nicht so heraus, aber er hat gelbrote Haare und einen hellen Teint. Er ist ein guter Mensch. Und sehr anständig.« Als sie von ihrem Mann redet, wir ihr Ton gleich sanfter.

»Behandelt er dich gut?« Füsun fragt das nicht aus echtem Interesse, sondern weil sie das Weiche in der Stimme bemerkt hat. Sie hofft, Asiye werde sich an irgendein negatives Erlebnis erinnern und wieder in den vorherigen Ton verfallen.

»Ich kann ihm nur dankbar sein, denn ohne ihn wäre ich zugrunde gegangen. Er hat mich gepackt und in seine Heimat geholt. Dort hat er mich dann geheiratet. Und noch nie hat er die Hand gegen mich erhoben. Was will man mehr?«

Trotz der Anspannung beim Fotografieren sieht man der Familie auf dem Bild eine ziemliche Zufriedenheit an. Ein über die Jahre hinweg angewachsenes Glück. Füsun ärgert sich über die Animosität, die das Foto bei ihr auslöst. Sie wendet den Blick ab und flüchtet sich in ein anderes Thema.

Nachdem die beiden sich gesetzt haben, sagt sie: »Meine Eltern haben mir natürlich inzwischen etwas erzählt, aber ich möchte die Geschichte aus deinem Mund hören. Deshalb bin ich aus Istanbul hierher gekommen.«

»Dass du mich tatsächlich gefunden hast!«

Füsun weiß nicht, ob da wirklich etwas Bewunderung mitschwingt, oder ob sie sich das nur einbildet.

»Ich finde, dass im Leben nichts versteckt bleiben soll. Jeder soll alles wissen. Das Leben hat nur dann einen rechten Wert, wenn alles offen zutage liegt.« Füsun geht offenbar davon aus, dass Asiye diese Sätze nur schwer begreift, denn sie sagt sie in der überkorrekten Manier eines Dokumentarfilmsprechers.

»Das ist schon so lange her«, erwidert Asiye. »Ich weiß gar nicht, wo ich da anfangen soll. Willst du wirklich nichts trinken? Ein Tee würde uns jetzt gut tun.«

Der Vorschlag zerschellt an Füsuns kalter Miene.

Asiye tut einen tiefen Atemzug. Eine Weile sitzt sie mit gesenktem Kopf da.

So lange hatte sie diesen Augenblick hinausgeschoben, und nun bricht die jahrelang angesammelte Müdigkeit mit einem Mal über sie herein. Als würde sie das stärken, reibt sie sich die Knie, aber die zerfließen ihr fast unter den Händen, so weich sind sie. Wer ein Leben lang aufrecht dahingeht, merkt ja auch nicht, wie alt er darüber wird, doch setzt er sich einmal zum Verschnaufen hin, drückt gleich die ganze Last des Alters, und so ergeht es nun Asiye. Welche Herzensworte nun diese Bürde lindern sollen, das weiß sie nicht.

Erzählt sie ihre Geschichte, gibt sie nicht nur Antwort auf die Fragen ihrer Tochter, sondern lässt diesen Augenblick, den sie noch immer als Traumbild erlebt, überhaupt erst Wirklichkeit werden. Wenn sie sie abgeklärt erzählt, als wäre sie einem anderen widerfahren, als wäre es nur ein Märchen, wie man es von der Großmutter am Kaminfeuer hört, als würde sie sich lediglich damit läutern, dann würde sie vielleicht durch die schweren Jahre hindurch endlich bis ins Jetzt gelangen und erst recht alles als wirklich begreifen. Und würde befreit vom Joch so vieler Jahre. Es würde Frieden in ihr Inneres einziehen, und Sonne.

»Wie viel weißt du denn schon? Was haben sie dir erzählt?«

»Erzähl es mir so, als wüsste ich noch gar nichts. Wie einer Fremden.«

Das tut Asiye noch einmal besonders weh. Dass das kleine Wesen, das sie kaum zwei Tage lang sah, ja, dessen Augen sie kaum kannte, nun als Erwachsene vor ihr sitzt, lässt die Bilanz so vieler Jahre mit einem einzigen Wort zur Marter werden. Aber sie hat ja Recht, denkt Asiye. Sie mag sie in Schmerzen geboren haben, und doch ist es nun eine Fremde … Wer hätte das so gewollt? Und doch war es nun mal so.

Bevor Berke die zweite CD einlegt, fragt er sich kurz, ob er nicht doch hupen soll, damit sie merkt, wie ungeduldig er schon ist. Er lässt es dann aber bleiben, denn das würde sie verärgern. Es ist nicht ratsam, sie zu verärgern, das weiß er schon; dass er unter dem Pantoffel steht, ist aber etwas, das ihre Liebe eher stärkt. Er mag ihre gebieterische Art und gibt sich gern in ihre Hand. Erst seit er sie kennt und sie ihn führt, ist in sein Leben eine Linie gekommen. Er sieht sie als seine Retterin an. Wäre sie ihm nicht rechtzeitig begegnet, so hätte er ein Mädchen geheiratet, das er gar nicht liebte. Innerhalb weniger Tage brachte sie ihm bei, wie sehr Gefühle einen trügen können. Berke sieht das als wichtige Lebenslektion an. Vor einem Jahr stand er kurz davor, seine damalige Verlobte zu heiraten und besichtigte mir ihr schon Eigentumswohnungen, als plötzlich sein rettender Engel vor ihm stand!

Durch einen Wink des Schicksals waren Berke und seine Verlobte auf ihrer Wohnungssuche an eine Immobilienmaklerin geraten, bei der Füsun als Teilhaberin arbeitete. Die Wohnung, die sie mit der Frau besichtigten, sagte ihnen sehr zu. Beim Verabschieden sagte die Immobilienmaklerin: »Meine Kollegin, die heute nicht da ist, kennt den Hausbesitzer gut, das wir die Sache erleichtern.« So wurde ein neuer Termin vereinbart.

Am folgenden Tag erwartete sie eine Frau im eisblauen Kostüm und mit rosa Lippen. Sie führte sie noch einmal durch die Wohnung und erläuterte ihnen in knappen Worten deren Vorzüge und Besonderheiten. Ohne sich mit ihren Familien zu beraten, leisteten sie daraufhin spontan die Anzahlung, so sicher waren sie sich, ihr Glücksnest gefunden zu haben. Zur Feier des Tages lud Füsun sie in einem schicken Strandcafé zu Kaffee und Kuchen ein. »Glauben Sie mir, Sie haben die richtige Wahl getroffen. Wenn ich selber so flüssig wäre, hätte ich mir die Wohnung nicht entgehen lassen. Ich hatte nämlich ernsthaft ein Auge darauf geworfen. Ich werde ihr aber nicht nachtrauern, denn wenigstens hat so ein schönes Paar wie Sie sie bekommen. Sie werden bestimmt glücklich darin!«

Danach stellte sie über die angehenden Eheleute und ihre Familien allerlei Fragen und bat schließlich Berke für den nächsten Tag in ihr Büro, um die Katasterformalitäten anzugehen. Einen Monat später löste Berke seine Verlobung und verlobte sich gleich danach mit Füsun.

»Die Anzahlung hast du ja schon geleistet«, sagte sie und hielt die Hausbesitzer eine Weile hin. Nun waren es nur noch zwei Monate bis zu ihrer Hochzeit, und dann würden sie endlich in ihre Traumwohnung einziehen! Vor der Hochzeit sei da noch eine Angelegenheit zu regeln, hatte Füsun gesagt, und so waren sie gemeinsam nach Gümüşhane gefahren. Mit irgendwelchen Bekannten ihrer Eltern sei da was zu besprechen, aber nichts von Bedeutung. Sie hatte ziemlich zusammenhanglos von einem Erbe gestammelt, von einem Feld und einem Grundstück, eine wirre Geschichte, und auf Berkes Nachfragen hin hatte sie gleich noch wirrere Antworten gegeben, bis er merkte, dass es wohl besser war, nichts mehr zu sagen. Schließlich wollte er die Sache auch nur so schnell wie möglich hinter sich bringen.

»Einen Direktflug gibt es nicht dorthin. Außerdem fliege ich sowie nicht gern. Und auf so eine lange Busfahrt bist du wohl auch nicht scharf«, hatte sie gesagt.

Und nun waren sie hier, und Berke legte die dritte CD ein.

Asiye hat die ganze Geschichte lückenlos erzählt.

»Wie soll ich jetzt wissen, ob das alles auch stimmt?«

»Nach so langer Zeit erzählt man keine Lügen mehr«, sagt Asiye etwas gekränkt.

»Weiß dein Mann Bescheid?«

»Ja, der weiß alles, vor dem habe ich nichts zu verbergen. Wir sind nicht wie die anderen Paare. Mein Mann ist grundehrlich und solide. Wie gesagt, ohne ihn wäre ich zugrunde gegangen. Er hat sich meiner angenommen und ist mir nicht nur ein Ehemann, sondern auch wie Vater und Mutter gewesen. Wer heiratet schon eine Frau, die im Gefängnis war?«

»Und wo ist er jetzt?«

»Er ist für ein paar Tage nach Torul gefahren, für seine Arbeit.«

Es passt Füsun nicht, dass der Mann nicht da ist. Als wäre jetzt das Bild, das sie sich gemacht hat, nicht vollständig.

»Gib mir die Handynummern deiner Söhne und die Adressen ihrer Arbeitsstellen. Wo ich schon mal da bin, möchte ich sie auch sehen.«

»Lass mich den beiden aber erst alles erklären.«

»Keine Angst, ich sag schon nichts. Schließlich sind wir doch Geschwister, oder? Ich möchte sie nur sehen, und dann bin ich auch schon weg.«

»Kommst du jetzt dann öfters?«, fragte Asiye in zarter Hoffnung, als würde alles in Ordnung kommen, wenn die Antwort »ja« sei.

Füsun hält ein wenig inne, als müsste sie zwar nicht nachdenken, aber doch ihre Worte wählen. »Glaube ich nicht«, sagt sie dann. »Jeder hat jetzt sein eigenes Leben, da will ich mich gar nicht einmischen. Und außerdem ist Gümüşhane sehr weit weg.«

»Warum bist du dann überhaupt gekommen? Wenn jetzt schon wieder Schluss sein soll?«

»Ich wollte dich eben sehen. Es soll nichts im Leben verborgen bleiben. Das ist nun mal meine Lebensphilosophie.«

Auf Asiyes Fragen hin gibt Füsun dann knappe, ausweichende Antworten. Sie sei auf eine Privatschule geschickt worden, spreche fließend Englisch und habe Wirtschaft studiert. Mit einer Freundin zusammen habe sie in Bebek ein Immobilienbüro. Bebek, das wisse Asiye ja vielleicht nicht, sei eines der relevantesten Viertel von Istanbul. Relevant – das sagte ihr Vater gern, und als sie klein war, lernte sie lauter solche Wörter auswendig, um sich bei ihrem Vater damit einzuschmeicheln. Relevant, relativ, redundant. Wenn dann Erwachsene diese Wörter benutzten, machte sie sich lustig über sie und prustete los. Sie beabsichtige nun, sich von ihrer Teilhaberin zu trennen, um alleinige Chefin zu werden und das Geschäft zu vergrößern. Von Berke und ihrer Hochzeit im Herbst sagt sie nichts. Sonst hätte sie Asiye vielleicht einladen müssen. Das war nun wirklich nicht nötig. »Berke arbeitet für meinen Vater«, sagt sie, um zu erklären, warum da draußen jemand im Auto sitzt. »Mein Vater hat ihn mitgeschickt, weil er so zuverlässig ist.«

»Hast du deinen Vater auch gesucht?«, fragt Asiye. »Ich meine, deinen richtigen Vater? Lebt der überhaupt noch?« Fast hätte sie hinzugefügt: »Dieser Teufel!«, aber sie beherrscht sich.

»Nein, den habe ich nicht gesucht. Na ja, wenn er Gefängniswächter war, werde ich das wohl auch bleiben lassen. Und vielleicht ist er ja auch schon lange tot.«

Schon eine Weile würde sie am liebsten gehen. Für sie ist die Angelegenheit längst abgeschlossen. Sie gehört zu den Leuten, die immer in Eile, immer auf dem Sprung sind, stets ihrer Zeit voraus. Sie steht auf. »Jetzt muss ich aber wirklich los.«

»Du hast ja nicht einmal was getrunken oder gegessen. Bleib doch wenigstens bis heute Abend, dann siehst du die Jungs noch.«

»Ein andermal vielleicht. Jetzt weiß ich ja, wo es ist.«

»Stimmt, das weißt du jetzt. Du sagst zwar, Gümüşhane ist sehr weit weg, aber vielleicht kommst du ja wieder mal vorbei.«

Füsun lächelt diesen Satz weg.

Asiye faltet die Hände vor dem Bauch. »Ruf doch vorher an, wenn du es mal einrichten kannst.«

»Ja, mach ich schon. Na ja, jetzt haben wir uns kennengelernt, ist doch nicht schlecht, oder?«, sagt Füsun scheinheilig.

»Lass mir doch deine Adresse und deine Telefonnummer da. Für alle Fälle. Man weiß ja nie …«

Füsun kritzelt hastig etwas auf einen Zettel und legt ihn auf den Tisch.

Als sie zur Tür hinausgeht, hält sie gehörigen Abstand zu Asiye, die Füsun trotz allem gerne umarmen würde, ihren Duft einsaugen. Die Nachbarsfrauen stehen noch immer an den Türen und Fenstern. Einige sind auch auf die Straße hinausgegangen, und als sie die beiden Frauen herauskommen sehen, rücken sie gleich ihre Kopftücher zurecht.

»Die glotzen jetzt schon eine Stunde hier herüber. Was hast du ihnen denn gesagt?«

Asiye weiß, dass hinter der Anteilnahme der Nachbarn oft genug nichts anderes steckt als ungesunde Neugier. Sie sind scharf darauf, einen bei irgendwas zu ertappen.

»Ich habe ihnen nicht gesagt, dass ich das Haus hier suche, sondern dass du meine Mutter bist«, sagt Füsun mit einem Funkeln in ihren Schlangenaugen. »Denen kannst du jetzt auch alles erklären.« Ihr Lächeln ist jetzt unverhohlen höhnisch, ihre Stimme voller Spott, und sie beobachtet, was ihre Worte für eine Wirkung haben.

Asiye steht vor ihrer Tür wie versteinert. Sie fühlt sich wieder hilflos, wie damals im Gefängnis.

Mit verdrossener Miene sagt Füsun beim Hinuntergehen: »Ich habe immer noch nicht kapiert, wozu die getrocknet werden.« Das sind ihre letzten Worte.

Als sie weg ist, sackt Asiye auf den Strohmatten draußen zusammen und muss erst einmal ihre wild umhersausenden Gedanken einigermaßen ordnen. Mit einer Hand stützt sie sich auf den Boden, mit der anderen dreht sie einige Äpfel und Birnen um, der Sonne zu.

»Die ist nicht gekommen, um mich zu sehen, sondern um ihr Gift zu verspritzen«, sagt sie. »Dass sie das mit dem Obst nicht weiß … Weil sie so jung ist? Oder weil sie in Istanbul wohnt? Die Sonne macht beim Trocknen die Früchte haltbarer, und der Geschmack wird reicher. Ich bin auch in der Sonne vieler Jahre getrocknet, mein Mädel. Ich habe einst deinen Vater erlebt, dagegen bist du gar nichts.«

Dann geht sie hinein und schließt die Tür hinter sich, und als danach eine nach der anderen kommt und bei ihr läutet, macht sie einfach nicht auf. Die neugierig herbeigeeilten Frauen können noch so rufen, sie müssen unverrichteter Dinge wieder abziehen. Asiye wartet auf den Abend, auf die Heimkehr ihrer Söhne. Nicht einmal das Licht macht sie an.

2

Nach Füsuns Aufbruch ist Asiye furchtbar erleichtert. Allein durch eine Gebärmutter lässt sich zwischen Mutter und Tochter keine Beziehung herstellen, dazu bedarf es mehr.

»Gut, dass sie gekommen ist. Ihre Absicht war es zwar nicht, aber sie hat mich von einer Mutterschaft befreit. Was sie mit der einen Hand angerichtet hat, hat sie mit der anderen wiedergutgemacht. Die forschenden Augen hat sie von ihrem Vater. Der hatte auch so einen gierigen, schmutzigen Blick und musste alles taxieren wie ein Gerichtsvollzieher. Nur gut, dass sie nicht bei mir geblieben ist, sonst hätte ich all die Jahre das Gesicht und die Augen ihres Vaters vor mir gesehen. Ja, sie hat mich von der Mutterschaft befreit.«

Ihre am Abend ganz aufgelöst nach Hause kommenden Söhne berichten, Füsun sei an ihre Arbeitsstellen gekommen und habe dort alles Mögliche herumerzählt. »Sie wollte hier lediglich die Herzen der Leute vergiften«, sagt Asiye. »Aber ich habe vor niemandem etwas zu verbergen. Euer Vater weiß alles, und ihr sollt es jetzt von mir erfahren.« Ihre Stimme ist nun trockener als am Tag noch. »Wäre sie nicht aufgetaucht, hättet ihr es nicht zu erfahren brauchen, aber nun ist es mal so, also hört zu.« Und so erzählt sie ihre Geschichte nunmehr den Söhnen.

Durch jugendliche Dummheit war sie ins Gefängnis geraten und dort von einem gewissenlosen Wärter vergewaltigt worden. Da sie schon von Kindheit an auf immer mit Zysten geplagt war, hatte sie monatelang nicht gemerkt, dass sie schwanger war (Füsun hat sie überflüssigerweise erzählt, dass dieser Irrtum auch dadurch begünstigt wurde, dass sie weiter ihre Menstruation hatte; am Abend gegenüber den Söhnen lässt sie das weg), und als sie dann endlich dahinterkam, dass sie nicht eine Zyste, sondern ein Kind im Bauch hatte, war sie längst über drei Monate hinüber, und für eine Abtreibung war es zu spät.

Als sie den Wärter um Hilfe bat, sagte der nur: »Du hältst dich wohl für die Einzige? Soll ich etwa bei jedem Kind die Vaterschaft anerkennen? Mach, dass du wegkommst!« Und als sie ihn weiter bedrängte, rief er: »Was willst du denn machen, mich erschießen? Es soll eine Amnestie kommen, da willst du doch nicht gleich wieder in den Knast!? Kümmere dich um deinen eigenen Kram und lass mich in Frieden!«

Als sie dann hochschwanger war, kam tatsächlich eine Amnestie, und plötzlich war sie frei. »Das ging alles so schnell, dass ich gar nicht mehr wusste, was jetzt echt war und was nicht. Das Gefängnis, die Schwangerschaft, die Amnestie, mir kam das alles vor wie ein Fieberwahn.

Am Abend des Tages, an dem mein Kind zur Welt kommen sollte, wurde an mein Bett ein Ehepaar gebracht, deren Baby am Vortag ein paar Stunden nach der Geburt gestorben war. Die Hebammen hatten den beiden von meinem Kummer erzählt, und sie erboten sich, mein Baby zu adoptieren. Sie hatten ihr eigenes Kind erst nach einer langwierigen Behandlung bekommen, und dann hatte es eben nicht überlebt. Die Frau war eigentlich fast schon zu alt zum Gebären, und für einen neuen Versuch hatten sie keine Kraft mehr. Und keine Hoffnung …

Ich war eine alleinstehende, arbeitslose Frau, die gerade aus dem Gefängnis kam, und ich war von jenem Schwein vergewaltigt worden. Wie soll ich mein Kind so allein durchbringen, fragte ich mich, und so gab ich es schließlich dem Ehepaar. Ich werde nie vergessen, wie schon zwei Tage später bei mir die Muttermilch versiegte und nur noch Wasser herauskam, als sei das von vornherein mein Schicksal gewesen. Die Adoptiveltern nannten das Mädchen Füsun, und bis vor Kurzem hielt sie die beiden für ihre echten Eltern. Dann hat sie es erfahren und ist nach all den Jahren hierher gekommen. Mir haben fast die Knie versagt, als ich sie vor mir gesehen habe, und ich konnte keinen klaren Gedanken mehr fassen. Nun, den Rest wisst ihr ja.«

Der jüngere Sohn, den die Mutter ein schlaues Kerlchen genannt hatte, zeigt auf den von Füsun hinterlassenen Zettel und sagt: »Eine solche Telefonnummer kann es gar nicht geben.«

»Besser so«, erwidert Asiye. »Wer in die Fremde geht,

kommt fremd zurück. Das Schicksal hat uns eben getrennt.«

Als sie an einer Tankstelle halten, sieht Füsun eine Telefonzelle und sagt zu Berke: »Ich ruf lieber von hier aus an. Das Handynetz ist nicht so gut hier.« Sie macht die Tür der Telefonzelle fest hinter sich zu. Wenn sie mit dem Handy telefoniert, steht immer gleich Berke neben ihr. Nicht weil er eifersüchtig wäre, sondern einfach aus Langeweile. Er ist nicht gern allein. Einer der Männer, die zum Heiraten geradezu verurteilt sind. Füsun nervt das manchmal. Als würde er noch am Rockzipfel seiner Mutter hängen.

»Wir sind unterwegs, Mama«, sagt sie mit freudiger Stimme. »Ach, was für Sorgen denn, wir sind doch schon auf dem Rückweg … Ja, ich hab sie gesehen … Sie ist verheiratet und hat zwei Kinder … Wir haben ein bisschen geredet … Natürlich war sie überrascht, wie soll sie das nicht sein? … Ach von wegen, was glaubt ihr denn? Dass ich nach all den Jahren zu ihr ziehe oder was? Ihr seid meine echten Eltern und werdet es immer bleiben … Was reden wir überhaupt darüber! … Nein, in Not oder so ist die gar nicht … Glaub mir, denen geht es besser als uns … Wie ich sie finde? Na ja, so eine typische Frau vom Land eben … Ach was, warum hätte ich denn von der Hochzeit was sagen sollen! Zu Berke habe ich gesagt, die ist irgendeine Bekannte von euch. Dass euch da ja nichts rausrutscht, ja? Ihr sagt doch selber immer ›Es braucht nicht jeder alles zu wissen‹ … Na, du bist gut, Mama, warum soll sie mir denn hinterherlaufen jetzt, da gibt es überhaupt keinen Grund, und außerdem habe ich mich dort Füsun genannt; sollen sie ruhig meinen, ich heiße wirklich so … Also, wenn ich geahnt hätte, wie sehr ihr das zu Herzen geht, dann hätte ich gar nicht nach ihr gesucht. Aber na ja, ich hab sie gesucht, ich hab sie gefunden, so haben wir vor der Hochzeit reinen Tisch gemacht.«

Die Frau des Tantuni-Verkäufers

Es war schon früher Morgen, als sie nach Hause kam. Sie atmete auf, als sie in den Kiesweg der Siedlung einbog, denn betrunken, wie sie war, hatte sie beim Fahren ihre Schwierigkeiten gehabt. Sie mochte das Knirschen der Reifen auf dem Kies, weil es sie irgendwie an ihre Kindheit erinnerte. (Bei so mancher Kindheitserinnerung hatte sie den Geschmack eines Lutschers auf der Zunge.) Geräuschvoll parkte sie hinter dem Hochhaus, in dem sie wohnte. Schon in nüchternem Zustand bekam sie die Karre kaum einmal so richtig gerade hin, und wenn sie sich nun auch etwas bemühte, um sich ihre Trunkenheit nicht anmerken zu lassen, ließ sie schließlich doch, um nicht ein anderes Auto zu beschädigen, das ihre einfach schräg stehen. Noch dazu halb auf dem Weg. Wer sollte auch um die Zeit noch kommen. Es ging schließlich auf fünf zu. Ihr Mann war für ein paar Tage nach Antalya gefahren, da hatte sie mit einer Freundin von Frau zu Frau gequatscht, und unter lauter Essen und Trinken war es eben so spät geworden.

Als sie die Scheinwerfer löschte, sah sie in dem Fenster direkt gegenüber noch Licht brennen. Das musste die Wohnung dieses unglückseligen Mädchens sein. Die war überhaupt seltsam. Niemand anders hatte noch Licht an im ganzen Haus. Beim Aussteigen versuchte sie den Ohrring zu erwischen, der sich in ihren Haaren verfangen hatte. Schließlich wurde sie fuchsteufelswild und wusste selber nicht, ob das nun wegen des Ohrrings war, wegen der Haare oder wegen dieses Mädchens, das ihr beim Anblick der beleuchteten Wohnung wieder eingefallen war. Der Vorhang mit dem Blumenmuster war nicht ganz zugezogen, sodass man in das Zimmer hineinsah. »Wahrscheinlich liest das Luder wieder«, dachte sie. »Eines von diesen militanten Büchern, so furchtbar gebildet wie sie ist. Dieser Vorhang ist ja wohl das Billigste vom Billigen. Was Ordentliches mit Saum und Fransen kann sie sich wohl nicht leisten!«

Schon als das Mädchen eingezogen war, konnten ihr Mann und sie sie nicht ausstehen. Jedes Mal, wenn die Frau sie nur sah, wurde ihr schon ganz anders. Ihr Mann hatte als Stockwerkseigentümer und Hausverwalter schon mehrfach versucht, sie hinauszuekeln, aber sie hatte sich nichts gefallen lassen. Rechtsanwältin oder so etwas war sie angeblich, das Miststück, kein Wunder, dass sie so widerspenstig war!

Plötzlich verspürte die Frau den heftigen Wunsch, in das Zimmer hineinzuschauen. Das war normalerweise nicht ihre Art, und sie schob es auf ihre Betrunkenheit. Es war auch gar nicht Neugier, was sie dazu bewog, sondern irgendein alter, eigentlich längst verschütteter Trieb, der plötzlich wieder aufleuchtete. Sie hatte das Bedürfnis, wieder einmal unbekümmert lausbubenhaft zu sein. Sollte sie erwischt werden, ließ sich ja alles durch ihren Zustand erklären. Anstatt also die Autotür einfach zuzuschlagen, schloss sie sie so leise wie möglich. Dann schlich sie auf Zehenspitzen an das Fenster heran. Ausgerechnet durch diese Schleicherei kam sie ins Stolpern und konnte sich gerade noch an der Mauer festhalten. Sie hatte so richtig diebisches Vergnügen an der Sache. Mit einem Mal war ihr wieder leicht ums Herz, und die Anspannung der letzten Tage und die Schwüle der Nacht fielen von ihr ab.

So sah sie also durch das vergitterte Fenster in das Zimmer hinein. Das Mädchen saß auf die Couch gekauert da und sah fern. Ihr sonst immer so mürrisches Gesicht hatte etwas geradezu kindlich Hingegebenes. Was immer sie auch sehen mochte, es hatte ihre Züge entspannt. Sogar der finstere Teint des Mädchens schien sich aufgehellt zu haben. Kinder sehen so drein, dachte die Frau, so andächtig lauschend. Es tat ihr gut, endlich wieder etwas derart Unschuldiges zu sehen. Die Kinos von früher fielen ihr wieder ein, die Freiluftaufführungen: Holzstühle, Tüten mit Sonnenblumenkernen, luftige Popelinkleider. Trotz aller Angst, erwischt zu werden, konnte sie sich von dem Anblick nicht lösen. Zum ersten Mal sah sie das Mädchen an, ohne dass ungute Gefühle in ihr hochkamen. Auch das tat ihr gut. Es war schön, mit etwas seinen Frieden zu machen. Als ob etwas wieder heil würde, repariert. Und das Leben entschlackt und erleichtert seinen Fortgang nehmen könnte.

Der Fernseher stand etwas schräg zum Fenster, aber es ließ sich doch erkennen, dass da ein alter türkischer Schwarz-Weiß-Film lief. Der Ton war leise gestellt, man hörte kaum etwas von draußen. Wer sah sich um diese Zeit Filme an, mal abgesehen von schlaflosen Rentnern? Das Mädchen war also Kinofan. Auch das war gut.

Das veränderte Licht nach einem Szenenwechsel lenkte ihren Blick wieder auf den Bildschirm, und sie konnte gar nicht glauben, was sie da sah. War das etwa ein trunkenes Hirngespinst? Sie sah bewusst eine Weile an die Wand, kniff dann ihre vor Überraschung geweiteten Augen zusammen und schaute wieder hin. Mit geschärftem Blick und all der Aufmerksamkeit, zu der sie noch fähig war, versuchte sie zu erkennen, was sich auf dem Bildschirm tat. Ja, es war der Film. Sie hatte sich nicht getäuscht. Zu dieser nachtschlafenden Zeit wurde er wohl von einem Privatsender ausgestrahlt. Es versetzte ihr einen Stich, als sei ihr ein Verstorbener eingefallen, aber zugleich war es wie eine Begegnung mit einem alten Bekannten, und durch die Asche vieler Jahre hindurch glomm in ihrem Herzen Freude auf.

So schnell war sie noch nie wieder nüchtern geworden.

Ihre Hand zuckte hoch, hielt kurz inne, aber schließlich klopfte die Frau doch energisch an die Scheibe. Sie hatte das Mädchen nicht erschrecken wollen, aber die fuhr doch gehörig zusammen.

Sie ging zum Fenster, und als sie sah, wer da geklopft hatte, war ihr Erstaunen noch größer als ihr Schrecken. Sie zog rasch den Vorhang zurück und öffnete das Fenster.

»Entschuldige«, sagte die Frau, »ich wollte dir keine Angst einjagen. Ich habe gesehen, dass du dir einen Film anschaust. Darf ich mitgucken? Ich meine, falls du noch nicht ins Bett gehen willst …«

Völlig verdutzt starrte das Mädchen sie an.

Als das Mädchen sich vorbeugte, um ihr ein Kissen in den Rücken zu legen, sagte die Frau: »Nein danke, ist nicht nötig«, und versuchte sich dabei auf dem Bildschirm nichts entgehen zu lassen. »Wenn ich mich zurücklehne, schlafe ich auf der Stelle ein, also bleibe ich lieber aufrecht sitzen.« Mit ihrem verwischten Make-up, dem Mascara in den Augenwinkeln und den Klümpchen auf den Wimpern sah sie zu so früher Morgenstunde unvorteilhafter aus als sonst. Ihr schweres Parfum hatte sich aber noch nicht verflüchtigt. Von da, wo das Mädchen saß, konnte man besonders gut sehen, was bei den strohblond gefärbten Haaren am Ansatz nachwuchs.

»Möchten Sie was trinken?«, fragte das Mädchen. »Was kann ich Ihnen anbieten?«

Die Frau zögerte. Sie wirkte wie jemand, der gleich eine bedeutsame Entscheidung zu treffen hat und auch ganz sichergehen möchte. In Wahrheit war sie nur kurz im Alkoholtran versunken. Ihr Kopf war nach vorn geneigt, die Unterlippe hing ihr herab. Ihr verrutschter Kragen ließ den Blick auf die verblühte Haut und das müde Pochen der blauen Ader frei.

»Soll ich Ihnen Ayran machen, zum Wachwerden? Oder einen Kaffee, falls Sie danach noch schlafen können?«

»Hast du was Alkoholisches?«

»Was möchten Sie denn?«, fragte das Mädchen, und das hörte sich so an, als könne sie mit ihrem Angebot die Frau ja wohl doch nicht zufrieden stellen.

»Am liebsten wäre mir Raki. Das ist das Solideste.«

Das Mädchen war erleichtert. »Gut.«

»Bring einfach nur alles, ich mache mir das Wasser und die Eiswürfel schon selber rein.«

Als das Mädchen in Richtung Küche ging, konnte die Frau sich ungestört dem Film widmen. Und was sie da sah, war nichts anderes als ihre Jugend.

Ihr Gesicht von vor dreißig Jahren nahm gerade in einer Großaufnahme den ganzen Bildschirm ein. Nur ihre Stimme klang fremd. Nach damaligem Brauch war der Film von billigem Sprecherpersonal synchronisiert worden. Als sie den Film damals zum ersten Mal gesehen hatte, war ihr der melodiöse Singsang der Synchronsprecherin seltsam vorgekommen; zu ihren eigenen Lippenbewegungen die Stimme einer anderen zu vernehmen, hatte sie befremdet. Das war nun anders, denn das Gesicht auf dem Bildschirm war ihr inzwischen mindestens ebenso fremd wie die Stimme. Als wäre es eine völlig neue Entdeckung, staunte sie, wie schnell jene knapp über dreißig Jahre doch vergangen waren.

Sie hatte den Film längst vergessen. Nicht nur die einzelnen Szenen, sondern überhaupt, dass es den Film noch gab. Die mittlerweile an die achtzig Privatsender wussten wohl schon gar nicht mehr, was sie bringen sollten, und da wurde eben auch das hier wieder gezeigt. Ihre Erinnerung an den Film und an die damaligen Tage war in dichten Nebel gehüllt. Es liefen verschwommene Bilder in ihr ab, aber irgendwie konnte sie nichts so richtig festhalten. Ohnehin war sie nicht jemand, bei dem sich Erinnerungen durch Nachdenken eingestellt hätten. Manchmal fiel ihr durch einen Duft wieder etwas ein, durch ein Lied oder irgendeinen alten Gegenstand. Wenn das Leben ihr nicht behilflich war, versagte ihr Gedächtnis seinen Dienst. Dieses Zerfahrene lag wohl auch daran, dass sie im Lauf der Zeit so vieles zu vergessen versucht hatte.

Die Wohnung des Mädchens war richtig gemütlich. Sie war nur spärlich eingerichtet, strahlte aber etwas Warmes, Unprätentiöses aus. Sie erinnerte einen an die unverdorbene Jugendzeit, in der man noch Träume und Hoffnungen hat, an die noch begrenzten Möglichkeiten eines jungen, unverheirateten Menschen und an seine vielversprechende Zukunft. Dass sie durch einen merkwürdigen Zufall diesen Film in aller Herrgottsfrühe ausgerechnet in der Wohnung jenes Mädchens sah, das sie bisher verabscheut hatte, erfüllte sie aus unerklärlichen Gründen zugleich mit Freude und mit Beklemmung. Wie schnell Freund und Feind doch wechseln konnten! Der Mensch war nichts anderes als ein Rätsel. Sie fürchtete sich oft vor dem, was der Mensch von sich selbst nicht weiß. In jenem Moment ging es ihr wieder so. Sie fürchtete sich. Was hatte sie um diese Zeit in der Wohnung eines Mädchens zu suchen, das schon längst vor die Tür gesetzt werden sollte? Ihr fiel ein, dass die Wohnung große Ähnlichkeit mir ihrer damaligen Wohnung in Tophane hatte, am Ende der Steilstraße. Im Winter sah sie immer zu den Spatzen hinaus, die auf den kahlen Bäumen saßen. Sie fühlte sich immer so eins mit diesen Spatzen. Plötzlich wurde sie von Tränen überwältigt. Es waren aber beinahe Freudentränen. Sie hatte sich nach so langer Zeit zum ersten Mal wieder an einen ganz vergessenen Teil ihres Ichs erinnert. Sie fürchtete sich davor, aufzustehen und im Spiegel ihren jetzigen Zustand zu sehen, denn es war aus alten Zeiten eine Frische über sie gekommen, die sie im Spiegel nicht verlieren wollte. Lieber wandte sie sich jenem Ich im Fernseher zu.

Die altmodische, verzierte Couch in der Zimmerecke mit den Kissen links und rechts, der Wandteppich mit der Gazelle darauf, die gestickte Tischdecke mit dem Blumenmuster und der alte Film im Fernsehen gaben ihr das Gefühl ihrer Jugendjahre wieder. So simpel hätte das eigentlich nicht sein dürfen. War es aber!

Als Zozan mit einem Tablett in der Hand ins Wohnzimmer zurückkam, erstarrte sie.

»Sie weinen ja!«, sagte sie bestürzt. Jetzt verblüffte diese Frau sie schon zum zweiten Mal. Es war eine Nacht, in der sie aus dem Staunen nicht herauskam.

»Ich weine gar nicht«, sagte die Frau. »Früher habe ich oft geweint, aber das hier ist was anderes.«

Eine Weile sahen sie sich schweigend den Film an. Es ging Zozan durch den Kopf, wie absurd die Situation eigentlich war, aber sie wollte sich ihre Beklemmung nicht anmerken lassen. Sie hatte einen Teller mit Gurken- und Tomatenscheiben zurechtgemacht, dazu etwas Käse und Knabbereien. Die Frau hatte es sich auf der Couch bequem gemacht, als sei sie regelmäßiger Gast in der Wohnung, doch rührte sie vom Essen nichts an, sondern nippte nur an ihrem Raki und sah mit traurigen Augen auf den Film. Aus ihrem Gesicht sprach ein so sublimer Kummer, wie Zozan ihn noch an niemandem wahrgenommen hatte.

Die Frau sah auf ihr damaliges Erscheinungsbild und sagte dann, als spräche sie über jemand anderen: »Was für kurze Röcke die da anhatten! Na ja, war ja auch die Minimode. Nicht dass du meinst, das wäre nur im Film so gewesen; die Frauen zogen sich damals wirklich ungezwungener an.«

Sie fragte sich, ob Zozan, die den Film mit einem Auge verfolgte, sie wohl irgendwann erkennen würde. Sie wollte selbst nichts sagen, denn am liebsten wäre sie auch so erkannt worden. Doch merkte sie, wie wenig Großaufnahmen es in dem Film gab.

Vor musikalischem Hintergrund benahm sich das Liebespaar so, wie es in den türkischen Liebesfilmen der damaligen Zeit üblich war: Sie tranken auf dem Çamlıca-Hügel Tee und sahen dabei auf den Bosporus hinunter, spielten zwischen Bäumen Fangen, fuhren mit dem Fahrrad umher, aßen gefüllte Waffeln, bis ihnen der Honig zu den Mundwinkeln heraustroff, ruderten auf den Bosporus hinaus und spritzten sich dabei gegenseitig nass, legten sich mit baumelnden Beinen ins Gras und hörten dazu Musik aus einem tragbaren Plattenspieler, und am Ende jeder Sequenz sahen sie sich tief in die Augen und sprachen bedeutungsvolle Worte. Immer wenn die Kamera nah an das Gesicht der Frau herankam, sah man die Falten, die sie schon in den Augenwinkeln und am Hals hatte.

»Ist die nicht viel älter als er?«, fragt sie Zozan, wohl wissend, dass die Antwort auch nach all den Jahren noch schmerzen würde.

»Ja, klar. Auf jeden Fall. Ist mir auch gleich aufgefallen.«

Die Frau verzog den Mund zu einem säuerlichen Lächeln. Wer im Leben einmal zu spät kommt, der kommt immer zu spät, hieß es doch. Und zu spät gekommen war sie nun mal, was sollte sie machen?

Der junge Mann im Film trug breite Koteletten, wie es damals Mode war, und akkurat gefönte Haare, obwohl er einen armen Fischer darstellte. Es war ein unbekannter Schauspieler, von dem man auch später nichts mehr hören sollte. Der Produzent wollte eben an allem sparen. Und so auch am jugendlichen Helden.

Während die Frau versucht, mit ihrem benebelten Kopf die wirren Fetzen ihrer Vergangenheit irgendwie gedanklich zu ordnen, wendet sie sich plötzlich Zozan zu und sagt: »Manchmal erinnert man sich doch an die unmöglichsten Sachen.«

»Ja, stimmt schon«, erwidert Zozan aufs Geratewohl.

Die Frau weist auf den Fernseher und fragt: »Was meinst du, ist die schön?«

»Ja. Doch.«

»Du musst aber ehrlich sein«, sagt die Frau und lächelt dabei zum ersten Mal, ja, zwinkert dem Mädchen sogar zu.

»Doch, die ist wirklich schön.« Darauf legt die Frau ihre von Altersflecken übersäten Hände auf kindhafte Art in den

Schoß und spielt an ihrem Ring herum, dessen fortwährendes Glänzen einen hohen Goldgehalt verrät.

Die Frau will noch immer unbedingt von dem Mädchen erkannt werden und wirft ihr immer wieder ganz unruhige Seitenblicke zu. Bis sie es irgendwann nicht mehr aushält und einfach fragt: »Weißt du eigentlich, wer die Frau da ist?«

Nicht auf die Antwort kommt es ihr mehr an, sondern einfach nur darauf, diesen Augenblick zu genießen. Vielleicht ist sie nur deshalb nicht hinaufgegangen und hat sich den Film alleine angeschaut. Sie wollte einen Zuschauer haben. Nach all den Jahren.

Am Ton der Frage merkt Zozan schon, dass es wohl keinen Sinn hätte, die Frau mit einem dahingesagten »Die kenn ich nicht« abzuspeisen. Nach einer Weile gibt sie mit hängenden Mundwinkeln zu verstehen, dass auch eine weitere Bedenkzeit nichts bringen würde.

Da räuspert sich die Frau und sagt: »Das bin ich. Die Frau da bin ich. Siehst du wirklich gar keine Ähnlichkeit? Habe ich mich so verändert?«

Zozan geht wieder durch den Kopf, dass sie in dieser Nacht aufs Staunen abonniert ist.

Sie richtet sich auf und stammelt mit aufgerissenen Augen: »Ich weiß ja gar nicht, was ich sagen soll, entschuldigen Sie bitte. Ich wusste nicht, dass sie Schauspielerin sind!«

»Pah, Schauspielerin! Bin ich doch gar nicht! Ist nichts geworden. Ich habe nur in einem einzigen Film mitgespielt, und das ist der da. Und damit hatte es sich schon. Mein ganzes Leben war eigentlich für diesen Film. Aber da habe ich eine der Hauptrollen gespielt. Als jugendliche Heldin. Mit knapp vierzig! Von wegen jugendlich! Aber wen juckte das schon? Ich habe das Geld hingeblättert und gespielt. Der Film war natürlich ein Flop. Da bin ich eben zurück nach Mersin. Wo bist du gleich wieder her?«

»Aus Tunceli.«

»Ihr seid Kurden, was?«

Zozan denkt an die vielen Auseinandersetzungen zurück, die es im Treppenhaus schon gegeben hat, und sie lächelt nur vorsichtig.

»Und wir sind die Leute, die euch in Mersin nicht haben wollen, was? Und hier im Haus auch nicht. Es heißt, dass schon jetzt in Mersin mehr als vierzig Prozent Kurden wohnen. Das wird noch ein zweites Diyarbakır hier. Gott sei Dank schickt der Generalstab haufenweise Türken hierher, sagt mein Mann immer. Echte Türken!« Sie lacht. Damit will sie ausdrücken, dass ihr das eben herausgerutscht ist, ganz egal, wie heikel das Thema ist. »Mein Mann mag euch überhaupt nicht. Er ist Nationalist und unterstützt auch die nationalistische Jugend. Ob er sich da wirklich auskennt, weiß ich auch nicht, aber er ist jedenfalls ein guter Kerl. Er schaut zwar immer drein, als würde er einen gleich verfrühstücken, aber eigentlich ist er eine Seele von Mensch, und wenn er jetzt hier wäre, würde er dir noch mehr gefallen als ich.« Sie hält inne. »Wo ich das jetzt herhabe, dass ich dir gefalle? Na ja, sonst hättest du mich doch nicht hereingelassen und mir Raki eingeschenkt, oder?« Sie setzt ein breites Lächeln auf. »Jetzt, wo wir schon mal zusammensitzen, sollten wir uns auch näher kennenlernen und zueinander finden. Sich spinnefeind zu sein, ist immer leichter, da braucht es keinen Aufwand dazu. Du bist Anwältin, oder?«

»Noch nicht ganz, ich mache gerade mein Praktikum in einer Kanzlei.«

»Ich habe da was gehört über dich, das hat mich gefreut. Die von der Nummer vier haben sich über dich beschwert, dass du hinten im Hof Katzen fütterst, aber das habe ich nicht weitergesagt, denn das gefällt mir. Du sollst auch beim Tierschutzverein sein …«

»Ja«, sagt Zozan lächelnd und setzt mit »Die Tierrechte …« zu einer Erklärung an, aber da wird sie schon unterbrochen.

»Ihr habt es ja wirklich nicht leicht. Schon mal das mit dem Menschenrechten, und jetzt auch noch die Tierrechte!«

Jetzt lachen sie alle beide. Im Rakiglas knistert das Eis.

»Den Filmanfang habe ich ja verpasst, aber da ist doch gleich im Vorspann so eine Szene, wo ich bei den Fischernetzen ein Lied singe, weißt du das noch? Ich denke schon die ganze Zeit darüber nach, was für ein Lied das war, aber es fällt mir nicht ein.«

»Ich hab's auch schon wieder vergessen. Die Lieder damals haben sich doch alle gleich angehört.«

»Die von heute etwa nicht?!«

Im Film wird das Liebespaar gerade von Bösewichten bedrängt. Einer bedroht den jungen Mann mit einem Butterflymesser; die Frau steht an einen Baum gelehnt da und beißt sich angstvoll in die Hand.

Seit Zozan Bescheid weiß, ist sie ziemlich nervös. Es ist ein schlechter Film, und die Frau spielt schlecht darin. Wenn von Schauspielern überhaupt die Rede sein kann. Das Mädchen ist ganz angespannt wegen der morgigen Verhandlung und konnte deshalb nicht schlafen. Wenn die Richter morgen eine Verbindung zu einer Untergrundorganisation erkennen, kann die Sache sehr unangenehm werden. Es kann sich ewig hinziehen, bis die Akten dann auf den neuesten Stand gebracht sind. Und das so kurz vor dem Ende ihres Praktikums!

»Sag mal, stehe ich da nicht bucklig da?«

Seit Zozan weiß, wer die Schauspielerin ist, fragt sie sich fieberhaft, ob sie sich zuvor nicht etwa abfällig über sie geäußert hat. Als in einer Szene ein onkelhafter Kneipier zu dem Mädchen sagt: »Du bist nun heiratsfähig, wir müssen dich unter die Haube bringen«, beißt sie sich auf die Lippen, um nicht loszulachen.

»Schau nur, vor lauter Sparen haben wir anscheinend nicht mal jemanden angeheuert, der die Schaulustigen verscheucht. Jeder, der vorbeikommt, glotzt in die Kamera.«

Sie lachen. Vor allem Zozan, weil sie sich nicht mehr beherrschen muss.

»Tja, so wurde damals gefilmt. Ich spiele eine arme Fischerstochter in einer Strandkneipe, aber in keinen zwei Szenen habe ich das gleiche Kleid an. Die reinste Modenschau! Ist noch Raki da?«

»Der Film ist gleich aus. Wir sollten das Ende nicht verpassen …«

»Na dann her mit dem Ende«, sagt die Frau und konzentriert sich wieder auf den Film. »Was verpasst ist, ist verpasst.« Sie seufzt.

Als schließlich alle tot sind und der Film zu Ende ist, machen sie den Fernseher aus. »Schenk mir noch einen letzten ein«, sagt die Frau. »Kann ich zu dir auf die Couch kommen?« Sie streicht träumerisch die Couchdecke glatt, und der frische Seifengeruch, der daraus aufsteigt, ist ihr eine Labsal. Sie nimmt von Zozan das Rakiglas entgegen und sagt dann: »Pass mal auf, ich erzähl dir jetzt die ganze Geschichte, und dann gehe ich. Wie im Film. Wo sie in einer verschneiten Winternacht ums Feuer herumsitzen und einer dem anderen seine Lebensgeschichte erzählt. Genauso machen wir es. Heute ist eine besondere Nacht.«

Sie tut einen tiefen Atemzug und fängt an.

»Zu mir haben sie immer *die verrückte Yurdanur* gesagt. Weil ich nie auf jemanden gehört habe. Dumm war ich nicht, aber ich wollte nichts lernen und habe ganz auf meine Schönheit gebaut, und auf meine Jugend. Mersin war damals noch viel kleiner als heute. Mir war alles zu eng, unsere Wohnung, unser Viertel, die ganze Stadt. *Die Tochter vom Fahrer* wurde ich auch genannt. Na ja, mein Vater war Fahrer, und ich war seine Tochter, ganz logisch also, aber ich habe immer protestiert: ›Ich bin nicht die Tochter vom Fahrer, ich bin Yurdanur.‹ Und stolz war ich auch, aber nicht etwa auf meine Schönheit; es gibt so etwas wie den Stolz der Armen. Wenn man sich erst mal aufs Betteln verlegt hat, vergisst man das schnell. Aber so weit war ich noch nicht. ›Die Tochter vom Fahrer hat sich wieder im Kino rumgetrieben‹, das war so ein Standardsatz von allen. Ich war kaum in der Schule, aber jeden zweiten Tag im Kino. Ich hab mir keinen Film entgehen lassen. Und dann vor dem Spiegel alles nachgespielt. Da war so ein Junge, der immer um mich rumschlich; total verknallt war der in mich. Sein Vater hat auf der Straße Tantuni verkauft, das ist ja die Spezialität von Mersin. Der Junge war zwar ein Riesenkerl, aber erst vierzehn, also jünger als ich. Du musst die meine werden, sagte er immer; wenn ich alt genug bin, entführe ich dich. Ich wollte nach Istanbul und Schauspielerin werden. Du wirst höchstens mal Tantuni-Verkäufer, sagte ich zu ihm. Dann schiebst du dein Leben lang deine Handkarre durch die Stadt, und ich darf mich die Frau des Tantuni-Verkäufers schimpfen. Wäre es da nicht jammerschade um mich? Ich kann doch meine Schönheit und meine Jugend nicht an jemanden wie dich vergeuden! Das waren so Sprüche, die ich aus Filmen hatte. Na los, ab an deine Arbeit, lachte ich ihn aus. Ich hatte schon früh einen Busen und war überhaupt gut entwickelt. Da dachte ich schon, alles sei geritzt. Die Zeitungen waren zwar voller Meldungen über Mädchen, die in der Großstadt auf die schiefe Bahn geraten waren, aber wer hörte schon auf so etwas. Die hatten sich eben dumm angestellt, das war alles! Ich würde es besser machen! Ich war noch keine fünfzehn, als ich aus Mersin abhaute. Ich stieg in den Bus, um Schauspielerin zu werden. Ab nach Istanbul! Man denkt natürlich, in Istanbul warten sie bloß auf einen. So eine wie mich hat Istanbul noch nicht gesehen! Es war noch kein Jahr vorbei, da bin ich Kesik Ethem in die Hände gefallen. Ich gehörte ihm praktisch. Dem Kerl hatten sie zusammen mit der Nabelschnur auch gleich das Gewissen abgeschnitten. In ganz Beyoğlu gab es bald keine Bar und keinen Nachtklub mehr, wo ich nicht schon gearbeitet hätte. Hin und wieder durfte ich in einer Filmszene als Statistin in einer Bar herumsitzen, weiter war es mit meiner Schauspielerei nicht her. Eines Tages haben sie den Kerl auf offener Straße aufgeschlitzt, gar nicht zu glauben, dass aus einem Menschen so viel Blut herausfließen kann, und seine Leute sind auseinander gestoben wie die Hühner; da habe ich mir gedacht, das ist die Gelegenheit, und ich bin mit einem Veranstalter nach Anatolien abgehauen. Wir haben Tournee auf Tournee gemacht, und so war ich ein paar Jahre von Istanbul und vom Markt weg, bis keiner mehr von mir wusste. Aber glaub mir, anatolische Städte und Käffer habe ich zur Genüge gesehen.

Jetzt siehst du mich mit ganz anderen Augen, was? Wie

im Film, das Ganze, hm? Man weint immer, wenn man solche Filme sieht, aber dran glauben tut keiner. Na ja, jedenfalls sind wir dann auch mal nach Mersin gekommen, das werde ich nie vergessen. Ich hatte solche Angst, dass mich jemand erkennt; es gab da noch dieses Gartenkino, in dem ich als Kind so viele Filme gesehen hatte auf der im Wind zitternden Leinwand, und da sollte ich jetzt auf die Bühne rauf und mit dem Hintern wackeln. Es sollte mich um Gottes Willen niemand erkennen. Zum ersten Mal im Leben schämte ich mich so richtig. Ich setzte mir eine Fransenperücke auf, die mir bis zum Hintern ging, und am liebsten wäre ich mit einer schwarzen Sonnenbrille auf die Bühne. Ich hielt mir ständig irgendwie eine Hand vors Gesicht und brachte meinen Auftritt im Affentempo hinter mich. Ich hatte das Gefühl, ganz Mersin hatte die ›Tochter des Fahrers‹ erkannt! Fehlte bloß noch, dass sie zu mir sagten: ›Und deswegen bist du also aus Mersin weggelaufen mit deinem Spatzenhirn!‹ Ich heulte mir hinter der Bühne die Seele aus dem Leib. Du musst dir vorstellen: Ein paar Straßen weiter war mein Vaterhaus; ich hätte nicht mal einen Schritt zu tun brauchen, weil einen der Weg da von selber trägt und an der Haustür abgibt. Von meiner Familie hatte ich seit Jahren nichts gehört und wusste nicht mal, wer noch am Leben war! Die ganze Nacht tat ich kein Auge zu, und am Morgen, als alles noch schlief, ging ich zum Meer hinunter und erzählte ihm meine ganze Misere. Ob ich dabei geweint habe oder nicht, weiß ich gar nicht mehr.

Als ich zurück in Istanbul war, verliebte sich ein Witwer in mich. Überhaupt: Es geht nichts über Witwer. Der Mann hat mich aus dem Milieu herausgeholt, und dann wohnte ich eine Weile mit ihm zusammen, und so lange, bis er genug von mir hatte, führte ich ein bequemes Leben. Eines Tages sagte ich mir: Wozu bist du eigentlich aus Mersin abgehauen? Um Schauspielerin zu werden! Na also, jetzt bist du bald vierzig, auf was wartest du noch? Aber wer sollte mir in dem Alter noch eine Rolle als jugendliche Heldin geben? Also lieh ich mir Geld von einem Freund, ließ ein paar Wechsel einlösen, und was ich dann an Zaster in der Hand hatte, investierte ich in diesen Film da. Auf das Plakat ließ ich in Riesenbuchstaben meinen echten Namen schreiben: ›Yurdanur‹. Mit dem, was ich dann noch hatte, ging ich nach Mersin zurück. Ich konnte mir aber nicht einmal eine Wohnung leisten und stieg in einem billigen Hotel ab.

Meine Eltern waren längst tot. Meine Geschwister hatten geheiratet und waren in alle Winde verstreut. Nur der Jüngste schaute mich überhaupt noch an, und auch das nur halb. Immerhin, dachte ich mir. ›Habt ihr den Film gesehen?‹, fragte ich ihn. ›Welchen Film denn?‹ Sie hatten nicht einmal davon gehört.

Im zweiten Monat nach meiner Rückkehr sitze ich eines Tages in einem Teegarten am Meer, da höre ich plötzlich hinter mir jemanden rufen: ›Yurdanur!‹ Ich drehe mich um, und da steht er! Ich hätte ihn zuerst fast nicht erkannt mit seinem schütteren Haar und dem Fett, das er überall angesetzt hatte, aber die Augen funkelten noch wie früher. Daran erkannte ich ihn wieder. ›Weißt du, ich habe dich nie vergessen‹, sagte er. Dabei hatte ich mich sogar selber vergessen. Als ich von Mersin wegging, verkaufte er noch mit seinem Vater zusammen auf der Straße Tantuni, aber dann hat er es schnell zu etwas gebracht. Er erzählte mir seine Geschichte. Sein Vater hatte in den Siebzigerjahren in Mersin den ersten Tantuni-Laden eröffnet. Und als das Geschäft immer besser lief, hatte der Sohn nach und nach immer mehr Filialen aufgemacht, in jedem Viertel von Mersin. Darauf war er natürlich stolz. Seine Frau war vor kurzer Zeit gestorben, die Kinder waren verheiratet und alle aus dem Haus. Dann sagte er: ›Ich habe mir im Pozcu-Viertel gerade eine neue Wohnung gekauft, aber für mich allein ist sie viel zu groß. Ich halte es vor Einsamkeit kaum aus, komm doch und heirate mich.‹ Zuerst dachte ich, er macht Witze. Wenn man mit vierzehn, fünfzehn mal verknallt war, konnte nach all den Jahren davon was übrig bleiben? Es konnte. Mersin war mein Schicksal, ich wusste es nur nicht.

Ich bin keine gute Frau, das weiß ich. Mein Herz ist eigentlich schlecht. Aber in jenem Augenblick schämte ich mich so, dass ich ihm alles erzählte, ohne irgendetwas auszulassen. ›So, das ist meine Vergangenheit. Du bist ein guter Mensch, aber ich will nicht, dass sie dich verspotten und sagen: Was hat er denn da für ein Flittchen aufgegabelt!‹ Aber er sagte: ›Du bist verloren gegangen. Es war schade um dich. Aber jeder kann einmal verloren gehen. Sagen wir einfach, ich habe dich wiedergefunden. Gott hat dich mir geschickt. Wenn ich mich jetzt nicht um dich kümmere, was willst du denn dann machen?‹

Es gibt doch bei Mersin so eine Höhle, die sie ›Himmel und Hölle‹ nennen. So ist für mich ganz Mersin, Himmel und Hölle. Und zwischen den beiden habe ich mein ganzes Leben verbracht. Und wusste es gar nicht so recht.

Ich saß verschüchtert da wie eine Ringeltaube, er aber nahm mich bei der Hand und sagte: ›Denk nicht so viel nach. Morgen gehst du ins Hamam, gießt vierzig Schalen Wasser über dir aus, und dann bist du von alledem gereinigt. Ich nehme dich zu meiner Frau, und dir ist alles verziehen. Und was die Leute sagen, soll uns nicht kümmern, solange sie nur unser Tantuni kaufen!‹

Und so bin ich nach all den Jahren die Frau des Tantuni-Verkäufers geworden.«

Es war nun schon hell draußen. Als die Frau verstummte, verstummte das ganze Haus. Zozan hatte ihr fasziniert zugehört. Sein Leben zu ruinieren um so eines unsinnigen Filmes willen … Die Frau war vom Erzählen erschöpft und ihre Stimme zum Schluss ganz heiser geworden.

»Warum haben Sie mir das eigentlich alles erzählt?«, fragte Zozan.

»Ich weiß auch nicht. Wir tun ja nicht immer alles bewusst!«

»Zwischen uns ist schon so viel Negatives vorgefallen, und trotzdem haben Sie sich mir anvertraut.«

Die Frau richtete sich auf und setzte die Füße wieder auf den Boden. »Für mich haben diese Geschichten keinen Wert mehr. Wenn sie für dich einen haben, dann um so besser.«

»Nein, so meine ich es nicht, verstehen Sie mich nicht falsch. Ich wundere mich nur einfach über ihr Vertrauen. Und ich freue mich darüber.«

»Du wunderst dich sehr, und das ist gut so. Schau, ich wundere mich über gar nichts mehr. Und das ist auch gut so. Und manchmal lässt sich auch am besten mit Fremden reden. Und wenn du wüsstest, was mir in Nachtlokalen Männer schon alles erzählt haben, dann würdest du dich erst so recht wundern!«

Beim Aufstehen strich sie noch einmal über die Couchdecke. »Mein Film ist zu Ende, ich gehe jetzt. Danke für den Raki, für die Couch, für alles. Ich hab dich vom Schlafen abgehalten. Du bist ein gutes Mädchen, das merke ich an deinem Geruch; du riechst nach einem guten Menschen. Hoffentlich gehst du nie verloren!«

Als sie schon fast durch die Tür war, drehte sie sich noch einmal um und sagte: »Und wenn dir hier im Haus mal jemand dumm kommt, dann kriegt er es mit mir zu tun, keine Sorge!«

Sie ging die paar Stufen zum Aufzug hinauf und dachte dabei: Wie leicht es doch ist, Freund und Feind zu sein.

Kaum hatte sie die Aufzugtür geöffnet, da sprang ihr aus dem Spiegel schon ihr Bild entgegen. Und es packte sie bittere Reue.

Busbahnhof Istanbul

Der aus Denizli kommende Bus der Gesellschaft *Kanat Turizm* fuhr auf den Busbahnhof von Istanbul zu. Der junge Bussteward, dem die Müdigkeit deutlich anzusehen war, so sehr er sich auch um einen ausgeschlafenen Eindruck bemühte, verteilte mit raschen Handbewegungen Kölnischwasser an die Reisenden. Während manche sich das Kölnischwasser auf die Hand schütten ließen, nahmen andere lieber die getränkten Tücher in Anspruch, rieben sich Hals, Nacken und Arme ein und wischten sich den Schlaf aus dem Gesicht.

Jeder hatte im Mund den bitteren Geschmack der Nacht.

Seit Afyon hatte Meltem eigentlich kaum mehr geschlafen und sich nur noch hin und her gewälzt. Nun zog sie einen Spiegel aus der Tasche, betrachtete die dunklen Ringe unter den Augen und die Tränensäcke und sagte sich, dass sie die Gespenster der Vergangenheit wohl besser von sich fernhielt. Doch hätte noch so tiefer Schlaf ein Gesicht wiederhergestellt, das von tiefer innerer Müdigkeit verkrustet war? Sie musste sich damit abfinden, in ihrem Gesicht nicht mehr nur die leicht zu beseitigenden Spuren einer durchwachten Nacht zu sehen, sondern auch die Sedimente langjährigen Erinnerns. Und sie musste lernen, sich das nicht zu Herzen zu nehmen und nicht mit der Zeit zu hadern, die unnachgiebig voranschritt, was immer man auch tat. Und so beschloss sie, von jenem trotz der aufgehenden Sonne noch recht kühlen Morgen an die Tage in Istanbul mit Tamer zu genießen. Wenn es auch manchmal anstrengend war, sich mit den Gespenstern der Vergangenheit herumzuschlagen, so konnte es einen doch auch voranbringen. Ach, könnte sich doch Leben als Neuanfang definieren, und nicht nur als abzuwickelnder Rest!

Gelassen stand sie auf, nahm ihren Rucksack an sich und stieg aus. Zu beiden Seiten des Busses wurden die großen Klappen der Gepäckfächer hochgezogen, und die Passagiere warteten auf ihre Sachen.

Als sie an der Reihe war, deutete sie auf ihren Koffer.

Die gleiche Prozedur spielte sich auch direkt nebenan ab, wo gerade ein Bus aus Sinop angekommen war. Yıldız und ihr Mann standen beim Warten auf ihre Koffer Rücken an Rücken mit Meltem.

Nach den wenigen Tage in Sinop hatten sie schon wieder Sehnsucht nach Istanbul. Im Bus hatte Yıldız ihren Mann fragend angesehen: »Sag mal, das war doch früher nicht so! Wohin wir auch fahren, ich will immer so bald wie möglich wieder heim. Meinst du, wir werden alt?« Ihr Mann hatte sie daraufhin beruhigend angelächelt und dann den Kopf gesenkt.

Als würden Sinop und die Erinnerung an die paar Urlaubstage in Sehers Haus schon weit zurückliegen, sahen sie auf die vielen geschäftigen Menschen, die schon von Istanbul kündeten.

Schließlich kehrte jeder in sein eigenes Leben zurück.

Meltem und Yıldız nahmen ihre Koffer und drehten sich im gleichen Augenblick um, sodass sie sich gegenüberstanden. Verständnisvoll lächelnd ließen sie einander den Vortritt. Yıldız dankte mit einem leichten Nicken und ging mit ihrem

Mann voraus, Meltem folgte hinterdrein. Sie hatte ihren Rucksack geschultert und zog scheppernd den Rollkoffer über den Steinboden. Sie strebte auf einen der Ausgänge zu, die zu den Taxiständen führten.

An einem der Bussteige, an denen sie vorbeikam, stand gerade ein Bus nach Kırşehir zur Abfahrt bereit, und daneben verabschiedeten sich, eng umschlungen, Özer und Tülay. Özer strich Tülay die Haare aus der Stirn, drückte sie immer wieder liebevoll an sich und sprach begütigend auf sie ein. »Was sollen denn die Tränlein? Es ist doch bloß ein Katzensprung nach Kırşehir, und ich komme, sobald es geht.« Mit einem Blick auf die Kassette, die er ihr gerade in die Tasche gesteckt hatte, sagte er: »Und vergiss ja nicht, sie anzuhören. Meine Stimme, mein Herz und meine Lieder sind bei dir.« Die meisten Passagiere sind schon eingestiegen, aber die beiden wollen ihren Abschied bis zum letzten Moment auskosten. Tülay drückt noch einmal den Kopf an Özers breite Brust und saugt seinen Duft ein. Mit gebrochener Stimme sagt sie: »Du kommst doch, Özer, ja? Du kommst doch?«

Kurz bevor Meltem mit ihrem Rollkoffer den Ausgang erreicht, sieht sie, wie eine junge Frau einer anderen Frau hinterhereilt und dabei »Nihal! Nihal!« ruft. Die Frau scheint aber nichts zu bemerken und geht ungerührt weiter, und da Meltem direkt an ihr vorbeikommt, sagt sie zu ihr: »Ich glaube, da will jemand was von Ihnen.« Die Frau dreht sich um, späht nach einem bekannten Gesicht, aber da ruft Güzel, die bis auf ein paar Schritte an sie herangekommen ist: »Ach, verzeihen Sie, ich habe Sie verwechselt. Jetzt habe ich Sie aufgehalten, tut mir wirklich leid!«

Sie war sich so sicher gewesen, dass es Nihal war, dabei

handelt es sich um eine viel jüngere Frau. Meltem und die aufgehaltene Emine lächeln sich vielsagend an und gehen dann ihrer Wege.

Güzel klatscht sich mit der Hand an die Stirn und sagt: »Was bin ich dumm!« Sie wundert sich auch, warum sie sich überhaupt so gefreut hatte, als sie meinte, Nihal zu erkennen. ›Was hätte es schon geändert, sie hier in Istanbul zu treffen?‹, denkt sie. ›Nach all den Jahren!‹ In diffuser Sehnsucht hört sie plötzlich im Ohr den Yeşilırmak dahinfließen. Die Nachmittagssonne lässt den Fluss aufblitzen, und von den steilen Bergen her senken sich violette Schatten herab. Staubfein legt sich ein Kummer auf die Schultern des Mädchens, und so trottet sie davon.

Emine, die gerade mit jemandem verwechselt wurde, denkt sich im Weitergehen für die Verblüffung des Mädchens, das ihr da hinterherlief, eine Geschichte aus. So enttäuscht, wie das Mädchen war, musste ihr jene andere Frau besonders viel bedeuten. Wenn ich doch durch irgendeinen Filmtrick jene Frau sein und dem Mädchen mit den einsamen Augen eine Freude machen könnte, denkt sie. Und dass in ihrem eigenen Leben niemand mehr ist, der ihr so aufgeregt hinterherlaufen würde. So blitzartig wie der Schmerz, wenn man sich plötzlich in den Finger schneidet, durchfährt es sie, dass es ihr nicht um das Mädchen geht, sondern um die eigene Enttäuschung. In einem Busbahnhof voller Menschen wird sie empfindlich daran erinnert, wie einsam sie schon seit Jahren ist.

Einen Moment lang reißt sie aus diesen Gedanken der Anblick einer Frau mit Kopftuch, die mit vor dem Bauch gefalteten Händen neben einer der Ausgangstüren steht, vor sich zwei riesige Koffer, mit denen sie den Leuten den Weg versperrt. Nicht an den Koffern aber bleibt Emines Blick hängen, sondern an den tiefblauen Augen der Frau. Ihr ist deutlich anzusehen, dass sie angespannt auf jemanden wartet, der sich verspätet hat. Selbst wenn dieses Warten noch gar nicht so lange gedauert hat, ist es ihr bestimmt so vorgekommen. Ihre Gesichtszüge sind hart, aber sie blickt mit der Unsicherheit eines Kindes um sich. Offensichtlich ist ihr aufgetragen worden, auf diese Koffer aufzupassen. Woher sollen die Leute auch wissen, dass Asiye noch nie in Istanbul war. Sie hat ihren Sohn besucht, der hierher geheiratet hat, und ihren ersten Enkel gesehen. Nun fahren sie nach Gümüşhane zurück. Die Babyfotos, die sie in der Brusttasche trägt, wärmen ihr das Herz.

Emine studiert die Gesichter der Leute. Während die einen im Reisefieber sind und manche traurig dreinsehen, sieht man den eher provinziell Gekleideten oft an, dass sie nur den einen Wunsch haben: so schnell wie möglich wieder in die Heimat zurückzukehren, in vertraute Gefilde. Hier ist auch gar nicht mehr Istanbul, sondern – sieht man sich Kleidung und Verhalten der Leute an – schon die Türkei als solche.

Während Emine ganz damit beschäftigt ist, den Vorübergehenden eine Lebensgeschichte anzudichten, merkt sie plötzlich verärgert, dass sie über den Steig, von dem der Bus nach Edirne abfährt, schon längst hinaus ist. Ohne sich darum zu kümmern, wie leicht man in dem dichten Gedränge mit jemandem zusammenstoßen kann, macht sie ruckartig kehrt. Sie will ja nicht wieder losmeckern, aber dass ihre Kollegen unbedingt mit dem Bus fahren wollten, findet sie nach wie vor unsinnig. Wenn man sich schon ungern auf etwas einlässt, wird man durch Widrigkeiten doppelt verstimmt. Sie sieht auf die Uhr und geht dann schneller; ihre Kollegen werden wohl längst auf ihren Plätzen sitzen.

Sie kommt wieder an der Frau mit den zwei Koffern vorbei. Auf die hastet gerade lächelnd ein rothaariger Mann zu, ihr Ehemann wohl, auf den sie so gewartet hat, denn ihre ganze Anspannung ist nun wie weggeblasen. Auch Emine lächelt, als habe sich in ihrem eigenen Leben wieder etwas eingerenkt. Sie beschließt, diese Reise nach Edirne einfach nicht mehr so wichtig zu nehmen.

Aslı freut sich, als sie den Ausschreier rufen hört: »In zwanzig Minuten Abfahrt nach Manisa!«, aber als sie die Schlange vor dem Ticketschalter sieht, ist es um ihre gute Laune gleich wieder geschehen. Nun ärgert sie sich, nicht vorbestellt zu haben. Noch schlimmer, als gar keinen Platz zu bekommen, sind für sie die hinteren Sitze. Innerlich fluchend stellt sie sich an. Sie will es erst einmal hier versuchen, bei ihrer bevorzugten Busgesellschaft, und erst dann bei anderen. Den Prozess in Manisa darf sie jedenfalls nicht verpassen. Da dreht sich die Frau vor ihr um und sagt mit belegter Stimme: »Sie wollen doch auch eine Fahrkarte. Ich will die meine zurückgeben, nehmen Sie die doch. Bis Sie drankommen, ist vielleicht sowieso kein Platz mehr frei.« Auf Aslıs skeptische Miene hin beeilt sie sich hinzuzufügen: »Ich habe gerade einen Anruf aus Ankara bekommen und muss unbedingt dorthin.« Und als sei, um überzeugend zu wirken, noch ein letzter Satz nötig, sagt sie: »Zu einer Beerdigung.« Aslı nimmt die Fahrkarte an sich und sieht auf die Platznummer. »Aber da steht Ihr Name drauf«, sagt sie. »Keine Sorge, die schreiben das um«, sagt Nazan. »Damit gibt es keine Probleme.«

Nach der Transaktion schert Nazan aus der Schlange

aus, um sich eine Fahrkarte nach Ankara zu besorgen, und sie denkt dabei an den Anruf des Rechtsanwalts zurück und daran, wie es sie mitnehmen wird, jenes Haus in Cebeci wiederzusehen. Seit dem Anruf spuken ihr Bilder aus der Vergangenheit im Kopf herum, die sich allmählich mit Liedern vermischen, und während sie »Doch vergessen kann ich sie nicht« vor sich hin summt, verschwindet sie in der Menschenmenge.

Süsen steigt aus dem Bus aus und greift zum Handy. Sie meldet sich mit einem so langgezogenen »Hallooooo«, dass man meinen könnte, es wäre ein Codewort. »Ich bin gerade aus dem Bus ausgestiegen. Ja, ich bin früher aus Şarköy zurück, meine Eltern bleiben noch länger. Ja wo soll ich denn sein? Im Busbahnhof, in Esenler. Es ist furchtbar hier. Was weiß ich, wie ich kommen soll? Da drüben ist ein Taxistand, ich geh erst mal dahin. Wo bist du denn? Wenn ich drüben bin, gehen wir dann gleich in die Istiklal-Straße? Wieso ausruhen, was soll das denn? Ich war doch nicht in Amerika. Treffen wir uns vor dem King, ja, Göksu? Ich habe mich so nach der Istiklal gesehnt. Ja, schon gut, nach dir natürlich auch …«

Auf Göksus Antwort hin eilt Süsen auf den Taxistand zu und stößt dabei alle möglichen Leute an, bei denen sie sich mal entschuldigt, mal nicht, je nachdem, ob sie ihr sympathisch sind.

Eine der Frauen, an denen sie so vorbeihastet, ist Suna, die aufatmet, als der Bus aus Erzurum einfährt. Seit sie erfahren hat, dass die beiden mit dem Bus kommen, kann sie kaum mehr schlafen. Ihre Mutter hatte am Telefon gesagt: »Du weißt doch, dass Zekiye sich vor dem Fliegen fürchtet. Wie oft kommt sie schon mal nach Istanbul. Und ich hab's gern, wenn ich unterwegs was sehe.« Darauf wollte Suna vorschlagen: »Dann fahrt doch mit dem Zug«, aber da sagte ihre Mutter schon: »Und von dem Orientexpress, der ständig überall hält, habe ich auch genug.« Suna will sich bemühen, das Thema nicht wieder aufs Tapet zu bringen. Und nun sind die beiden ja sowieso da, und das ist erst mal die Hauptsache. Die beiden wirken zwar erschöpft, aber ihre Augen glänzen.

»Herzlich willkommen, Zekiye! Wie lange warst du schon nicht mehr in Istanbul!« Sie umarmt Zekiye, nimmt ihr die Koffer aus der Hand und gibt einem Taxifahrer ein Zeichen.

Süsen streckt gerade die Hand nach einer Taxitür aus, da hört sie aus einem gegenüber geparkten Auto ein wildes Hupen. Als sie aufblickt, sieht sie an dem Auto mit verschränkten Armen niemand anderen als ihre Freundin Irem stehen, in ihrem üblichen Outfit mit schwarzem Leder und Ketten. Süsen stößt einen Schrei aus und läuft auf sie zu, und da steigen auch schon Göksu und die anderen aus dem Auto. »Habt ihr mich reingelegt, ihr Schweinekerle! Seit wann bist du denn aus Bursa da?«, aber das würgt Irem gleich ab und sagt: »Erzähl doch erst du mal von der Hochzeit in Kayseri! Wie war's denn?« – »Wie soll's schon gewesen sein, eine Hochzeit eben. Und ständig haben sie über alte Zeiten geschwätzt, was anderes fällt denen nicht ein!« Sie zeigt ihre hennabemalten Hände. »Nicht mal im Meer ist das abgegangen.« Irem nimmt ihre auffallende, breitrandige Brille ab, um sich die Hände näher anzusehen. »Wie viele Tage bleibst du denn diesmal?«, frage Süsen Irem. Göksu fasst Süsen an der Taille und zieht sie zu sich heran. Er küsst sie auf den Hals, aber sie windet sich dabei.

Sie steigen alle ein, und als sie losfahren wollen, hält direkt vor ihrer Nase ein Zubringerbus, der Reisende vom Taksim-Platz zum Busbahnhof befördert.

Unter den Aussteigenden ist auch Sevgi. Als sie in Gedanken versunken auf ihren Reisebus zugeht, steht plötzlich ein untersetzter Mann mit spärlichem Haar vor ihr. »Entschuldigung, Frau Doktor, guten Tag. Kennen Sie mich noch?« Sevgi reißt sich aus ihrer Verträumtheit los und versucht sich mit zusammengekniffenen Augen an den Mann zu erinnern. »Wissen Sie noch, in Trabzon?«, sagt er. »Ich war Polizist, und wir haben ziemlich oft zusammengearbeitet. Na ja, ich habe etwas zugenommen seither, und mehr Haare hatte ich auch noch damals.« »Ach ja, natürlich, jetzt fällt's mir wieder ein«, sagt Sevgi. Erfreut darüber, dass man sich seiner erinnert hat, entspannt sich der Mann. Er hat ein kleines Mädchen an der Hand, das den Kopf zum Vater hebt, als wollte es etwas sagen. »Tja, so lange haben wir uns nicht gesehen!«, sagt Sevgi. »Wo sind Sie denn jetzt, Frau Doktor?« – »In Antep«, erwidert Sevgi. »In Gaziantep?« – »Nein, ich sage immer noch einfach Antep. Urfa, Maraş, Antep. So habe ich es in der Schule gelernt, die alten Namen eben noch.« Jetzt muss sie aber selber lachen und schüttelt damit ihre Schläfrigkeit ab. Der Mann fühlt sich verpflichtet mitzulachen. »Wo sind Sie denn jetzt …?«, fragte Sevgi, und da merkt sie, dass sie ja seinen Namen nicht mehr weiß. »Ach, fragen Sie nicht, Frau Doktor. Die haben mich ganz in den Osten versetzt, nach Bingöl, aber ich bin dafür Hauptkommissar geworden. Ich bringe gerade die Kinder zu ihrer Großmutter nach Kırklareli.« Er drückt seiner kleinen Tochter fest die Hand, und da nimmt Sevgi die beiden Kinder erst richtig zur Kenntnis. Sie lächelt und denkt sich, dass sie wohl wenigstens einem der beiden übers Haar streicheln sollte. Das sind eben so die Bekanntschaften, die man im Laufe von Versetzungen schließt. Man erinnert sich kaum daran, aber beim Wiedersehen freut man sich doch. Wie schnell doch alles zur Erinnerung wird.

»Und wo geht es bei Ihnen hin, Frau Doktor?«

Nazan, die soeben an den beiden vorbeikommt, geht ins Büro einer der Busgesellschaften, die sich zwischen den Bussteigen und dem Vorplatz aneinanderreihen. Sie kauft eine Fahrkarte, und um den Bus zu erreichen, der gleich abfahren soll, eilt sie zum Bussteig und geht dabei an zwei nebeneinandersitzenden Reisenden vorbei, einer Frau und einem jungen Mädchen.

Das Mädchen ist gerade von seinem Bruder und dessen Frau dort hingesetzt worden. »Wir gehen nur kurz auf die Toilette, rühr du dich nicht weg von hier«, haben die beiden zu ihr gesagt und sich dann noch mal umgedreht und der Frau dabei zugelächelt, als wollten sie sagen: Wenn Sie mal eben ein Auge auf die Kleine haben könnten …«

»Bist du zum ersten Mal in Istanbul?«, fragt die Frau.

»Ja. Vor ein paar Tagen bin ich gekommen. Wir haben hier Verwandte.« Das Mädchen hat ein paar bunte Hochglanzmagazine auf dem Schoß.

»Und wie hat es dir gefallen?«

»Gut!«

»Istanbul ist ja auch wirklich schön. Da kommt keine andere Stadt ran.« Das ist so sehnsuchtsvoll gesprochen, dass es sie selbst befremdet.

»Sind Sie denn aus Istanbul?«

»Nein, ich wohne in Deutschland. Und ihr?«

»Wir in Izmir.«

Sie sind schnell miteinander warm geworden und plaudern noch eine Weile.

Da hört man wie aus einem Lautsprecher das Plärren eines der Ausrufer: »Sehr geehrte Fahrgäste, der Bus nach Samsun steht zur Abfahrt bereit. Sehr geehrte Fahrgäste …«

Şengül steht auf. Sie zupft sich den bequemen Rock zurecht, den sie extra für die Fahrt angezogen hat. »Mein Bus fährt los. Schön, dass ich dich kennengelernt habe …« sagt sie, und das Mädchen, das ebenfalls aufgestanden ist, ergänzt: »Nurhayat heiße ich.« Şengül schüttelt dem liebenswürdigen Mädchen freundschaftlich die Hand. »Hat mich wirklich gefreut, Nurhayat. Gute Reise noch! Und da schau mal, deine Leute kommen gerade rechtzeitig zurück.«

Şengül geht davon, und Nurhayat ruft ihr winkend hinterher: »Ihnen auch eine gute Reise!«

Zozan geht auf der Suche nach ihrem Sitz den Busgang entlang und ärgert sich, dass sie jedes Mal wieder vergisst, welche Sitze über den Rädern sind. Aus Erfahrung weiß sie, wie sehr gerade bei älteren Modellen diese Sitze auf der Fahrt zittern. Wenn sie eine Fahrkarte kauft, verlangt sie deshalb in der Regel einen anderen Sitz, aber sie weiß nicht einmal, ob sie diesmal daran gedacht hat. Als sie an ihren Sitz gelangt, atmet sie auf: Glück gehabt. Sie verstaut ihre Handtasche im Gepäckfach über dem Sitz und setzt sich ans Fenster. Es wird eine andere Fahrt als sonst, denn diesmal fährt sie nach bestandenem Examen als stolze Juristin und angehende Rechtsanwältin in ihre Heimat. Bei dem Begriff Heimat fallen ihr als Erstes die Dorfkinder mit ihren verschorften Gesichtern ein. Dann das übliche Heimweh und der intensive Blumenduft der Steppe von Dersim. Sie kommt sich plötzlich um Jahre älter vor. Es wogt nur alles so in ihr, und sie weiß gar nicht, wie sie die lange Fahrt herumbringen soll. Sie malt sich aus, wie sich ihre Familie über das Diplom freuen wird, stellt sich die einzelnen Gesichter vor. Der Gedanke an ihren Bruder im Gefängnis versetzt ihr einen Stich. Sie wünscht sich, dass ihr Diplom vor allem ihm etwas nützt. Nach dem Aufenthalt bei ihrer Familie wird sie ihr Rechtsanwaltspraktikum in Mersin antreten, wird ins Berufsleben starten. Sie freut sich auf ihr Leben wie auf einen Film, von dem sie einen spannenden Trailer gesehen hat. Ihr Gesicht spiegelt sich im Busfenster, und mit innigem Blick lächelt sie ins Leere hinaus. »Ich werde dieses Studium absolvieren, ohne auch nur ein einziges Jahr zu vertrödeln, und ich werde mich für das Leben einsetzen, ohne auch nur einen einzigen Prozess zu verlieren«, hatte sie sich geschworen, als sie ihren Studienplatz bekam. Den ersten Teil hat sie schon wahr gemacht, den zweiten Schwur erneuert sie nun.

Die hutzelige alte Frau, die sich auf ihrem mühsamen Weg durch den Busgang bang nach rechts und links blickend an jeder Sitzlehne festhalten musste, ist nun bei Zozan angelangt und nimmt neben ihr Platz. Der Junge, der sie begleitet hat, fast noch ein Kind, nimmt ihr die Tasche ab und legt sie ins Gepäckfach. Beiden ist anzusehen, dass sie einen noch frischen Kummer in sich tragen. Sie flüstern sich noch etwas zu, sehen sich gramerfüllt an, dann küsst der Junge der Frau die Hand, grüßt Zozan mit dem Anflug eines Lächelns und steigt aus. Draußen stellt er sich so hin, dass die alte Frau ihn sehen kann. Bevor er der Frau nicht nachwinken kann, rührt er sich gewiss nicht von der Stelle. Als die Frau zum Fenster hinaussieht, kreuzen sich ihre Blicke mehrfach mit denen von Zozan, und die beiden lächeln sich dabei an. Der

Kummer ist so eingefroren in das Gesicht der Frau, dass man meinen könnte, es zerspringt, wenn sie lächelt.

Zwischen denen, die aus ihren Bussen aussteigen und nach Istanbul strömen, und jenen anderen, die in Bussen von Istanbul fortgespült werden, vollzieht sich ein Lebens-, ein Geschichten-, ja ein Schicksalstausch. Mit ihren Hoffnungen und Träumen und Abenteuern verteilen sich die Ankömmlinge über die Stadt und die Abfahrenden über die ganze Türkei. Und das Schicksal spinnt sein Netz.

Als der Bus anfährt, wünschen sich die beiden eine gute Reise, und um der alten Frau, die wie auf glühenden Kohlen zu sitzen scheint, wenigstens ein bisschen Erleichterung zu verschaffen, versucht Zozan, ein Gespräch anzufangen. »Wo fahren Sie denn hin?«, fragt sie. »Auch nach Tunceli?« »Nein, ich steige in Elazığ aus. In den Direktbussen war heute Morgen kein Platz mehr. Ich habe es eilig, also habe ich den ersten Bus genommen.« Ihre Augen werden sofort feucht, als sie das sagt, und jedes einzelne Wort scheint sie Mühe zu kosten. Was immer der Grund für ihre Eile sein mag, es scheint sich dabei um einen tiefen, akuten Kummer zu handeln. Offensichtlich kann die Frau nur schwer an sich halten; sie fürchtet wohl, in Tränen auszubrechen, und meint sich nur dadurch schützen zu können, dass sie möglichst starr bleibt. Zozan merkt, dass es besser ist, nicht weiter in sie zu dringen.

Etwas später sagt die Frau mit nunmehr ruhigerer Stimme: »Kannst du mir bitte sagen, wenn wir da sind, Kindchen? Nicht dass ich Elazığ verpasse, ich kenne mich ja nicht aus.« – »Machen Sie sich keine Sorgen. Falls Sie schlafen, wecke ich Sie rechtzeitig auf.« – »Dass ich schlafen werde, glaube ich nicht.«

Zozan hat sich zumindest diese Reise unbeschwerter vorgestellt und fühlt nun, wie sich das Schwermütige jener gramgebeugten Frau neben ihr sich auch ein wenig auf sie selbst überträgt. Ihr Leben, das auf jede Freude einen Schmerz folgen lässt, scheint sie daran zu erinnern, dass dies nach alter Manier so weiterzugehen scheint und man sich also nie zu sehr freuen darf.

Sie denkt an all die Busse, die gerade unterwegs sind, an all die Reisenden, die verschiedenen Städten entgegenstreben, verschiedenen Leben. Wie viele von diesen Menschen werden dann, wenn es Nacht wird, schlaflos hinausstarren, wie viele werden den Kopf an die Scheibe lehnen und schlafen, wie viele träumen, wer davon Gutes, wer Schlechtes? Manche dieser Menschen wollen ihre Heimat bereisen, andere sind versetzt worden, ziehen als Verkäufer von Stadt zu Stadt, werden als Prüfer irgendwo hingeschickt, müssen einen Zwangsdienst leisten, besuchen als Jungverheiratete die Eltern, verlassen das Vaterhaus und suchen ihr Glück in der großen Stadt, kehren in ihr Vaterhaus zurück, weil die Stadt sie wieder ausgespuckt hat, werden irgendwohin verbannt, wollen als Rentner in einen ruhigen Winkel ziehen, werden nach einer Scheidung zurück in ihre Familie geschickt, treten ihren Wehrdienst an, kehren vom Wehrdienst zurück, laufen vor etwas davon, laufen jemandem hinterher, können es kaum erwarten, bis sie ankommen, möchten vor ihrem Tod noch einmal die Heimat sehen, wollen um die Hand eines Mädchens anhalten, laufen von zu Hause weg, fürchten sich vor einer Ausweiskontrolle, fahren in Urlaub, fahren aus dem Urlaub nach Hause oder … reisen einfach nur. Zozan überschlägt, was es an Reisenden gibt und an Wegen und Schicksalen, die sich gabeln, und sie schlummert darüber ein.

Der Bus von Istanbul nach Tunceli fährt zwischen Bergen hindurch und über Ebenen hinweg, und die Wolken und Bäume, Wasser und Städte, die an seinen Fensterscheiben vorbeiziehen, bleiben zurück bis zur nächsten Fahrt.

1. Auflage 2010

Cover: Chrish Klose, www.studiograu.de
Lektorat: Wolfgang Farkas
Co-Lektorat: Ines Barber
Korrektorat: Sandra Thiele
Typographie + Satz: Peter Frese, www.frese-werkstatt.de
Druck und Bindung: Kösel, Krugzell
Printed in Germany

ISBN 978-3-936738-65-0

www.blumenbar.de
www.hardcover-club.de
www.murathanmungan.com